SCHEYRING

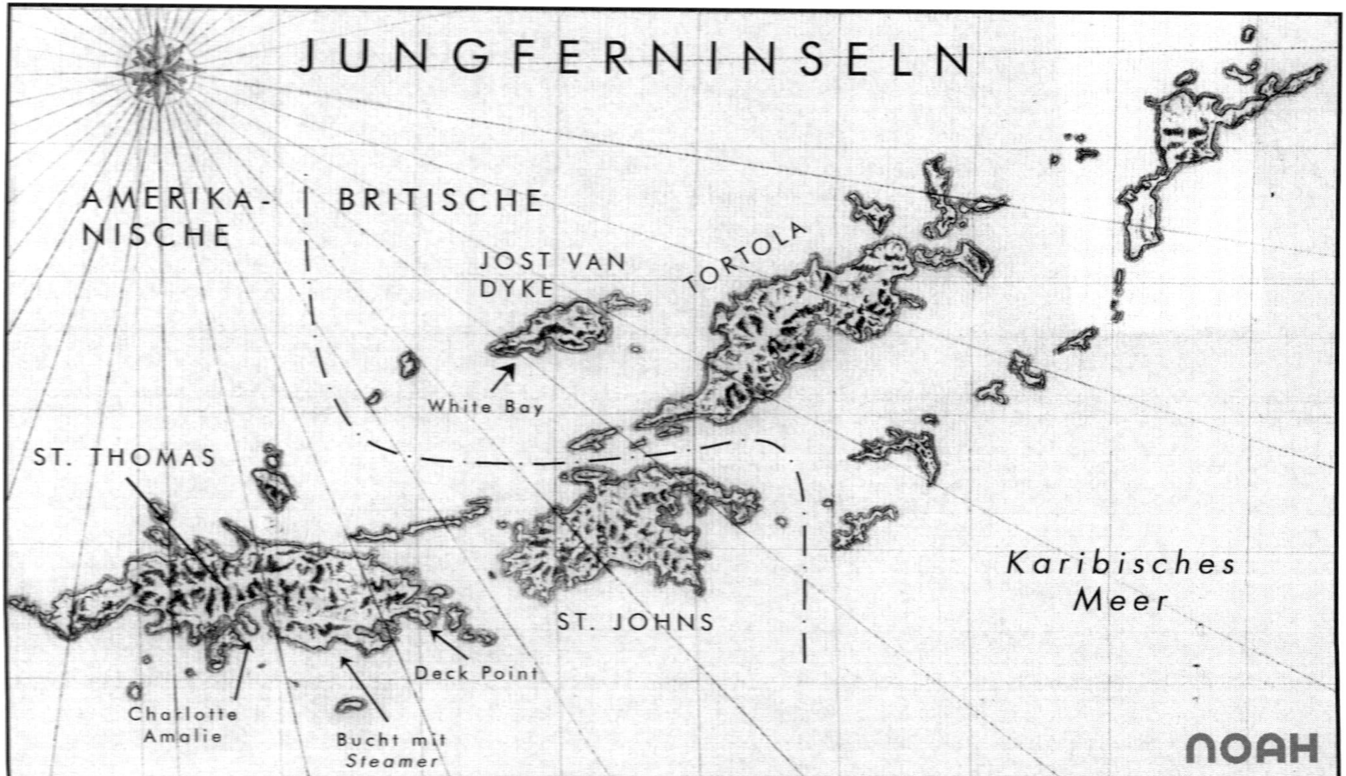
JUNGFERNINSELN
AMERIKA-
NISCHE
BRITISCHE
JOST VAN
DYKE
TORTOLA
White Bay
ST. THOMAS
ST. JOHNS
Karibisches
Meer
Charlotte
Amalie
Bucht mit
Steamer
Deck Point
NOAH

Ian Krüger

VERTRAUTE FEINDE

Thriller

SCHEYRING VERLAG
NEUSS

Die Handlung und alle handelnden Personen sind frei erfunden. Jegliche Ähnlichkeit mit lebenden oder realen Personen wäre rein zufällig.

Originalausgabe

Autorenfoto: privat
Umschlagfotos: privat, Rotinor

Druck und Bindung: Bookpress.eu 11/2022
ISBN 978-3-944977-93-5

www.scheyring.de

Für Maria

Söldner und Hilfstruppen sind unbrauchbar und gefährlich; und wenn einer seinen Staat auf Söldnertruppen stützt, so steht er niemals fest und sicher, denn sie sind uneinig, ehrgeizig, disziplinlos und untreu …

Niccolo Machiavelli (1469 - 1527), »Der Fürst«

Personen

Jan Steiger – Marineoffizier, Zeitverwender beim BND
Mirko Wolff – Stabsfeldwebel, Dauerverwender beim BND
Omar Hussein – Unternehmer und Schatzsucher
Samirah Hussein – Ehefrau von Omar
Robbe Van Leuven – Stv. Leiter für Analyse, belgische Sûreté
Lotte De Bruyn – Ermittlerin, belgische Sûreté
Robert T. Burke – Direktor im britischen MI5
Jeremy Horne – CEO von M.S. Ltd.
Erik Borg – Auftraggeber
Mats Nygard – Auftraggeber
Trevor Kendrick – Söldner/Tauchergruppe
Matt Pearce – Söldner/Tauchergruppe
Hank Rijkaard – Söldner/Tauchergruppe
Wilbur Rhodes – Söldner/Tauchergruppe
Jake Sanderson – Söldner und Ex-SEAL
Amjad Raschid – Planer
Bulan – Kommandoführer
Mirza Omerovic – Kommandoführer
Chet Croquer – Deputy Director Operations, CIA
Helen D'Angelo – Personenschützerin
Jason Cardasis – Pilot des Rettungshubschraubers

Prolog

Vor vier Jahren
Lincoln Laboratory
Massachusetts Institute of Technology (MIT)
Cambridge, Massachusetts
USA

Timothy McDermid war zufrieden. Genau genommen war er mehr als zufrieden. Er war überglücklich. Und zugleich ein wenig stolz.

Er erinnerte sich. »Willkommen im geschützten Bereich der Fakultät, Tim!«, hatte ihn Professor Kramer, Leiter der Engineering Systems Division, vor einigen Monaten begrüßt. Damals hatte McDermid unter vielen Bewerbern den Zuschlag für eine hochinteressante Projektarbeit bei einer externen Firma erhalten.

Heute nun hatte der junge Student der technischen Eliteuniversität MIT sein Projekt fristgerecht beendet. Professor Kramer hatte bereits angedeutet, dass er für seine »hervorragende Arbeit« die Bestnote erhalten würde. Und nicht nur das. Die Firma Reffcor Inc., die das Projekt ausgeschrieben hatte, würde ihm direkt nach seinem Master eine Festanstellung in der Entwicklung neuer Sicherheitssysteme anbieten.

McDermid jubelte innerlich.

Eine erneute Sicherheitsüberprüfung durch das FBI machte ihm keine Sorgen. Sollte sich die Festanstellung bewahrheiten, könnte er den nagenden Kredit über vierzigtausend Dollar, den er für die Studiengebühren aufgenommen hatte, innerhalb kürzester Zeit zurückzahlen.

Die in Los Angeles beheimatete Firma Reffcor Inc. war dafür bekannt, dass sie regelmäßig *Federal Government Contracts* erhielt. Aufträge der US-amerikanischen Bundesregierung waren in der Sicherheitsindustrie sehr beliebt, denn der

Staat zahlte immer. Auch waren die Aufträge in aller Regel hoch dotiert, und wenn sie gegen Ende den veranschlagten Kostenrahmen auch noch sprengten, geschah dies selten zum Schaden der Unternehmen. Innerhalb der letzten acht Jahre hatte sich Reffcor so zu einem Schwergewicht im Bereich Sicherheitstechnik entwickelt.

Heute war Freitag. McDermid fuhr seinen nach neuesten Erkenntnissen der Kryptologie geschützten Computer herunter. Er nahm den USB-Stick ab und steckte ihn in die Hosentasche – ein glatter Bruch des strengen Sicherheitsprotokolls. Doch er wollte Sonntag zu Hause noch ein wenig an der Aufbereitung seiner Inhalte feilen. Schließlich hatte er in der kommenden Woche einen Vortrag vor anderen Studenten zu halten und er wollte sein Projekt ansprechend darstellen.

Jede Minute nutzen, dachte McDermid.

Im Übrigen war der Stick mit einem komplexen Passwort geschützt. Und wer würde bei einem sechsundzwanzigjährigen Studenten einen USB-Stick mit derartigen Nischeninformationen *in der Hosentasche* vermuten? Interessierten diese überhaupt irgendjemanden? Es handelte sich ja lediglich um die *Planung* elektrischer Systeme für einen Schutzraum. Der zudem, seines Wissens nach, noch gar nicht existierte.

Schon zu Beginn des Projekts hatte sich McDermid sehr über einige Vorgaben des Auftraggebers gewundert. Dass derart wenig Platz zu den beiden Seiten des Raumes blieb, war seltsam. McDermid hatte es einfach akzeptiert. Genauso wie den Umstand, dass die elektrischen Leitungen von Flüssigkeitsbehältern umgeben waren. Auch bei einer Zunahme des Umgebungsdrucks auf bis zu vierzig Atmosphären musste die vollständige Funktionsfähigkeit der Schiebetüren sowie aller elektrischen Systeme gewährleistet sein.

Dies ließ ihn vermuten, dass es sich um einen *Panic Room* handeln musste. Also einen Schutzraum, wahrscheinlich auf einem Schiff. Doch er hatte es vermieden, dem Mitarbeiter von Reffcor Fragen zu stellen.

Im Moment war es ihm ohnehin egal. Denn mit einem Glücksgefühl im Bauch dachte er an den späteren Abend. Um acht Uhr würde er sich wieder mit Florence treffen, einer unglaublich attraktiven Studentin, die an der benachbarten Harvard-Universität französische Literatur studierte. Es war ihr drittes Date und McDermid spekulierte darauf, dass es heute nicht bei einem Abendessen bleiben würde.

Diesmal hatte sie das Restaurant ausgesucht. Keines, das man in einem kulinarischen Führer fand. Stattdessen plante Florence offenbar, in lockerer Atmosphäre zu speisen und zog das unkomplizierte Ambiente eines deftigen Studentenlokals weißer Tischwäsche und steifen Kellnern vor.

My kind of girl, dachte McDermid.

Also trafen sie sich im *O'Sullivans*. Hier servierte man die besten Burger der Stadt und natürlich O'Sullivans Bier.

Ein weiterer Vorteil: Wir sind von dort in drei Minuten bei mir zu Hause …

Er wartete bereits eine Viertelstunde an dem kleinen Tisch in einer gemütlichen Ecke, als Florence das Restaurant betrat.

Wow! Sie sieht umwerfend aus!

Die enge Jeans betonte ihre wohlgeformten, schlanken Beine. Ihre leicht aufgeknöpfte Bluse beflügelte seine Phantasie. Und offenbar nicht nur seine.

Eine Gruppe von Studenten, der Statur nach allesamt Footballspieler, saß direkt am Eingang. Sie schenkten Florence, *seinem* Date, etwas mehr Aufmerksamkeit, als ihm lieb war. Ein großer Typ nahm auch gleich seine Baseballmütze ab und forderte Florence manierlich auf, an seinem Tisch Platz zu nehmen. Für eine Sekunde hielt McDermid, der zögerlich ein Winken andeutete, den Atem an.

Doch Florence nahm dem Typ die Baseballmütze aus der Hand und setzte sie ihm wieder auf den Kopf: »Sorry Jungs, kein Bedarf. Mein Freund sitzt dort drüben.«

Die übrigen Studenten kommentierten ihre Reaktion mit Gejohle und zogen ihren düpierten Kommilitonen auf.

McDermid atmete tief durch.

Als Florence zu seinem Tisch kam, erhob er sich. Ihr dunkelblondes Haar fiel ihr bis auf die Schultern und ihre tiefblauen Augen strahlten. Sie küsste ihn sanft auf den Mund, hängte ihre Handtasche an die Stuhllehne und fragte kokett: »Na, was kannst du für den Verlauf des Abends empfehlen?«

Das Essen kam schnell und war noch schneller verspeist. Die drei Bier verfehlten ihre Wirkung nicht. McDermid war sich zunächst nicht sicher, ob er ihr vielversprechendes Lächeln vielleicht überinterpretierte. Doch seine Intuition sollte sich als richtig erweisen.

Nach dem vierten Bier hatte er ihr zögerlich, allerdings nicht ohne Stolz, von seinem Projekt erzählt. Er freute sich, dass sie sich für seine Arbeit interessierte. Als er geendet hatte, fragte sie: »Nehmen wir noch einen Kaffee bei dir?«

War da ein Funkeln in ihren Augen? Oder bilde ich mir das nur ein?

»Nichts lieber als das!«

Von da an lief alles wie von selbst.

Bevor er sich Gedanken machen konnte, ob seine Wohnung auch wirklich präsentabel war, hatte er bereits die Haustür aufgeschlossen und sie schon halb ausgezogen. Ihre Hände fanden, was sie suchten und bevor er sich versah, saß sie bereits auf ihm und er genoss den besten Sex dieses Jahres.

Als sich beide erschöpft in die Laken fallenließen, sagte sie nach einer Weile: »Ich glaube, ich muss mal für kleine Mädchen …«

Er wollte ihr noch den Weg ins Badezimmer erklären, doch sie drückte ihren Zeigefinger auf seine Lippen. »Schhht! Ich finde mich schon zurecht, bin gleich wieder da.«

Sie gab ihm einen Kuss und stahl sich aus dem Bett. En passant griff sie nach ihrer Handtasche, holte ein Schminktäschchen hervor und orientierte sich in dem halbdunklen Raum. Mondlicht fiel durch ein Kippfenster. Sie huschte an einer arg vernachlässigten Kochzeile vorbei um die Ecke. Hier stand auf einem altmodischen Sekretär ein MacBook.

»Mach dir doch Licht, Babe!«, rief McDermid aus dem Schlafzimmer.

»Nicht nötig!«

Lautlos zauberte sie eine Mikrofestplatte aus ihrem Schminktäschchen und schloss diese an das MacBook an. Dann scannte sie das Zimmer nach seinem Rucksack. Ihr Auftrag bestand darin, jedes nur erdenkliche Speichermedium der Zielperson zu kopieren.

Florence Villeneuve hieß in Wirklichkeit Nora Saxon und sie war nicht fünfundzwanzig, sondern achtundzwanzig Jahre alt. Sie studierte auch nicht französische Literatur, sondern verdankte ihre ausgezeichneten Sprachkenntnisse ihrer französischen Mutter. In Connecticut und Montpellier aufgewachsen, konnte sie den französischen Akzent an- und abschalten, wann immer sie wollte. Fakt war: Amerikanische Männer standen auf den Akzent, fühlten sich überlegen à la: *Ich erklär dir die Welt, Kleines … und danach lege ich dich flach!*

Es funktionierte immer.

Auch lebte sie nicht in Boston, sondern in New York. Denn dort befand sich ihre *Agentur*. Nora Saxon war eine der teuersten Prostituierten Amerikas. Sie war exzellent ausgebildet und darauf spezialisiert, Informationen zu beschaffen, die man nirgendwo kaufen konnte.

Dort, an der Tür!

Mit geschickten Handgriffen durchsuchte sie den Rucksack.

Nichts.

Sie biss sich auf die Unterlippe und sah sich um.

Die Schubladen?

Wieder nichts!

Auf dem Weg ins Bad stolperte sie mit ihrem linken Fuß über seine Jeans.

Die Hose?

Binnen Sekunden hatte sie die Taschen durchsucht und einen USB-Stick gefunden.

In der Hosentasche, nicht zu glauben! Was für ein Geek!

Zufrieden steckte sie den Stick in die Festplatte und wagte einen vorsichtigen Blick in Richtung Schlafzimmer. Dort war alles ruhig. Rasch betätigte sie die Spülung im Bad, drehte kurz den Wasserhahn auf und zerknüllte ein Handtuch. Dann begab sie sich zurück zum Sekretär.

Ihre Mikrofestplatte verfügte über ein israelisches »Breakin-Program« samt automatischem »no-log« Kopieralgorithmus. Das Aufleuchten einer winzigen blauen Diode bestätigte, dass sämtliche Dateien, die sich auf dem Computer und auf dem Stick befanden, kopiert worden waren. Und das, ohne Spuren in den Verlaufsordnern zu hinterlassen.

Den Stick beförderte sie zurück in die Hosentasche und den Laptop schloss sie vorsichtig.

Vielleicht war es das. Oder ich komme noch einmal wieder …

Als sie zurück unter die Bettdecke kroch, konnte sie seine Hand in ihrem Schritt fühlen. Ihre Lippen fanden seine.

»Du hast ja Appetit …«

McDermid grinste bestätigend.

Das ist der beste Tag meines Lebens!

Dachte er.

1

Vor fünf Jahren
National Intelligence Support Team (NIST)*
Provincial Reconstruction Team (PRT)
Kunduz, Afghanistan

Die Entscheidung für den Einsatz war kurzfristig gefallen. Hauptmann Tom Retzlaff vom Militärischen Abschirmdienst MAD hatte bei der Überprüfung eines afghanischen Arbeiters einen Hinweis erhalten. Möglicherweise war er brisant. Eine konkrete Gefährdung für die einhundertfünfzig Soldaten des Lagers konnte nicht ausgeschlossen werden.

Allerdings gestalteten sich die nötigen Nachforschungen außerhalb des Camps für den MAD etwas kompliziert. Daher hatte Retzlaff die Information umgehend an seinen Kameraden, Oberstleutnant Achim Seifert vom BND, weitergeleitet. Seifert, ein gemütlicher Endvierziger, war früher einmal Kompaniechef einer Jägerkompanie gewesen. Er hatte reichlich Einsatzerfahrung und war ein umgänglicher, pragmatischer Zeitgenosse.

Nur wenige Länder leisteten sich zwei Geheimdienste im Einsatzland. Im Grunde war dies auch nicht nötig. Hier paarte sich vielmehr mäßiger Reformeifer mit mangelhafter Bedarfsanalyse und einer seltsamen gesetzlichen Grundlage. Zwei Dienste – das bedeutete: zwei Apparate mit aufwendigen Strukturen und langen Befehlsketten. Laut Seifert reichte bereits *eine* Hierarchie, um der Arbeitsebene das Leben schwerzumachen. Wenigstens waren Retzlaff und er, trotz der beiden unterschiedlichen Behörden, nach zwei Monaten gemeinsamer Arbeit ein eingespieltes Team und auch privat befreundet.

Der Hinweis selbst hatte zunächst wie andere vermeintlich

* Lokale deutsche Geheimdienstzelle.

wertvolle Hinweise auch geklungen. Eine Tatsache ließ dann allerdings aufhorchen: Der Tippgeber kannte offenbar den genauen Zeitpunkt, an dem ein großer deutscher Konvoi das Lager verlassen sollte. Das war ungewöhnlich und sprach für den Wert seiner Informationen. Den genauen Ort sowie die Modalitäten eines angeblichen Anschlags auf den Konvoi wollte der Informant allerdings nur persönlich und gegen entsprechende Bezahlung mitteilen.

»Vielleicht können wir uns etwas Verstärkung besorgen. Allein würde ich da heute ungern rausfahren.«

Seifert erinnerte sich an einen der letzten *Green on Blue* Angriffe. Zwei afghanische und vier amerikanische Kameraden waren getötet worden, als afghanische Soldaten ohne Vorwarnung auf ISAF-Truppen gefeuert hatten. Eine besonders unnötige Art, ums Leben zu kommen …

Nicht selten hatten sich vermeintliche Informanten in der Vergangenheit auch als Selbstmordattentäter erwiesen.

»Fragen wir doch die Wollmützen von der Task Force 47.«

»Hm, unsere Jungs vom Kommando Spezialkräfte sind zurzeit draußen und die machen immer so ein Tamtam. Aber wie wäre es mit den Herren von der Marine? Davon laufen auch gerade ein paar herum.«

»Kampfschwimmer? Ist mir sehr recht, mit denen kann man arbeiten.«

»Und wir brauchen ja auch nicht viele.«

»Ich kenne einen jungen Oberleutnant, Steiger heißt der, glaube ich, ein gerader Typ. Macht einen ganz vernünftigen Eindruck. Ich frage mal nach.«

Eine halbe Stunde später fuhren zwei SSA Wölfe – gepanzerte Mercedes G-Klasse Geländewagen in der Y-Version – eine staubige Ausfahrtsstraße entlang. Oberleutnant zur See Jan Steiger und fünf seiner Kameraden hatten sich kurzerhand bereit erklärt, den Geheimdienstlern etwas Feuerkraft zur Seite zur stellen. Die Marinesoldaten waren bis an die Zähne bewaffnet und komplett aufmunitioniert. In den Fahrzeugen wurde es daher reichlich eng.

Sie waren deutlich früher als vereinbart am RV* angekommen. Böse Überraschungen waren so leichter zu vermeiden. Die Männer saßen ab und erkundeten sorgfältig das Terrain. Es galt, insbesondere sogenannte IEDs** rechtzeitig auszumachen und das Gelände auf mögliche Hinterhalte abzuklopfen.

»Sprengfallen können euch den ganzen Tag versauen.« So hatte es ein Ausbilder auf dem Counter-IED-Lehrgang einmal trocken ausgedrückt. Bei einem halbwegs gut geplanten Sprengstoffanschlag kam man bestenfalls mit Verstümmelungen davon. Häufig war aber der Tod die Folge.

Die Taliban hatten, was Sprengfallen betraf, stetig dazugelernt. Dies bekam die Bundeswehr während des Afghanistaneinsatzes über die Jahre schmerzhaft zu spüren. Der Hauptfeldwebel hatte es damals auf dem Lehrgang treffend kommentiert: »Knacken lässt sich so ziemlich jede Panzerung. Es ist nur eine Frage der Sprengstoffmenge.«

Oberbootsmann Werner kam mit zwei Kameraden von den Sondierungen zurück und meldete: »Nichts, Jan. Sieht sauber aus.«

»Gut. Wir haben auch nichts gefunden. Dann sucht euch einen netten Beobachtungsposten, ihr kennt ja das Prozedere. Wir beide machen die sichtbare Absicherung.«

Zwanzig Minuten später kündigte eine Staubwolke ein Fahrzeug an. Es näherte sich ein weißer Toyota Hilux, wie sie zu Tausenden in Afghanistan herumfuhren. Steiger fragte sich, ob es außer weißen Pick-ups auch noch andere Autos in diesem kargen, harten Land gab.

Zügig bog der verstaubte Hilux ein und kam etwa vierzig Meter vor einem der Wölfe auf der sandigen Piste zum Stehen. Die Handzeichen der Marinesoldaten waren unmissverständlich gewesen. Ein kleiner, drahtiger Mann mit harten Zügen stieg aus dem Wagen. Oberstleutnant Seifert tippte auf einen Usbe-

* Rendezvous.
** Improvised Explosive Devices / unkonventionelle Spreng- und Brandvorrichtung – eine Sprengfalle.

ken. Unsicher schaute sich der Mann nach allen Seiten um. Er trug den üblichen Shalwar Kameez* und darüber eine dunkle Weste. Eine beigefarbene Pakol-Mütze bedeckte sein Haupt. In Antizipation einer Leibesvisitation hob der Mann die Hände und zog seine Unterwäsche hoch, so dass die Soldaten Brust, Bauch und Rücken sehen konnten. Anschließend überprüfte Oberbootsmann Werner noch einmal sorgfältig die Kleidung und sämtliche Taschen. Er trat zurück und gab Entwarnung.

»Sauber!«

Der Informant konnte die vier übrigen Soldaten nicht sehen, die unweit entfernt und perfekt getarnt im Gestrüpp verborgen waren. Er konnte auch nicht ahnen, dass zwei mit EOTech-Visieren ausgestattete G36-Gewehre permanent auf ihn zielten. Steiger und Werner entfernten sich vorsichtig. Die Gegend dabei weiter scannend, überließen sie die Verhandlungen den Männern vom Geheimdienst.

Das Geschäft war schnell abgeschlossen. Soweit Steiger sehen konnte, war eine kleine Landkarte übergeben worden. Zudem hatten amerikanische Dollars den Besitzer gewechselt. Ihr Empfänger war mit den Worten »Tascha Kor**« freundlich lächelnd in seinen Toyota Pick-up gestiegen und wieder davongefahren.

»Wenn die Informationen stimmen, dann frage ich mich immer noch, woher die wissen, wie unsere Konvois fahren«, sagte Retzlaff und schüttelte ernüchtert den Kopf.

»Wir werden sehen«, entgegnete Seifert und wandte sich zu Steiger: »Von uns aus können wir los, Herr Oberleutnant.«

Steiger machte eine Bewegung mit dem rechten Arm und rief: »Aufsitzen!«

Die restlichen vier Kameraden pellten sich aus ihren Verstecken. Eine Minute später befanden sich die Soldaten auf dem Weg zurück ins Lager. Sie fuhren nicht schnell, da man sonst Sprengfallen noch leichter übersehen konnte. Auch nahmen

* Traditionelles Gewand, bestehend aus Unter- und Oberteil, welches ursprünglich vom indischen Subkontinent stammt.
** Dankeschön.

sie aus Sicherheitsgründen nicht denselben Weg zurück zum Camp, auch wenn die andere Route einen größeren Umweg darstellte. Man konnte nie wissen.

Sie hatten gerade einen Hügel hinter sich gelassen und sich einem Waldstück genähert, da hörte Steiger von hinten:

»Jan?«

»Jep!«

»Sascha und ich müssten mal pinkeln!«

Steiger rollte die Augen. »Wir sind hier mitten im Indianerland! Aber okay, dann gib das mal per Funk an die Jungs durch, wir halten da vorne.«

Als Oberbootsmann Werner ausstieg und seine Hose öffnete, hörte er die Schüsse. Es war das charakteristische dunkle »TACK-TACK-TACK« der Kalaschnikow-Sturmgewehre, ein Klang, der sich über die Jahre tief im Unterbewusstsein aller deutschen Soldaten eingeprägt hatte. Dazwischen mischten sich die Töne eines stärkeren Kalibers.

Steiger hatte die Schüsse ebenfalls gehört. »Die Schüsse gelten nicht uns, sie sind zu weit entfernt. Wir fahren weiter.«

Kurze Zeit darauf hörte man auch leichtere Waffen. Aus den einzelnen Schüssen und Feuerstößen war nun ein regelrechter Gefechtslärm geworden.

»Moment mal …« Steiger konzentrierte sich. Er lauschte angestrengt.

Die zwei Geheimdienstler näherten sich. »Was geht da vor sich?«

»Das eben war ein russisches MG. Klingt nach einem Feuergefecht zwischen Taliban und ISAF-Truppen, sehr wahrscheinlich unseren Kameraden«, stellte Steiger fest.

Er hatte den Satz kaum beendet, als es im Funkgerät von Hauptmann Retzlaff rauschte.

»… stützung … Hinter … aten … zwei Mann tot …«

Retzlaff, der die Pinkelpause für eine Zigarette genutzt hatte, ließ die Kippe in den Straßenstaub fallen und trat sie aus. »Verdammte Berge! Der Empfang hier ist zum Kotzen!«

»Vielleicht ist es auch weiter weg, als wir denken?«

»Nein, das ist in der Nähe«, kommentierte ein junger Bootsmann, der aussah, als würde er durch keine Tür passen.

»Die Schüsse decken sich mit dem, was wir über Funk hören.«

Steiger nickte langsam. »Es sieht ganz so aus!«

»Und Sie wollen da jetzt mittenrein, nehme ich an?« Seifert runzelte die Stirn.

»Für mich hört sich das nach einem Notruf an, Herr Oberstleutnant. Wir sind vermutlich am nächsten dran. Ferner sind wir dafür ausgebildet und, wie es der Teufel will, auch ausgerüstet.«

Seifert überlegte einen Moment, schließlich sagte er: »Verstanden, Herr Oberleutnant. Sie sind die Spezialkräfte, Ihre Show! Bei mir ist das schon zu lange her. Retzlaff?«

Hauptmann Retzlaff schluckte. »Klar, wir sind dabei!«

Steiger nickte kurz. »Sascha, gib mir mal die Funke, wir müssen die JOC* informieren!«

Hauptmann Retzlaff nahm seinen Kollegen Seifert zur Seite. »Das könnten unsere Fallschirmjäger mit diesem Journalisten sein. Du weißt schon, dieser Rothe.«

»Rothe, die ZDF-Geschichte, stimmt. Mann, das hat jetzt gerade noch gefehlt.«

Nachdem Steiger den Vorfall im Lager gemeldet hatte, kehrte er zurück.

»Herr Oberstleutnant, Herr Hauptmann, die Talibärte scheinen im Moment unweit von hier *stark beschäftigt* zu sein. Möglicherweise mit unseren Fallschirmjägern. JOC ist informiert. Sie schicken einen Konvoi mit BAT**, aber bis die hier sind, kann das noch mindestens eine halbe Stunde dauern.«

Beide nickten.

»Sie sind bewaffnet mit zwei G36 Sturmgewehren, reichlich Munition und P8 Pistolen, korrekt?«

* Joint Operations Centre / Operationszentrale gemeinsame Operationen (multinational).

** Beweglicher Arzt Trupp, in der Regel mit einem gepanzerten Sanitätsfahrzeug unterwegs.

»Korrekt.«

»Ballistische Westen?«

»Wir tragen leichte Westen drunter, privat beschafft.«

»Gut, muss reichen! Wann waren Sie das letzte Mal auf dem Schießstand?«, fragte der junge Offizier ziemlich forsch.

»Vor zwei Wochen, zusammen, PS1, PS2 und PS3*«, antwortete Retzlaff.

Steiger rollte innerlich die Augen. *Friedensübungen für Stabssoldaten, damit sie nicht vergessen, wo sich das gefährliche Ende der Waffe befindet …*

»Was haben Sie früher gemacht?«, wollte Steiger als Letztes wissen.

»Panzergrenadier, Instandsetzung«, antwortete Retzlaff.

»Ich bin gelernter Jäger, aber das ist lange her …«, ergänzte Seifert vorsichtig.

»Sehr gut, wir können jede Unterstützung brauchen. Wir werden jetzt versuchen, den Gegner aufzuspüren und die Fallis** rauszuhauen.« Steiger verzog dabei keine Miene. Für einige Sekunden herrschte absolute Stille.

Dann schüttelte Seifert langsam den Kopf. Als Heeresoffizier war er eine umfassende Befehlsausgabe gewohnt. Aber angesichts der Umstände, der Professionalität der KSler und deren Ortskenntnisse sagte er nur etwas verhalten: »Ich habe in meiner Karriere zwar noch keine derartige Ansage von einem Junioroffizier bekommen. Aber denn man tau, Herr Oberleutnant!«

»Check!« Steiger drehte sich um. »Sascha, Tom, parkt die Wölfe um, da sieht man sie sofort! Danach sammeln!«

Während sich die Soldaten absprachen, überprüften die beiden Geheimdienstler ihre Waffen und zurrten ihre Schutzwesten zurecht. Seifert keuchte innerlich unter dem Gewicht der Ausrüstung, doch er ließ sich nichts anmerken. Steiger befahl schließlich allen, noch einen ordentlichen Schluck aus den Wasserflaschen in den Fahrzeugen zu nehmen. Es war wich-

* Standardisierte Schießübungen bei der Bundeswehr.
** Bezeichnung für Fallschirmjäger (wird dort nicht gerne gehört).

tig, nicht zu dehydrieren. Binnen Minuten war der Trupp anschließend im Gestrüpp verschwunden. Schüsse aus leichten Waffen waren jetzt nur noch vereinzelt zu hören. Das Einzige, was nicht abebbte, war das Hämmern des Maschinengewehrs, garniert mit Garben der Kalaschnikows.

»Die Talibärte haben ein PKM*«, kommentierte ein Kampfschwimmer in sein Mikro.

»Check!«, bestätigte Steiger. Auch er hatte das russische MG sofort identifiziert. Man wollte sich nicht unbedingt auf der gefährlichen Seite davon befinden.

Vorsichtig arbeiteten sich die Soldaten vor. Oberbootsmann Sascha Herzog ging *point*** und gab Entdeckungen per Handzeichen an die Kameraden weiter.

Sie hatten sich aufgefächert und jeder konzentrierte sich auf seinen Sektor, Gewehr im *low ready*. Retzlaff war vorletzter und Seifert deckte nach hinten ab.

Mit Geduld und äußerster Konzentration schritten die Männer voran. Dichtes Buschwerk und dünner Baumbestand waren eine gefährliche Kombination. Infanteristen *hassten* Reisig. Trockenes Holz, das auf dem Boden lag, war laut, wenn es brach. Laut genug, um den Gegner zu warnen. Schlimmstenfalls gab man sogar seine exakte Position preis.

Vorsicht war also das Gebot der Stunde. Behutsam arbeiteten sie sich durch das Gestrüpp, verbogen Äste, um sie nicht zu brechen. Andererseits wussten die Männer, dass die Zeit lief. Den Schüssen nach zu urteilen, saßen hier Kameraden richtig in der Klemme.

Herzog spähte vorsichtig nach Sprengfallen. Die Männer orientierten sich ausschließlich akustisch an den Schüssen, die jedoch deutlich weniger wurden. Es kam ihnen vor wie eine Ewigkeit.

Nicht mehr lange, und unsere Kameraden werden überrannt …

* Pulemjot Kalaschnikowa Modernisirowanyj – schweres Maschinengewehr im Kaliber 7,62 × 54 mm R.

** Dem Trupp als Späher vorausgehen, um auf Gefahren aufmerksam zu machen.

Nach einer Distanz von etwa vierhundert Metern machte Oberbootsmann Herzog endlich eine geballte Faust und hielt sie nach oben. Dies bedeutete: »Halt!«

Es folgten weitere Signale: »Sechs Talibärte – ein MG, direkt vor uns – weitere fünf links, längs verteilt – keine Absicherung nach hinten.«

Ein L-förmiger Hinterhalt, dachte Steiger. *Wie aus dem Lehrbuch.*

Keine Absicherung nach hinten?

Nicht wie aus dem Lehrbuch!

Scheinen sich sehr sicher zu fühlen.

Steiger bedeutete Herzog, zu warten.

Die Männer schlossen vorsichtig auf. Die unter Beschuss liegenden Kameraden konnten sie aus ihrer Position nicht sehen. Sie lagen jetzt gut einhundert Meter hinter den Taliban. Steiger teilte seine Leute in zwei Gruppen, die sich seitlich halten sollten. Retzlaff und Seifert würden nach hinten dichtmachen, falls ungeladene Gäste auftauchten.

In diesem Moment gingen Steiger tausend Dinge durch den Kopf. Er und seine Männer würden vor Gericht gestellt werden. Ein Ermittlungsverfahren war ihnen mindestens sicher. Mittlerweile zahlte die Truppe wenigstens den Anwalt. Trotzdem taten sie das Richtige, denn diese Taliban waren gerade dabei, ihre Kameraden zu töten.

Er schob die Gedanken beiseite und flüsterte in sein Mikro: »Seht zu, dass ihr keinen von unseren Heereskameraden erwischt. Und jetzt: volle Konzentration!«

Geschmeidig lösten sich drei seiner Männer vom Trupp und bewegten sich konzentriert nach links. Die Taliban feuerten vereinzelte Schüsse. Ein drahtiger, ausgemergelt wirkender Mann mit langem rötlichem Bart war offenbar der Anführer. Mit kehliger Stimme rief er einem seiner Leute etwas zu. Der griff nach unten und förderte eine größere Waffe zutage, die aussah wie eine RPG7*. Der Taliban überprüfte das Gerät und legte an.

* Rocket Propelled Grenade – eine schultergestützte Panzerabwehrwaffe aus russischer Produktion. Je nach Gefechtskopf auch gegen Infanterie einsetzbar.

Steiger beobachtete ihn durch sein Leuchtpunktvisier genau. Er konnte seinen eigenen Puls spüren. Aber er war zu sehr Profi, als dass er sich aus der Ruhe bringen ließ.

Steigers Taliban konzentrierte sich offenbar voll auf sein Ziel. Er schien nicht zu ahnen, dass auch er selbst sich im Fadenkreuz eines Gegners befand.

Die Männer neben Steiger gaben jetzt ihre Ziele per Funk durch. Der nach links ausgewichene Trupp meldete ebenfalls Feuerbereitschaft und seine anvisierten Ziele. Es musste unter allen Umständen vermieden werden, dass zwei oder mehrere Kameraden auf dieselbe Person schossen.

Steiger zählte herunter: »3-2-1-Feuer!«, hauchte er in sein Mikro.

Es erklang ein kurzes, kontrolliertes Staccato. Innerhalb von sechs Sekunden hatten die Kampfschwimmer acht Gegner ausgeschaltet.

Die Taliban wussten nicht, was sie traf. Sie hatten noch nicht einmal Zeit, ihre Brüder zu warnen. Der Gegner musste sie in die Zange genommen haben. Das konnte nicht sein! Zwei Taliban weit vorne rannten, obwohl verletzt, geistesgegenwärtig davon. Allerdings in die falsche Richtung. Oberbootsmann Werner sorgte dafür, dass sie keine ISAF-Truppen mehr behelligen würden. Danach wurde es still. Es bewegte sich nichts. Niemand sprach ein Wort. Der beißende Geruch von Nitrozellulosepulver hing in der Luft.

»Meldung!«

Über Funk kam:

»Pitt, bin okay.«

»Matze dto.«

»Sascha dto.«

»Tom dto.«

»Chris dto.«

Steiger blickte nach hinten. Retzlaff und Seifert gaben ihm den Daumen hoch.

»Gut. Langsam vorgehen und sichern! Ich versuche, Kontakt zu unseren Jungs auf der anderen Seite herzustellen.«

Er funkte jetzt auf einer anderen Frequenz. »Oberleutnant Steiger mit sieben Kameraden. Nicht schießen! Wir nähern uns aus der Richtung der Taliban. Verstanden?«

Es rauschte im Äther.

Steiger wiederholte seinen Anruf.

Dann ertönte mit einiger Klarheit: »Hauptmann Ehlert, mit sechs Fallschirmjägern und einem Zivilisten. Wir freuen uns, dass sie da sind, Herr Oberleutnant!«

»Sind Sie okay, haben Sie Verluste?«

»Positiv, zwei Kameraden tot, drei Verletzte, einer davon schwer.«

Steiger und seine Kameraden sahen sich an. Dann blickten sie auf die Taliban, die sie soeben getötet hatten. Es war kein schöner Anblick. Aber keiner der Männer empfand Mitleid. Das hier war Krieg, egal wie man es in Deutschland nannte.

»Wir nähern uns jetzt Ihrer Stellung und kümmern uns um Ihre Verletzten. Nicht schießen! Bitte bestätigen!«

»Wir haben verstanden.«

Der Trupp ging weiter und Steiger erkannte, rund hundertzwanzig Meter entfernt, einen deutschen Soldaten. Der Flecktarnanzug Wüste war sehr charakteristisch und hob die Deutschen deutlich von ihren internationalen Kameraden ab. Die Männer gingen aufeinander zu.

»Torsten Ehlert.«

»Jan Steiger.«

Ehlert war verschwitzt, sein Gesicht war verschmutzt und sein Smock war voller Blut der toten Kameraden. Er schien unendlich erleichtert.

»Es tut gut, euch zu sehen. Wir haben den Hinterhalt zu spät erkannt, wir sind da voll reingelaufen. Und zum Schluss hatten wir fast keine Munition mehr. Die müssen gewusst haben, dass wir hier patrouillieren. Tja, und … Kai und Olli haben's nicht geschafft, verdammt!« Der Hauptmann wischte sich eine Träne aus dem Auge.

Steiger kannte das. »Wir sind froh, dass wir helfen konnten. Es war ein Zufall, dass wir in der Nähe waren. Um deine Männer tut es mir aufrichtig leid, das ist … Scheiße …«

Ehlert hatte sich abgewendet und rieb sich die Augen.

Ein Mann näherte sich zaghaft – etwa Mitte vierzig, die langen Haare zu einem Zopf gebunden. Er trug eine randlose Brille und eine dunkelblaue Schutzweste mit dem Aufdruck »PRESS«. Seine Stimme war tonlos. »Mein Name ist Christian-Alexander Rothe, ich bin Journalist beim ZDF. Ich gebe zu, ich weiß gar nicht, was ich sagen soll …«

»Kein Problem, Herr Rothe. Ruhen Sie sich erst einmal aus. Mit etwas Glück kommt gleich Unterstützung, dann wird man Sie von hier abholen und ins PRT* fahren. Übrigens sehr mutig von Ihnen, als Zivilist hier draußen …«

»Oh, na ja, ich … Die Männer, ich kannte sie nun auch schon seit drei Wochen … und von einem Moment auf den anderen … Ich …«

Der Mann war durch das Erlebte sichtlich gezeichnet. »Ich … möchte mich gerne bei Ihnen allen bedanken!« Dann versagte seine Stimme.

»Machen Sie sich keinen Kopf darüber. Aber vielleicht können Sie ja, zurück in Deutschland, etwas über die *wahren Zustände* hier schreiben. Vielleicht kommen Sie auch zu dem Schluss, dass hier Krieg herrscht«, nutzte Steiger die Gelegenheit.

Der Journalist hatte sich auf einen umgefallenen Baum gesetzt und nahm einen Schluck Wasser. Er starrte ins Leere.

Steiger wandte sich ab und begab sich zu den anderen Soldaten. Die übrigen Fallschirmjäger hatten sich mit ihren Kameraden von der Marine kurzgeschlossen. Die Stimmung war sowohl von Erleichterung als auch von einer tiefen Trauer um die gefallenen Kameraden geprägt.

»Sascha, Matze, wie steht es um die Verletzten?«

»Die sind erst einmal stabil. Aber wir müssen ins Camp, hier können wir nichts mehr für sie tun.«

* Provincial Reconstruction Team (PRT) – Bezeichnung für die deutschen Lager in Kunduz und Feyzabad.

»Verstanden. Umland weiterhin sichern! Es könnten noch weitere Taliban in der Nähe sein. Ich werde jetzt Meldung absetzen. Dann sollten wir rasch zurück zu den Wölfen verlegen und warten, bis der Konvoi da ist. Wir müssen vorher aber noch alles dokumentieren.«

»Check!«

Zum Hauptmann der Fallschirmjäger gewandt: »Torsten, der Konvoi wird eure Toten mitnehmen.«

»Wir haben sie bereits bedeckt. Unser Funker und unser Rettungssanitäter …«

»Ja, Sascha sagte mir das schon. Um eure Verletzten kümmern wir uns.«

»Ich weiß. Danke!«

Steiger wandte sich an seine Kameraden: »Wenn der Konvoi eingetroffen ist, direkt nach Hause. Wir wollen keine Minute zu viel an diesem Ort verbringen.«

»Check!«

2

Vor vier Wochen
Am Rehkitzsteig
Berlin Wilmersdorf
Deutschland

Korvettenkapitän Jan Steiger, sechsunddreißig, war Single. Jedenfalls im Moment. Dabei konnte er sich über einen Mangel an weiblicher Aufmerksamkeit nicht beklagen. Sein Problem war anders gelagert: Steiger war Meister im Beenden von Beziehungen. Schnell, allzu schnell hatte er an den meisten Frauen etwas auszusetzen. Seine Freunde kommentierten das mit den Worten: »Gemalt bekommst du keine, Jan!«

Doch sie alle verstanden gar nichts. Die Problematik war so simpel wie faktisch. Neue Frauen reichten eben nicht an seine heimliche Liebe heran: Meghan Caoilainn* O'Reilly aus Irland.

Steiger hatte Meghan während eines knapp dreijährigen Schulaufenthaltes in West-Irland kennengelernt. Doch damals hatte er nur Rugby im Kopf gehabt. Wie sehr ihm die Tochter der Freunde seiner Eltern gefiel, war ihm erst später klargeworden. Lange hatte er sich über sich selbst geärgert, über sein eigenes Unvermögen, ihr seine Zuneigung zu gestehen.

Vor zwei Wochen hatte Meghan ihre Doktorarbeit verteidigt. So hatte Steiger kurzerhand beschlossen, sich für einen Besuch anzumelden und der promovierten Historikerin zu gratulieren.

»Im Ernst? Du kommst nach Dublin?« In ihrer Stimme schwang Überraschung, aber auch echte Freude mit.

»Jep. Ich habe mir gedacht, vielleicht strahlt deine frisch besiegelte Weisheit auch gleich auf mich ab …«

* Gesprochen »Kay Linn«.

»Jan Steiger, du bist ein Blödmann! Aber ich freue mich wahnsinnig, wenn du mich besuchen kommst. Auch wenn du bisher nicht gerade der fruchtbarste Boden für meine Weisheiten warst.«

»Egal. Dafür sehe ich gut aus. Ich dachte, intelligente Frauen stehen auf sportliche, schlicht gefaltete Gemüter.«

»Da muss ich dich enttäuschen, Jan. Frauen schätzen eine gesunde Mischung aus Intellekt *und* physischer Attraktivität.«

»Uh, oh … I'm in trouble …«

»Das werden wir sehen! Wie lange bleibst du?«

»Ich habe mal fünf Tage gebucht.«

»Nur fünf Tage? Ich muss aber auch Vorlesungen halten, das weißt du?«

War das eine Schutzbehauptung? Wollte sie ihn vielleicht doch nicht sehen? Oder hatte sie zwischenzeitlich einen Freund?

»Um die Zeit schlafe ich noch. Außerdem war ich seit über einem Jahr nicht mehr in Dublin. Ich hatte vor, auch Liam und Patrick einen Besuch abzustatten …«

»… der dann wieder in einem klassischen Saufgelage endet? Ich erinnere mich noch gut an eure alte Rugby Crew.«

»Nein, keine Sorge. Es hat sich einiges geändert, ich …«

»… lass mich raten, du trinkst heute *noch mehr* als früher?«

»Nein … ich … ich freue mich einfach, dich wiederzusehen, Meghan.«

Mann! Ist gerade Anti-Jan-Tag?

»Ich freue mich auch, Jan. Sehr. Wann kommst du?«

Das klingt schon besser!

»Ich lande morgen mit Aer Lingus Flug 331 um 17:30.«

»Ich hole dich ab.«

Au ja!

»Das brauchst du nicht! Ich kann mir auch ein Taxi nehmen.«

Bitte hol mich ab!

»Kommt nicht in Frage, ich werde da sein. Ich habe mittlerweile auch ein eigenes Auto.«

»Respekt, das wusste ich gar nicht.«

»Du weißt so vieles nicht, Jan …«

»Bis morgen dann!«

»Bis morgen, ich freue mich!«

»Ich mich auch!«

So, Keule. Das war's. Und diesmal nicht kneifen, du Pfeife!

3

Glasnevin District
Dublin
Irland

Der erste Tag war hervorragend gelaufen. Sie hatten sich am Flughafen umarmt. Nicht zu lange und nicht zu kurz. Und sie hatte ihm einen sanften Kuss auf die Wange gegeben. Sie hatte gelächelt. Mit ihren leuchtend grünen Augen. Dann waren sie in Meghans Lieblingskneipe, *The Ol' Barnacle,* Fisch essen gewesen und hatten im *Duke* in Erinnerungen geschwelgt und etwas getrunken. Dann hatte Meghan ihn erneut umarmt und ihm erklärt, sie werde ihn jetzt zu seinem alten Mannschaftskameraden Liam Connolly fahren. Noch vor Liams Tür hatte Steiger eine dritte Umarmung registriert. Sie hatten sich für den nächsten Tag zum Mittagessen in einem schönen Restaurant in der Nähe der Universität verabredet. Frühstück war ausgeschlossen, da Meghan in der Uni zu tun hatte. Von seiner Seite aus war es ohnehin unrealistisch.

Für dieses Mittagessen plante Steiger seinen Coup.

Liam Connolly, Ende dreißig, Versicherungsmakler und ehemaliger Rugbyspieler, war fassungslos. »Meghan? Immer noch? Du hast es ihr noch immer nicht gesagt? Oh, Mann! Und du willst *bei mir* pennen? Kein Problem, Jan, aber weshalb bekennst du dich ihr nicht einfach mal? Ich fasse es nicht!«

Steiger hob beschwichtigend die Hände. »Der Zeitpunkt war noch nicht perfekt. Ich bin doch gerade erst angekommen. Was hätte ich denn sagen sollen? Etwa: ›Hey, schön, dass du mich abholst und, ähm, und übrigens: Ich bin seit fünfzehn Jahren in dich verknallt und möchte bei dir übernachten?‹«

»Ohne das ›Ähm‹ und den letzten Halbsatz: ja, so in etwa.«

»Ach Liam, du verstehst das nicht. Ich habe *morgen* dafür einen Tisch reserviert, und … Mann, wie soll ich's dir erklären, es muss sich irgendwie ergeben.«

»Also, Jan: Es gab keinen Grund, ihr nicht wenigstens mal etwas anzudeuten. Das hätte sie verdient gehabt. Ich vermute aber stark, du bekommst morgen auch nichts gebacken! Daher, mein Lieber, trinken wir jetzt auf dein typisch deutsches Unvermögen, deine Gefühle zu erklären!« Connolly zauberte eine Flasche zehn Jahre alten Bushmills Whiskey hervor.

»Mit *dem* trinke ich auf alles, was du willst.«

»Berichte dann mal von deinem letzten Abenteuer am Sinai!* Und erzähl mir nicht, du wärst nicht dabei gewesen, die Zeitungen waren voll von der Aktion.«

Steiger lächelte matt. »Über meinen Beruf kann ich nicht reden, gieß lieber ein …«

Die Nacht wurde deutlich länger als geplant.

* Siehe ALLEINGANG.

4

Cabot Square
Canary Wharf, East London
England

Es war Ende Oktober. Nebelschwaden zogen durch die Londoner Innenstadt. Die grellen Kegel der Straßenlaternen erreichten kaum den nassen, kalten Asphalt. Gerade hatte wieder ein leichter Nieselregen eingesetzt. Bei Temperaturen knapp über dem Gefrierpunkt konnte man den Atem der Fußgänger sehen, die achtlos aneinander vorübereilten.

Inmitten des Treibens bewegten sich zwei Männer zügig. Etwa Ende dreißig und gut gekleidet, wirkten die Männer wie die typischen Geschäftsleute, die diesen Teil Londons überwiegend bevölkerten. Zielstrebig näherten sie sich dem Gebäudeeingang eines imposanten weißen Hochhauses am Ende des Cabot Square nahe der berühmten Canary Wharf. Auf einem blankpolierten Messingschild war neben einigen anderen Firmennamen die schlichte Buchstabenkombination

M.S. Ltd.

eingraviert. Nachdem der größere von beiden, ein wahrer Hüne, den Klingelknopf gedrückt hatte, öffnete sich langsam die schwere Doppeltür. Im Innern des Gebäudes erhob sich über den Männern eine große Halle. Die Decke konnte man allenfalls erahnen. Glas, Stahl und Marmor prägten das geräumige Foyer. Es roch geradezu nach Geld und Macht.

Gefühlte fünfzig Meter vom Eingang entfernt befand sich, von unten in sanftes Licht gehüllt, der runde Empfangstresen. Besetzt war er von einer bildhübschen jungen Frau, die eher an ein Model als an eine Concierge erinnerte.

»Guten Tag, wir haben einen Termin bei *Maritime Solutions.*«

»Guten Tag, wen darf ich melden?«

»Mein Name ist Mats Nygard und das ist mein Kollege, Herr Erik Borg.«

»Ah ja, Sie werden bereits erwartet. Ich bringe Sie zum Aufzug. Ach, und wundern Sie sich bitte nicht, der Aufzug hat keine Tasten. Man wird Sie holen. In Ordnung?«

»Kein Problem.«

»Hier entlang, bitte.«

Die junge Dame war aufgestanden und begleitete sie zum Lift in einem entlegenen Winkel des Foyers. Die Männer schätzten ihre Größe auf einen Meter achtzig. Mit einer lässigen Bewegung ließ sie ihre Chipkarte durch den Kartenleser gleiten. Lautlos öffneten sich zwei Messingtüren. Die Concierge hatte recht. Über Tasten verfügte dieser Aufzug nicht. Lediglich ein Irisscanner sowie ein elektronisches Fingerabdruckfeld waren erkennbar. Der Aufzug war nahezu komplett mit Spiegeln ausgekleidet. Ein verchromter Handlauf bot den Besuchern eine Möglichkeit, sich festzuhalten.

Nachdem sich die Türen lautlos geschlossen hatten, geschah erst einmal nichts. Einer der Männer blickte nach oben. Zwei hochauflösende Kameras meldeten vermutlich jedes Detail an eine Sicherheitszentrale weiter.

Nach kurzer Zeit setzte sich der Lift in Bewegung. Binnen Sekunden öffneten sich die Türen wieder und die Männer betraten eine Eingangshalle. Der Blick aus einem Flurfenster verriet, dass sie sich mindestens im siebten oder achten Stock befanden. Der Ausblick auf die Canary Wharf war bemerkenswert.

Der Mann, der sich Nygard nannte, sah sich um. Eine khakifarbene lederne Garnitur war um einen Marmorclubtisch gruppiert, auf dem eine Karaffe mit Wasser stand. Acht schwere Kristallgläser waren auf den Kopf gestellt. Unter einer Gewächshauslampe blühte eine üppige Platane. An der rechten Wand hing eine vergrößerte Fotografie, dezent und geschmackvoll eingerahmt. Es handelte sich um ein Gruppenfoto, rund ein Dutzend Soldaten waren abgebildet. Sie trugen

Camouflage-Kampfanzüge und große olivfarbene Rucksäcke. Die meisten hatten Tarnfarbe im Gesicht. Einige hielten ihre Gewehre in den Händen, andere trugen sie an einem Sling vor ihrem Körper. Ihre Hände auf den Schultern von Kameraden, grinsten die Männer fast übermütig in die Kamera. Offenbar war das Bild in einer tropischen Gegend aufgenommen worden. Im Hintergrund war dichter, üppiger Regenwald zu erkennen. Die Aufnahme war schon etwas älter. Nygard schätzte sie anhand der Ausrüstung auf die späten neunziger Jahre.

Am oberen Rand in der linken Ecke prangte ein kleines Wappen. Es zeigte einen Dolch, der von unten durch zwei stilisierte Wellen stach. Darunter stand geschrieben:

BY STRENGTH AND GUILE*

Die Eingangshalle war durch eine milchige Glaswand von den sich anschließenden Räumen getrennt. Nachdem sich eine verstärkte Sicherheitstür geöffnet hatte, betrat ein athletisch wirkender Mann den Vorraum. Er winkte die beiden Gäste zu sich und stellte sich höflich vor. »Guten Tag, Gentlemen, James MacLean, wenn Sie mir bitte folgen wollen.«

Der Mann schloss die Tür hinter ihnen und sie bemerkten, dass sie sich in einer Art Schleuse befanden. Sie vernahmen ein klickendes Geräusch, ähnlich dem Verschluss einer alten Spiegelreflex-Kamera.

»Nacktscanner«, raunte Nygard seinem Kollegen Borg zu.

MacLean lächelte verlegen. »Reine Routine, wir gehen natürlich davon aus, dass Sie keine Waffen tragen. Dennoch, Sie verstehen das sicher …«

»Selbstverständlich«, entgegnete Nygard in makellosem Oxford-Englisch.

»So, nun aber …«

Ein kleines grünes Licht vor ihnen signalisierte, dass die zweite Tür geöffnet werden konnte. MacLean ging voraus und

* »Durch Stärke und List« – Motto des Special Boat Service, der maritimen Spezialeinheit Großbritanniens.

sie betraten einen mäßig beleuchteten, langen Flur. An den Wänden hingen Ölgemälde, auf denen Portraits britischer Soldaten unterschiedlicher Jahrhunderte zu sehen waren. Nygard glaubte im Vorbeigehen Wellington, den Sieger von Waterloo, auf einem Bild erkannt zu haben.

Der Flur mündete schließlich in einen Konferenzraum, der sich hinter einer hohen Tür aus Mahagoniholz verbarg. Der Raum war, bis auf eine Anrichte und eine Glasvitrine, in der ein Modell des berühmten Segelschiffes *H.M.S. Victory** ausgestellt war, eher karg eingerichtet. An einem langen Tisch saßen zwei Männer in dunklen Anzügen. Sie erhoben sich rasch, als die Gäste eintraten.

»Herr Nygard, Herr Borg, herzlich willkommen!«

»Ich bin Jeremy Horne und das ist mein Direktor für operative Angelegenheiten, Craig Buxton. James haben Sie ja bereits kennengelernt.«

Zum ersten Mal deutete sich so etwas wie ein Lächeln auf den Gesichtern der beiden Gäste an. Sie hatten kurz zuvor einen Blick ausgetauscht.

»Mats Nygard und Erik Borg, angenehm.«

Der Mann, der sich als Jeremy Horne vorgestellt hatte, wirkte drahtig und trug kurze graue Haare. Horne war achtundfünfzig Jahre alt und hatte sechzehn davon im legendären SBS, dem *Special Boat Service* der britischen Streitkräfte, gedient. Nach einer anschließenden Verwendung beim MI6, dem Auslandsgeheimdienst Großbritanniens, hatte er sich entschlossen, dem *Circuit* beizutreten. So wurde die private Sicherheitsindustrie im britischen Commonwealth genannt. Nur zwei Jahre später gründete er seine eigene Firma *Maritime Solutions Ltd.* Sein Jahreseinkommen überstieg das Gehalt der meisten Investmentbanker Londons.

Sein Partner, der Amerikaner Craig Buxton, war physisch das genaue Gegenteil. Bei einem Gewicht von sechsundneunzig Kilogramm, davon einige zu viel in der Bauchgegend,

* Her Majesty Ship Victory war das Flaggschiff des Admirals Horatio Nelson in der Schlacht 1805 bei Trafalgar.

hatte Buxton Arme wie ein Bodybuilder und Hände wie Schraubstöcke. Die verbliebenen Haare zu einer Glatze rasiert, erinnerte er eher an einen Türsteher als an einen Geschäftsmann. Horne hatte Buxton seinerzeit am »freien Markt« rekrutiert. Buxton, fünfundfünfzig, hatte vor vier Jahren im Rang eines Commander die *Development Group*, die bekannte Antiterroreinheit der US-Navy SEALs, verlassen und war nach einigen Querelen mit der Führung in den vorzeitigen Ruhestand gegangen.

Die beiden Parteien studierten sich gegenseitig.

Mats Nygard machte mit seinen wachen hellbraunen Augen einen intelligenten Eindruck. Seine dunkelblonden Haare trug er nahezu schulterlang. Er wirkte zäh. Hohe Wangenknochen und ein Mephistobart sorgten dafür, dass insbesondere Frauen sich stets an ihn erinnern konnten.

Erik Borg war knapp zwei Meter groß und von robustem Knochenbau. Auch der tadellos sitzende Anzug konnte die ihm innewohnende Urkraft nicht verbergen – sie wirkte wie angeboren. Die blonden Haare trug er deutlich kürzer, ein heller Vollbart verdeckte sein kantiges Kinn.

»Wir würden uns freuen, wenn Sie sich für uns entscheiden und wir zu einem für beide Parteien vorteilhaften Abschluss kommen können«, eröffnete Horne das Gespräch.

»Das werden wir sehen, Mr. Horne.«

5

The Exchange Restaurant
Westmoreland Street
Dublin
Irland

Jan Steiger hatte sich nochmals die Zähne geputzt und ein dezentes Eau de Cologne von Armani aufgetragen. Ein hellblaues Oberhemd zu einem dunkelblauen Jackett, Slacks und ein paar elegante Chelsea Boots komplettierten seine heute besonders gepflegte Erscheinung.

Ja, er war nervös.

Der Saal des bekannten Restaurants war von angenehmem Licht durchflutet. In der Mitte stand ein großer Tisch mit üppigen Blumensträußen in stilvollen Porzellanvasen. An den Wänden hingen antike Landkarten irischer Städte. Steiger identifizierte Cork, Belfast und Limerick. Die Tische trugen feine Tischwäsche und die Kellner Livree.

Steiger saß bereits am Tisch und schaute immer wieder auf seine Sinn UX Automatikuhr.

Mann, du bist zu früh!

Von Meghan keine Spur.

»Wünschen Sie vielleicht einen Aperitif, Sir?«

Er überlegte.

Gestern Abend war schon heftig …

Egal.

»Einen Sherry bitte.«

»Dry, Medium Dry, Cream oder Rich Cream, Sir?«

»Cream, bitte.«

»Sehr wohl.«

Steiger sah sich um und ließ die Umgebung auf sich wirken. Ein junges Paar saß am Nachbartisch, die meisten anderen Gäste waren vermutlich Geschäftsleute.

Die Uhr zeigte zwanzig nach eins.

Dann endlich betrat Meghan den Raum. Ein Blickfang. Ihre langen roten Haare wehten offen. Den Mantel hatte sie locker über den Arm geworfen. Sie trug eine Bluse und darüber einen grauen Pullover mit V-Ausschnitt.

Kaschmir, dachte Steiger.

Um ihren Hals entdeckte Steiger einen goldenen Anhänger mit einer kleinen Harfe*.

»Oh Jan, bitte entschuldige die Verspätung! Es tut mir wahnsinnig leid.«

Steiger erhob sich. »Hallo Meg, schön dich zu sehen, ich bin auch gerade erst gekommen«, log Steiger und umarmte seinen Schwarm.

Sie küsste ihn auf die Wange.

Sie sieht hinreißend aus. Ich atme ihr Parfum.

»Da bin ich ja beruhigt, wir hatten noch ein spontanes Dozentenmeeting. Es war wichtig, wir besprechen gerade die Syllabus für das nächste Semester.«

»Hey – gar kein Problem!«

Sie wirkt etwas abgehetzt, aber gut gelaunt.

Ein Kellner erschien wie auf Knopfdruck, nahm den Mantel entgegen und überreichte zwei Menükarten, eine Weinliste sowie den bestellten Sherry.

Meghan fixierte Steiger über die Menükarte hinweg und fragte keck: »Ein Sherry, du bist doch schon länger hier, nicht?«

»Ähm, fünf Minuten, maximal!«

Sie lächelte und schüttelte langsam den Kopf. »Na gut, wie komme ich denn zu der Ehre, dass du mich in dieses außergewöhnliche Lokal entführst?«

»Ganz einfach, ich …«

Weiter kam er nicht.

»Ich habe übrigens etwas, das ich dir zuerst erzählen muss!«, fiel ihm Meghan ins Wort. »Eigentlich ist es eine Überraschung.«

* Das Wappen Irlands.

»Eine Überraschung? Na, da bin ich ja mal gespannt.« Steiger blieb souverän. Er setzte ein neugieriges Lächeln auf.

Meghan machte ein verheißungsvolles Gesicht. Steiger glaubte, eine leichte Rötung auf ihren Wangen festgestellt zu haben. »Ich möchte dir später noch jemanden vorstellen.«

Sie hatte die Worte kaum ausgesprochen, da spürte Steiger, wie sich ein flaues Gefühl in seinem Magen ausbreitete.

Jemanden?

»Aha … so? Nun … gut.«

»Ja, jemand ganz Besonderes.«

»Soso?« In Steigers Kopf schrillten sämtliche Alarmglocken.

Einen älteren Professor, ihren Doktorvater, oder vielleicht einen harmlosen Kollegen, versuchte er, sich zu beruhigen.

»Weißt du, Jan, es gibt kaum einen Menschen auf der Welt, der mich so gut kennt wie du und dem ich derart vertraue.«

»Hm. Wir sind wirklich schon sehr lange befreundet …« Steiger war wie gelähmt. In seinem Bauch zog sich alles zusammen.

»Ich habe jemanden kennengelernt, Jan. Ich glaube, ich bin verliebt!«

Verdammte Axt!

»So? Ähm, na das ist … also das ist doch toll, Meghan. Ich freue mich für dich …«

Heuchler!

»Ja? Das ist lieb von dir. Er holt mich nachher ab, weißt du, vielleicht können wir noch etwas trinken gehen, er …«

»Seit wann kennst du ihn?«

Die Frage kam schnell, mechanisch, fast kalt. Doch Meghan bemerkte in ihrer Euphorie nichts.

»Seit fünf Wochen. Ich habe ihn auf einer Party meiner besten Freundin, du kennst ja Deirdre, getroffen.«

»Ja. Verstehe. Und, ähm, was macht er so?«

»Er ist, also das ist echt interessant, er ist Weinhändler. Stell dir das vor!«

»Weinhändler?« Steiger war jetzt völlig neben der Spur.

»Ja, aber im großen Stil. Seine Mutter ist Italienerin und sein Vater Engländer. Der Papa sitzt für die Tories im Parlament, kannst du's glauben? Na ja, aber er ist nicht so steif wie sein Vater, er schlägt eher nach seiner Mutter. Ihre Familie besitzt Weingüter in der Toskana, spannend, nicht?« Meghan lachte.

»In der Tat!« Steigers Welt brach gerade langsam in sich zusammen. Verzweifelt versuchte er, sich nichts anmerken zu lassen.

Meghan schwärmte weiter: »Er ist kultiviert, charmant – und sehr sportlich. Er spielt Cricket!«

Cricket? Steiger machte innerlich ein schmerzverzerrtes Gesicht.

»Du wirst ihn mögen, da bin ich mir sicher. Politisch ist er eher liberal, aber so sind die Italiener halt.« Meghan lachte. Sie hatte offensichtlich nicht die leiseste Ahnung, was gerade in Steiger vorging. »Er heißt übrigens Fabio!«

Von da an ging es steil bergab. Meghan erzählte nun begeistert über den geplanten Urlaub mit *Fabio*. Natürlich in Italien. Ihre Muscheln verspeiste Meghan im Nu, während Steiger lieblos an seinem Cordon bleu herumsäbelte.

»Was machst du für ein Gesicht, Jan? Ist etwas nicht in Ordnung?«

»Wie? Nein alles bestens, ich freue mich wirklich sehr für dich, ähm, euch! Nur muss ich, also, ich weiß nicht, wie ich es sagen soll, ich muss leider schon früher zurück nach Deutschland. Dienstlich hat sich kurzfristig etwas ergeben, weißt du.«

»Och Jan, jetzt bist du gerade mal vierundzwanzig Stunden im Land, und da musst du schon wieder los?«

»Du hast ja recht, Meg, aber du kennst ja das mit dem Dienst.«

Sie zog eine Grimasse. »Ja, du bist Soldat, ich weiß. Für mich wäre das nichts.«

Das Essen war schnell beendet. Sie hatten gerade ihre Jacken angezogen, als ein Mann in einem gutsitzenden Nadelstreifenanzug erschien. Die gepflegten schwarzen Haare berührten fast seine Schultern.

»Meghan, Dear, wie schön, dich zu sehen!«

Die Worte schmerzten.

Fabio und Meghan umarmten sich innig. Ihr Kuss war länger, als es sich Steigers Auffassung nach in der Öffentlichkeit ziemte. Seine Augen verengten sich. Konzentriert durchleuchteten sie den Eindringling. Steiger registrierte jedes Detail.

Der Kerl war selbstbewusst. Insbesondere, was den Umgang mit Frauen betraf. Souveränes Auftreten. Teure Klamotten. Brauner Gürtel, braune Schuhe. Rahmengenähte *Allen Edmonds*. Der Siegelring verkündete Oxford. Das feine Tuch in der Westentasche hatte Paisleymuster. *Paul Smith?* Unsportlich sah er auch nicht gerade aus. Auch wenn er nur Cricket spielte. Im Geiste schniefte Steiger verächtlich.

»Fabio, darf ich vorstellen, das ist …«

»Hey – du must Jan sein! Habe schon viel von dir gehört! Fabio, angenehm!« Das Lächeln entblößte eine Reihe makelloser weißer Zähne. Fabio streckte ihm seine Hand entgegen.

Manikürte Fingernägel, ich glaub's nicht …

An seinem linken Handgelenk prangte eine *Bulgari Octo*. Steiger gab ihm die Hand etwas fester als normal, er hätte sie ihm gerne gebrochen. Oder das Handgelenk. Oder beides. Er hätte den Kerl auch mit einem Hieb bewusstlos schlagen und durchs Fenster schmeißen können. Aber das half wohl jetzt auch nichts mehr.

»Hallo! Jan, sehr angenehm.«

Sein Gegenüber schien die innere Ablehnung sofort zu spüren. »Jetzt, wo ich Meghans besten Freund kennengelernt habe, können wir zusammen doch etwas trinken gehen, nicht? Im *Kehoe's* sitzt man gut, um diese Zeit dürfte sich ein angenehmes Publikum dort herumtreiben.« Fabios Augen funkelten teuflisch.

Meghan stimmte begeistert zu. »Oh ja, das *Kehoe's* ist cool! Komm doch noch mit, Jan! Bitte, mir zuliebe …«

»Du Meghan, ich würde ja gerne, aber ich hatte mich noch bei Patrick angekündigt, ich muss dann auch schon wieder fliegen. Ich nehme die 22:00 Uhr Maschine. Es tut mir so leid, vielleicht ein anderes Mal?«

Meghan setzte einen Schmollmund auf. »Können wir dich wenigstens zum Flughafen bringen?«

»Das ist wirklich überhaupt kein Problem!«, bestätigte Fabio.

»Das ist nett, aber macht euch keine Umstände, Patrick hat das schon klargemacht.« Steiger lächelte, so gut es ging.

Die Verabschiedung war herzlich. Zum Schluss drückte ihm Meghan einen dicken Kuss auf die Wange.

Als Fabio ihm die Hand zum Abschied reichte, konnte Steiger ein diskretes Lächeln in dessen Gesicht ausmachen, welches eindeutig Triumph widerspiegelte. Routiniert führte Fabio Meghan die Treppen herunter zum geparkten Wagen, einem dunkelgrünen Bentley Continental GT.

Steiger sah den beiden nach.

Toller Tag.

Er konnte sich nicht einmal für Meghan freuen. Der Typ war ein Armleuchter. Ein privilegierter. Beides nervte. Aber wenn er ganz ehrlich war, musste Steiger zugeben, der Kerl hatte was. Das war das Problem.

In trübe Gedanken versunken warf Steiger seinen Kurzmantel über und schlenderte die Straße entlang. Er spekulierte auf ein Taxi, um sich zu seinem Kumpel Patrick Murphy fahren zu lassen. Doch es wollte partout keins auftauchen. Stattdessen fing es an, zu regnen. Erst leicht, aber nach ein paar Minuten schüttete es wie aus Eimern. Der Regen lief ihm in den Kragen. Innerhalb von Minuten war er komplett durchnässt.

Doch das machte jetzt auch nichts mehr. Der heutige Abend konnte ohnehin nur auf eine Weise enden. Gott sei Dank mangelte es in Irland nicht an gutem Whiskey.

6

Cabot Square
Canary Wharf, East London
England

»Können wir Ihnen etwas anbieten, eine Tasse Tee oder vielleicht Kaffee?«

»Wasser, bitte!«

Während MacLean nach einer Karaffe mit Mineralwasser griff, nahm Jeremy Horne den Gesprächsfaden wieder auf: »Wir haben verstanden, dass Sie besondere Wünsche haben, die, sagen wir, von den üblichen Gepflogenheiten in unserem Geschäft etwas abweichen.«

Sein Ton war sachlich, entbehrte jedoch nicht einer gewissen Bestimmtheit.

»Wenn Sie das so sehen wollen.«

Horne blickte kurz zu Buxton herüber und fuhr dann fort: »Ihren Angaben zufolge würden die Männer nicht für einen staatlichen Akteur arbeiten. Vielmehr sind die Auftraggeber Privatiers, die sich wiederum für einzelne Individuen interessieren. Ist das so in etwa richtig?«

»Das ist korrekt. Wir würden es aber bevorzugen, nicht weiter ins Detail zu gehen.«

Horne wirkte darüber etwas unzufrieden, gab sich aber jovial. »Verstehen Sie mich bitte nicht falsch. Uns ist klar, dass unsere Leute weniger in einer *beratenden* Funktion tätig werden, sondern eine, sagen wir, *aktivere Rolle* spielen sollen. Es ist nur so, dass wir schon gerne wüssten, inwieweit diese Rolle möglicherweise den Interessen Großbritanniens …« Er kam nicht dazu, den Satz zu beenden.

»Wir denken nicht, dass die Funktionen, die Ihre Männer ausüben sollen, den Interessen des Vereinigten Königreiches zuwiderlaufen. Im Fall einer Übernahme wären sie ohnehin unsere Männer«, erwiderte Nygard. Seine Aussage hatte etwas Definitives.

»Das möchten wir gerne glauben. Dafür müssten wir allerdings weitere Angaben bezüglich des Auftrags bekommen«, insistierte Buxton. »Wenn Sie beispielsweise Operateure zur Sicherung einer geheimen Bohrinselplattform benötigen, dann ist das so und wir fragen auch nicht weiter nach.«

»Meine sehr verehrten Herren, mehr kann ich Ihnen dazu nicht sagen«, blieb Nygard hart. »Wenn Sie das nicht akzeptieren können, ist jede weitere Verhandlung reine Zeitverschwendung.« Er stand auf und wandte sich an seinen Kollegen: »Erik?«

Horne schaltete sofort. »Nicht doch, Sie können mir glauben, selbstverständlich verstehen wir Sinn und Zweck von Geheimhaltung und Vertraulichkeit. Bitte haben Sie nur Verständnis, dass wir hier gesetzlichen Normen unterliegen …«

»… die im Vereinigten Königreich recht liberal formuliert sind«, wandte Nygard ein.

»Also gut.« Jeremy Horne schien entschlossen, den Auftrag um jeden Preis an Land zu ziehen. »Ich bin mir sicher, dass wir das haben, was Sie benötigen. Lediglich was die Zahlungsmodalitäten betrifft, würden wir uns gerne noch einmal rückversichern.«

Bingo, dachte Nygard.

Borg ergriff das Wort, nachdem er eine dünne lederne Aktentasche vor sich auf den Tisch gelegt hatte. »Auch wir würden uns freuen, wenn es zu einer Einigung zwischen uns käme. Wir benötigen zwölf Operateure, echte Shooter mit maritimem Spezialkräfte-Hintergrund.«

»Darauf sind wir spezialisiert«, entgegnete Horne mit einer Mischung aus Stolz und leichter Vermessenheit.

Borg fuhr fort: »Wir wissen, dass alle maritimen Spezialeinheiten die klassische Kampfschwimmerrolle in ihrer Ausbildung praktizieren. Wir wünschen aber, dass mindestens vier der Männer noch kürzlich mit solchen Aufgaben betraut waren. Diese vier müssen absolut *up to date* sein.«

Horne nickte. »In Ordnung.«

»Wir akzeptieren ausschließlich Veteranen. Jeder muss an mehreren Kommandoeinsätzen teilgenommen haben. Die Altersgrenze liegt bei maximal achtunddreißig Jahren und wir nehmen nur Unteroffiziere, keine Offiziere.«

»Verstanden. Was weiter?« Horne war von den sehr konkreten Forderungen seiner Klienten unmerklich etwas überrascht.

»Etwas Wichtiges: *Wir* nehmen die Auslese vor. Wir haben das Recht, jeden Mann ohne Angabe von Gründen abzulehnen. Das Honorar ist für jeden Einzelnen siebenstellig. Für Ihre Firma gibt es eine Ablösesumme bzw. einen Bonus, wie Sie es genannt haben. Den seinerzeit vereinbarten Betrag. Der Auftrag ist naturgemäß geheim, die Gefährdungslage ist hoch. Aus Gründen der operativen Sicherheit werden Einzelheiten den Männern erst nach Projektbeitritt bekanntgegeben. Ich denke, das verhält sich bei anderen Kunden ähnlich. Nach Übernahme der Männer in unsere Dienste wird jedweder Kontakt zu Ihrer Firma gekappt.«

»Und woher wissen wir, dass Sie über die nötigen Mittel verfügen?«, fragte Buxton nach.

Darauf offensichtlich vorbereitet, schob Borg seinem Gegenüber einen Zettel zu. »Rufen Sie die Bank an, deren Name und Nummer sich auf dem Zettel befinden. Das Institut sollte Ihnen gut bekannt sein, da Ihr Unternehmen meines Wissens nach ebenfalls dort Konten unterhält. Man wird Sie nach einem Kennwort fragen. Geben Sie den fünfstelligen Nummern- und Buchstabencode an, dann werden Sie mit einem Prokuristen namens Henri Meurteuille verbunden. Monsieur Meurteuille wird Ihnen bestätigen, dass sich fünf Millionen Pfund bereits auf einem Konto befinden, zu dem ausschließlich Ihre Firma Zugang hat – sobald wir Ihnen den dazugehörigen Code aushändigen.«

»Also Zahlung per Akkreditiv?«, fragte Horne.

»Besser noch, Sie haben Zugriff auf ein Drittel des Geldes, bevor Sie die eigentliche Leistung erbringen.«

»Timeo Danaos et dona ferentes!*«, fiel Horne dazu scherzhaft ein.

Nygard lächelte. »Das brauchen Sie nicht, solange Sie nicht versuchen, uns zu übervorteilen.«

Soso, Latein verstehst du also auch, warst bestimmt auf einer Privatschule, Bürschchen, dachte Horne und blickte vorsichtig zu seinem Partner Buxton herüber. Der zuckte nahezu unmerklich mit den Schultern. Daraufhin nickte Horne MacLean zu. »Jim, überprüfe das bitte.«

MacLean nahm den Zettel an sich und verließ den Raum.

Zu seinen skandinavischen Gästen gewandt, erklärte Horne: »Jim hat zwar auch einen militärischen Hintergrund, aber er verfügt über einen MBA der London School of Economics.«

Nygard nickte darüber etwas gelangweilt.

»Wenn Sie die Frage gestatten, weshalb wollen unbedingt Sie das Personal auswählen?«, wollte Buxton wissen. »Wenn Sie uns in die Rahmenbedingungen des Auftrags einweihen, stellen wir Ihnen ein maßgeschneidertes Team zusammen, das Sie garantiert nicht enttäuschen wird.«

»Wir haben unsere Gründe und auch dieser Punkt ist für uns nicht verhandelbar«, stellte Borg nüchtern fest.

»Schauen Sie, wir wissen in der Regel immer, mit wem wir es zu tun haben«, befand Horne. »Wir kennen Sie nicht. Die Empfehlung aus der Schweiz war nicht besonders, wie soll ich es ausdrücken, wertig?«

»Es ist nicht nötig, dass Sie unsere Auftraggeber kennen. Wir arbeiten für vermögende Personen, die es bevorzugen, keine Fragen zu beantworten. Haben wir so eine Vertragsgrundlage?«

Horne zögerte, dann legte er beide Hände auf den Tisch und fixierte Nygard. »Nein meine Herren, ich fürchte, die haben wir nicht.«

Zum ersten Mal zeigten die beiden Gäste eine Gefühls-

* »Ich fürchte die Danaer (Griechen), auch wenn sie Geschenke bringen« – eine Anspielung auf die Eroberung Trojas mit Hilfe des Trojanischen Pferdes.

regung: Sie waren sichtlich überrascht. Buxton beobachtete die Skandinavier und schwieg.

Borg fragte: »Wie dürfen wir das verstehen?«

Horne war aufgestanden und stand nun am Fenster. Er ließ sich Zeit mit seinen Ausführungen. »Mit Verlaub, meine Herren, der Bonus erscheint mir ein wenig niedrig. Gehen wir davon aus, dass Sie bei einem x-beliebigen Auftrag keine Million Pfund pro Nase bezahlen. Gehen wir ferner davon aus, dass die Mission so gefährlich ist, wie ich vermute. Das würde bedeuten, dass Maritime Solutions Ltd. zwölf wertvolle Operateure verliert, die wir mittelfristig ersetzen müssen. Bitte verstehen Sie mich nicht falsch, der Manpower-Pool an potenziellen Mitarbeitern ist groß, aber wir sind auch sehr wählerisch …«

Nygard lächelte. *Der Profit, natürlich! Wie konnte er nur eine Sekunde glauben, Horne interessiere sich wahrhaftig für das Schicksal seiner Leute.*

Horne fuhr weiter fort: »Ich schlage also vor: dreißig Millionen Pfund Ablösesumme und fünf Millionen für Ausrüstung und Transport an M.S. Ltd. Für die Fahrzeuge käme ein Obolus hinzu, sollten Sie welche benötigen. Wir haben alles: vom Chinook-Transporthubschrauber bis hin zum russischen Kilo-Unterseeboot. Sie können das gerne überprüfen. Diskreter Transport in die entlegensten Winkel des Globus versteht sich von selbst – das übernimmt unsere Tochterfirma *Rogue-Lift*. Was Sie den Männern letztlich zahlen, bliebe Ihnen überlassen.«

Nygard blickte Borg an. Dieser schüttelte den Kopf und sagte: »Hören Sie, Mr. Horne, wir zahlen zwölf Millionen Pfund alles inklusive an M.S. Ltd., nicht mehr und nicht weniger. Transport, Ausrüstung und Fahrzeuge werden nicht benötigt, das bewerkstelligen wir selbst. Überlegen Sie es sich. Im Übrigen hat Ihr amerikanischer Mitbewerber *Premier Executive* ein Angebot unterbreitet, das deutlich günstiger ist als Ihres. Unsere Zeit ist begrenzt. Wie lautet also Ihre Antwort?«

Horne lächelte, schaute zu Buxton herüber und richtete seinen Blick anschließend wieder auf die beiden Männer aus Skandinavien. *Nicht übel, Junge …*

»Unser Mitbewerber verfügt nicht über das Spitzenpersonal, das wir bieten können. *Premiere Executive* ist US-lastig, zu groß, um sich zu spezialisieren und hinsichtlich OPSEC* nun nicht gerade das, was man diskret nennt. Sie wollen erfahrene Waffentaucher, Kampfschwimmer oder EOD** Experten und äußerste Diskretion? Dann gibt es nur uns!«

»Ihre Firma, Mr. Horne verfügt dazu über eine *interessante* Reputation. Sie stehen im Ruf, Leute zu beschäftigen, die in ihren alten militärischen Einheiten ein Problem hatten. In Ihren Reihen finden sich auch Männer, die Kriegsverbrechen begangen haben, und das nicht gerade wenige. Die fachliche Qualifikation ist dabei unbestritten. M.S. Ltd. scheint aber so eine Art Fremdenlegion in der Szene zu sein.«

»Was Ihnen aber nichts auszumachen scheint, sonst würden wir hier nicht zusammensitzen. Sagen wir zwanzig Millionen?«, konterte Horne.

»Fünfzehn als letztes Wort. Ansonsten müssten Sie uns jetzt bitte entschuldigen.« Borg und Nygard machten Anstalten, sich zu erheben.

Es entstand eine unangenehme Stille.

You bloody wanker …

»Also gut«, Horne lächelte gequält, »achtzehn.«

»Sechzehn Millionen Pfund.«

»Kommen Sie uns ein wenig entgegen, sagen wir siebzehn Millionen. Was sollen wir uns streiten …«

»Sechzehn Millionen Pfund. Zahlbar wie vereinbart«, pokerte Nygard.

In diesem Moment betrat MacLean wieder den Raum. Er wedelte mit dem Zettel, auf dem Nygard die Nummer vermerkt hatte. »Es sieht so aus, als verhalte sich alles so, wie unsere Gäste es beschrieben haben.«

* Operational Security / operative Sicherheit.
** Explosive Ordnance Disposal / Kampfmittelabwehr.

»Danke, Jim«, entgegnete Horne und überlegte kurz. Buxton nickte Horne zu.

»Also gut, einverstanden. Ich gratuliere Ihnen zu Ihrer Entscheidung. Sie werden es nicht bereuen.«

Die vier Männer hatten sich erhoben und schüttelten einander die Hände. Die Formalien waren schnell erledigt, Unterschriften wurden geleistet und Visitenkarten mit vertraulichen Koordinaten ausgetauscht. Borg schob einen braunen Umschlag zu Buxton herüber.

»Hierin befindet sich die Wegbeschreibung zu jener Ortschaft, an der wir das Auswahlverfahren abhalten werden. Diese Informationen erhalten Sie nicht elektronisch. Bitte vernichten Sie die Papiere nach dem vereinbarten Termin.«

»England?«, wollte Buxton wissen.

»Nein, Belgien. Senden Sie uns zuerst Ihre besten dreißig«, entgegnete Nygard.

»Dreißig? Um nur zwölf auszuwählen?« Horne war verblüfft.

»Wie ich bereits andeutete, sind auch wir sehr wählerisch, Mr. Horne.« Nygard lächelte.

»Bei *dem* Preis dürfen wir das wohl auch sein«, fügte Borg hinzu.

Hornes Überraschung wandelte sich wieder einmal schnell in freundliche Professionalität. »Wir werden alles in die Wege leiten. Craig, bitte kümmere dich darum.«

Nygard blickte zu Borg und wandte sich dann erneut Horne zu. »Ach, da wäre noch etwas …«

»Ja bitte?«

»Unser Auftraggeber … nun ja, wir können keine Hispanics, also Männer mit lateinamerikanischem Hintergrund übernehmen. Geht das in Ordnung?«

Horne verzog keine Miene und fixierte sein Gegenüber.

Was soll das jetzt nun wieder?

»Ist kein Problem«, erwiderte er knapp.

»Und, auch keine Schwarzen, also farbigen Operateure.«

Buxton zog die Augenbrauen hoch, doch er zwang sich zu

einem verständnisvollen Lächeln. »Sonst noch etwas von Bedeutung, was Sie uns mitteilen möchten?«

»Nein, das wäre nun alles«, sagte Borg.

»Ausgezeichnet! Dann lassen Sie uns auf unseren erfolgreichen Vertragsabschluss etwas trinken. Darf ich Ihnen vielleicht einen Scotch anbieten? Einen Islay, oder lieber einen Speyside? Oder bevorzugen die Herren vielleicht ein Destillat aus den Highlands?«

Horne war aufgestanden und wies auf ein antikes Tablett aus Rosenholz mit kostbaren Whiskykaraffen und vier schweren Tumblern. Es stand auf einer restaurierten Seekiste aus dem achtzehnten Jahrhundert.

Buxton glaubte, einen deutlichen Anflug von Unbehagen in Nygards Miene festgestellt zu haben, als dieser seinen Kompagnon Borg anschaute.

»Haben Sie vielen Dank, aber heute nicht. Wir haben später noch einen Termin.«

Horne wirkte aufrichtig enttäuscht.

Die zwei Skandinavier standen auf.

»Wie schade. Jim, begleitest du die Herren hinaus?« Horne bedeutete seinem Kollegen Buxton, noch im Raum zu bleiben.

Höflich verabschiedeten sich die vier Männer voneinander.

Als Buxton und Horne allein waren, nippte Horne genüsslich an einem fünfundzwanzig Jahre alten Springbank Single Malt Whisky. Er spürte die wohlige Wärme des Destillats im Mund und genoss den sanften, differenzierten Abgang. Dann schaute er zu Buxton. »Was sagst du zu unseren Freunden aus dem hohen Norden?«

»Komische Typen, schwer einzuschätzen. Der Große sieht aus, als habe er mal Uniform getragen.«

»Das meine ich nicht.«

»Was denn dann?«

»Das sind die ersten Skandinavier, die einen hervorragenden Scotch ausschlagen. So etwas habe ich noch nie erlebt. Weißt du, was Alkohol bei den Wikingern kostet?«

»Ich hörte davon, arme Teufel!«

»Du sagst es!«

»Und was sagst du zum Geschäft?«, wollte Buxton wissen.

»Kleinvieh macht auch Mist! Endlich mal ein Selbstläufer. Nachdem die Sache in Mexiko letzten Monat aus dem Ruder gelaufen ist …«

Buxton runzelte die Stirn. »Ich war von der Idee, Drogenhändler in den Usancen der Spionageabwehr auszubilden, von vorneherein nicht überzeugt. Jeremy, du weißt das.«

»Ja, richtig, aber ich konnte nicht ahnen, dass die mexikanische Regierung Wind von der Sache bekommt. Unser Kontakt Jorge hat ein doppeltes Spiel gespielt. Das war nicht zu erwarten gewesen. Aber: kein Risiko – kein Profit!«

Buxton zuckte mit den Achseln. »Mal was anderes: Denk schon mal darüber nach, wo du die neuen Shooter herbekommst.«

»Hm, du glaubst …«

»… dass einige Jungs es nicht überleben werden? Ja, das glaube ich. Ehrlich gesagt, habe ich bei der ganzen Sache irgendwie kein gutes Gefühl«, vollendete Buxton den Satz.

Horne nippte an seinem Whisky und brummte: »Kein Problem. Ich bin nächste Woche in Little Creek und höre mich mal um.« Gedankenverloren blickte er auf die Themse, den Fluss, der für London seit jeher von strategischer Bedeutung war und der bereits Zeuge vieler Kriege gewesen war.

Die Reichen und Mächtigen ließen kämpfen.

Der einfache Mann trug seine Haut zu Markte.

Ob es jemals anders gewesen war?

Vermutlich nicht.

7

Bundesnachrichtendienst
Chausseestraße
Berlin Mitte
Deutschland

Korvettenkapitän Jan Steiger, AMK*, schrieb gerade an einem Sprechzettel für den Vizepräsidenten des BND, als sein Telefon klingelte.

»Na, Jan?«

»Mirko! Lebst du noch?«

»Wieso ich? *Du* bist doch ständig unterwegs! Erzähl mal, wie es in Dublin war. Hängt dein Himmel jetzt voller Harfen?«

Steiger winkte ab. »Kein gutes Thema, Mirko!«

»Oh weh, also richtig gut gelaufen, was?« Mirko Wolff, der das Beste für seinen Freund gehofft hatte, war hörbar enttäuscht.

»Abgehakt! Da gibt es nicht mehr viel zu erzählen.«

»Habe ich verstanden. Und was machst du jetzt gerade?«

»Ich fülle Papier, Mirko. Ich schreibe mich in diesem Laden noch dumm und dämlich! Dachte, ich wäre bei einem Geheimdienst und nicht bei einer Verwaltungsbehörde …«

»Hm«, brummte Wolff, seines Zeichens Hauptfeldwebel und operativer Mitarbeiter in der Abteilung Naher Osten im Bundesnachrichtendienst.

»Meine Referatsleiterin, diese Dr. Hildebrandt, hat wieder mal Sonderwünsche. Jetzt will sie zusätzlich auch noch eine Powerpoint-Präsentation und macht sich alle zehn Minuten in die Hose – noch bevor der Sprechzettel überhaupt beim Vizepräsidenten vorliegt.«

»Frau Doktor Hildebrandt? Ist im Dienst bestens bekannt.

* Amt für Militärkunde – Deckbezeichnung für Soldaten beim BND.

Und das, obwohl sie noch gar nicht lange im Hause ist«, bestätigte Wolff.

»Den Eindruck habe ich auch. Und sie steht auf *Management Porn.*«

»Tja, mit Powerpoint-Präsentationen kann man halt oben punkten.«

»Die Frau ist Verwaltungsjuristin und, wie mir scheint, angehende Politikerin in einem. Ach ja, und von der Führung menschlicher Quellen hat sie mal gar keine Ahnung«, ärgerte sich Steiger.

Wolff kannte die Problematik zur Genüge: »Oftmals haben neue Führungskräfte Angst, etwas falsch zu machen. Aber sich einfach bei den langjährigen Mitarbeiten zu informieren, wie der Hase läuft, das kommt natürlich nicht in Frage. Stattdessen grübeln sie darüber, was die Amtsleitung alles fragen könnte. So geben sie ihre Anweisungen stets im vorauseilenden Gehorsam.«

Steiger atmete schwer. »Genauso fühlt es sich an! Wohl deswegen erteilt sie mir für eine bestätigte Information, die das Lagebild erheblich ändern würde, keine Freigabe. Hat Schiss! Mirko, so können wir gegen Terroristen nicht gewinnen ...«

»Das sollen wir ja auch nicht, Herr Kapitän. Wir sollen nur unsere korrekte Arbeit im Rahmen der geltenden Gesetze machen«, dozierte Wolff betont sachlich.

»Weißt du, Mirko, was das Gruselige ist? Ich weiß manchmal echt nicht, ob du es ernst meinst oder ob du nur Spaß machst!«

»Das sollst du ja auch nicht. Und vergiss nicht: Wer schreibt – der bleibt!«

»Ab und zu bist du ein echter Armleuchter!«

Wolf wurde wieder ernst: »Ich habe dich damals vor dem Wechsel gewarnt, Jan. Du selbst hast gesagt, du wirst langsam zu alt für die Kompanie.«

»Ist ja richtig. Aber so viel Bürokratie und Angst, das hält ja keiner aus!«

»Schau mal, Jan, eigentlich ist es ganz einfach: Je politischer eine Behörde ist, desto mehr Angst haben die Entscheidungsträger. Es geht nicht mehr um die Sache, ob man Erfolg hat oder nicht. Völlig bums. Hauptsache, man selbst und natürlich der Vorgesetzte stehen gut da. Das ist überall so.«

»Hm. Das war in der Kompanie anders …«

»Die Kompanie ist auch eine kleine, feine Truppe, die ergebnisorientiert arbeitet. Jetzt reg dich ab, Jan! Wie wäre es mit etwas Ablenkung?«

»Gerne. Was hast du da im Sinn?«

»Meine SFP* wird schon staubig. Habe außerdem beim Krisenausbilder mal zwei schallgedämpfte MP7** organisiert, die unbedingt eingeschossen werden müssen …«

Steiger erinnerte sich. Er hatte den geradlinigen Hauptfeldwebel aus Rostock vor drei Jahren bei einem heiklen Einsatz am Sinai kennengelernt. Damals diente Steiger noch als Offizier bei den Kampfschwimmern der Marine und war in Eckernförde stationiert, während Wolff bereits für den Dienst arbeitete.

Zunächst hatten die beiden eine gewisse Zeit gebraucht, um miteinander warm zu werden. Besonders Wolff war erst einmal distanziert geblieben. Steiger hatte jedoch rasch erkannt, dass sein neuer Partner ein ausgebuffter Profi war, der hervorragend tauchen konnte und auf den hundertprozentig Verlass war, wenn einem die Kugeln um die Ohren pfiffen. Als ehemaliger Panzergrenadier mit Auslandseinsätzen im zweistelligen Bereich, davon acht allein in Afghanistan, war Wolff zudem ein erfahrener Infanterist.

Auch sprachlich ergänzten sich die beiden. Steiger, der sehr gut englisch und französisch sprach, wurde jedes Mal ein bisschen neidisch, wenn Wolff seine Arabisch-Kenntnisse hervorkramte. Wolff beherrschte die Sprache fließend und hatte seinerzeit einen großen Anteil am Erfolg der Operation gehabt. Seitdem waren Steiger und Wolff enge Freunde.

* SFP9 – Kompakte präzise Pistole der Fa. Heckler & Koch.

** Kompakte Maschinenpistole zur Selbstverteidigung in Krisengebieten.

Wolff war es letztlich auch gewesen, der ihn zum Dienst geholt hatte.

Den eher wortkargen Wolff konnte wenig aus der Ruhe bringen. Selbst als ein schlauer Professor einmal medienweit von der »ossifizierten Unterschichten-Armee« sprach, fiel Wolff dazu nur ein Achselzucken ein.

»Welche Uhrzeit schwebt dir vor?«

»Sagen wir 17:30?«

»Du bist gut! Wie soll ich das denn machen? Ich habe bald Urlaub und muss vorher noch eine dieser schwachsinnigen Listen mit den aktuellen Fällen auf den neuesten Stand bringen. Meine Dienstreise-Abrechnung und dieser Sprechzettel für den Vizepräsidenten warten auch noch. Ach ja, und natürlich die Powerpoint-Präsentation für Frau Doktor …«

»Stell dich nicht so an, Schreiberling! Vier Folien und gut iss!«

»18:00 Uhr. Plus minus fünfzehn Minuten.«

»Alaska*, bis dann!«

Steiger legte auf.

Wolffs Erfahrung im Umgang mit der leidigen BND-Bürokratie hatte Steiger bislang schon einigen Ärger erspart. Meistens dann, wenn Steiger sich wieder einmal über pingelige Vorgesetzte geärgert hatte, die Entscheidungen herausgeschoben oder ganz ausgesessen hatten. Er musste lächeln. Mirko war ein Fuchs, der die meisten Seilschaften im Haus genau kannte. Das war wichtig, wenn man seine Arbeit machen wollte. Hindernisse existierten beim Dienst meistens in Form von Personen und deren Befindlichkeiten. Seilschaften bekriegten andere Seilschaften, ein Umstand, unter dem die eigentliche Facharbeit häufig litt.

Die Kampfschwimmerkompanie war im Vergleich dazu etwas ganz anderes. Sie war die älteste Spezialeinheit Deutschlands. Bereits 1956, als die Bundeswehr aufgestellt wurde, dachten die strategischen Planer auch an eine Waffentauchergruppe.

Es galt damals, für den hypothetischen Ernstfall, amphi-

* Alles klar!

bische Landungsoperationen vorzubereiten – im Rücken angreifender Verbände des Ostblocks. Am 1. August 1958 wurde schließlich mit der Ausbildung der ersten Kampfschwimmer begonnen. Seitdem hatte man in Eckernförde eigene Modi Operandi entwickelt. Zudem hatte man heute etwas, auf das nur wenige Kampfverbände der Bundeswehr zurückblicken konnten: eine lange eigene Tradition.

Heute bildeten die Kampfschwimmer der Deutschen Marine einen Teil der maritimen Spezialkräfte der Bundeswehr. Ihr Aufgabengebiet umfasste vor allem Kommandoeinsätze in Küstengebieten, auf Schiffen oder auf Offshore-Plattformen. Intrigen, wie sie beim BND häufig vorkamen, kannte man bei den Kampfschwimmern nicht. Jedenfalls Steigers Erinnerung nach. Es ging stets um die Sache. Pragmatisch suchten Offiziere, Unteroffiziere und Mannschaften gemeinsam nach Lösungen. Man sprach auf Augenhöhe miteinander. Hierarchien existierten zwar auch, sie waren aber wesentlich flacher.

Wenn Steiger ehrlich war, fehlten ihm die Kameraden der Kompanie sehr. Aber er wusste, dass die Verwendung beim BND ihn auf andere Weise forderte und letztlich das Richtige für ihn war. Lediglich das wöchentliche Sportpensum war ein Trauerspiel. Das musste er größtenteils in seiner Freizeit bewerkstelligen.

Bei den vielen Besprechungen und Überstunden haste sonst bald 'ne Wanne, dachte er.

Er würde eben noch den Bürokram erledigen und dann zur BND-eigenen Schießbahn fahren. Diese Liste, die er lediglich für ein Alibi zum Vorzeigen bei der Amtsleitung oder im Kanzleramt hielt, würde er morgen befüllen. Sie war ohnehin erst auf den morgigen Tag bis Dienstschluss terminiert. Und eine extra Powerpoint-Präsentation gab's nicht. Basta!

Der Schießstand des BND, den man sich mit dem BKA und dem Berliner SEK teilte, verfügte über ein hochmodernes Schießkino. Hier konnte man diverse Szenarien simulieren.

Das ist jetzt genau das Richtige, dachte Steiger. *Und danach gehste laufen!*

8

Bergungsschiff *Dream Catcher*
Meer vor St. Thomas
Amerikanische Jungferninseln
Karibik

Das Meer war ruhig und leer. Von der Brücke des großen Schiffes konnte man kein weiteres Wasserfahrzeug ausmachen. Es herrschte totale Flaute, die Wasseroberfläche war spiegelglatt. Eine unangenehm drückende Hitze lag über der Bucht. Die Sonne hatte den Zenit bereits weit überschritten und am Horizont hing eine tiefgraue Front, die mit über dreißig Knoten geradewegs auf die *Dream Catcher* zurollte.

Curtis Thorpe, erster Offizier des Flaggschiffs der Firma Ocean Quest, wandte sich an seinen Chef: »Noch etwa eine Stunde, dann geht's los.«

Omar Hussein, einundvierzig, Sohn eines Baumagnaten aus Alexandria und einer Mutter aus Assuan und seit kurzem US-Staatsangehöriger, sah ihn streng an: »Sind alle Maßnahmen zur Sicherheit der *Dream Catcher* getroffen worden?«

»Morten, also Kapitän Harris sagt, das sei gar nichts. Wir liegen hier eine knappe Seemeile vor der Küste vor Anker. Wenn es schlimm wird, gehen wir Anker auf und wettern draußen ab. Aber Morten sagt, dass gemäß Wetterradar das Schiff wahrscheinlich kaum in Bewegung kommt.«

»Hm.« Omar strich sich über seinen kurzen, graumelierten Bart. Er machte sich trotzdem Sorgen.

»Omar, das ist kein Hurrikan, nur ein kleiner tropischer Sturm, vielleicht noch nicht einmal das.«

»Ich weiß. Dennoch ist mir nicht ganz wohl dabei«, gestand Omar, »die Wetterfrösche irren sich auch schon mal.«

Thorpe beruhigte: »Die NOAA* setzt schon länger das teure Rechenmodell der Europäer bei der Sturmwarnung ein. Die letzten vier Jahre trafen die Voraussagen immer zu, aber ich verstehe Sie schon. Machen Sie sich mal keine großen Sorgen! Wenn es etwas dicker kommt, dann gehen wir raus. Die *Dream Catcher* juckt so was nicht.«

»Gut, dann sollten wir vielleicht noch etwas essen, bevor der Sturm das Schiff erfasst. Abwettern mit leerem Magen ist sicher keine gute Idee«, murmelte Omar.

»Bleiben Sie etwa bei uns an Bord?«

»Klar! Meine Frau wird natürlich mit Hakan und den Kindern an Land verlegen. Sie fahren gleich mit unserer Yacht *Sphynx* nach Charlotte Amalie**.«

»Das wird die Crew freuen. Macht immer einen guten Eindruck, wenn der Chef an Bord bleibt«, sagte Thorpe.

Omar lächelte seinen ersten Offizier an. »Ich bin vielleicht nur ein reicher Erbe, wie manche meinen. Aber auch ich habe in meinem Leben viel Zeit auf dem Wasser verbracht. Wir haben im Roten Meer zwar keine tropischen Stürme, es kann dort im Winter aber auch ziemlich ruppig werden …«

Thorpe lief rot an und stammelte: »Hey, so reden die Männer nicht! Sie schätzen Sie, Omar. Es ist halt nur, die meisten von ihnen haben andere Bosse erlebt. Beim kleinsten bisschen Seegang haben die sich sofort ausschiffen lassen. Nie ein freundliches Wort, höchstens mal nach einem großen Fund. Sonst immer nur Druck, Rechnungen, Reparaturen und Zahlen, die stimmen müssen, verstehen Sie?«

»Schon gut, Curtis. Für mich ist die Schatzsuche eine Leidenschaft. Es geht mir dabei um historische Funde, um die Geschichte dahinter. Noch mehr Geld – das brauche ich einfach nicht. Klar, die Zahlen müssen am Ende irgendwie stimmen. Aber mit Druck zu führen ist nicht mein Ding. Ich fühle mich auf dem Meer wohl, seit ich denken kann und so ein

* National Oceanic and Atmospheric Administration – US-Behörde für Ozeanographie, Landvermessung und klimatische Entwicklungen.

** Haupthafen von St. Thomas, im Jahre 1691 nach Königin Charlotte Amalie benannt, der Gemahlin des Königs Christian V. von Dänemark.

kleiner tropischer Sturm hält mich bestimmt nicht von der Arbeit ab …«

Angeber, dachte Omar bei sich.

Thorpe nickte und schob seine ausgeblichene Baseballkappe der New York Yankees zurecht. Wie jedes Crewmitglied an Bord der *Dream Catcher* kannte Thorpe die Geschichte von Omars Vater: Tarek Hussein hatte seinerzeit in Ägypten ein Vermögen als Bauunternehmer gemacht. Vor knapp drei Jahren war er dann von einem islamistischen Fanatiker vor seinem Haus in der Nähe Alexandrias erschossen worden. Sein Fahrer und sein britischer Leibwächter waren damals ebenfalls ums Leben gekommen. Lediglich Omars Mutter hatte den Anschlag leicht verletzt überlebt. Omar, der zu diesem Zeitpunkt im südlichen Sinai eine Tauchschule betrieben hatte, war daraufhin mit seiner Mutter, seiner Frau und seinen zwei kleinen Kindern in die USA gezogen. Sie lebten seit gut einem Jahr in Fort Lauderdale in Florida und besaßen ein Ferienhaus auf St. Thomas in der Karibik.

Doch Omar hatte seinen Ursprung nicht vergessen. Er kanalisierte regelmäßig Gelder an unabhängige Stiftungen in seiner alten Heimat. Bei einem abendlichen Gespräch in der Runde seiner Crew hatte er einmal erwähnt, wie schwierig es sei, Gelder nach Ägypten zu steuern. Denn er wolle weder die aktuelle Regierung noch die Islamisten unterstützen.

Thorpe wusste: Auf die Firma Ocean Quest war sein Boss Omar Hussein besonders stolz. Als Tauchlehrer und Ausbilder für technisches Tauchen hatte Omar in Ägypten über die Jahre eine Menge Erfahrung unter Wasser gesammelt. Was die kommerzielle Suche nach historischen Gegenständen unter Wasser betraf, war er allerdings Neuling. Von der tatsächlichen Bergung der meist fragilen Wracks und deren kostbaren Inhalte ganz zu schweigen. Daher hatte er, über lukrative Gehälter, innerhalb von zwei Jahren verschiedene Spezialisten von bekannten Firmen abgeworben. Der NOAA hatte er ein ehemaliges Forschungsschiff, die *Pacific Blue*, abgekauft, das diese überwiegend im Pazifik vor Hawaii, Alaska und

Mexiko eingesetzt hatte. Durch einen Brand im Hafen von Long Beach, Kalifornien, war dann viel wertvolle Ausrüstung an Bord zerstört worden. Der Rumpf, Aufbauten sowie die Maschinen hatten jedoch kaum gelitten. Da eine Reparatur mit neuer Technik für die NOAA zu kostspielig gewesen wäre, hatte man das in Teilen ausgebrannte Schiff abgeschrieben und für einen Spottpreis verkauft. Nach einer kompletten Überholung und Taufe auf den Namen *Dream Catcher* war es in Omars Dienste übergegangen, der es nach seinen eigenen Vorstellungen für Such-, Hebe- und Bergungsarbeiten umrüsten ließ. Mit einer Länge von knapp sechsundsiebzig Metern und zweitausendvierhundert Tonnen Verdrängung war die *Dream Catcher* ein hochseetüchtiger Koloss.

Der Kapitän Morten Harris, ein bulliger Seebär aus Neufundland, war von Omar ursprünglich nur dafür angeheuert worden, das Schiff vom Pazifik in den Golf von Mexiko zu überführen. Anschließend war Omar von dem wortkargen Kanadier aber derart überzeugt, dass er ihm eine Festanstellung anbot. Das Gehalt war fair, aber es war nicht der einzige Grund, warum Harris zusagte. Kapitän Harris hatte vielmehr schnell die Gutmütigkeit des Ägypters sowie Omars mitreißende Leidenschaft für das Meer und die Schatzsuche unter Wasser erkannt. Harris liebte zudem die Karibik. Als er erfuhr, in welchen Gebieten die *Dream Catcher* überwiegend operieren sollte, passte alles.

Im vergangenen Jahr verbuchte Omar mit Ocean Quest dann einen ersten Erfolg. Nach gründlicher, systematischer Suche hatten sie die Überreste einer kleinen spanischen Galeone vor der Küste von Belize gehoben. Neben vielen historischen Artefakten war der spannendste Teil des Fundes ein kleiner Silberschatz. Die Galeone war im späten siebzehnten Jahrhundert bei einem Gefecht mit karibischen Piraten gesunken und nie gefunden worden.

Dem Fund waren monatelange Recherchen in Spanien und England vorangegangen. Etliche Tage und Nächte hatte der Historiker von Ocean Quest, Professor Bertold, in diversen

Marine-Archiven und Universitätsbibliotheken verbracht. Hier fanden sich letztendlich die entscheidenden Koordinaten.

Den Schatz konnte Ocean Quest allerdings nicht für sich beanspruchen. Um die Anteile hatten sich seinerzeit vielmehr die Staaten Spanien und Belize gestritten. Der Konflikt endete in einer Art Arrangement. Spanien erhielt das Silber sowie die Artefakte und zahlte Belize dafür einen Ausgleich in nicht veröffentlichter Höhe. Anschließend verkaufte Spanien die Hälfte des Silberschatzes an vermögende Privatiers und stellte den noblen Rest in seinen Museen aus. Das Wrack selbst wurde aufgearbeitet und ins Nationalmuseum von Belize überführt. Belize erhielt auch einige Silbermünzen und Artefakte als Leihgabe.

Schließlich überwies die spanische Regierung noch eine nicht unbeträchtliche Summe auf das Konto von Ocean Quest. Damit konnte Omar seine Kosten bestreiten sowie seinen Mitarbeitern einen kleinen Bonus auszahlen. Zwanzigtausend Dollar hatte er an eine maritime Umweltorganisation gespendet.

Doch das Geld der spanischen Regierung war für seine Firma Ocean Quest nicht der größte Gewinn gewesen. Vielmehr hatte sich Omar Hussein durch die Bergung der *Nuestra Senora de Guadeloupe* ein gewisses Renommee erarbeitet. Interviews in der Fachpresse folgten, somit war ihm die Aufmerksamkeit millionenschwerer Sponsoren fortan gewiss.

Heute waren sie hier, um einem englischen Schiff auf die Spur zu kommen, das im frühen achtzehnten Jahrhundert während eines Hurrikans zwischen den britischen und den amerikanischen Jungferninseln gesunken war.

»Es könnte sein, dass wir einige Dublonen finden, wenn die Wetterfront durch ist. Stürme können große Schätze freilegen, sie wirbeln den Meeresgrund ordentlich durch«, verhieß Thorpe.

»Tja, vielleicht haben wir Glück«, bestätigte Omar. »Lassen Sie uns verlegen, dann kann Samira an Land. Das Wetter wird sich bald ändern.«

»Geht in Ordnung!«

Omar rief in Richtung Achterschiff: »Schatz?«

Eine aparte Frau mit dunklen Augen und langen schwarzen Locken reckte ihren Kopf aus einem Niedergang. »Ja?«

»Curtis fährt dich eben rüber zur *Sphynx*. Danach verlegt ihr mit Hakan an Land.«

Omars Frau zog die Stirn kraus. »Ich hatte befürchtet, dass du draußen bleibst. Schade, dann sehen die Kinder dich heute Abend nicht mehr.«

»Ich komme morgen Nachmittag zurück, versprochen!«

»Na gut, aber dann gehen wir mal wieder schön essen, ja?«

»Lass uns doch damit warten, bis Jan kommt!«

»Du hast ihn also doch angerufen?« Samira zog die Augenbrauen hoch.

Omar nickte und wartete gespannt auf Samiras Reaktion.

Samira strahlte: »Das ist toll! Dann sehen Roya und Felix ihren Patenonkel ja doch noch dieses Jahr!«

Omar erwiderte ihr Lächeln. »Mirko kommt wahrscheinlich auch, aber wohl ein paar Tage später. Aber ich wollte vorher sicher sein, dass wir mit der *Dream Catcher* auf der richtigen Fährte sind. Die beiden sollen ja auch ein wenig bei der Suche mithelfen.«

»Schäm dich! Deine Freunde in ihrem Urlaub so einzuspannen.«

»Jan wollte es so und Mirko hat auch volontiert«, verteidigte sich Omar. »So, und jetzt fahrt ihr besser, sonst bekommt ihr das Unwetter noch mit.«

Contractor's Creed

I am a U.S. contractor: I look out for myself, the operators to my left and right, and no one else.

I will always take advantage of the fact that I can finally tell military officers to pound sand, and will do so at every opportunity.

I am my country's scapegoat, the ‚plausible deniability' warrior and I love it!

Less than 700 $ a day is unacceptable.

I am trained to eat things that would make a billy goat puke, but will refuse anything less than 100 dollars per diem because I am greedy.

I care not for ribbons and awards for valor.

I do this job for the opportunity to kill the enemies of my country, and to finally get that boat I've always wanted.

I will be in better shape than 99 % of the active duty personnel, although this is not hard.

I will equip myself with the latest high speed gear, and will trick out my M4 rifle until it weighs more than 24 lbs, not because it works better, but because it looks cool in the photographs.

I will carry more weapons, ammunition, and implements of death on my person than an infantry fire team, and when engaged I will lay waste to everything around me.

In any combat zone, I will always locate the swimming pool, the beer, and the babes, because I can.

I will deploy on my terms, and if it ever gets too stupid, I will simply find another company that pays me more ...

aus amerikanischen Söldnerkreisen

9

Ein Landgut
Nähe von Namur
Belgien

Sie befanden sich auf dem blutgetränkten Boden des Zweiten Weltkriegs. Im Dezember 1944 hatten drei deutsche Armeen im Osten und Nordosten Belgiens sowie in Teilen Luxemburgs überraschend einen Angriff gegen die 12. US-amerikanische Armeegruppe gestartet. Ein erbittertes, fünfwöchiges Ringen um den Frontverlauf hatte sich angeschlossen. Am Ende war die Ausgangslage wiederhergestellt. Beide Seiten hatten massive Verluste erlitten, für die Amerikaner sollte diese sogenannte Ardennenoffensive zur verlustreichsten Schlacht des Zweiten Weltkriegs überhaupt werden.

Das Anwesen lag etwas abgelegen von der Stadt Namur. Nach sieben Kilometern auf einer wenig befahrenen Landstraße führte ein knapp zwei Kilometer langer, mit Schlaglöchern übersäter Feldweg zu einem Gehöft am Rande eines kleinen Waldes. Drei weiß getünchte Gebäude aus dem neunzehnten Jahrhundert umrahmten einen Hof mit altem Kopfsteinpflaster. Die bemoosten Dächer täuschten, denn die Gebäude befanden sich in einem guten Zustand und wurden regelmäßig genutzt.

Erik Borg war sich sicher: Der Besitzer hatte keine Ahnung, mit wem er es zu tun hatte. *Ein dummer alter Kauz,* dachte Borg, der sich die Geschichte von der Teambuilding-Maßnahme eines großen Sportartikelherstellers aus England ausgedacht hatte. Er war mit seinem Einfall zufrieden.

Für das geplante Auswahlverfahren verfügten die Häuser über geradezu ideale Räumlichkeiten. Im großen Haupthaus wohnten die Männer. Im zweiten Haus nebenan sollten die Gespräche stattfinden. Im gegenüberliegenden dritten Gebäude sollten diejenigen Kandidaten isoliert werden, die es geschafft hatten. Das Ziel war es, unerwünschte Kontakte oder Absprachen zu unterbinden, niemand sollte sich durch Tipps einen Vorteil verschaffen können. Der Ausleseprozess war sorgfältig durchorganisiert.

»Wie viele haben wir jetzt?«, fragte Nygard. Er war als Letzter auf dem Hof eingetroffen und bewohnte zusammen mit Borg das Gebäude zwei.

»Dreiunddreißig. Mehr kommen erst mal nicht.«

»Benehmen sie sich?«

»Den Umständen entsprechend: große Klappe, aber erträglich.«

»Wurden Fragen gestellt?«

»Nur wegen der Mahlzeiten. Ach ja, und ob es hier einen Kraftraum gibt ...«

»Kommst du klar?«

»Bis jetzt habe ich keine Probleme. Im Moment sind alle auf ihren Zimmern«, versicherte Borg.

»Gut, dann gebe ich heute Abend ein kurzes Briefing und morgen früh um sieben geht es los. Leg eine Liste an. Wir nehmen uns immer zu zweit einen Kandidaten vor. Die Ausgewählten bleiben in Gebäude drei, wie besprochen. Der Rest kann Sport machen, laufen gehen, Holz hacken, was auch immer. Aber die Männer sollen sich grundsätzlich bereithalten, okay?«

»Verstanden.«

Wir werden die Spreu vom Weizen schon trennen, dachte Nygard.

10

Belgischer Nachrichtendienst VSSE (Sûreté)
Boulevard du Roi Albert II
Brüssel
Belgien

Robbe Van Leuven war stellvertretender Leiter für Analyse im belgischen Geheimdienst VSSE. Der Montag war sein »Lauftag« und er hatte noch vor der Arbeit mit seinem Begleiter Alfi, einem zwei Jahre alten Magyar Vizsla, fünfzehn Kilometer zurückgelegt. Er wollte sich einen Traum erfüllen und hatte sich für den berühmten Boston Marathon angemeldet. Für die verbleibenden fünf Monate plante er, ausgiebig zu trainieren.

»Du hast Post«, rief Marianne, seine stämmige Sekretärin, als er gegen neun Uhr ins Büro kam.

»Na, das ist ja mal ganz was Neues«, entgegnete Van Leuven.

»Nein … Ach, ich meine doch: Papier! Du hast einen großen dicken Briefumschlag in deinem Postfach.«

Das war in der Tat seltsam. Seit alles komplett auf IT umgestellt worden war, erfolgte die Kommunikation größtenteils elektronisch, per E-Mail. Kein Mensch schickte mehr etwas per Post. Das war auch der Grund dafür, dass er sein Postfach im Geschäftszimmer allenfalls einmal pro Woche ansteuerte.

Robbe Van Leuven merkte, dass er schwitzte. *Zu früh geduscht. Ich schwitze nach. Hoffentlich hält das Deo …*

»Ein dicker Papierumschlag?«, rief er laut.

»Ja doch! Und denk dran: Nicht soviel im Büro rauchen!«

»Ja, ja … Ach, sag mal, Marianne …«

»Ja, ich weiß! Kaffee ist gleich fertig.«

»Daaanke!«, erwiderte Van Leuven.

»Und so jemand will einen Marathon rennen! Raucht

Pfeife wie ein Schlot und trinkt Kaffee statt Iso ... Isopops, na dieser komischen Drinks mit den Salzen, was man immer in Fitnesszeitschriften liest.«

Robbe Van Leuven konnte sich ein Lächeln nicht verkneifen und setzte sich seine Lesebrille auf. Dann begutachtete er den kartonierten Umschlag. Das Päckchen war zuvor von der zentralen Poststelle geöffnet worden. Seit den Anschlägen von Paris und Brüssel* wurden Postsendungen beim Dienst vorsorglich geröntgt und auf Chemikalien überprüft.

Er zündete sich eine Pfeife an. Gemütlich hüllte er sich in eine Wolke milden, leicht süßlichen Vanilletabaks. Er hatte kaum die ersten Zeilen des Anschreibens gelesen, da war er hellwach: Ein Hinweis. Aus der Bevölkerung. Offenbar kein Spinner, der sich wer weiß was einbildete. Bart Wouters, der angab, ein ehemaliger Angehöriger der belgischen Armee und seit sechs Jahren im Ruhestand zu sein, hatte Bemerkenswertes zu berichten. Als Marianne den frisch gebrühten Kaffee auf seinen Schreibtisch stellte, nahm er ihn kaum wahr.

»Wie jetzt? Doch keinen Kaffee?«

»Wie? Doch, natürlich! Gleich ...«, sagte Van Leuven und griff, seinen Blick fest auf das Papier gerichtet, neben die Tasse.

Kopfschüttelnd verließ Marianne das Büro ihres Chefs. »Kauz! Kein Wunder, dass der noch nicht verheiratet ist!«

»Ich hätte jetzt gern meine RUHE!«

»Ja, ja, sollst du haben! Der Kaffee ist gleich kalt und frischen gibt's nicht!« Die Tür flog ins Schloss.

Begierig las Van Leuven die vor ihm liegenden Informationen. Die Kaffeetasse hatte seinen Mund mittlerweile gefunden.

Bart Wouters, Rentner, vierundsechzig Jahre alt, hatte in der Nähe von Namur einen Bauernhof. Er eröffnete der *Sûreté* – wie Angehörige des Geheimdienstes ihren Arbeitgeber

* Bei den multiplen Anschlägen von Paris am 13. November 2015 wurden 130 Menschen getötet. Belgien kam dabei als logistischer Basis erneut eine Schlüsselrolle zu. Am 22. März 2016 wurden daraufhin zwei Anschläge in Brüssel verübt. Zwischen den Attentätern von Paris und Brüssel gab es Querverbindungen.

noch immer gerne nannten – dass er seinen Hof für eine Woche an zwei Skandinavier vermietet habe, die vorgaben, dort ein Team-Training für Firmenangestellte eines englischen Sportartikelherstellers durchführen zu wollen.

Van Leuven kannte das. Büromenschen machten Wildwasser-Rafting-Touren, besuchten Klettergärten oder gingen in der einsamen Natur wandern und zelten. Man erfreute sich an den einfachen Dingen des Lebens, läuternder Abstand zum Beruf wurde gewonnen. Idealerweise wuchsen so kleinere Unternehmenseinheiten zusammen.

Bart Wouters, der zusätzlich über eine kleine, gut versteckte Jagdhütte unweit des Gehöfts verfügte, waren offenbar Zweifel an den Angaben seiner skandinavischen Kunden gekommen. Also hatte er Fotografien von sämtlichen Teilnehmern und deren Fahrzeugen gemacht und sich diverse Beobachtungen notiert. Die Namen der beiden Mieter aus Schweden teilte er ebenfalls mit. Wouters hatte sogar Ablichtungen der Pässe angefertigt, ohne dass seine Gäste davon wussten. Seine Vermutung war, dass es sich hier um ein Treffen von Rechtsextremisten handelte, die einen terroristischen Anschlag planten.

»Donnerwetter!«

Van Leuven öffnete die Tür zum Büro seiner Sekretärin. »Marianne? Verzeihung, danke für den Kaffee, sag, könntest du den Hinweisgeber, diesen Bart Wouters, mal abklären lassen? Ich habe dir seine Daten gerade in einer Mail geschrieben. Und die folgenden Namen könntest du auch mal durchs System laufen lassen. Und bitte diese Kfz-Kennzeichen an Willem Claes weitergeben, damit er sie abfragen kann. Ach, und ruf doch bitte mal den Verbindungsbeamten von SÄPO* an der Botschaft an, er soll mir diese zwei Namen und Geburtsdaten abklären. Und setz eine Besprechung mit den Ermittlern an, sagen wir gegen 11:00 Uhr. Ja?«

»Sonst noch Wünsche? Was ist denn um Himmelswillen los?«

* Schwedischer Inlandsnachrichtendienst.

»Später, Marianne!«

»In Ordnung!«

»Marianne?«

»Hm?«

»Bist ein Schatz!«

»Pfff!«

11

Ein Landgut
Nähe von Namur
Belgien

Nygard setzte sich auf den einzigen Tisch im Raum. Ein Bein baumelnd, ein Bein auf dem Boden, schlürfte er lässig Kaffee. »Guten Morgen …«, er blickte auf sein Clipboard, »… Mr. Sanderson!«

»Morgen. Nennen Sie mich Jake!«

»Okay, Jake, möchten Sie etwas trinken?«

»Nein danke.«

»Sie wissen, warum Sie hier sind?«

»Sie werden es mir schon sagen, denke ich.«

Der Mann war knapp zwei Meter groß und verschränkte seine massiven tätowierten Oberarme vor seinem Körper.

»Erzählen Sie uns etwas über sich, wir möchten Sie ein wenig kennenlernen.«

»Sie wollen … was?«

»Na, wir möchten wissen, was für ein Mensch Sie sind. Erzählen Sie uns etwas über sich, Ihren Werdegang, Ihre Hobbys usw.«

»Ihr seid ja lustig. Bin ich hier beim Casting für'n Film oder so was?«

»Beantworten Sie einfach unsere Fragen, umso schneller sind wir hier fertig.«

»Keine Hobbys. Ich liebe meinen Job.«

»Hm, haben Sie sich deshalb dazu entschieden, nach Ihrer Zeit bei DEVGRU* bei M.S. Ltd. anzuheuern?«

»Sicher. Und natürlich wegen der Kohle.«

»Sie sind in Mississippi geboren?«

»Oh yeah!«

»Was hat Ihr Vater gemacht?«

»Wenn er meine Brüder und mich gerade mal nicht verprügelte, hat er's meiner Alten besorgt.« Sanderson grinste, die obere Zahnreihe entblößte eine Lücke.

Nygard und Borg schauten sich an.

»Schule?«

»Mit fünfzehn geschmissen.«

»Arbeit?«

»Ja, als Jugendlicher in den Docks von New Orleans.«

»Sport?«

»Ich war immer ein guter Schwimmer. In der Highschool habe ich Football gespielt. Später habe ich auch geboxt.«

»Wie sind Sie zum Militär gekommen?«

»Ich bin dahin und hab denen gesagt: Wetten, dass Sie mich gebrauchen können? Ich hab mehr drauf als die meisten hier.«

»Und dann?«

»Dann haben die mich rund gemacht.«

»Wie?«

»Laufen. Ich hasste laufen! Irgendwann bin ich dann aber die geforderten Zeiten gelaufen. Den Englischtest habe ich beim zweiten Mal bestanden. Da haben sie mich als Mannschaftsdienstgrad akzeptiert. Ich habe da von ganz unten angefangen.«

»Wie alt waren Sie zu dieser Zeit?«

»Achtzehn.«

»Was halten Sie von Politik?«

* Die Development Group, ehemals SEAL Team SIX genannt, bildet eine Elite innerhalb der US-Navy SEALs und ist mit Antiterroroperationen betraut.

»Gar nichts. Ist mir egal. Keine Meinung, außer, dass Amerika das beste Land der Welt ist.«

»Haben Sie Vorbilder?«

Der Mann schwieg.

»Na, kommen Sie, Jake, so wird das nichts ...«

»Also ... militärisch ... die deutsche Wehrmacht hat damals viel erreicht. Nehmen Sie Rommel zum Beispiel, ein Genie! Die Deutschen waren immer sehr effektiv. Auftragstaktik wird übrigens auch bei den Teams angewendet.«

Nygard und Borg schauten sich verdutzt an.

»Sagen Sie, Jake, hatten Sie jemals ein Problem damit, einen Menschen zu töten?«, fragte Borg.

Sanderson schaute erstaunt. »Wie seid ihr denn drauf? Nein, hatte ich nicht. Das ist halt der Job. Überreden kann man den Gegner in der Regel ja nicht.« Er schnaubte verächtlich aus den Nasenlöchern.

»Sie dienten zuletzt in der DEVGRU?«

Sanderson nickte und blickte kurz zu Boden. Dann fixierte er Nygard, den er für den Wortführer hielt. »Jep. Und wenn der Untersuchungsausschuss damals nicht so einen Aufstand gemacht hätte und die Führung nicht eingeknickt wäre, dann wäre ich vielleicht immer noch dort.«

»Soll heißen?« Borg hatte sich jetzt eingeschaltet.

»Ich diente in der *Red Squadron*. In unserem Team trugen wir kleine Tomahawks als Teil der Ausrüstung bei uns. Tja, ab und zu haben wir sie eingesetzt, um Fingerkuppen von Zielpersonen abzutrennen und mitzunehmen. Wegen der Abdrücke, das geht schneller, als umständlich Fingerabdrücke von Toten zu nehmen. Na ja, und manchmal haben wir die Gegner noch ein wenig verschönert ...« Sanderson grinste.

»Verschönert?«

»Von mir aus verändert, wenn ihr wollt. Mann! Die haben unsere Leute doch auch massakriert. Das war nur gerecht. Wir haben den Handtuchschädeln ein Signal gesendet: Wenn ihr euch mit uns anlegt, dann seht ihr irgendwann so aus!«

Borg grunzte.

»Es gab eine Untersuchungskommission, die nach zwei Jahren zu dem Schluss kam, dass dies nicht akzeptabel sei. Die Sesselfurzer aus dem Ausschuss forderten Konsequenzen. So kam es, dass vier von uns gehen mussten. Mit M.S. Ltd. bin ich aber noch weich gefallen, auch wenn mir die Jungs vom Team fehlen.«

»Hm.« Borgs Blick wanderte zu Nygard.

»Dienstgrad bei Austritt?«

»Senior Chief Petty Officer, E8.«

»Was ist Ihre Spezialität?«

»Eigentlich Breacher*, und wie alle im Team bin ich ausgebildeter Sanitäter. Ich habe zwar den SEAL Sniper-Lehrgang gemacht, aber Breacher war eher mein Ding. Eigentlich kann ich nicht darüber reden, aber wir haben zuletzt viel gegen Drogenkartelle gearbeitet. Dabei wurden Boote beschlagnahmt oder wohl eher geräumt. Und noch was: Ich sehe vielleicht nicht so aus, aber ich bin leise.«

»Was machen Sie, wenn Sie mit diesem Auftrag fertig sind?«

»Dann kaufe ich mir ein Grundstück in den Bayous von Louisiana und eine kleine Motoryacht.«

»Gut, Jake. Sie können gehen. Über den Inhalt unseres Gespräches wird mit den anderen nicht geredet, sonst sind Sie schneller raus, als Sie gucken können, klar?«

»Klar!«

»Gebäude drei über den Hof. Melden sie sich im Erdgeschoss bei unserem Kollegen.«

Nachdem der riesenhafte Ex-SEAL die Tür von außen geschlossen hatte, atmeten Nygard und Borg etwas durch.

»Das war der Sechste.«

»Wie viele sind noch da?«

»Sechzehn.«

»Okay, dann weiter.«

Der nächste Kandidat kam. Nygard schätzte ihn auf Mitte

* Breacher sind darauf spezialisiert, Zugang zu verschaffen. Sie arbeiten in der Regel mit Sprengstoffen.

dreißig, einen Meter fünfundachtzig und knapp neunzig Kilogramm. Er hatte ein aufgewecktes Gesicht und kurze rotblonde Haare. Er wirkte zäh und sprach mit einem breiten australischen Akzent.

»Name?«

»Mike Pearce.«

»Gut Mike, wir möchten Sie etwas kennenlernen. Erzählen Sie uns etwas über sich, von dem Sie glauben, dass es uns interessieren könnte.«

Der Mann blinzelte mit den Augen und zog die Stirn in Falten. »Okay. Also, geboren bin ich in Melbourne, Victoria. Nach der Schule habe ich mich mit Gelegenheitsjobs durchgeschlagen und irgendwann hatte ich davon die Schnauze voll. Ich habe mir gedacht, beim Militär gibt es einen geregelten Ablauf. Klamotten brauche ich dort auch keine und von dem Geld kann man ganz gut leben. Mit neunzehn habe ich unterschrieben. Na ja, nachdem ich meinem Sergeant bei einer Sauferei die Visage poliert hatte, wussten sie nicht, was sie mit mir machen sollten. Der Sergeant war denen da oben natürlich wichtiger. Tja, und nach dem Militärgefängnis, es waren ja bloß drei Monate, habe ich mich dann verpflichtet. Ein paar Jahre später bewarb ich mich für das Auswahlverfahren beim SAS* und beim zweiten Mal schaffte ich das auch ohne Verletzung. Dann ab nach Swanbourne, das ist südlich von Perth, also im Westen Australiens, dort …«

»Wir kennen die Campbell Barracks in Swanbourne. Erzählen Sie uns doch, was Sie beim SAS gemacht haben.«

Der Mann blickte seine Befrager überrascht an. »Wer seid ihr denn eigentlich? Kein Schwein kennt die Campbell Barracks in Swanbourne …«

»Unwichtig. Wir stellen die Fragen, fahren Sie bitte fort.«

»Also schön. Ich war zunächst in der taktischen Aufklärung und habe dann auch die Tauchlehrgänge besucht. Später bin ich dann in der Maritimen Gruppe gelandet.«

* Special Air Service – die berühmte Eliteeinheit Großbritanniens, Australiens und Neuseelands.

»Einsätze?«

»Überwiegend in Asien. Ist geheim, ich war aber zwischendurch auch im Irak und in Afghanistan.«

»Spezialitäten?«

»Tauchen mit Kreislaufgeräten, Sprengen unter Wasser und an Land, Schießen – insbesondere wenn's schnell gehen muss und eng ist, also räumlich gesehen.«

»Interessant, Mike. Sagen Sie, was halten Sie von Politik?«

»Wieso?«

»Beantworten Sie die Frage!«

»Nichts! Ich traue keinem Politiker.«

»Können Sie sich etwas vorstellen, das Sie davon abhalten würde, Ihren Job zu erledigen?«

Jetzt war es im Raum still. Nur eine Neonröhre im hinteren Teil flackerte und summte leise.

Der Australier dachte etwas nach, bevor er antwortete. »Also, ich bin zwar im Circuit gelandet, aber M.S. ist nicht Blackwater*. Ich weiß nicht, worauf Sie genau hinauswollen, aber ich habe mit wenig ein Problem. Wenn Sie von mir aber verlangen, unschuldige Menschen umzulegen, Kinder, Frauen oder was weiß ich, dann packe ich lieber gleich meine Klamotten. Ich habe zwar schon einige Typen auf dem Gewissen, aber das eine können Sie mir glauben, jeder von denen hatte es verdient.«

Die Skandinavier schauten sich kurz an. Sie schienen in ihrem Urteil einig. »Was planen Sie, wenn der Auftrag erledigt und bezahlt ist?«

»Dann kaufe ich mir eine kleine Farm in der Nähe von Perth und setze mich zur Ruhe. Auch wenn das komisch klingt.«

Borg nickte. »Es ist legitim, irgendwann auszusteigen. Sagen Sie, bevorzugen Sie spezielle Waffen oder ist Ihnen das egal?«

»Na ja, egal ist es mir nicht, aber wenn die Waffe in Ord-

* Sehr umstrittene, US-amerikanische private Sicherheitsfirma, die in ihrer ursprünglichen Form und unter diesem Namen nicht mehr existiert.

nung ist und halbwegs sauber, dann geht eigentlich alles. Beim SAS wird an allen möglichen verfügbaren Waffen ausgebildet. Wenn ich die Wahl hätte, würde ich bei automatischen Waffen Heckler & Koch und für Präzision Accuracy International oder Sako bevorzugen.«

»Gut, Mike, Sie können gehen. Über unser kleines Gespräch reden Sie nicht mit den anderen Aspiranten, klar?«

»Ist klar.«

»Dann begeben Sie sich jetzt bitte ins Gebäude drei und warten dort.«

Wenn das hier so flüssig weitergeht, haben wir morgen das ganze Team zusammen, dachte Nygard.

12

Belgischer Nachrichtendienst VSSE (Sûreté)
Boulevard du Roi Albert II
Brüssel
Belgien

Robbe Van Leuven war vor seine Kollegen getreten. »Ich habe euch heute hier zusammengerufen, weil wir eine ungewöhnliche Meldung bekommen haben. Ein Pensionär und ehemaliger Angehöriger unserer Armee hat uns ein interessantes Informationspaket geschnürt. Ihr alle wisst, es kommt nicht oft vor, dass uns Bürger ausführlich und sachlich über Ungereimtheiten informieren. Wünschenswert wäre es allerdings.«

Van Leuven machte eine Pause und händigte seinen Kollegen Lichtbilder aus. Die Männer und Frauen im Raum warfen sich fragende Blicke zu.

»Bitte erst einmal zuhören, zu den Fotos kommen wir gleich noch. Also, der Hinweisgeber heißt Bart Wouters und hat seinen Gutshof für eine Woche an zwei Skandinavier vermietet. Diese gaben vor, für eine Firma ein sogenanntes Teamtraining abzuhalten. Nach dem Motto: *Wir frieren gemeinsam und kuscheln gemeinsam und dann klappt's im Büro auch besser* … Herr Wouters hegt dabei den Verdacht, dass es sich möglicherweise um Rechtsextremisten handelt, die etwas planen. Nach genauer Prüfung habe ich mich entschieden, dass wir dem Hinweis vorrangig nachgehen werden. Nach der Geschichte in Deutschland, mit diesem nationalsozialistischen Untergrund NSU, müssen wir doppelt wachsam sein. So etwas könnte auch bei uns passieren.«

»Richtig. Auch diesen durchgeknallten Norweger Breivik hatte vorher niemand auf dem Schirm«, ergänzte eine blonde Frau mit wachen blauen Augen.

»Du sagst es, Lotte.«

»Willem, magst du uns deine Ermittlungsergebnisse vorstellen?«, fragte Van Leuven den Kollegen zu seiner Rechten.

»Gern!« Willem Claes, ein kleiner, rundlicher Mann mit Nickelbrille und lichtem Haar, trat nach vorn. »Die Lichtbilder haben wir als Routineanfrage ohne Dringlichkeit zunächst an die Geheimdienste der angrenzenden Länder versendet, da wir vermuteten, dass es sich um Europäer handelt. Ihr seht, die Qualität der Fotos ist nicht Weltklasse, aber auch nicht schlecht. Bemerkenswert sind der kurze Haarschnitt und die physische Konstitution der Männer. Das sind, um mit den Worten meines fünfzehnjährigen Sohnes zu sprechen, alles *Tiere*. Die vorgeblichen Teilnehmer sind fast alle selbstständig angereist, in normalen PKW. Es handelt sich größtenteils um Leihwagen, die in Zaventem* angemietet wurden. Zwei Mietwagen stammen aus Amsterdam und ein Fahrzeug ist in Wales als Privatfahrzeug registriert.«

»Du sagtest, ihr hättet die angrenzenden Länder angeschrieben, habt ihr die Briten auch gefragt?«

»Haben wir. Bislang nichts.«

»Die mauern bestimmt …«

»… und gehen dann selbst den Infos nach.«

* Flughafen Brüssel.

»Abwarten, keine vorschnellen Verurteilungen!«, ermahnte Van Leuven seine Kollegen.

»Wie international sind die Personen denn?«

»Bislang haben wir über die Autovermietungen Daten zu einem Engländer, zwei Amerikanern und einem Südafrikaner. Die Abklärungen dauern aber noch an.«

»Vielleicht Söldner?« Van Leuven dachte laut.

»Söldner? In Belgien? Das ist doch lange her«, winkte De Bruyn ab. »Das gab es in den Siebzigern, als im schönen Antwerpen ehemalige Kommandosoldaten oder Fallschirmjäger für fragwürdige Unternehmungen in Afrika angeheuert wurden.«

»Du hast recht, Lotte, Belgien ist sicher kein wichtiges Drehkreuz mehr in diesem Geschäft. Aber weltweit gesehen ist die Branche professioneller und mächtiger als je zuvor. Sagt dir der Name *Blackwater* etwas?«

»Ah ja, da war mal was … Falludscha, im Irak, nicht?«

»Genau. Die Firma Blackwater wurde 1997 von einem ehemaligen amerikanischen Kampfschwimmer gegründet. Insider schätzen ihre Einnahmen bis heute auf bis zu zwei Milliarden US-Dollar, wobei viele der Aufträge geheim waren.«

»Oha«, entfiel es Lotte De Bruyn.

»Und die Geschichte in Falludscha begann damit, dass man einen schlecht geschützten Trupp mit zu wenig Leuten losschickte, um relativ unbedeutendes Material zu transportieren. Der Weg führte durch eine ziemlich heiße Region – jetzt nicht im Temperatursinne. Das Ende vom Lied: Der kleine Konvoi fuhr in einen Hinterhalt. Die vier Blackwater-Angehörigen fanden auf grausamste Art und Weise den Tod und ihre verstümmelten Leichen wurden an einer Brücke in Falludscha aufgehängt. Die Bilder gingen um die ganze Welt.«

»Widerlich!«

»Du sagst es, Lotte.«

»Warum machen Leute so etwas?«

»Na ja, die USA haben sich im sunnitischen Dreieck keine

Freunde gemacht, und die Region um Falludschah galt nicht gerade als amerikafreundlich …«

»Das meine ich nicht. Ich meine, weshalb heuert man bei so einer Firma an und bringt sich in Lebensgefahr?«

»Ganz einfach, um sehr viel Geld zu verdienen! Seit den späten Neunzigern haben sich viele Staaten daran gemacht, ihre Streitkräfte zu verkleinern. Das hatte zur Folge, dass sich eine große Anzahl gut ausgebildeter Infanteristen oder auch anderer Spezialisten auf der Straße wiederfand. Versehen, wenn überhaupt, nur mit einer kleinen Abfindung. Diese Leute wurden dann von Firmen wie Blackwater rekrutiert und rund um den Globus eingesetzt. Dies geschah im Dienst vieler Staaten, meist aber der USA, die unter anderem ihre Diplomaten im Irak von Blackwater-Operateuren schützen ließen.«

»Wieso macht das nicht das US-Militär selbst?«

»Zu teuer.«

»Aber du hast doch eben selbst gesagt, dass Blackwater finanziell einen Riesenschnitt gemacht hat?«

»Das stimmt. Was aber nur selten berichtet wird: Gefallene Soldaten kommen den Staat noch viel teurer.«

»Weshalb?«

»Wegen der Alimente. Der Staat zahlt neben der Beerdigung eine Hinterbliebenenrente, die je nach Familiengröße recht üppig ausfallen kann«, erklärte Van Leuven.

»Und bei Blackwater?«

»Wurde fast nichts gezahlt. Das war mit dem Gehalt an die Operateure abgegolten.«

»Aha, und um die Toten wurde kein großes Aufheben gemacht, schätze ich …«

»In der Tat. Keine Bilder von Zinksärgen im Fernsehen. Das ist aber noch nicht alles zum Thema Blackwater. Angehörige dieser Firma haben ihre Arbeit zum Teil wie die Axt im Walde verrichtet. Ihr schlechter Ruf schadete der gesamten Branche und natürlich auch den USA. Sie wurden aber nie zur Rechenschaft gezogen. Manche dieser Typen sind offiziell nie an ihrem Einsatzort gewesen. Versuche mal, einen Geist anzuklagen, geschweige denn zu verurteilen …«

»Wahnsinnsbranche!«

»Na ja, es gibt aber auch seriösere Firmen. Aber man muss genau hinsehen. Britische und südafrikanische Söldner haben Anfang und Mitte der Neunziger in Afrika auch so ihre Erfahrungen gemacht, gute wie schlechte …«

Willem Claes, der schweigend den Ausführungen seines Chefs zugehört hatte, schaltete sich wieder ein. »Nun, um auf unsere Ermittlungen zurückzukommen: Wir haben nach den Briten auch die Amerikaner und den südafrikanischen Dienst angeschrieben. Da warten wir derzeit auf Antwort. Im Moment ist es daher noch müßig, mit derart dünnen Informationen irgendwelche Arbeitshypothesen aufzustellen.«

»Das ist korrekt, allerdings …«, wandte Van Leuven ein und fing an, eine neue Pfeife zu stopfen, »… sähe ich es in der Zwischenzeit gerne, wenn ein erfahrener Ermittler unserem Rentner Bart Wouters einen Besuch abstattet.«

»Wieso schaust du mich an?«, fragte De Bruyn.

»Na, weil du eine geübte Befragerin bist, Lotte. Ruf ihn doch an und mach einen Termin. Ich möchte, dass du ihm vorsichtig auf den Zahn fühlst. Lass deinen Charme spielen. Ich muss noch mehr über seine Gäste wissen, auch Kleinigkeiten können extrem wichtig sein. Sieh zu, dass du ihn nicht in seiner Jagdhütte triffst, das generiert zu viel Aufmerksamkeit. Sei dabei sensibel, der Mann ist ehrlich besorgt und kein Wichtigtuer. Ich bin mir sicher, dass hier irgendwas im Busch ist.«

Lotte De Bruyn, eine attraktive Enddreißigerin mit kurzen blonden Haaren, war bereits seit fünfzehn Jahren beim Dienst. Sie erhob sich und fragte etwas unwillig: »Bis wann brauchst du den Bericht? Ich wollte noch mit meiner Tochter ausreiten. Die Pferde müssen unbedingt bewegt werden und ich stehe bereits seit zwei Wochen in der Pflicht …«

Van Leuven verzog das Gesicht. »Schon bis morgen, wenn's geht. Der schriftliche Bericht kann bis Mittwoch warten.«

»Okay. Wenn es sein muss.«

»Danke, Lotte!«

Van Leuven wandte sich wieder den übrigen Mitarbeitern zu. »Ihr fahrt zum Flughafen und sprecht noch mal persönlich mit dem Personal, das die Fahrzeuge vermietet hat. Ich will sämtliche Details! Und seid bitte nett!«

»Sind wir nicht immer nett, Robbe«, deklamierte ein Mitarbeiter.

Van Leuven ignorierte den Kommentar. »Wir treffen uns morgen Nachmittag um 14:00 Uhr zur Besprechung wieder hier.«

Die Männer standen auf, rückten ihre Stühle an den Tisch und verließen den Besprechungsraum.

»Robbe, meinst du, der ganze Aufwand lohnt sich. Bist du sicher, dass du nicht etwas überreagierst?«, fragte Lotte De Bruyn ihren Chef, als sie unter sich waren.

»Der Rentner war nicht irgendein Soldat, Lotte. Er war zehn Jahre Ausbilder an unserer Kommandoschule. Und er schreibt, dass es sich hier seiner Ansicht nach um schwere Jungs handelt. Eine braune Terrorzelle hat uns gerade noch gefehlt. Wir haben zwar aktuell die meisten Probleme mit Islamisten. Aber wir können uns im Bereich Rechtsterrorismus keine offene Flanke leisten. Stell dir mal den Skandal vor!«

De Bruyn nickte nachdenklich. »Hm, lieber nicht. Ich schau ihn mir mal an, deinen Kommandosoldaten. Dann also bis morgen!«

»Bis morgen, Lotte!«

13

Schießanlage des BND
Berlin Pankow
Deutschland

Das Trefferbild war eng. Die Mannscheibe wies im Bereich des Thorax vier Treffer auf. Bis auf einen Ausreißer lagen die Einschüsse nicht weiter als zwei Zentimeter auseinander.

»Das hat schon viel Schönes, Jan«, sagte Wolff, »du bleibst aber noch immer unter deinen Möglichkeiten. Mal sehen, wie gut du unter erschwerten Bedingungen abschneidest ...«

»Das waren vier Schuss in unter zwei Sekunden!«, protestierte Steiger und kehrte an den Munitionstisch zurück. Er hatte einen Ausreißer und war daher mit seinem Ergebnis selbst nicht zufrieden.

Sein Freund und Kollege Mirko Wolff war der zuständige Schießausbilder für die Operateure des Dienstes, die in Krisengebieten eingesetzt wurden. Obwohl Steiger sämtliche Waffen hervorragend beherrschte, gab es hinsichtlich des Trainingszustands immer Verbesserungsbedarf.

»Neue Chancen für dich. Gib mir mal deine Magazine.«

Bereitwillig händigte Steiger drei Stangenmagazine für die Maschinenpistole aus.

»Auch die Pistolenmagazine!«, forderte Wolff streng.

Steiger rollte die Augen.

»So, nun werden wir das Licht dämmen und einen anderen Film einlegen.«

Steiger trug eine taktische Hose und leichte Einsatzstiefel. Das beigefarbene Bundeswehr-T-Shirt wies auf dem Rücken bereits deutliche Schweißflecken auf.

»Ich habe dir jetzt in deinen Magazinen mehrere ›Versager‹ eingebaut. Wann und ob du einen Magazinwechsel machst oder vorzeitig auf deine Zweitwaffe wechselst, ist mir egal.

Aber von den Gestalten, die dir gleich begegnen werden, darf keiner mehr aufstehen. Ist das klar?«

»Aber so was von!«

»Gut. Also: Du fängst hinten an, bei der Achtzig-Meter-Marke. Dann läuft das Band. Du wirst dich vorarbeiten. Sprint bis auf fünfzig Meter, dann vierzig Liegestütze, falsch, *du* machst mal achtzig, damit wir deinen Puls etwas hochtreiben. Danach mit der MP im taktischen Anschlag durch den Parcours. Spätestens bei zwölf Meter wechselst du auf Kurzwaffe. Und denk dran: Rhythmus beim Schießen!«

Steiger konzentrierte sich. »Habe ich verstanden.«

»Bist du fertig?«

»Jep!«

In diesem Moment wurde das Licht gedämmt.

»Kontakt!«

Steiger ging in Deckung. Er vernahm einzelne Schüsse. Ein Schatten am linken Rand. Er legte an, zielte und schoss einmal. Der visuelle Gegner, ein vermummter Mann mittlerer Größe, brach zusammen.

Dann sprang Steiger auf und sprintete nach vorn, die Maschinenpistole hing dabei schräg über seinem Rücken. Er warf sich hin und pumpte. Als er aufstand, vernahm er eine Kalaschnikow.

Instinktiv warf sich Steiger wieder auf den Boden und rollte sich zur Seite. Auf der Leinwand war ein Mann aufgetaucht, der auf ihn feuerte. Steiger verschoss im Liegen eine Dublette aus der MP5 und das Feuer verstummte.

Vorsichtig erhob er sich über das rechte Knie, die Waffe im Anschlag. Langsam arbeitete er sich geduckt vor. Schritt für Schritt.

Das neue Szenario war eine beidseitig bebaute Straße in fortgeschrittener Abenddämmerung. Von rechts legte ein Mann in geduckter Stellung mit einer Pistole auf ihn an. Steigers Auge hatte die Bewegung registriert. Er zielte und drückte ab, doch nichts geschah.

»Ah, Mist!«

Er duckte sich und repetierte den Versager aus dem Verschluss. Die anschließende Dublette saß.

In den nächsten Sekunden passierte gar nichts. Bis sich aus einer Seitenstraße ein Motorrad näherte. Der Sozius feuerte. Steiger feuerte zurück, das Motorrad fuhr weiter, der Sozius fiel auf die Straße. Langsam ging Steiger weiter. Er vernahm ein Stöhnen. Der Beifahrer war nicht tot, er drehte sich im Liegen auf den Bauch, doch bevor er einen Schuss abgeben konnte, hatte Steiger ihn getroffen.

Sekunden später gingen vor ihm zwei Männer in Stellung, die abwechselnd auf ihn feuerten. Steiger streckte beide nieder, ließ die MP los und wechselte zu seiner Pistole.

Auf einmal wurde es hell auf der Leinwand. Ein Auto brannte. Steiger kniff die Augen zusammen. Links war ein weiteres Auto zu sehen, als ein Mann im Anzug auf ihn anlegte. Steiger schoss und verfehlte sein Ziel. Beim nächsten Versuch versagte seine Waffe.

»Mann, so'n Sch…«

Steiger warf sich auf den Boden. Der Anzugträger schoss mit einer Schrotflinte. Steiger erwiderte das Feuer und mit dem zweiten Schuss war der Gegner außer Gefecht.

»Letztes Magazin!«, rief Steiger.

»Jep!«, antwortete Wolff.

Steiger war nun an der Zehnmeter-Marke, als drei Personen auftauchten. Er neutralisierte alle drei und verharrte im Anschlag.

Das Licht wurde langsam heller. Über seinen aktiven Gehörschutz bekam Steiger mit, wie sich Wolff von hinten näherte. Steiger war schweißnass.

»Gar nicht so schlecht!«

»Nicht so schlecht?!« Steiger war sichtlich abgekämpft, seit anderthalb Stunden waren sie bereits auf der Bahn.

»Na ja, den Ersten haste geplättet, den geduckten Pistolenschützen auch. Für die beiden Stellungsschützen hat's auch gereicht, aber …«

»Was?«, fragte Steiger leicht irritiert.

»Aber die Frau links, die dreimal mit ihrer kleinen Pistole auf dich gefeuert hat, die hast du übersehen. Weil du dich auf den Anzugträger und seine Schrotflinte konzentriert hast. Die Frau hätte dich mit ihrer 22er gekillt«, stellte Wolff sachlich fest. »Denk dran, *small things* ...«

»... *will screw you*, ich weiß, ich weiß«, vollendete Steiger den Satz. »Fahr den Film noch mal zurück, ich habe die Dame wirklich nicht gesehen.«

Wolff ließ den Film wieder ablaufen. »Deine Treffer liegen alle eng beieinander. Und da in der Ecke hockt die 22er Frau!«

»Mist! Die habe ich glatt übersehen!«

»Deshalb trainieren wir ja. Und dafür, dass du zwei Jahre nicht mehr in der Kompanie bist, war's ganz ordentlich!« Wolffs Anerkennung war ehrlich.

Steiger wirkte jedoch nicht so recht überzeugt.

»Nur, du weißt ja ...«, fuhr Wolff fort.

»Ja, ja ... Die Scheibe schießt nicht auf uns ...«

»... sondern wir nur auf die Scheibe. Draußen sind ...«

»... *wir* die Scheibe, weiß ich!« Steiger biss sich auf die Unterlippe und blickte auf die Leinwand. Er dachte an die übersehene Gefahr.

Wolff riss ihn aus seinen Gedanken. »Hey, Jan ...«

»Hm?«

»Denkst du ab und zu noch an Ägypten?«

»Klar. Das war heftig und wir haben damals wahrlich Glück gehabt.«

»Stimmt, aber wir waren auch ziemlich auf der Höhe.«

»Ich denke oft noch an Rolf, Jörg und Mattes.«

»Ja, die Beerdigung werde ich nie vergessen.«

Steiger und Wolff schauten verlegen auf die Leinwand. Einige Sekunden lang herrschte Schweigen.

»Sag an, gehste gleich noch 'ne Runde mit laufen?«

Wolff winkte ab. »Wenn ich heute erst um zehn nach Haus komme, dann herrscht mit Grit erst mal Funkstille.«

»Heiliger Haussegen, was?«, stichelte Steiger, froh, seinen Freund auch mal etwas aufziehen zu können.

»Wart's ab, bis du mal in festen Händen bist!«

Steiger lachte und schüttelte den Kopf. »Das wird wohl erst mal nichts. Aber vielen Dank, dass du mich heute aus meinem Büro gelockt hast!«

»Mache ich gerne öfter!«

Die beiden Männer fingen an, die leeren Patronenhülsen zusammenzufegen.

»Ach Mirko, hast du Omar eigentlich geantwortet, dass du auch kommst?«

»Habe ich.«

»Und bleibst du auch drei Wochen?«

»Ja, ich muss aber übermorgen noch mal nach Amman*.«

»Aha?«

»Passt schon, ist nur für ein paar Tage.«

»Und Grit?«

»Die hat noch ein wichtiges Projekt und fährt anschließend eine Woche zu ihren Eltern in die Lausitz. Also alles geritzt!«

»Bestens! Ich kann's kaum erwarten, wieder meinen Rüssel unter Wasser zu halten.«

»Ich auch. Aber ohne Faxen wie in Ägypten!«

»Keine Sorge! Das hier wird gaaanz entspannt.« Steiger machte eine beschwichtigende Handbewegung.

»Hast du Omars neue Yacht, die *Sphynx*, eigentlich schon gesehen?«

»Nur Bilder, Mirko, aber demnach ist die Yacht der Hammer!«

»Das glaube ich gern. Wir wohnen auf der *Sphynx* laut Omar. Ist auf der *Dream Catcher* nicht genug Platz?«

»Das ist nicht der Grund. Platz hat die *Dream Catcher* ohne Ende. Omar meinte aber, es gebe für uns auf der *Sphynx* mehr Ruhe als auf einem großen Bergungsschiff voller Leute.«

»Hast du so was schon mal gemacht?«

»An Unterwasserausgrabungen teilgenommen? Nein, aber die Tiefe ist moderat, das Wasser ist warm und die Sichtweite beträgt dreißig Meter plus, das wird also bestimmt ganz nett.«

* Hauptstadt von Jordanien.

»Das denke ich auch«, freute sich Wolff. »Das reicht jetzt mit den Patronenhülsen, den Rest mache ich schon. Sieh zu, dass du laufen gehst!«

»Danke, Mirko! Na denn, mach's gut und pass auf dich auf da unten! Komm heil zurück!«

»Mache ich. Wirst schon sehen!«

14

Ein Landgut
Nähe von Namur
Belgien

»Guten Morgen, Herr …«

»Ich heiße Trevor Kendrick, nennen Sie mich Trevor.«

»Nun gut, Trevor. Wir möchten uns ein wenig mit Ihnen unterhalten, uns ein Bild von Ihnen machen. Ihre Qualifikationen sind gut, aber darum geht es nicht ausschließlich.«

»Verstanden.«

»Was haben Sie gemacht, bevor Sie zum Militär kamen?«

»Fußball gespielt, Rugby gespielt, was man als Jugendlicher in Wales halt so macht. Tja, und zwischendurch habe ich gejobbt.«

»Als was?«

»Alles Mögliche. Zunächst als Barkeeper in einem lokalen Pub. Ein Freund meines Vaters hatte eine kleine Garage, später habe ich dort öfters gearbeitet. Als Schrauber, pardon, Automechaniker. Das Geld war okay.«

»Wie sind Sie zum Militär gekommen?«

»Weiß nicht, wie die meisten schätze ich: Die Welt sehen und dafür Geld bekommen! Sie kennen doch die Slogans: *Marines – Whatever It Takes!* oder: *Marines – It's a State of Mind* und so weiter …«

»Aber von den Royal Marines bis zum Special Boat Service ist es ein weiter, steiniger Weg.«

»Die Ausbildung bei den Royal Marines hatte es schon in sich. Ich habe danach fünf Jahre im 45. Commando gedient. Einsatz im Oman, in Somalia, Borneo, Irak und Afghanistan. War dort Kraftfahrzeug-Spezialist und habe mich um die Land Rover und die Quads gekümmert.«

»Und dann?«

»Da war so ein Vorauswahlprogramm. Wenn man sich beteiligte, gab es einen Tag Sonderurlaub. Na ja, so habe ich halt mal mitgemacht. Sportliche Herausforderungen mochte ich schon immer und meine Leistungen waren wohl ganz okay. Ich komme aus Wales. Ich kenne mich in den Brecon Beacons* gut aus. Orientierungsläufe mit Rucksack machen mir Spaß.«

»Und weiter?«

»Dann kam auch sofort ein Recruiter und hat mir ein Ohr abgekaut, von wegen länger verpflichten. Er meinte, ich könne meinem Land auf eine andere Weise besser dienen. Ich war jung und dachte mir: Hey, der SBS hat eine geile Ausbildung, einen guten Ruf und irgendwie ein cooles Leben. Respekt hatte ich schon, wegen der hohen Durchfallquoten, aber ich dachte mir, vielleicht schaffe ich es ja irgendwie.«

Nygard verzog keine Miene.

»Na ja, und dann ging's los. Schon nach dem ersten Vorauswahllehrgang hatte ich Feuer gefangen.«

»Und dann kamen Sie zum SBS?«

»Noch lange nicht. Als Trooper fängt man ganz von vorne an und muss zunächst diverse Zusatzausbildungen absolvieren.«

»Okay, sprechen Sie irgendwelche Sprachen?«

Kendrick lachte. »Wieso?«

Nygard fixierte ihn. »Wir stellen die Fragen!«

Seltsam … Hättet ihr eure Hausaufgaben gemacht, dann wüsstet ihr, dass ich spanisch spreche, dachte Kendrick.

* Gebirgiges Gebiet, mit Flüssen und Bächen durchzogen, in dem britische Spezialeinheiten Teile der schweren Auswahlprozedere absolvieren.

»Okay, okay: Nein, mit Englisch kam ich bislang immer gut zurecht.«

»Woher stammen Sie, Trevor?«

»Meine Mutter kommt aus Belfast und mein Vater aus Swansea. Ich wurde in Cardiff, also auch in Wales geboren.«

»Dienstgrad bei Austritt?«

»Warrant Officer zweite Klasse.«

»In Ordnung. Hören Sie jetzt gut zu, Trevor: Wir haben hier einen schwierigen Job vor uns. Es ist eine einmalige Gelegenheit, sich für immer zur Ruhe zu setzen oder …«

»Das habe ich verstanden.«

»Sehr gut, sonst brauchen wir hier nicht weiterzumachen.«

»Check!«

»Sie haben den SBS verlassen, warum?«

»Ich … hatte Ärger mit dem Gesetz.«

»Das wissen wir. Was wir nicht wissen ist, was sich genau zugetragen hat.«

Kendricks Blick wanderte von Nygard zu Borg, der bequem in einem Sessel saß, und zurück zu Nygard. »Also gut. Das ist jetzt knapp vier Jahre her: Ich war mit meiner Freundin abends aus, als sie von zwei Typen angebaggert wurde.«

»Was waren das für Typen?«

»Drogenhändler, das wusste ich natürlich nicht, aber sauber waren die nicht, das war mir sofort klar.«

»Haben die Ihr Mädchen angegraben, während Sie dabei waren?«

»Ja. Ich habe es zuerst auf die nette Tour versucht und dem Kerl gesagt, das sei meine Verlobte. Doch der Typ ließ nicht von ihr ab, er war offensichtlich selbst auf Drogen.«

»Das soll ja häufiger vorkommen. Und Ihre Verlobte?«

»Die hatte unglaubliche Angst und sagte zu mir, sie wolle nach Hause. Doch der Typ stellte sich ihr in den Weg.«

»Und?«

»Mich hatte er gar nicht wahrgenommen, schien viel Kohle zu haben …«

»Woraus schließen Sie das?«

»Die Klamotten, der Schmuck. Na ja, als der eine meine Verlobte am Arm fasste und in seinen gepimpten Range Rover zerren wollte, ist mir die Sicherung durchgebrannt. Ich meine, so richtig!«

»Soll heißen?«

»Der eine hatte einen gebrochenen Kiefer und einen gebrochenen Arm und der andere, der ihm zu Hilfe kam, also ... Ich wollte das nicht ... ich ...«

»Sie haben ihn umgebracht!«

»Nein! Na ja, doch, aber das stimmt so nicht, er ist unglücklich gefallen, der Bordstein ...«

Nygards Augen verengten sich. »Der Bordstein. Natürlich. Pech für den Toten ...«

Kendrick wurde sehr ruhig und sprach mit ernster Stimme: »Sie können mir glauben: Es war kein Mord. Ich habe ihm erst die Nase und dann ein paar Rippen gebrochen, das stimmt. Dann habe ich ihn nur zu Boden geworfen. Der war schon nach dem ersten Schlag benommen. Ich sagte ja, die waren auf Drogen, irgend so ein synthetisches Zeug, keine Ahnung. Ich habe nur mein Mädchen verteidigt!«

Nygard zeigte einen undurchsichtigen Gesichtsausdruck. Er beugte sich langsam nach vorne. »Ist ja auch nicht schön, zuzusehen, wie zwei aufgeputschte Typen mit deinem Mädchen flirten. Da musste es ja Tote geben ...«

»Sie verstehen das nicht!«

»Wir verstehen so einiges!«

»Ehrlich gesagt habe ich keine Lust, mich weiter dazu zu äußern!«

Der Riese Borg nickte ruhig und bedeutete seinem Kollegen, sich zu mäßigen. Dabei ließ er Kendrick nicht eine Sekunde aus den Augen.

Nygard richtete sich auf. »Und im Prozess wurden Sie zwar freigesprochen, da Sie allein waren gegen zwei, um ihr Mädchen zu beschützen. Es stellte sich auch heraus, dass die Typen vorbestraft waren und so weiter. Aber der SBS wollte Sie trotzdem nicht behalten?«

»So war es.«

»Keine Loyalität nach unten und da haben Sie sich gesagt, ab in den privaten Sektor …«

»Gibt es damit ein Problem?«

»Nein, wir verstehen das tatsächlich. Wahrscheinlich hätten wir genauso gehandelt, stimmt's, Erik?«

Borg ging nicht weiter darauf ein und wechselte das Thema. »Halten Sie sich eigentlich für politisch?«

»Nicht wirklich. Die meisten Politiker sind charakterlos und interessieren sich nicht für unsere Arbeit. Im Grunde wollen die nichts mit uns zu tun haben. Und wenn doch, dann wollen sie mit uns punkten.«

»Diese Einstellung kommt uns bekannt vor.« Borg lächelte.

»Können Sie sich etwas vorstellen, das für Sie problematisch wäre bei der Durchführung eines Auftrags?«

»Wie meinen Sie das?«

»So, wie ich es gesagt habe …«

Kendrick dachte nach. »Also, wenn Sie jemandem die Fingernägel rausreißen wollen oder andere Sauereien, dann müssen Sie das selbst erledigen. Militärisch mache ich das, wofür ich bezahlt werde und ich denke, ich mache es besser als die meisten anderen.«

Für einige Sekunden herrschte Schweigen. Aber die Entscheidung ließ nicht lange auf sich warten.

»Also gut, Sie haben den Job.«

Kendrick nickte. »Okay.«

»Gut. Dann gibt es morgen letzte Instruktionen. Jetzt rüber ins Gebäude drei. Um sieben Uhr Abendbrot! Danach werdet ihr alle gebrieft.«

»Alles klar.«

Nachdem Kendrick den Raum verlassen hatte, fragte Nygard seinen Partner: »Was hältst du von dem?«

»Selbstbewusster Bursche. Brauchbar!«

»Hm. Den Eindruck hatte ich auch.«

15

Restaurant *Brasserie Royale*
Namur
Belgien

Das kleine Restaurant glich von außen den vielen urigen Gaststätten, für die Belgien so berühmt war. In dem elegant restaurierten Bau ergänzte sich alte Architektur mit modernen Elementen. Ein Teil einer tragenden Wand war stilecht freigelegt worden, so dass man die alten Ziegel bewundern konnte. Alte Ölgemälde wurden durch Halogenstrahler aus Messing beleuchtet. Auf den Tischen brannten Kerzen.

Bart Wouters roch gerade an einem Teller frischer Muscheln in Biersauce. Ein Kellner servierte dazu eine große Schüssel mit dicken belgischen Pommes Frites. Wouters bedankte sich mit einem Nicken.

»Wie sicher sind Sie sich, Herr Wouters?«, begann Lotte De Bruyn das Gespräch.

»Hören Sie, ich erkenne einen ehemaligen Soldaten doch gegen jeden Wind. Der Typ war mindestens eins fünfundneunzig, hatte einen Rauschebart, solche Oberarme, er deutete den Umfang mit beiden Händen an, und einen Indianerkopf mit gekreuzten Tomahawks* auf dem linken Oberarm tätowiert. Der hatte ›Spezialkräfte‹ fett auf der Stirn geschrieben.«

»Hm, gut. Und wie haben Sie das gemeint, dass es den Skandinaviern unangenehm war, als Sie diesen Amerikaner gesehen haben?«

»Na ja, wie ich schon sagte … Die Muscheln sind übrigens hervorragend!« Wouters schlürfte ein Kronenbourg und griff gierig nach den rostbraunen Fritten. »Also, wie bereits erwähnt, ich hatte nur mit den Herren Nygard und Borg zu tun.

* Abzeichen der sog. Red Squadron im SEAL Team Six/DEVGRU.

Die sagten mir, es handele sich um ein Firmentraining mit einer kleinen Härtephase … Sie wollten im Wald zelten und anschließend einen Nachtmarsch machen. Ist ja nicht wirklich warm um diese Jahreszeit. Keine Ahnung, aber als dieser Typ, dieser Ami-Koloss ankam und fragte, ob es einen Kraftraum gebe, hat Nygard den auf Englisch zusammengestaucht. So wie ich früher junge Rekruten in der Kommandoausbildung. Der ist garantiert kein Zivilist!«

Lotte De Bruyn nickte und machte sich Notizen. Sie empfand eine tiefe Abneigung gegenüber allem Militärischen. »Was können Sie mir sonst noch erzählen?«

»Was denn noch? Ich habe Ihnen doch alles aufgeschrieben!«

»Das war auch sehr hilfreich und wir schulden Ihnen unseren Dank, allerdings haben wir bislang keinerlei Anhaltspunkte für irgendwelche Straftaten …«

»Anhaltspunkte für Straftaten? Sind Sie etwa Juristin? Was macht ihr da eigentlich in Brüssel? Das Mittagessen planen? Ich sage Ihnen, es handelt sich um ein Treffen rechter Extremisten! In den USA haben die auch Neonazis. Ich habe das mal im Internet recherchiert, da gibt es *White Power* und *Aryan Nations* und solche kranken Organisationen. Vielleicht wollen die Typen sich auch paramilitärisch ausbilden lassen, die könnten auch …«

Hier unterbrach De Bruyn ihn. »Hören Sie, Herr Wouters, natürlich besteht diese Möglichkeit, aber wir sollten zuerst mal an das Nächstliegende denken, nicht wahr? Es wird einfach nur ein extremes Firmentraining sein. Die Organisatoren haben sich Beistand von einem Ex-Soldaten geholt, der die Mitarbeiter anbrüllt und ihnen zeigt, wie man draußen Feuer macht. Oder irgendwelchen anderen Kram, den man beim Militär so lernt.« De Bruyn spürte sofort, dass sie sich ungeschickt ausgedrückt hatte, und ärgerte sich über ihre Wortwahl.

»Den Kram, den man dort so lernt? Den *Kram* nennen Sie das? Ich will Ihnen mal was sagen: So wie Sie reden, haben Sie bestimmt noch nie Kontakt zu den Soldaten unseres Landes gehabt! Schade eigentlich, denn die leisten weltweit hervorragende Arbeit! Und das bei einem Land unserer Größe.« Wouters war sichtlich erregt und fuhr sich mit der Serviette über seinen grauen Schnurrbart. »Ich habe Ihnen viele Hinweise für weitere Ermittlungen gegeben …«

»… die wir ja auch energisch verfolgen!«, verteidigte sich De Bruyn.

»… und jetzt sage ich Ihnen, was ich Ihnen *nicht* geschrieben habe: Die haben mir für sieben Tage Hofnutzung achttausend Euro gezahlt. Achttausend! Das verdiene ich manchmal in einer ganzen Sommersaison nicht. Das ist doch nicht normal.«

Kurz dachte Lotte De Bruyn darüber nach, ob Wouters diese Summe auch ordnungsgemäß versteuern würde. Sie kam aber zu dem Schluss, dass eine Frage in dieser Richtung wohl eher keine gute Idee war.

»Jetzt beruhigen Sie sich doch, ich habe mich vielleicht etwas komisch ausgedrückt …«

»Etwas sehr komisch, gnädige Frau. Aber die Typen auf meinem Hof, die sind garantiert keine Firmengäste, keine Büroleute. Das sind irgendwelche Schweinehunde, die irgendeine Sauerei planen!« Wouters hatte sich in Rage geredet und einen hochroten Kopf bekommen.

»Ich muss mich bei Ihnen entschuldigen und wir gehen Ihren Meldungen, wie gesagt, selbstverständlich nach. Darauf können Sie sich verlassen. Nur werden wir Sie nicht an den Ermittlungsergebnissen beteiligen können. Ich bin heute hierher gekommen, um Ihnen erst mal zu danken. Na ja, und für irgendwelche kleinen Details, an die Sie sich erinnern können und die sie möglicherweise nicht aufgeschrieben hatten.«

Wouters leerte sein Bier in einem Zug aus und stellte das Glas mit einem lauten Knall auf den Tisch. »Das kleine Detail mit den achttausend Euro hatte ich *nicht* aufgeschrieben. Aber auch so ergeben die von mir zusammengetragenen Fakten ein klares, eindeutiges Bild. Man muss kein Geheimdienstler sein, um das zu erkennen. Sie brauchen mich nicht einzuladen. Ich bin öfters hier und zahle mein Essen gerne selbst.« Wouters war aufgestanden. »Einen guten Tag.«

Lotte De Bruyn saß nun allein an dem Tisch und starrte ins Leere. Dann bestellte sie sich einen Cognac.

Bravo, Lotte! Das hast du ja prima sensibel hinbekommen. Robbe wird sich freuen.

16

Ein Landgut
Nähe von Namur
Belgien

Die ausgewählten Männer hatten sich im großen Kaminzimmer des Hauptgebäudes versammelt. Diejenigen, die es nicht geschafft hatten, waren bereits abgereist. Im flackernden Schein des Kaminfeuers blickten diverse Jagdtrophäen von den Wänden auf die Anwesenden herab. Die Operateure trugen Outdoor- oder Funktionskleidung in gedeckten Farben. Sportlich, aber unauffällig.

Nygard richtete das Wort an die Männer, die gespannt lauschten. »Unser Auswahlverfahren ist hiermit beendet. Ihr habt euch entschieden, an einer paramilitärischen Operation mitzuwirken, die euer Leben verändern wird. Wenn diese Aktion abgeschlossen ist, werdet ihr jeweils eine Million US-Dollar erhalten. Einhunderttausend Dollar befinden sich bereits gegen Ende der Woche auf den von euch angegebenen Bankkonten. Weitere dreihunderttausend Dollar erhaltet ihr nach der ersten Trainingseinheit. Den Rest bekommt ihr, wie vereinbart, nach Abschluss der Operation. Mein Kollege Erik händigt euch nun Flugvoucher aus. Diese Voucher sind nicht verkäuflich. Einige von euch fliegen in sechs Tagen, der Rest in einer Woche von Amsterdam, Frankfurt, Paris oder Madrid. Das gibt euch Zeit, euch von Angehörigen, Partnern oder Freunden zu verabschieden, euer Testament zu schreiben, Klamotten und Ausrüstung zu besorgen und so weiter. Wer seinen Flug verpasst, muss sofort improvisieren. Oder er ist raus. Das Geld wird dann gesperrt. Haltet euch bedeckt und benehmt euch wie Profis. Euer Job ist kein Thema für gesellige Runden unter Alkoholeinfluss, auch nicht für Bettgespräche, mit wem auch immer ihr es gerade treibt. Habe ich mich deutlich ausgedrückt?«

Ein zustimmendes Murren war zu vernehmen.

»Waffen, Munition, und Fahrzeuge stellen wir. Was ihr benötigt, ist eure persönliche Ausrüstung. Denkt daran: subtropisches Klima, feucht und warm. Medizinische Betreuung gibt es vor Ort.«

Erik Borg war von hinten an Nygard herangetreten und murmelte ihm etwas ins Ohr.

»Ah richtig, die designierten Taucher unter euch bringen bitte ihre eigenen Neoprenanzüge und ABC-Ausrüstungen mit. Das, womit ihr am liebsten arbeitet. Die Wassertemperatur liegt bei gut vierundzwanzig Grad Celsius – für die Amerikaner unter euch: achtzig Grad Fahrenheit. Am besten lange schwarze oder graue Anzüge, nicht dicker als drei Millimeter. Ihr werdet Kreislaufgeräte der Firma Dräger verwenden. Tauchtiefe daher weniger als zehn Meter. Diese Geräte sind euch bekannt, damit habt ihr bereits gearbeitet. Wir haben alles vor Ort, auch Ersatzteile und eine kleine Werkstatt.«

Einige Männer zogen die Augenbrauen hoch, schienen aber mit allem einverstanden.

»Wundert euch nicht, die Voucher verzeichnen keinen Zielort. Das Reiseziel erfahrt ihr erst, wenn ihr sie am Counter gegen das für euch hinterlegte Ticket eintauscht. Euer Ticket ist ein *One-Way-Ticket*. Und noch etwas: Das ist kein versteckter Hinweis! Die Exfil* läuft über ein Drittland in der Nähe, verstanden?«

* Exfiltration – Ausschleusung.

Die Männer nickten.

»Habt ihr Fragen?«

Ein kleiner, stämmiger Mann meldete sich. »Ja, eine: Kann ich da unten Geld abheben?«

Nygard nahm die Frage auf und schaute in die Runde. »Wenn ich mich nicht irre, werdet ihr dort unten kein Geld brauchen. Kontakt zur lokalen Bevölkerung ist unerwünscht. Falls doch nötig, nehmt halt etwas Cash mit. US-Dollar werden akzeptiert, fünfhundert sollten reichen.«

»Werdet ihr ebenfalls dort sein?«

»Ja, wir werden dort auf euch warten.«

Die Männer nickten stumm.

»Sonst noch irgendwelche Fragen?«

Die Männer schwiegen.

»Gut. Heute ist Abreisetag. Denkt an das, was wir euch eingeschärft haben: Ihr nehmt unterschiedliche Reiserouten. Wenn ihr euch am Flughafen oder sonst wo über den Weg lauft, dann kennt ihr euch nicht, ihr seid euch nie zuvor begegnet. Also, kein Plausch in irgendwelchen Abflughallen, ist das klar?«

Beständiges Nicken.

»Gut. Es ist jetzt dunkel, dann fahrt los und hinterlasst so wenig Spuren wie möglich. Nehmt Bargeld, um die Hotelrechnungen zu bezahlen. Keine Kreditkarten. Meidet die Öffentlichkeit und nehmt keinen Kontakt mehr zu eurem alten Arbeitgeber M.S. auf. Wir haben unsere Leute überall. Haltet euch an die Regeln, dann könnt ihr euch, mit ein bisschen Glück, bald zur Ruhe setzen.«

Nygard ließ seine Worte etwas wirken und schaute in die Runde. »Fragen?«

»Keine? Gut, dann wegtreten!«

Die Männer zogen ihre Jacken an, nahmen ihre Taschen und Seesäcke und verließen das Haus. Keiner sagte ein Wort. Jeder hing seinen Gedanken nach. Man konnte ihre Anspannung förmlich spüren.

17

Hauptquartier des Inlandsnachrichtendienstes MI5
Thames House
Millbank, London
England

»Hast du das gelesen, Phil?« Marc Allington, Sektionsleiter im Bereich Grundsatz, hatte sich gerade den Mund vollgestopft. Es war Mittag.

»Die Anfrage der Belgier?«

»Hum hm!« Allington kaute an seinem Fischbrötchen. »Unsere belgischen Kollegen haben Humor, würde ich sagen.«

»Erzähl!« Phil Dempsey, sein junger Kollege, war neugierig geworden.

»Na, sie senden uns acht Fotos, vier Namen und ein paar Kennzeichen und fragen, ob wir diese Personen kennen und ob wir sie in einem Zusammenhang mit Rechtsextremisten sehen.«

»Und das ist lustig? Kennen wir die Personen denn?«

»Der *Dienst* kennt sie, mir selbst ist zumindest ein Name geläufig. Es sind wohl zum Teil Landsleute. Patrioten, die unserem Land oder dem großen Bruder *Uncle Sam* treu gedient haben – und die sich nun ein paar Quid* dazuverdienen. Na, dämmert's?«

»Du meinst Söldner?«

Allington verzog leicht die Miene und dozierte: »Söldner ist ein sehr hässliches Wort, Phil! Nein, das sind Profis in Sachen Sicherheit. Die arbeiten an heiklen Orten, damit wir nicht jedes Mal die Royal Marines entsenden müssen.«

»Also eine Private Military Company?«

»Klingt schon besser. Vermutlich geht es um einen Auftrag. Die Firma, für die diese Leute arbeiten, ist ein kleines, sehr professionelles Outfit und wird von einem ehemaligen Kolle-

* Britische Pfund.

gen geleitet. Ein Mann, der sowohl in der Politik als auch in den Streitkräften viele Sympathien genießt, wenn ich das anmerken darf.«

»Wie heißt denn die Firma?«

»Auch für den Circuit gilt selbstverständlich absolute Diskretion«, provozierte Allington.

»Nun sag schon!«

»Ich spreche von der Firma Maritime Solutions Ltd., oder auch einfach nur M.S., geleitet von Commander Jeremy Horne ret. Commander Horne ist ehemaliger Angehöriger des SBS und Träger des Conspicuous Gallantry Cross.«

»Oha! Die zweithöchste militärische Auszeichnung, die es bei uns gibt.« Dempsey war sichtlich beeindruckt. »*Der* Jeremy Horne! Die hatten vor einigen Jahren einen Artikel über ihn im *Forbes Magazine*.«

»Genau der! Und er war später langjähriger Mitarbeiter in der operativen Sektion des MI6, darf ich anfügen.«

»Und diese Typen sollen Rechtsextremisten sein? Ich verstehe es immer noch nicht!«

»Ach Phil, vielleicht hätten sie dich besser in die Aktenregistratur gesteckt. Die Belgier schlossen vermutlich aufgrund der kurzen Haare und des Auftretens messerscharf auf einen Bezug zur rechten Szene.« Allington machte nun ein staatstragendes Gesicht. »Unser Haus wird das mal mit M.S. besprechen. Ich bin mir sicher, es gibt eine ganz normale Erklärung für die Anwesenheit einiger unserer Boys auf dem Kontinent. Ich habe es selbstverständlich auch an den Stab weitergeleitet. Vermutlich wird unser geschätzter Direktor Robert T. Burke persönlich entscheiden, wie weiter verfahren wird. Das ist ein Thema für Leute, die etwas mehr auf ihrem Gehaltszettel stehen haben als unsereiner. Wir werden mit Sicherheit nichts mehr von diesem Vorgang hören. So, und jetzt genug Mittagsplausch gemacht, zurück an die Arbeit!«

Dempsey verdrehte die Augen, stand auf und setzte sich in das angrenzende Großraumbüro. Er hasste es, wenn Allington ihn wie einen Praktikanten behandelte.

18

Bergungsschiff *Dream Catcher*
Meer vor St. Thomas
Amerikanische Jungferninseln
Karibik

Omar stand auf der Brücke und starrte auf den dunklen Horizont. Die Wolkenfront war jetzt deutlich näher gerückt. Das Schiff hatte sich an der schweren Ankerkette in die frontal anrollende Dünung ausgerichtet. Der mächtige Bug der *Dream Catcher* hob und senkte sich behäbig. Die Höhe der Wellen nahm beständig zu. Seit etwa zehn Minuten hatte Omar keine Möwe mehr gesehen.

»Es sieht schlimmer aus, als es ist«, dröhnte es plötzlich hinter ihm. Omar war etwas zusammengezuckt. Die tiefe, raue Stimme seines Kapitäns Morten Harris hatte ihn überrascht.

»Oh, Morten … Ich habe Sie nicht gehört.«

»'N Abend Boss, gleich wird es hier etwas feucht.«

»Damit habe ich kein Problem. Wenn es dabei bleibt …«

»Die Radarbilder sind gar nicht so bedrohlich. Es wird sich im Rahmen halten. Lediglich Regen werden wir mehr als genug bekommen«, prognostizierte Harris.

»Gut!« Omar atmete tief aus. Er wusste, auf Harris war Verlass. Dennoch, das ehemalige Forschungsschiff *Dream Catcher* war das Herzstück seiner Firma. Mit seiner Spezialausrüstung stellte es einen Wert von stolzen sechzig Millionen US-Dollar dar.

»Alles ist verstaut, alle empfindlichen Ausrüstungsteile sind verzurrt und potentielle Gefahrenherde abgepolstert. Ich kann Schäden weitgehend ausschließen.«

»Schon gut, Morten, ich vertraue Ihnen.«

»Danke, Boss! Das wird schon alles. Und vielleicht, wenn

wir Glück haben, spült der Sturm was nach oben, was sonst noch ein paar Jahre im Sediment geschlummert hätte.«

Omar rieb sich am Kinn. »Das wäre uns zu wünschen! Curtis Thorpe sagte auch schon so etwas.«

Harris nickte. »Ich mache noch mal meine Runde, sehen Sie zu, dass Sie nicht zu lange hier draußen bleiben. Drinnen haben die Männer Tee gekocht, ich könnte mir vorstellen, man wartet dort auf Sie …«

»Danke Morten, das ist nett, ich komme auch gleich rein.«

Ein paar Dublonen wären nicht schlecht, dann wüssten wir ungefähr, ob wir an der richtigen Stelle suchen, dachte Omar. Er warf einen letzten Blick auf die sich verdunkelnde See. Dann drehte er sich um und verschwand im geschlossenen Teil der Brücke.

19

Café sowohl als auch
Berlin Prenzlauer Berg
Deutschland

Auf Außenstehende machte Jan Steiger einen ausgeglichenen, selbstbewussten Eindruck. Dies war nicht zuletzt seiner physischen Konstitution geschuldet. Sah man ihn in zivil auf der Straße, dachte man zunächst an einen Leistungssportler. Obwohl er bei knapp einhundertneunzig Zentimetern immerhin fünfundneunzig Kilogramm wog, bewegte er sich fast geschmeidig. Seine Statur hatte er dem Umstand zu verdanken, dass er sein Leben lang intensiv Sport getrieben hatte. Dem einen oder anderen Fremden flößte Steiger gar ungewollt Respekt ein. Hinzu kam, dass manche Menschen Selbstbewusstsein mit Arroganz verwechselten.

Sport bestimmte noch immer einen großen Teil seiner Freizeit. Zusammen mit einigen Kollegen vom SEK Berlin trainierte er einmal die Woche »auf der Matte«, wie er es nannte, und ging im Olympiabad schwimmen, so oft es seine Dienstzeiten erlaubten. Wenn er sich über etwas besonders ärgerte, tobte sich Steiger auch schon mal an dem Sandsack aus, der in seiner Garage hing.

In seiner alten Heimat, dem Ruhrgebiet, war er im Alter von zwölf vom Leistungsschwimmen zum Wasserball gewechselt. Später, während seines Schulaufenthaltes in Irland, hatte er dort die Härten des Rugbysports kennengelernt. Unzählige Mal war er in strömendem Regen ohne Körperschutz mit Jungs, die weit schwerer waren als er, zusammengekracht und hatte sich diverse Knochen gebrochen. Aber seine Mannschaft hatte schließlich den Aufstieg in die nächsthöhere Liga geschafft. Sein Vater war sehr stolz auf ihn gewesen.

Die Kampfschwimmerkompanie in Eckernförde, der er fast zwölf Jahre angehörte, hatte ihm schließlich seine körperlichen Grenzen aufgezeigt und ihm den letzten Schliff verliehen.

Heute lebte Steiger in Berlin, einer pulsierenden Metropole. Und so ziemlich der äußerste Gegensatz, den man sich zu Eckernförde vorstellen konnte. Das beschauliche kleine Städtchen mit der gleichnamigen Förde war verträumt und maritim charmant. Die Uhren schienen hier deutlich langsamer zu ticken. Man konnte die Ostsee geradezu riechen.

Sein Umzug vom ländlichen Schleswig Holstein in die Bundeshauptstadt war dann auch von gemischten Gefühlen begleitet gewesen. Berlin hatte er bisher irgendwo zwischen piefig und versifft eingeordnet. Im Grunde reduzierte sich Steigers Vorstellung von Berlin auf das Bild eines ehemaligen Kommilitonen seines Vaters, Holger Jacobs. Der damalige Student der Sozialwissenschaften und überzeugte Cannabis-Konsument hatte die Steigers im Ruhrgebiet einige Male besucht. Er fuhr einen grünen Mercedes der 123er Baureihe, der von innen aussah wie eine Müllhalde und auf dessen Kofferraum ein Frank-Zappa-Aufkleber prangte. Das war für Steiger so richtig Berlin gewesen.

Mittlerweile hatte er sein Urteil revidiert und fühlte sich hier zu Hause. Er war »angekommen«. Die westlichen Vorurteile gegenüber der Berliner Kodderschnauze konnte er nicht nachvollziehen. Wenn man das Glück hatte, *dem Berliner* überhaupt noch zu begegnen, empfand Steiger ihn als frech, ehrlich und witzig. In Berlin wusste man, woran man war und das war sehr viel wert – in einer Welt zunehmender Beliebigkeit.

Der Wechsel vom Kommando Spezialkräfte Marine (KSM) zum AMK gestaltete sich ebenfalls extrem. In Eckernförde war er ständig körperlich gefordert worden: Schwimmen, Laufen, Krafttraining, Selbstverteidigung, Schießen, taktisches Tauchen und Fallschirmspringen standen auf dem Dienstplan. An dessen Gestaltung hatte er nicht selten selbst mitgewirkt.

Hier in Berlin war er nun in einer Behörde. Beim BND, so musste er feststellen, war so ziemlich alles geheim. Selbst der Speiseplan war VS-NfD* eingestuft. Sport gab es maximal zweimal die Woche. Aber nur für Soldaten und wenn der *Amtsschimmel wieherte,* hatte man selbst dafür keine Zeit.

Dennoch, seine Tätigkeit beim BND war interessant. Sie forderte und förderte seine Analysefähigkeit. Steiger lernte viel über fremde Länder, ihre Völker, Kulturen und Geschichte. Denn ohne deren Kenntnis waren viele aktuelle politische Entwicklungen kaum zu verstehen.

Zwei Jahre lebte er nun in Berlin und nicht einen Tag hatte sich Steiger gelangweilt. In der Hauptstadt konnte jedes Interesse bedient werden: Geschichte, Politik, Kultur, Sport. Das Umland bot mit seinen üppigen Wäldern und Seen obendrein Natur XXL. Für Steiger war besonders wichtig: In Berlin traf er Menschen aus allen Teilen der Welt. Gegenüber von ihm lebten Australier, unten wohnte ein Pärchen aus Brasilien und Österreich, daneben eine kanadische WG.

Nach Feierabend genoss er die Berliner Gastronomie. In

* Verschlusssache – Nur für den Dienstgebrauch.

seinem Lieblingscafé in Mitte, dem Café Einstein, gab es seiner Auffassung nach den besten Käsekuchen der Stadt. Die bekannte Location im Stil eines Wiener Kaffeehauses zog Abgeordnete des Bundestags ebenso an wie Journalisten, und natürlich jede Menge Touristen.

Heute jedoch saß er in seinem bevorzugten Café in Prenzlauer Berg, dem *sowohl als auch* und genoss die legendäre Bayerisch Creme mit Erdbeeren.

»Entschuldigung, ist hier noch frei?« Eine junge Frau mit blonden Locken, grünen Augen und Sommersprossen lächelte freundlich.

Sofort schoss ihm Meghan durch den Kopf. Geistesabwesend starrte er durch die Frau hindurch.

»Huh?«

»Oh! Entschuldigung, ich kann mich auch gerne woanders hinsetzen …«

»Nein, nein, ähm … sorry, hier ist noch frei, bitte!«, stotterte Steiger.

Idiot! Jetzt denkt sie wahrscheinlich sonst was!

Die Frau schaute etwas verlegen, setzte sich und nahm ein iPad aus ihrer ledernen Shopper Handtasche. Ein junger Kellner nahm ihre Bestellung eines Cappuccino auf.

»Ich dachte schon, Sie hätten etwas gegen meine Anwesenheit …«

Steiger blickte auf. »Pardon, ich war gerade in Gedanken ganz woanders.«

Jetzt lauf bloß nicht rot an, du Pfeife!

Inzwischen hatte Steiger langsam bemerkt, dass die junge Frau außerordentlich hübsch war. Er schätzte sie auf Anfang dreißig, ihre Figur war sportlich, aber weiblich. Praktische Klamotten, aber feminin. Sie machte einen sympathischen und intelligenten Eindruck. Wenn sie unbedingt ein Gespräch mit ihm wollte, konnte sie es haben.

»Wohnen Sie hier?«, fragte sie auch gleich.

»Nicht hier, aber ich bin Berliner, also Neu-Berliner. Und Sie?«

»Ich komme aus Brasilien, genauer gesagt aus Sao Paulo und arbeite jetzt an der HU, als Postdok*.«

»Aha! In welchem Fachbereich denn?«

»Agrarökonomie.«

»Das klingt interessant!«

»Na ja, nicht jeder Aspekt«, entgegnete sie und spielte mit dem Milchschaum auf ihrem Cappuccino. »Und was machen Sie?«

»Ich bin Soldat.« *Und das ist nicht gelogen.* »Ich habe zuvor in Großbritannien Politik und Geschichte studiert.«

»Oh!« Ihre Überraschung wirkte nicht gespielt. »Und wo, wenn ich fragen darf?«

»An der St. Andrews University.«

»Tja, die Universitäten in England und ihre feinen Unterschiede. St. Andrews hat ja eine hervorragende Reputation! Und was machen Sie beim Militär?«

»Momentan arbeite ich im Ministerium, eher langweilig, aber man kann sich die Stellen nicht immer aussuchen. Rotationsprinzip.«

Jetzt hast du doch gelogen, alter Junge.

»Ah, ich verstehe.«

Glaube ich zwar nicht, aber egal …

»Kennen Sie Berlin?«, fragte er.

»Nicht wirklich, ich bin noch dabei, sagen wir, es zu erkunden.«

Bei dem Lächeln geht die Sonne auf … Sag etwas!

»Hätten Sie vielleicht Lust, nächste Woche etwas zu unternehmen?«, fiel Steiger ein. *Oh Gott, war das zu schnell?*

Sie musterte ihn ruhig, ihr Gesichtsausdruck verriet keinerlei Gefühlsregung. »Ganz schöner Sinneswandel, erst schicken Sie mich fast weg und jetzt wollen Sie schon etwas mit mir *unternehmen* …«

»Eben, weil ich Sie jetzt ja kennengelernt habe. Das heißt, bis auf Ihren Namen …«

* Post-Doktoranden sind Wissenschaftler, die nach der Promotion an einer Universität oder einem Forschungsinstitut befristet angestellt sind.

»Na gut. Ich heiße Rafaela. Und ich bin kein Freund vom deutschen ›Sie‹. Morgen bin ich bereits verabredet, aber wenn *du* mir deine Nummer gibst, melde ich mich vielleicht …«

Das wäre doch nett …

»Ich heiße Jan.« Steiger sah sie nun leicht herausfordernd an. »Du kannst mir aber auch deine Nummer geben!«

»Einfach so?«

Steiger nickte bescheiden.

Sie spürte, dass sie diesen Mann anziehend fand. Er hatte eine Art stiller Intelligenz und wirkte, als hätte er für sein Alter schon einiges erlebt. Kein Ehering dazu. Dunkelblonde Haare, an den Seiten kurz geschnitten, nicht zu kurz, sondern eher gepflegt. Graublaue Augen und ein markantes Kinn. Von der Statur her kräftig, aber anscheinend kein Bodybuilder. Die Nase sah allerdings aus, als sei sie mehrmals gebrochen gewesen.

Sonst wäre er ein richtig hübscher Kerl, dachte sie.

20

Benjamin Rivera Noriega Flughafen
Isla de Culebra
Puerto Rico
Karibik

Die verstaubte DHC 6 Twin Otter hatte ihre Parkposition am Rande des Flugfeldes mitten in der prallen Sonne erreicht und die Propeller drehten sich noch eine Weile. Der Copilot nuschelte etwas in sein Mikro. Vermutlich verstanden sein Spanisch nicht einmal die wenigen *Locals,* die sich steif aus ihren engen, verschwitzten Sitzen erhoben.

Trevor Kendrick und Mike Pearce nahmen ihr Handgepäck und begaben sich zum vorderen Ausgang. Auf der Gangway schlug ihnen schwülheiße Luft entgegen, die den Mief aus Treibstoff und Schweiß im Innenraum der Maschine noch übertraf. Es hatte offenbar kurz zuvor geregnet. Pfützen säumten den aufgeheizten schwarzen Teer des Rollfeldes. Das Wasser verdampfte überall und binnen Sekunden begannen sie, zu schwitzen. Sie machten sich auf, in Richtung eines halb verfallenen weiß getünchten Gebäudes. Vermutlich das einzige Terminal.

Kendrick hatte den kleinen Mann zuerst wahrgenommen. Er sah auf den ersten Blick harmlos aus und wirkte in seinen olivfarbenen Outdoorklamotten wie ein Wanderer. Bei näherem Hinsehen erkannte man jedoch seinen drahtigen und zähen Körperbau. Die glatten schwarzen Haare trug er zu einem kurzen Zopf gebunden. Sein Gesicht wirkte knochig. Eine goldumrandete Ray Ban Sonnenbrille verdeckte seine Augen. Der Typ bewegte sich unauffällig und konzentriert. Umsichtig schien er sein gesamtes Umfeld wahrzunehmen. An seinem Gürtel erkannte Pearce ein schwarzes ICOM Handfunkgerät. Aus dem Hosenbund lugte der Griff einer Glock Automatik.

»Kendrick, Pearce?«

Die Männer nickten.

»Wurde auch Zeit, ihr seid die Letzten. Ich bin Bulan. Ich bringe euch jetzt zu den anderen. Gepäck?«

Kendrick deutete auf das Heck des Flugzeugs.

Was folgte, war eine unerwartete Tirade auf Spanisch, die Bulan an einen dunkelhäutigen Arbeiter richtete. Kendrick glaubte, einen fremden Akzent herausgehört zu haben.

»Das mit den Papieren ist bereits geregelt. Da drüben, der weiße Geländewagen!« Bulan zeigte auf einen heruntergekommenen Isuzu. Der Gepäckträger zog die zwei großen Gepäckstücke hinter sich her. Am Fahrzeug angekommen, gab Bulan dem Mann zwei Dollar.

Dann wandte er sich wieder an Kendrick und Pearce: »Wir brauchen etwa eine knappe Stunde.«

Die Männer stiegen in den Geländewagen und fuhren eine staubige Landstraße entlang.

»Wir fahren in Richtung Norden?«

Bulan drehte sich zur Antwort nicht um. »Das ist richtig, das Camp befindet sich auf einer kleinen Nachbarinsel nordwestlich von hier. Dort werdet ihr wohnen und dort findet auch die Vorbereitung statt. Mit euch ist das Team komplett. Alles andere erfahrt ihr vor Ort.«

Kendrick und Pearce schauten sich an. Der letzte Satz bedeutete wohl so viel wie: »Und jetzt Schnauze halten!«.

Kendrick war froh, dass es nun endlich losging. Er hasste es, zu warten und er hatte die ganze Geheimniskrämerei satt. Er wollte endlich sein Geld verdienen, und zwar schnell. Er hatte Respekt vor jedem Auftrag, aber er hatte bisher auch immer Glück gehabt. Weshalb sollte ihn sein Glück diesmal verlassen? Diese Mission war die letzte. Danach würde er auf den Bahamas ein kleines Grundstück erwerben. Mit seinen Ersparnissen plus dem Geld aus diesem Auftrag konnte er dort eine kleine Kneipe eröffnen. Eine gute, langfristige Basis für einen angenehmen Lebensabend. Er sah aus dem Fenster und konnte das türkisfarbene Meer sehen. Wie auf den Bahamas.

Der Geländewagen war von der befestigten Landstraße abgefahren. Nun bretterte er über einen sandigen Waldweg, der mit Kiefernnadeln übersät war. Als der Wagen über eine Bodenwelle fuhr, wurde Kendrick jäh aus seinen Gedanken gerissen. Kurze Zeit später hatten sie den Wald hinter sich gelassen und kamen am Wasser zum Stehen.

Vor ihnen lag eine baufällige kurze Betonpier im gleißenden Sonnenlicht. Ein verwahrloster Werkzeugschuppen mit eingeschlagenen Fenstern und Türen komplettierte das Bild der Einöde. Grillen zirpten und es roch nach getrocknetem Meersalz und Maschinenöl. An der Pier war eine uralte Lastschute befestigt. Der museumsreife Evinrude Außenbordmotor spuckte weißen Qualm, als Bulan ihn startete.

»Los, Männer, an Bord! Wir verlegen jetzt zur Nachbarinsel.«

Pearce und Kendrick warfen ihr Gepäck in das Boot und sprangen von der flachen Pier hinterher. Die Überfahrt zur Nachbarinsel dauerte keine halbe Stunde. Bulan setzte die

Schute mit Höchstgeschwindigkeit auf den Strand auf und zog den Außenborder rechtzeitig an, damit der Propeller sich nicht in den Sand bohrte.

Zielstrebig führte er die beiden Neuankömmlinge zu einem nahegelegenen großen Blockhaus mit Veranda. Es ähnelte einer argentinischen Hazienda. Drei Männer, die Kendrick und Pearce zuvor in Belgien gesehen hatten, schienen gerade vom Laufen zu kommen. Sie trugen Sportsachen und hatten leicht gerötete Gesichter.

»Na, ihr Luschen, habt ihr die Insel auch endlich gefunden?«

Kendrick reagierte nicht. Pearce hielt sich ebenfalls zurück.

Bulan stand neben ihnen, als Mats Nygard sich zu ihnen gesellte.

»Willkommen! Auf euch haben wir noch gewartet.«

»Hallo!«

»Hat Bulan euch schon von euren Mobiltelefonen befreit?«

Pearce und Kendrick schauten sich verwundert an.

Nygard machte eine entschuldigende Geste. »Wir haben nicht damit gerechnet, dass so viele von euch Smartphones und sogar Notebooks hierher mitnehmen würden. Wir müssen euch bitten, euch davon vorübergehend zu trennen. Mit ausgebauten Akkus, versteht sich. Ihr bekommt sie nach dem Einsatz zurück.« Er hielt eine schwarze North Face Tasche auf, in der sich bereits etliche Blackberrys, Smartphones und iPads befanden.

»Ich habe nichts Derartiges dabei«, entgegnete Kendrick trocken. Pearce legte sein Sonim Handy gleichgültig in die Tasche.

»Lasst euch nicht mit irgendwelchen Telefonen oder Notebooks erwischen! OPSEC solltet ihr am ehesten verstehen«, mahnte Bulan.

»Jede Form der Kommunikation mit der Außenwelt ist absolut inakzeptabel. Ihr wisst das«, bestätigte Nygard.

»Schon klar. Ich habe eh niemanden, mit dem ich sprechen muss«, sagte Kendrick.

»Ich im Prinzip auch nicht. Ist ja richtig«, sagte Pearce und fluchte innerlich.

»Bestens. Wir überprüfen die ausgehenden Signale auch regelmäßig mit einem Scanner.« Nygard wendete sich ab.

Bulan übernahm wieder die Initiative. »Los jetzt, Gepäck holen, dann ab ins Haus. Ihr schlaft in den Baracken hinter dem Haupthaus, Zimmer elf. Gemeinsames Abendessen um sieben, danach Teambriefing. Habt ihr verstanden?«

»War jetzt nicht so schwer«, erwiderte Pearce leicht genervt.

Als sie in das Haupthaus kamen, sahen sie links den großen Saal und rechts einen kleinen Raum. Die Tür stand halb offen. Als Pearce hineinspähen wollte, wurde die Tür von innen geschlossen. Er glaubte, einen Teil einer Glasvitrine gesehen zu haben, konnte sich aber keinen Reim darauf machen.

Sie durchschritten den Saal, der einen hölzernen Fußboden hatte, und kamen auf eine Veranda. Die Tür war mit Fliegengitter gesichert, wie alle Fenster im Haus. Eine Treppe führte in den hinteren Bereich des Komplexes, der sich in einem Nadelwald befand. Überall wuchsen Kiefern und Pinien. In etwa vierhundert Metern Entfernung leuchtete das Meer.

»Nett hier«, sagte Pearce.

»Gewöhn dich besser nicht dran«, erwiderte Kendrick.

»Keine Sorge!«

Sie betraten die Holzbaracke. Ein langer breiter Mittelflur führte durch das Gebäude. Es roch muffig.

»Erinnert mich irgendwie an eine Jugendherberge.«

Eine tiefe Stimme antwortete wie aus dem Nichts: »Das war früher mal eine Forschungsstation für Biologen oder sowas.«

Kendrick und Pearce drehten sich um. Sie hatten Jake Sanderson, der auf einmal hinter ihnen stand, nicht bemerkt.

»Ah, Jake, alles im Lot?«

»Soweit. Und ihr?«

»Alles chic, sind gerade erst angekommen.«

»Na dann, bis nachher!« Sanderson drehte sich um und verschwand.

»Kanntet ihr euch vorher schon?«, fragte Pearce.

»Nein, er kam erst kürzlich zu M.S. Die Jungs vom Team Six halten sich immer für die Allergrößten …«

Sie betraten ihr spartanisch eingerichtetes Zimmer. Ein Stockbett stand an der linken Wand. Pearce blickte sich um und stellte die entscheidende Frage: »Oben oder unten?«

»Oben.«

»Passt!«

»Da wir gerade beim Thema sind. Wo kommst du denn her in Down Under?«, wollte Kendrick wissen.

»Akzent so offensichtlich?«

»Na ja, wie ein Amerikaner hörst du dich nicht gerade an.«

Pearce grinste: »Melbourne.«

»SAS?«

Pearce nickte und fragte zurück: »Und du?«

»SBS.«

»Ich war schon einmal in Poole. Da seid ihr doch stationiert, oder?«

»Ja, mein Team war aber zuletzt wenig zu Hause …«, deutete Kendrick an.

Pearce grinste. »Und vorher warst du bei den Royal Marines, deswegen die Weltkugel?«

Kendrick schaute auf seinen linken Oberarm. »Einmal Royal Marine, immer Royal Marine!«

»Was hältst du von dem ganzen Deal hier?« Pearce interessierte sich offensichtlich für die Gedanken seiner Mitstreiter.

»Schwer zu sagen, mal das Briefing abwarten. Ich wette, die anderen wissen auch nicht mehr.«

»Kannst du diesen netten Bulan einschätzen? Das ist doch kein Local?«, wollte Pearce wissen.

»Ich bin mir nicht ganz sicher. Aber er erinnert mich an einen Mann, mit dem ich vor vielen Jahren mal zusammengearbeitet habe.«

»Aha, und wo kam der her?«

Kendrick hob die linke Augenbraue. »Aus Djakarta, Indonesien.«

21

Hauptquartier des Inlandsnachrichtendienstes MI5
Thames House
Millbank, London
England

Das feudale Gebäude befand sich am Nordufer der Themse auf Höhe der Lambeth Bridge. Es war nach Plänen des Architekten Sir Frank Baines in den Jahren 1929 bis 1930 von der Firma John Mowlem & Co. in der neoklassizistischen Tradition des Edwin Lutyens errichtet worden und nicht nur für Architekturliebhaber eine Augenweide.

Im Büro des Direktors Robert Theodore Burke im vierten Stockwerk herrschte gedämpftes Licht. Ein massiver Schreibtisch aus Mahagoni mit eingelassenem Lederbezug verdeckte die Beine des Direktors nahezu komplett. Mehrere Telefone, zwei kleine Flachbildschirme sowie ein antiker Globus standen auf dem Tisch. Dahinter befand sich eine Sammlung antiker Sanduhren, die meisten aus dunklen Hölzern. Links neben einem endlos scheinenden Bücherregal hing eine aufwendig gerahmte historische Karte von London.

Fotografien zierten die Wand gegenüber des Schreibtischs. Ein Portrait von Tony Blair mit einer persönlichen Widmung, ein Foto mit Burke und David Cameron, Gruppenbilder von diversen Konferenzen und andere Erinnerungen. Für jeden Besucher unübersehbar war eine persönliche Belobigung des Sultans von Brunei auf Pergament.

Robert T. Burke, Abteilungsleiter Terrorismusabwehr und Direktor im britischen MI5, konzentrierte sich auf das Papier vor ihm auf seinem Schreibtisch. Seinen Gast schien er komplett zu ignorieren.

Jeremy Horne, CEO von Maritime Solutions Ltd., entschied sich, als Erster das Schweigen zu brechen. Horne war sich der Unhöflichkeit bewusst. Doch seine Neugier, sein Ego sowie eine latente Verärgerung über diesen Termin ließen ihm keine Ruhe.

Er beugte sich leicht nach vorn. »Mein sehr verehrter Mr. Burke, ich gestehe, ich habe nicht die leiseste Ahnung, wie ich Ihnen helfen kann …«

Sein Gegenüber begann, umständlich seine Brille zu reinigen. Er tat dies mit einer übertriebenen Gründlichkeit, fast so, als handle es sich um ein Ritual. Behäbig adressierte Burke danach endlich den Gast.

»Mein sehr verehrter Mr. Horne«, er machte eine Pause, »wir, also der Dienst Ihrer Majestät, sahen es als geboten an, Sie zu befragen, um, wie soll ich es ausdrücken, ein Restrisiko auszuschließen.«

»Ich fürchte, ich kann Ihnen nicht folgen.«

Burke wiegte den Kopf, als wolle er sagen: *Ach kommen Sie, Horne!*

Horne setzte nach: »Was ich mir unter Restrisiko vorstellen muss, weiß ich zwar nicht. Aber selbstverständlich sind wir gerne bereit, den Dienst Ihrer Majestät zu unterstützen, so es denn unsere Geschäftsbedingungen zulassen …«

»Natürlich.« Burke setzte ein dünnes Lächeln auf und breitete seine Hände parallel auf dem Schreibtisch aus. Nach einer weiteren Kunstpause kam er zur Sache: »Nun denn: Dem Dienst wurde bekannt, dass sich etwa zehn Männer, die Bezüge zu Ihrer Firma aufweisen, vor kurzem in Belgien aufgehalten haben. Wir hätten gerne gewusst, ob Ihre Firma etwas damit zu tun hat. Und wenn ja, ob sich daraus eine, nennen wir es, Unannehmlichkeit für die Regierung Ihrer Majestät ergeben könnte.«

Horne vermied den direkten Augenkontakt und erwiderte: »Männer, die gelegentlich für uns arbeiten, können in ihrer Freizeit tun, was sie wollen, Mr. Burke.«

Dieser faltete jetzt bedächtig seine Hände und schaute Horne direkt in die Augen. Er machte eine Pause und wählte seine anschließenden Worte mit Bedacht: »Mein lieber Mr.

Horne, bitte verstehen Sie mich nicht falsch, aber ich sage das jetzt nur einmal und unter dem hier anwesenden Zeugen …« Er deutete auf einen dezent gekleideten Mann, der schweigend neben der Tür in einem Clubsessel saß. »Es macht für mich gelinde gesagt keinen Unterschied, ob Sie Träger des Conspicuous Gallantry Cross sind oder nicht. Es ist lediglich Ihren ehemaligen Kollegen vom Auslandsdienst MI6 geschuldet, dass wir Sie hierher bitten, um Sie höflichst zu befragen. Wir hätten, zusammen mit der belgischen Sûreté, Ihre Muskelpakete auch gleich einer geheimen Operation unterziehen und einsammeln können. Vermutlich mit dem Schluss, dass Ihre Firma wieder einmal Söldner bei irgendwelchen zwielichtigen Operationen im Ausland, wie soll ich es nennen, verheizen lässt. Steuerlich selbstverständlich erneut via Guernsey, also am Fiskus des Vereinigten Königreichs vorbei. Ein sich anschließendes Ermittlungs- und Strafverfahren hätte dann höchstwahrscheinlich ergeben, dass Ihre Leute sich – abweichend von den Vertragsbedingungen, in denen sie lediglich als Sicherheitsberater bezeichnet werden – für einen fremden Wehrdienst haben anwerben lassen und eine aktivere Rolle spielen als ursprünglich angegeben.«

Burke machte erneut eine rhetorische Pause.

»Nun ja, und Sie persönlich würden dann, je nach Ergebnis, zusätzlich mit einem saftigen Verfahren wegen systematischer Steuerhinterziehung belegt, so dass sich die Zahlen Ihrer Firma in absehbarer Bälde, wie soll ich es ausdrücken, nicht mehr ganz so gesund darstellen, wie sie es derzeit noch tun.«

Burke lächelte dünn, um dann noch einen vergifteten Pfeil hinterher zu schießen. »Denn ihr letzter Auftrag, um diese Vokabel zu verwenden, in Mexiko hat ja wohl einen recht bescheidenen Ausgang genommen, was man so hört …«

Sein Gegenüber, Jeremy Horne, blieb bei dieser mittleren Anmaßung äußerlich kontrolliert. Kühl beantwortete er die Frage, die er während Burkes Umschweife nicht vergessen hatte: »Die Männer, von denen Sie sprechen, sind Teil eines

Auswahlverfahrens eines skandinavischen Kunden. Sie arbeiten nicht mehr für uns, wir haben sie gewissermaßen, also wir haben sie … verkauft.«

Burke zog die Augenbrauen hoch.

»Sie spielen jetzt in einem anderen *Club*, wenn Sie so wollen …«

»Gegen eine entsprechende *Ablösesumme*, versteht sich …«

»Nicht viel im Leben ist umsonst, in unserem Geschäft noch weniger.«

»Natürlich nicht!« Nach diesen Worten verschwand jedwede Konzilianz, auch die gespielte, aus der Stimme Burkes. Er beugte sich nach vorne und sagte mit leiser, schneidender Stimme: »Wollen wir hoffen, Horne, dass Ihre Männer nicht zum falschen Zeitpunkt am falschen Ort auftauchen. Unser Globus wird immer kleiner. Vielleicht trifft man auch mal auf treue und gute Soldaten aus dem Königreich oder auf enge Verbündete. Eventuell sogar auf der falschen Seite? Was denken Sie, Horne?«

Im Raum war es nun so still, dass man lediglich das mechanische Ticken eines Chronographen hören konnte.

Jeremy Horne bebte innerlich, doch Burke war offenbar noch nicht fertig.

»Wissen Sie, Horne, mit militärischer Beratung und Ausbildung habe ich kein Problem. Aber was kämpfende Söldner betrifft, so halte ich es mit Machiavelli: Söldner haben selten Gutes bewirkt. In diesem Sinne konstatiere ich, dass es für Menschen wie Sie nur eine sehr, sehr kleine Verwendungsbreite gibt. Es gibt sie. Zweifellos. Ich wäre der Letzte, der das bestreitet, aber Firmen wie die Ihre haben den Markt noch unübersichtlicher und fast unregulierbar gemacht. Wenn Whitehall* Sie beauftragt, damit Ihre Majestät nicht die Royal Marines entsenden muss, dann ist das in Ordnung. Ich sehe hier allerdings keinen rechtsstaatlichen Akteur, nur skandinavische Privatiers.«

* Sitz des britischen Verteidigungsministeriums.

Burke kam nun zum Schluss. »Sehen Sie zu, dass Sie keine Fehler machen, Horne! Das schließt Ihre Steuererklärung mit ein. Ich denke, ich habe mich klar ausgedrückt. Ich wünsche Ihnen einen guten Tag, Mr. Horne.«

Horne erkannte, dass er hier nichts mehr ausrichten konnte. Er erhob sich bewusst langsam. Auf keinen Fall wollte er den Eindruck erwecken, die Unterredung habe ihn eingeschüchtert. »Allington wird Sie hinausbegleiten«, war das Letzte, was er hörte.

Damit war der Fall für Abteilungsleiter Robert T. Burke abgeschlossen. Horne war kein Dummkopf. Nach dieser Ansage sollte es keine Scherereien geben. Und wenn doch, dann hatte der Dienst noch andere Möglichkeiten …

22

01:48 Uhr
Ringbahn S41
Zwischen den Haltestellen Neukölln und Hermannstraße
Berlin Neukölln
Deutschland

Steiger fuhr mit der S-Bahn. Nicht, weil er seinen Beitrag zum Umweltschutz leisten wollte. Oder, weil es in Berlin sehr praktisch oder bequem war, die öffentlichen Verkehrsmittel zu nutzen. Zu seinem Leidwesen war der Fall anders gelagert: Vor genau einer Woche hatte sein klappriger Golf III mit 483.000 Kilometern auf der Uhr den Dienst quittiert. Motorschaden. Bei dem kümmerlichen Restwert war eine Reparatur völlig unwirtschaftlich.

Dies nervte ihn unendlich. Auch hätte es kaum einen schlechteren Zeitpunkt geben können. Denn vor drei Monaten hatte er sich einen langgehegten Traum erfüllt. Bei einem spezialisierten Händler in Süddeutschland hatte er einen sehr gut erhaltenen Mercedes Wolf aus alten Bundeswehrbeständen erwerben können. Dieser wartete nun in der Garage seines Nachbarn auf seine Bestimmung. Der gute Zustand beschrieb jedoch eher den Geländewagen im Allgemeinen – nicht aber dessen neunzehn Jahre alten Dieselmotor. Die 2,5-Liter-Maschine hatte es »hinter sich«. Nach Steigers Auffassung war dieser Motor ohnehin ungeeignet, ein Fahrzeug von derartigem Gewicht standesgemäß anzutreiben. Doch auch dieses Problem hatte Steiger bereits gelöst. Per Zufall hatte er das Unfallwrack eines kurzen Mercedes G 500 Cabriolet erstehen können, dessen Motor bei dem Unfall laut Gutachten des Sachverständigen nicht gelitten hatte. Die Besitzerin, eine gutgekleidete, schlanke Dame aus Charlottenburg, wohl Russin oder Ukrainerin, schien Weniges im Leben nötig zu haben. Schon gar nicht, über den Preis zu verhandeln. Sie war offenbar froh, dass der Totalschaden vor ihrer Haustür entfernt wurde und sie überhaupt noch etwas für das Wrack bekam. Innerhalb von zwei Tagen fuhr sie bereits einen nagelneuen weißen Mercedes GLE 500.

So war es Steiger *ein Fest* gewesen, den großen Achtzylinder samt Automatikgetriebe aus dem Wrack in den gebrauchten Mercedes Wolf einzubauen – gemeinsam mit seinem Nachbarn Karl-Heinz, einem Frührentner und leidenschaftlichen Schrauber. Bereits bei einer kurzen Probefahrt um den Block wurde deutlich, über welche Reserven der Geländewagen nun verfügte. Natürlich würden sie das Fahrwerk anpassen müssen. Stoßdämpfer und neue Reifen mit MT-Profil waren bereits bestellt. So brannte Steiger förmlich darauf, den Wagen im Gelände ausgiebig zu testen. Doch bis zur Straßenzulassung würden noch viele Wochen Arbeit vergehen.

Steiger streckte seine Beine aus und schaute sich in dem nahezu leeren S-Bahn-Waggon um. Er ließ den Abend Revue passieren. Rafaela hatte sich nicht zuerst gemeldet. Erst auf seine WhatsApp-Nachricht hin war eine knappe Antwort gekommen. Es ging ein paarmal hin und her. Hatte sie ihn zu sich eingeladen? Oder er sich? Er konnte sich nicht mehr genau erinnern. Jedenfalls war es nicht bei einem Kaffee geblieben. Er wollte es sich nicht eingestehen, aber ihm gefiel die blasse Brasilianerin sehr.

Giselle Bündchen 2.0!

Rafaela war groß, schlank, ihre Muskeln waren straff und die Rundungen befanden sich an den richtigen Stellen. Sie wirkte dazu klug und selbstbewusst. Steiger hatte den Wunsch, mehr Zeit mit ihr zu verbringen. Das verwirrte ihn. Denn Rafaela war nicht Meghan. Vielleicht lag hier das Problem. War es überhaupt ein Problem?

»Man darf Menschen nicht miteinander vergleichen«, hatte sein Vater zu Lebzeiten einmal gesagt. »Und Frauen schon gar nicht!«

Und doch tat er es.

Steiger schaute auf seine Uhr.

Gleich zwei Uhr morgens ...

»Nächste Haltestelle: Neukölln«, schallte die übertrieben freundliche Stimme aus dem Lautsprecher. Steiger hüllte sich in Gedanken und rätselte, ob er etwa an einer ernsten Beziehung mit Rafaela interessiert war. Die Gruppe junger Männer, die es sich jetzt einige Sitzreihen weiter bequem gemacht hatte, nahm er fast nicht wahr.

Du hast Probleme ... Rafaela ist eine Klassefrau, kommt aus einer guten Familie und scheint ungebunden zu sein. Und du denkst an Meghan. Dieser Fabio wird sich schon um Meghan kümmern ... Das klassische Zuspätkommen. Akzeptier's einfach! Das Leben geht weiter!

Gelangweilt blickte Steiger zu der Gruppe herüber. Die jungen Männer trugen Sportjacken über ihren Hoodies und dazu Turnschuhe. Einer hatte eine schräg sitzende bunte Baseballmütze auf dem Kopf, ein anderer einen hellen Beanie. Der Typ mit dem Beanie sprach lauter als die anderen. Er war offenbar eine Art Anführer.

»Nächste Haltestelle: Herrmannstraße.«

Die Bahn hielt kurze Zeit später und die Türen öffneten

sich mit dem obligatorischen Signalton. Ein hagerer Mann mittleren Alters stieg zu und nahm unauffällig Platz. Er trug einen schwarzen Stoffmantel und eine schwarze Hose. Seine eingefallenen Wangen wurden von einem dünnen Bart nur teilweise bedeckt. Er wirkte blass. Zwei weiße Kabel führten aus einer Manteltasche zu seinen Ohren, er hörte offenbar Musik.

Die Türen schlossen sich und Steiger sah aus dem Augenwinkel, wie sich die Gruppe junger Männer erhob. Auffällig zufällig schlenderten sie zu dem schwarz gekleideten Mann herüber. Der Waggon war ansonsten leer.

Steigers inneres Frühwarnsystem hatte bereits auf »orange« geschaltet, doch sein Bewusstsein hinkte noch hinterher. Rafaela hatte ihn auf ihre Weise gefordert.

Er hörte, wie einer der Typen den zugestiegenen Fahrgast ansprach. Der Mann reagierte zuerst nicht.

»Ey, du! Nimm gefälligst die Kopfhörer aus'n Ohren, wenn ich mit dir rede!«

Verstört blickte der Mann auf. »Was wollen Sie? Bitte lassen Sie mich in Ruhe!«

»Gaaanz entspannt, Alter! Nimm die Stecker raus! Zeig mal her, was du da hast!« Der Typ nahm dreist die Kopfhörer und steckte sie sich in die Ohren. Dann lauschte er einige Sekunden. »Mann Alter, was'n das für'n Scheiß!?«

»Das ist Händel.«

Wohl im Zweifel, ob diese Information den Kerl besänftigte, setzte er nach: »Lassen Sie mich bitte in Ruhe, ich …« Der Mann unternahm einen ungeschickten Versuch, aufzustehen.

»Sitzengeblieben! Ich bestimme hier, wann du aufstehen darfst, klar?« Energisch drückte der Typ den Mann wieder auf den Sitz.

Steiger vernahm einen seufzenden Laut.

Echte Helden. Vier gegen einen. Um diese Zeit. Wahrscheinlich geht ihr auch morgen nicht arbeiten. Oder geht ihr noch zu Schule?

Auch das ist leider Berlin …

»Hendl? Wie das Brathendl? Das hört doch keiner, oder?« Er blickte sich zu seinen Kumpanen um, die beifällig lachten.

»Lassen Sie mich, bitte, ich …«

»Halt's Maul und hör auf zu wimmern. Nett übrigens, dass du mir deinen iPod leihst! Ihr habt's alle gehört, stimmt's?«

Die jungen Männer grinsten und nickten diensteifrig.

»Aber, ich habe nichts dergleichen …«, protestierte der Mann schwach.

»Klar hast du! Oh, was ist denn das?« Blitzschnell hatte der Typ seine Hand ausgestreckt und eine schwarze Ledergeldbörse aus der Innenseite des Mantels gegriffen. »Na, das nenn ich mal'n krasses Portemonnaie … Und wo ist dein Handy?«

»Hier! Nehmen Sie mein Handy!« Der Mann nestelte panisch ein iPhone 7 aus seinem Mantel. »Nehmen Sie von mir aus auch mein Geld, aber bitte lassen Sie mir meine Ausweise!«

»Immer schön mit der Ruhe, Alter! Pass jetzt mal genau auf: Was wir uns leihen und was nicht, das bestimme ich, ist das klar?« Der Kerl gab dem Fahrgast eine Ohrfeige.

Nicht gut …

»Ey, was'n das?« Der Typ stieß bei seiner Durchsuchung auf ein kleines schwarzes samtenes Käppchen. »Leck mich, Sabri! Das ist 'ne Kippa!«

In der S-Bahn wurde es mucksmäuschenstill. Lediglich die dumpfen Fahrgeräusche waren zu vernehmen.

Nun schob sich ein vorher unauffälliger Typ aus der Gruppe nach vorne. Er war, für Steiger überraschend, etwas älter, vielleicht Mitte dreißig. Der vermeintliche Anführer war rasch zurückgetreten und grinste schief.

»Du bist Jude, häh?«, fragte der Typ, der auf den Namen Sabri zu hören schien. Er trug eine graue Strickjacke, eine helle weite Baumwollhose mit Hochwasser, halbhohe Basketballstiefel und einen schwarzen gehäkelten Beanie.

Ein Meter achtzig, fünfundachtzig Kilogramm, schätzte Steiger die Lage ein.

Dann sah Steiger, wie der Typ plötzlich ein Butterflymesser in der Hand hielt. Blitzschnell fuchtelte er damit vor dem Gesicht des Fahrgastes herum.

Verdammte Axt!

Schließlich setzte der Kerl dem Mann die Klinge an den Hals.

Linkshänder.

Steiger konnte jetzt seinen Puls fühlen. Er nahm jedes Detail in sich auf. Er verabscheute jede Form von Ungerechtigkeit, was ihn bereits öfter in unangenehme Situationen gebracht hatte. Hier wurde ein Mensch bestohlen, erniedrigt und dann auch noch seiner Religion wegen bedroht. Das war völlig inakzeptabel …

23

Bergungsschiff *Dream Catcher*
Meer vor St. Thomas
Amerikanische Jungferninseln
Karibik

Omar Hussein wollte es nicht zugeben, aber ihm war nicht ganz wohl. Draußen peitschten Regenböen über das Deck und das mächtige Schiff krängte mal zur einen, mal zur anderen Seite. Trotz festgestellter Ruderblätter »fuhr« es gelegentlich in der Strömung, um sich Sekunden später wieder an der Ankerkette auszurichten. Die Wellen, die auf die *Dream Catcher* zurollten, hatten eine Höhe von knapp vier Metern und der Wind hatte auf über fünfunddreißig Knoten aufgebrist. Der hohe Bug tauchte immer wieder in die anrollenden Seen. Omars Magen drohte, Achterbahn zu fahren.

Seine Männer hingegen störte das Wetter offenbar wenig. Sie tranken weiterhin Tee in der Messe, aßen Shortbread und klönten. Ihr Kapitän Morten Harris war bei ihnen. Er hatte es sich auf einer Hängematte in der Ecke des großen Aufenthaltsraums bequem gemacht.

Etwas neidisch hatte sich Omar nach zwei Stunden aus der Messe verabschiedet. Ob sie ihm die Begründung, er werde noch etwas Papierkram erledigen, abgekauft hatten, war ihm egal. Er wollte so schnell wie möglich in die Horizontale.

Schnapsidee, hier den Seebär geben zu wollen. Stattdessen könntest du jetzt mit Samira und den Kindern gemütlich zu Abend essen …

Omar grübelte noch einige Minuten. Kein Zweifel, Harris hatte für alles gesorgt, alles würde festgelascht sein. Harris hatte das Schiff im Griff.

Es dauerte nicht lange, da war Omar in seiner Koje eingeschlafen.

24

02:07 Uhr
Ringbahn S41
Zwischen den Haltestellen Hermannstraße und Tempelhof
Berlin Neukölln
Deutschland

»Da habe ich ja den Richtigen getroffen. Und du auch. Du mieser kleiner Jude! Ihr seid schuld, dass meine Brüder in Gaza sterben! Was habt ihr den USA bezahlt, dass sie jetzt Jerusalem als Hauptstadt fordern, he? Ihr Schweine! Du bekommst jetzt ein kleines Andenken, damit du uns nicht vergisst …«

Der Kerl spielte lässig mit der Klinge in der linken Hand. Sein Opfer wirkte sichtlich verängstigt, doch Steiger glaubte gleichzeitig, eine Art inneren Widerstand in dessen Blick erkannt zu haben. Der Mann schien nun eine Spur aufrechter zu sitzen und schwieg. Trotzig fixierte er sein Gegenüber.

»Ich bin Musiker. Ich habe Ihnen nichts getan. Seien Sie doch vernünftig!«

»Schnauze!«

Schlägereien an sich hatten schon wenig Schönes. Sie liefen auch selten ab wie in Hollywoodfilmen, wo der Held mit einer perfekten Kombination den oder die stets größeren und kräftigeren Angreifer elegant ausschaltete. Ärzte und Krankenschwestern konnten ein Lied von den Effekten stumpfer Gewalt singen – wenn sie hinterher Knochenbrüche, Hämatome, offene Blutungen, Quetschungen und die vielen anderen hässlichen Verletzungen medizinisch versorgen mussten.

Doch diese Situation war noch ungemütlicher. Ein Messer veränderte alles. Steiger erinnerte sich an die Nahkampfausbilder in Eckernförde:

»Verletzungen, die durch eine Klinge zugefügt werden, sind in der Regel schwerwiegender als Schussverletzungen. Der Blutverlust ist deutlich höher und damit steigt die Gefahr, den Löffel abzugeben. Haltet die Klinge auf Distanz, egal wie.«

Steiger hatte in seiner Jugend in Irland erlebt, wie ein nordirischer Seemann an einer Messerverletzung beinahe gestorben wäre. Es hatte eine heftige Streiterei in einem Pub gegeben. *Natürlich* hatte auch hier die Konfession eine Rolle gespielt und natürlich waren die Kontrahenten nicht mehr nüchtern gewesen. Die Zeitungen hatten die Klingenlänge der Tatwaffe seinerzeit mit fünfzehn Zentimetern angegeben. Allein das Gewicht der Klinge soll hundertdreißig Gramm betragen haben.

Steiger wollte sich das Gefühl einer hundertdreißig Gramm schweren Klinge, die sich in seine Magengrube verirrte, erst gar nicht vorstellen.

»Wenn eine Klinge im Spiel ist, dann stellt euch geistig in jedem Fall auf eine Verletzung ein! Das ist die schlechte Nachricht. Die gute Nachricht: Ihr könnt eventuell beeinflussen, *wo* ihr verletzt werdet. Denkt immer daran: Ihr müsst euren Kernbereich schützen!«

»Und wie machen wir das?«, hatte ein junger Kampfschwimmeranwärter damals gefragt.

»Nicht so hastig. Ein Patentrezept gibt es nicht. Klar ist: Eine gute Portion Kaltblütigkeit, absolute Entschlossenheit, Schnelligkeit, Kraft, Disziplin und regelmäßiges Training sind hilfreich, wenn ihr im Ernstfall überleben wollt. Dafür sind wir hier.«

Ein großer Kerl mit Baseballmütze schirmte den Waggon jetzt nach rechts ab. Steiger schätzte ihn auf über neunzig Kilogramm.

Seinen Körper leicht nach vorne gebeugt und mit hängenden Schultern schlurfte Steiger scheinbar übermüdet zur S-Bahntür nahe der Gruppe. Er hatte seine Größe optisch um etwa fünfzehn Zentimeter reduziert, seine Haltung hatte nichts Bedrohliches an sich. Langsam lehnte er sich mit dem Kopf gegen die Doppeltür und stöhnte.

Der große Kerl grinste. »Na, einen zu viel genommen?«

Ein Specki. Masse, aber keine Definition, bemerkte Steiger. Er blickte durch die geschlossene Doppeltür und rülpste vorsichtig.

Aus dem Lautsprecher schallte es: »Nächste Haltestelle Tempelhof – Umsteigemöglichkeit zur U6.«

Die anderen links von ihm würdigten ihn keines Blickes. Sie vertrauten offenbar ihrem Kumpan, unvorhergesehene Dinge allein regeln zu können.

Steiger registrierte, wie die Bahn zum Stillstand kam. Die Türen öffneten sich. Der Bahnsteig war verlassen und nur sparsam vom Licht der Bahnhofslampen erleuchtet. Steiger wippte etwas mit den Füßen und schaute unbeteiligt nach links.

»Zurückbleiben bitte!«

Er zögerte noch. Dann, kurz bevor sich die Türen wieder schlossen, griff Steiger ganz plötzlich an. Er wirbelte den völlig überrumpelten Kerl mit beiden Armen wie eine Puppe zur Seite und schickte ihn mit einer unsanften Geraden der Länge nach auf den Bahnsteig. Das Ganze dauerte weniger als drei Sekunden. Als der Typ sich wieder aufraffte und den Kiefer hielt, hatten sich die Türen längst vor ihm geschlossen. Die S-Bahn fuhr ohne ihn weiter.

Aus vier mach drei …

Die schnelle und lautlose Aktion war an den anderen Typen komplett vorbeigegangen. Steiger schritt nun direkt auf den bedrängten Mann zu und täuschte große Überraschung vor. »Mensch Ehud, alter Fiedler, was machst du denn hier?«

Steiger hatte sich an dem Messerhelden einfach vorbeigedrängelt und seine Hand auf die Schulter des überraschten Fahrgastes gelegt.

Erste Regel im Personenschutz: Bringe dich zwischen die Schutzperson und die Bedrohung!

»Hey, was …?«

»Mein Freund Ehud hier würde gerne an der nächsten Haltestelle aussteigen.«

»Verpiss dich! Wir sind hier noch nicht fertig!«

Steiger machte eine enttäuschte Miene. »Hm, Ehud, wie siehst du das?«

Der Mann schaute Steiger völlig verdutzt an. An seinem Hals war eine kleine Schnittwunde zu erkennen. Er blutete ein wenig.

»Ey, du Clown! Ich geb dir'n guten Rat: Verpiss dich, sonst machen wir dich kalt!«

»Ihr drei gegen uns? Jetzt übertreibt ihr aber …«

Die Kerle sahen sich um. »Wo ist Ahmed?«

Steigers Stimme wurde jetzt kalt und drohend. »Mein Eindruck war, Ahmed hatte die Buxe voll. Er ist eben ausgestiegen.«

Der Kerl mit dem schwarzen Beanie zögerte nicht lange. Noch schneller als erwartet stieß er mit der Klinge in Richtung Steigers Magengegend. Die Bewegung war verschnörkelt und erfolgte blitzschnell. Steiger hatte nach hinten keinen

Platz, konnte sich aber gerade noch zur Seite drehen und der Klinge ausweichen. Ein Block verfehlte seine Wirkung nicht, doch er spürte, wie der Stahl seine Flanke schlitzte.

Scheiße!

Er konterte sofort mit einem Hammerschlag in das Gesicht des Angreifers. Er legte sein ganzes Gewicht in diesen Schlag. Der Angreifer heulte auf, ließ das Messer fallen und hielt sich die Hände vors Gesicht. Der Typ rechts war verblüfft und verharrte in einer abwartenden Stellung, doch von links erkannte Steiger bereits eine neue Gefahr.

Eine weitere Klinge blitzte im Licht der Neonröhren auf. Steiger konzentrierte sich ganz auf das Messer, wich aus und bekam das Handgelenk des Angreifers mit beiden Händen zu fassen. Es knackte unschön. Er wuchtete den Kerl gegen eine Haltestange. Das Messer fiel zu Boden. Steiger wischte es mit dem Fuß ans andere Ende des Waggons und trat dem Kerl zwischen die Beine. Dieser jaulte laut auf und fiel auf die Knie.

Dann musste sich Steiger erneut um diesen Sabri kümmern, der wieder einsatzfähig zu sein schien. Mit blutüberströmtem Gesicht stand er vor ihm und suchte sein Messer. Steiger sah, dass der Fuß des Fahrgastes darauf ruhte. Sabri stand mit dem linken Bein weit vorn. Zu weit. Ohne abzuwarten, versetzte Steiger dem Kerl einen gezielten Kick gegen die Wade. Mit seiner linken Hand bekam er sein Ohr zu greifen und es folgten zwei weitere Hammerschläge ins Gesicht. Der Gegner war nun außer Gefecht.

Zwischenzeitlich hatte der zweite Angreifer sein Messer wiedergefunden und hielt es nun in der anderen Hand. Er schielte auf die elektronische Anzeige. »Bis Südkreuz sind es noch ein paar Minuten!«

Steiger stand jetzt vor ihm. Das Butterfly-Messer flog von rechts nach links, Steiger wich aus und registrierte zugleich, dass der Kerl seine gute Hand nicht mehr benutzen konnte.

Der dritte Kollege hatte derweil einen noch gefährlicheren Einfall gehabt. Er hatte dem Fahrgast das Messer abgenommen und presste es ihm an die Kehle. »Sofort aufhören, sonst …«

Steigers Aufmerksamkeit konzentrierte sich immer noch auf den Kerl vor ihm, bis er schließlich dessen Arm ergreifen konnte. Er wehrte einen Schlag mit der anderen Hand ab, fixierte die Hand, die das Messer hielt, und trat den Kerl mit dem Knie mehrmals in den Magen. Als dieser die Klinge fallenließ, verpasste Steiger ihm einen Aufwärtshaken, der ihn zu Boden beförderte.

»Nächste Haltestelle Südkreuz.«

Er drehte sich um. »Entschuldigung, was sagtest du?«

»Isch bring dein' Freund Ehud um, isch schwör …«

Steiger bemerkte nun den Schmerz in seiner linken Flanke. Warm und feucht. Er blutete.

Auch das noch …

»Das ist nicht mein Freund. Und Ehud heißt er vermutlich auch nicht. Ich habe keine Ahnung, wie er heißt. Das ist auch egal. Du siehst mir aber auch nicht aus wie ein Mörder. Ich schlage vor, du legst jetzt dein Messer weg, wir steigen aus, du entschuldigst dich und dann stellst du dich den Kollegen von der Polizei. Wenn nicht, wirst du nie wieder richtig gehen können, wenn ich mit dir fertig bin.«

Zu dem Fahrgast gewandt sagte Steiger: »Kommen Sie, wir gehen. Und lassen Sie sich den Hals mal von einem Arzt untersuchen.«

Die klare Ansage hatte den jungen Mann sichtbar verunsichert. Er deutete mit seinem Messer nun in Richtung Steigers Gesicht.

»Ich geh nicht zur Polizei, Mann!«

»Das brauchst du auch nicht, denn die Polizei kommt zu dir, Kleiner.«

»Du Stricher, ich leg dich um!«

Doch Steiger hatte diesen letzten Angriff bereits antizipiert. Er wich mit einem Halbkreisschritt aus. Die Klinge summte in der Luft, doch traf ins Leere. Steiger griff nach dem Arm, verdrehte ihn und schleuderte den Kerl zu Boden.

Doch der Typ rappelte sich noch einmal auf.

»Mann Junge, geh nach Hause!«

Der Kerl war nicht mehr frisch. Pure Angst sprach aus seinen Augen, als er seine Kumpels auf dem Boden erblickte. Nach einer letzten, panikgetriebenen Attacke erwischte Steiger den Kerl und brach ihm mit der Stirn die Nase. Es war zwar nicht die beste Kopfnuss, die er bis jetzt ausgeteilt hatte, aber es reichte. Der Typ ließ das Messer fallen, taumelte noch ein paar Schritte und fiel dann der Länge nach hin.

Steiger nahm das Messer, ein Switchblade, schob es zusammen und steckte es ein.

Spielzeug! Kauft euch lieber mal ein Pohl Force, damit kann ich was anfangen …

Ruhig schaute er sich um. Alle drei lagen jetzt kampfunfähig am Boden.

Sicherheit!

Dann wandte sich Steiger wieder dem Fahrgast zu. »Ich hoffe, es ist alles okay bei Ihnen.«

Steiger flöhte einen der Typen. »Hier, Ihr Handy und Ihre Geldbörse. Der iPod hat's nicht überlebt, fürchte ich. Kommen Sie, ich bringe Sie zu einem Arzt!«

»Südkreuz.«

Steiger führte den Mann auf den Bahnsteig. Er warf noch einen letzten Blick auf die Kerle, die sich langsam erhoben und ihrer Schmerzen Kund taten. Das war Pech.

»Elias, ich heiße Elias und ich verabscheue Gewalt! Sie hätten auch einfach die Polizei rufen können. Jetzt haben die Typen sich vielleicht mein Gesicht gemerkt. Glauben Sie, dass man so Probleme lösen kann? Mein Gott, Sie haben die jungen Männer ja fast umgebracht!«

Steiger war einigermaßen überrascht. Eine Lobeshymne hatte er gar nicht erwartet. Ein einfaches Dankeschön hätte gereicht.

»Immer mit der Ruhe, Sie stehen unter Schock. Und glauben Sie mir, die haben sich, wenn überhaupt, nur mein Gesicht gemerkt. Keiner von denen wird Sie mehr anrühren.

Dafür wird der Haftrichter sorgen. Ich rufe Ihnen jetzt ein Taxi.«

»Ich brauche Ihre Hilfe nicht. Mir geht es gut, danke. Lassen Sie mich jetzt in Ruhe! Ich komme auch allein zurecht.«

Steiger ärgerte sich bei diesen Worten schon ein wenig. Die Polizei war längst von ihm anonym per App informiert worden. Er hatte als Haltestelle Schöneberg angegeben. Allerdings hatte er kein Interesse, so lange in der Bahn zu bleiben.

Er besah sich seine linke Seite, die sich etwas taub anfühlte. Auch seine Schulter machte ihm Sorgen. Er konnte kaum seinen Arm heben.

Mist!

Die S-Bahn war schon lange weitergefahren. In Schöneberg würde man die Typen einsammeln. Gut so. Die Medien würden vermutlich nichts davon bringen, es sei denn Ehud – nein, Elias – würde Anzeige erstatten. Aber davon war nicht auszugehen. Nach Aufnahme der Personalien würde die Bande vermutlich wieder auf freien Fuß gesetzt werden. Und was brachte ihm eine eigene Anzeige? Zunächst mal eine elende Diskussion über das Thema Notwehr. Nein danke!

Willkommen in Deutschland …

Langsam schlenderte Steiger durch den nächtlichen Bahnhof. Die Leuchtreklame diverser Geschäfte erhellte das Umfeld mit ihrem kalten Licht. Ein Zweierteam der Bahnsicherheit patrouillierte in einiger Entfernung gelangweilt die Station. Von dem Fahrgast war nichts mehr zu sehen. Im Erdgeschoss angekommen rief Steiger ein Funktaxi, das ihn einen Block vor seiner Haustür absetzte. Er war zwischenzeitlich eingeschlafen.

»Das macht dann siebzehn Euro neunzig, bitte!«

Steiger, halbwach, gab dem Mann einen Zwanzig-Euro-Schein. »Stimmt so!«

Bevor der Mann sich bedanken konnte, war Steiger schon ausgestiegen und im Dunkel verschwunden.

25

Am Rehkitzsteig
Berlin Wilmersdorf
Deutschland

Fachmännisch begutachtete Steiger im Badezimmerspiegel die Schnittwunde an seiner linken Flanke. Es war nicht seine erste. Er biss die Zähne zusammen und wechselte die Kompresse.

Die Wunde war einigermaßen tief und er hatte sie nicht genäht, sondern versucht, zu klammern. Aufgrund der umfangreichen medizinischen Ausbildung, die er als Kampfschwimmer erhalten hatte, konnte er so etwas selbst erledigen. Er hatte sich nach seinem letzten *Combat First Responder*-Lehrgang einen Tasmanian Tiger Sanitätsrucksack im *Tacwrk* bestellt. Diesen hatte er dann mit Hilfe von Daniel, einem befreundeten Arzt, so aufgerüstet, dass er für diverse Szenarien gewappnet war. Er hätte allerdings nie gedacht, dass er die Ausrüstung einmal in Deutschland brauchen würde. Das israelische Quickclot-Pulver hatte hervorragend geholfen, die Wunde zu schließen. Der Druckverband mit den Klammern hielt. Vorerst. Eine Alternative zu einer Naht war er nicht. Das wusste er. *Aber ich kann damit unmöglich in ein Krankenhaus latschen, ohne die Aufmerksamkeit der Kollegen auf mich zu ziehen …*

Die Schnittwunde würde irgendwann heilen. Organe waren nicht verletzt. Doch seine Schulter bereitete ihm noch etwas Sorgen. Er würde am Nachmittag Daniel aufsuchen und ihn vorsichtig um Rat fragen. Schließlich hatte er Urlaub. Omar würde er auch noch anrufen.

Viertel vor zwölf … gleich Mittag.

Noch etwas geschwächt schaltete Steiger das Radio ein. Auf seinem Lieblingssender *Star FM* liefen die Nachrichten.

»Berlin. In der Ringbahn kam es in der vergangenen Nacht in Neukölln zu einer Messerstecherei zwischen drei jungen Männern und einem vierten Täter, der bislang nicht identifiziert werden konnte. Die jungen Männer wurden dabei derart schwer verletzt, dass sie ins Krankenhaus gebracht werden mussten. Sie gaben an, von einem einzelnen Mann, bei dem es sich mutmaßlich um einen Rechtsextremisten handelt, grundlos angegriffen worden zu sein. Die Polizei schließt allerdings auch eine interne Streitigkeit nicht aus. Zwei der Männer sind der Polizei seit längerem als Intensivtäter bekannt. Die Fahndung nach dem unbekannten vierten Mann läuft. Hinweise zum Tathergang nimmt jede Polizeidienststelle entgegen.«

Steiger versuchte, seine Erregung diszipliniert abzubauen, während er sich etwas Kaffee nachgoss.

Von einem Rechtsextremisten grundlos angegriffen … Er schüttelte den Kopf.

Hat man Worte?

Echte Intensivhelden …

26

Bergungsschiff *Dream Catcher*
Meer vor St. Thomas
Amerikanische Jungferninseln
Karibik

Omar hatte etwa sieben Stunden geschlafen, als es leise an seiner Kabinentür klopfte. Sofort war er hellwach. Das flaue Gefühl in seinem Magen hatte sich einigermaßen verabschiedet. Ihm graute allerdings noch vor einer Wiederkehr.

Reiß dich zusammen!

Wieder klopfte es an der Tür.

»Herein!«

Die Tür öffnete sich und Kapitän Harris betrat zügig die Kajüte. »Moin Boss, ich wollte nur mal sehen, wie es Ihnen geht. Draußen wird es langsam ruhiger. Das Zentrum des Sturms ist nordöstlich an uns vorbeigezogen und es ist gleich sechs Uhr.«

»Ah, danke Morten. Ich ziehe mich nur kurz an und komme dann gleich auf die Brücke. Der Anker hat offenbar gut gehalten?« Omar gab sich betont locker.

»Alles bestens, nicht mal geschleift hat er – bei dem Lüftchen!«, grinste Harris.

»Bis gleich dann, Morten!«

»Bis gleich. Ach, Boss?«

»Ja?«

»Es hat der Mannschaft gefallen, dass Sie mit hier an Bord waren, schätze Sie haben Sympathien gesammelt. Dachte, Sie sollten das wissen …«

»Ja, danke dafür. Ist aber nicht der Rede wert, ich habe ja auch ein bisschen geschlafen …«

»Egal, Sie waren aber da!«

»Das war ich dann wohl …«

Morten Harris drehte sich um und schloss behutsam die Tür.

Omar fühlte sich, als könnte er Bäume ausreißen.

Mit an Bord geblieben, nicht gekotzt, und alles ist im Lot. Samira wird stolz auf mich sein.

Er hatte sich gerade mit dem Rasierpinsel eingeschäumt, als sein Thuraya Satellitentelefon klingelte. Daraufhin rasierte er sich etwas zu rasch die rechte Wange und fügte sich dabei eine Schnittwunde zu. Er fluchte, machte einen langen Schritt zur Kommode und langte nach dem Hörer.

»Ja?!« Omars Stimme verriet dem Anrufer, dass dieser einen durchaus günstigeren Zeitpunkt hätte wählen können. Am anderen Ende der Leitung ertönte jedoch Gelächter.

»Omar! Na, mein Großer? Sag nicht, ich habe dich geweckt? Du bist nicht zu Hause, stimmt's?«

»Ich bin auf See!«, protestierte Omar.

»Habe ich schon gehört. Hakan, euer Fahrer, ist Frühaufsteher, er sagte mir, du wärst draußen geblieben. Lustiges Wetter habt ihr gehabt, was? Hab's mir auf *Windfinder* angesehen.«

»Vier Meter Welle und vierzig Knoten Wind! Lustig ist gut gesagt«, übertrieb Omar nicht ohne Stolz.

»Du bist jetzt ein echter Seebär, was? Ich wollte eigentlich nur berichten: Ich komme nächsten Montag gegen zwanzig nach fünf mit American Airlines an.«

»Alles klar. Entweder Samira oder ich werden da sein und dich abholen.«

»Ich freue mich sehr, euch zu sehen, mein Großer! Ich kann ein paar Wochen Sonne und Meer gut vertragen.«

»Die Hurrikan-Saison ist dann auch fast vorbei.«

»Bestens! Das wird Mirko auch freuen, die alte Landratte ...«

»Wann kommt der eigentlich?«

»Gute Frage, Omar. Im Moment ist er noch, sagen wir, im Ausland unterwegs. Er sagt, er hat einen neuen Chef und der gibt ihm momentan nicht frei. Mirko will sich rausmogeln, sobald er kann.«

»Okay, das schafft er schon, Jan. Meldest du dich noch bei Samira?«

»Klar, aber erst in zwei Stunden.«

»Mach dir keine Gedanken, die Kleinen sind früh wach!«

»Allerbest! Dann sage ich mal: bis denne!«

»Mach's gut, Jan, und guten Flug!«

Omar schaute auf das Satellitentelefon und reinigte es grummelnd von Rasierschaumresten. Er freute sich sehr, seinen Freund aus Deutschland wiederzusehen.

Mit Jan werden wir unter Wasser bestimmt was finden, der greift irgendwie immer ins Volle.

27

Eine kleine Insel
Nahe der Isla de Culebra
Puerto Rico
Karibik

Die Männer hatten sich im großen Raum des Haupthauses zusammengefunden. Vor ihnen standen Bulan und Nygard. Nygard trug ein verschwitztes olivgrünes T-Shirt, eine graue Cargohose und eine Glock 17 in einem Oberschenkelholster.

»So, da ihr nun endlich alle angekommen seid, eure Quartiere bezogen habt und verpflegt worden seid, können wir mit den Trainingseinheiten beginnen.«

»Trainingseinheiten?« Der Kommentar von Jake Sanderson, dem Ex-SEAL, war etwas zu laut geraten.

»Sehr richtig!« Das war Bulan. Seine Augen hatten die Reihen der Männer, auf der Suche nach dem Fragenden, regelrecht durchdrungen.

Nygard sprach unbeirrt weiter. »Sicherlich fragt ihr euch alle, was das Ziel dieser Operation ist. Dazu kommen wir jetzt.«

Im Saal wurde es still. Aufmerksam blickten die Männer nach vorn. Man konnte ihre Anspannung spüren. Ob Nygard es genoss, die ungeteilte Aufmerksamkeit zu haben, ließ er sich nicht anmerken.

»Wir werden eine größere Luxusyacht kapern. Es handelt sich also um ein *Opposed Boarding.*«

Der Satz verfehlte seine Wirkung nicht. Viele der Männer schienen etwas erleichtert zu sein. Sie hatten wohl Härteres erwartet.

Bulan war zwischenzeitlich in den kleinen Nebenraum verschwunden. Nun betrat er wieder den Saal. Vorsichtig manövrierte er dabei eine Glasvitrine, die er in seinen Händen hielt, an den Männern vorbei und stellte sie für alle gut sichtbar auf den Tisch. In der Vitrine befand sich das detailgetreue Modell einer großen, modernen Luxusmotoryacht.

»Meine Herren, darf ich vorstellen: unser Zielobjekt!«

Neugierig scharten sich die Männer um das Modell und fingen sofort an zu fachsimpeln.

»Ruhe, Ruhe bitte!« Nygard bremste die fast kindliche Begeisterung seiner Leute. »Was Bulan euch hier präsentiert, ist die Verpackung. Was uns interessiert, ist der Inhalt.«

»Um wen geht es denn?«

»Wie kommt ihr darauf, dass es um *jemanden* und nicht um *etwas* geht?«, fragte Borg, der nun von hinten dazugekommen war.

Ein Murmeln ging durch den Raum.

Nygard ergriff wieder das Wort: »Es gibt in der Tat eine Zielperson. Wichtig ist für euch momentan nur, dass diese Zielperson *lebend* in unsere Hände fällt. Und dass wir natürlich nicht wissen, wo genau sich die Person an Bord aufhält.«

»Verfügt ihr über aktuelle Fotos?«, wollte Pearce wissen.

»Selbstverständlich. Weiterhin werden außer der Zielperson noch seine Frau, die Schiffscrew und Bedienstete – dazu gehören auch die Leibwächter – mit an Bord sein.«

»Wie stark ist die Opposition?«

»Etwa achtzehn Leibwächter. Es könnten aber auch zwanzig oder gar fünfundzwanzig sein.«

»Nicht schlecht! Das ist eine Menge«, entfuhr es Jake Sanderson. »Und wie sind die Bodyguards bewaffnet?«

»Mit leichten, kurzen FN-Sturmgewehren und mit Maschinenpistolen, vermutlich HK MP5 und MP7. Dazu einige Schrotflinten, unseren Informationen nach gekürzte Mossberg 590er-Modelle.«

Einige der Männer pfiffen anerkennend.

»Muss ein Millionär sein, unsere Zielperson. So einen Aufwand kann sich nicht jeder leisten.«

»Oder ein Drogenbaron …«, vermutete ein Mann, der mit dem Akzent eines Südafrikaners sprach.

»Oder beides!«

Nygard bemühte sich, die Ruhe wieder herzustellen. »Ich betone noch einmal, die Identität der Zielperson ist für euch erst einmal uninteressant. Ihr kümmert euch einzig und allein um die Bewacher.«

»Und wie gut sind die ausgebildet?«

»Exzellent!«

»Das kann ja heiter werden«, kommentierte jemand.

Daraufhin ergriff Bulan das Wort. Er baute sich vor den Männern auf, die Hände in die Seiten gestemmt. Er sprach leise, langsam und schneidend: »Ihr seid also Profis, echte *Contractors**, wie? Was habt ihr denn erwartet? Ihr seid ausgesucht worden, weil ihr über die Ausbildung und nötige Erfahrung auf diesem Gebiet verfügt. Denkt ihr, dass wir euch eine Million Dollar pro Nase zahlen, damit ihr einen Kinderwagen klaut?«

Die Blicke der Männer sprachen Bände.

Nygard stellte sich jetzt neben Bulan und wandte sich an die Männer. »Ich denke, das ist damit geklärt. Die Schwierigkeit des Auftrags entspricht der Bezahlung. Nun passt auf: Im Wald befindet sich in einer Lichtung, etwa einhundert Meter vom Strand entfernt, ein roh gezimmertes Holzmodell. Es gibt die Aufbauten und Teile des Rumpfes der Yacht sehr gut wieder. Dort werden wir die nächsten Tage die operativen Details immer wieder durchspielen. Dabei widmen wir uns sämtlichen Fragen und Problemen, die den Erfolg der Mission gefährden könnten.«

Die Männer hörten aufmerksam zu. Einige warfen Bulan Blicke zu, der diese entweder nicht sah oder kühl ignorierte.

Nygard ergänzte: »Aus den kommenden Besprechungen werden sich taktische Züge ergeben, die wir dann trainieren und einüben werden, bis sie euch zu den Ohren herauskommen. Wir haben bereits einen Plan, sind aber für jeden Hinweis empfänglich.«

* Auf Vertragsbasis arbeitendes, schwerbewaffnetes Sicherheitspersonal mit militärischem Hintergrund – im vorliegenden Fall: Söldner.

»Für heute seid ihr entlassen. Jeder kann nun in sich gehen. Morgen besprechen wir, wie wir die Nuss zu knacken gedenken«, erklärte Borg.

»Das Modell hier wird im großen Saal stehenbleiben. Wir erwarten, dass ihr euch intensiv damit beschäftigt. Ferner haben wir für jeden von euch eine Broschüre der Werft hier ausliegen. Die dort vorgestellte Yacht entspricht ziemlich genau unserem Zielobjekt. Jeder von euch muss sich darauf blind zurechtfinden können. Die Operation lautet von nun an: NUTCRACKER. Wir werden auch noch eine einheitliche Sprache für sämtliche Räume finden. Aber darum kümmern wir uns morgen.«

»Wann geht es morgen los?«, wollte Pearce wissen.

»Morgen um 07:00 Uhr: zehn Kilometer Waldlauf mit Bulan und anschließend Frühstück. Um 09:00 Uhr findet sich jeder in normalen Klamotten am Strand ein. Am Nachmittag steht Kleiderschwimmen auf dem Programm. Abendbrot gegen 18:30 Uhr. Verstanden?«

Die Männer murmelten Zustimmung. Jeder Einzelne von ihnen war bereits in Gedanken bei der vor ihnen liegenden Aufgabe. Von den Prospekten der Werft blieb keiner auf dem Tisch zurück.

28

St. Thomas
Amerikanische Jungferninseln
Karibik

Jan Steiger hatte im Flugzeug geschlafen. Als die Flugbegleiterin ihn bat, seinen Sitz in eine aufrechte Position zu bringen, rieb er sich noch müde die Augen.

»Wir befinden uns bald im Landeanflug.«

Steiger ließ seinen Gedanken nun freien Lauf. Er hatte Omar Hussein Ende der Neunziger in Essen kennengelernt. Omar absolvierte dort ein Berufspraktikum bei einer großen Baufirma. Omars Vater, Tarek Hussein, hatte als junger Mann selbst in Deutschland Ingenieurwesen studiert. Doch aus dem Wunsch, seinem einzigen Sohn eine ähnliche Ausbildung angedeihen zu lassen, wurde nichts. Omar hatte sich gegen den Beruf seines Vaters entschieden und stattdessen zum Tauchlehrer ausbilden lassen. Er verfügte über die Brevets sämtlicher Dachverbände. Danach war er nach Ägypten zurückgekehrt, um ein kleines, erfolgreiches Diving College in Sharm El Sheikh zu leiten. Das Ganze war an ein Schweizer Fünf-Sterne-Hotel angeschlossen.

»Cabin crew prepare for landing!«

Steiger spürte wieder die seltsamen mechanischen Geräusche unter seinen Füßen, die er nie einordnen konnte. Fünf Minuten später waren sie auch schon sanft auf der geteerten Landebahn des Cyril E. King Flughafens in St. Thomas gelandet.

Er räkelte sich ausgiebig und freute sich auf das, was vor ihm lag: dreieinhalb Wochen türkisfarbenes Wasser, achtundzwanzig Grad und Sonnenschein. Tauchen, schlafen und abends einen Planters Punch. Oder zwei, oder drei …

Als er die Abdeckung seines Sitzplatzfensters nach oben schob und aus dem Fenster sah, traute er seinen Augen nicht: Regen! Der Himmel war stark bewölkt und das Rollfeld eine einzige Pfütze. Enttäuscht nahm er sein Handgepäck und warf sich seine Jacke über.

»Vielen Dank, dass Sie mit uns geflogen sind. Wir wünschen Ihnen einen angenehmen Aufenthalt in St. Thomas und hoffen, Sie auch demnächst wieder auf einem unserer Flüge begrüßen zu dürfen!«

Das war die auffallend hübsche Flugbegleiterin, von der Steiger gehofft hatte, sie würde für seine Sektion zuständig sein. Doch nach dem Start war sie bedauerlicherweise in der Business Class verschwunden.

Noch immer verschlafen, bewegte sich Steiger etwas steif die Gangway hinunter. Seine linke Seite schmerzte nach wie vor. Den leichten Regen ignorierend, der wieder eingesetzt hatte, begab er sich in Richtung Terminal. Er schaute sich um.

»Jan! Huhu, hier!« Die Rufe kamen von einer stilvoll gekleideten Frau neben den Gepäckbändern, die eine überdimensionierte Sonnenbrille im Haar trug. Sofort erkannte er Samira und auch den kleinen Felix Hussein, der auf den Schultern eines großen Mannes saß.

Am Schalter räusperte sich der Beamte der Behörde für Heimatschutz. »Sir, darf ich bitte Ihren Pass sehen?« Die Frage klang mehr wie ein Befehl.

Steiger zeigte seinen Pass mitsamt ESTA Formular.

»Hm. Dort entlang bitte zur Einreisekontrolle!«

Steiger folgte der Aufforderung. Geduldig wartete er, bis ihn ein Beamter der Einwanderungsbehörde zu sich winkte. Unaufgefordert zeigte Steiger seinen Reisepass vor. Ausdruckslos betrachtete der Mann kaugummikauend die Papiere.

»Business or pleasure?«

Steiger sah ihn grinsend an. »Wonach sieht's denn aus?«

Die Miene des Beamten verfinsterte sich. Er hörte auf zu kauen. Steiger besann sich sofort, denn er wusste: Mit den amerikanischen Behörden war in Sicherheitsfragen nicht zu spaßen. Wenn es schlecht lief, saß er rasch im nächsten Flieger nach Deutschland, mit einem Einreiseverbot für die nächsten Jahre.

»Beantworten Sie meine Frage, Sir, dann sind wir hier schnell fertig und Sie können Ihre Frau begrüßen«, sagte der Beamte im Tonfall einer letzten Warnung.

»Ich bin hier, um Urlaub zu machen. Sie ist auch leider nicht meine Frau, sondern die Frau meines Freundes.« Steiger lächelte verbindlich.

»Soso …«

»Ich besuche hier meinen Freund und seine Familie, ach ja, und nebenbei tauchen wir ein wenig nach versunkenen Schätzen.«

»Ja, sicher!« Der Beamte schüttelte den Kopf. »Willkommen in den Vereinigten Staaten! Genießen Sie den Aufenthalt, Sir!«

Steiger war froh, den humorlosen Beamten hinter sich gelassen zu haben.

»Hallooo!«

»Hallo Samira! Schön, dich zu sehen, wie geht es euch?«

Samira nahm ihn fest in den Arm und küsste ihn auf beide Wangen. »Sehr gut, mein lieber Jan! Außer, dass Omar ständig draußen auf diesem Ungetüm ist!«

»Ungetüm?«

»Na, auf seiner *Dream Catcher*!«

»Die *Dream Catcher* ist kein Ungetüm, Mama, sondern ein Forschungs- und Bergeschiff«, stellte Felix wissend von Hakans Schultern herab fest.

Steiger lachte. »Hallo Felix! Du wirst auch nicht kleiner, was?«

»Nö, warum auch?«

»Du musst Hakan sein!« Steiger musterte den muskulösen Mann, der ihn immerhin um einen halben Kopf überragte. Er hatte kurze hellblonde Haare und einen Dreitagebart. Obwohl gut gebräunt, hatte Hakan einige Sommersprossen, die ihn sympathisch machten. Aus seinem kantigen Gesicht blitzten gutmütige hellblaue Augen. Er trug eine Leinenhose und ein Hemd über dem T-Shirt. Freundlich streckte er Steiger seine Hand entgegen.

»Hakan, angenehm, wir haben neulich morgens telefoniert. Hab schon viel von dir gehört!«

Fast akzentfreies Englisch und gepflegter Händedruck, dachte Steiger. *Den haste sicher nicht vom Schachspielen …*

»Ich bin Jan, hallo!«

»Wir stehen da drüben.« Hakan deutete auf einen weißen Audi Q7.

»Wollen wir tauschen?«, fragte er und reichte Felix wie eine Puppe an Steiger weiter, der ihn auf seine Schultern setzte. Dann nahm er Steigers Rollkoffer.

»Bestens, danke!«

Gerader Typ, dachte Steiger. *Muss Omar mal fragen, was er vorher gemacht hat.*

»Ich hoffe, wir sehen diesmal etwas mehr von dir als beim letzten Mal«, sagte Samira. In dem Satz schwang der Hauch eines Vorwurfs mit.

Steiger lächelte zurückhaltend. »Wie? Ähm … na klar, Samira!«

»Und nicht, dass du mir dauernd unter Wasser bist! Ich werde nicht zulassen, dass Omar dich vor seinen Karren spannt!«

Das war nicht ernst gemeint.

»Keine Sorge! Aber ein bisschen helfe ich natürlich gerne. Ach ja, wo ist eigentlich Roya?«

»Meine Schwester ist krank und im Bett«, erklärte Felix, während Hakan den Q7 durch den zähen Nachmittagsverkehr der Hauptstadt Charlotte Amalie manövrierte.

»Krank?«

»Sie hat sich ein bisschen erkältet, nichts Schlimmes, ist schon fast wieder vorbei«, beschwichtigte Samira.

»Aber heute musst du uns noch Geschichten vorlesen! Und morgen musst du mich auf dem Blackshadow mitnehmen!«

»Aha?«

»Papa hat gesagt, wenn ich mit dir tauche, kann nichts passieren.«

Samira lächelte verlegen.

»Soso, das hat dein Papa also gesagt?«, fragte Steiger.

»Ja, hat er.«

Samira schaltete sich ein: »Du wirst dich bei uns wohl fühlen, Jan. Omar hat gesagt, du kannst seine Yacht, die *Sphynx*, nehmen, wann immer du willst. Aber so, wie er dich kennt, würdest du vermutlich den Tender bevorzugen.«

»Den Tender?« Steigers Blick traf den von Hakan im Rückspiegel.

»Die *Sphynx* hat noch einen kleinen Tender, eine Fjord 36«, sagte Hakan.

Steiger musste sich ein Lächeln verkneifen.

So wie du »Fjord« gesagt hast, weiß ich jetzt auch, wo du herkommst, dachte er. *Du bist ein waschechter Skandinavier.*

29

Belgischer Nachrichtendienst VSSE (Sûreté)
Boulevard du Roi Albert II
Brüssel
Belgien

Robbe Van Leuven genoss den Tabak seiner Pfeife. Marianne hatte ihm versprochen, einen Kaffee zu kochen. Der kam jetzt genau richtig. Als es an der Tür klopfte, erwartete er nicht weniger als den vertrauten Duft des aromatischen Gebräus. Doch er wurde jäh enttäuscht. Herein traten nicht Marianne, sondern seine Kollegen Lotte De Bruyn und Willem Claes, Letzterer sichtlich erregt.

»Ich schätze, ihr bringt mir keinen Kaffee?«, konstatierte Van Leuven trocken.

Ohne auf eine Aufforderung zu warten, nahmen Claes und De Bruyn gegenüber von ihm Platz.

»Robbe, du wirst es kaum glauben, aber es gibt Neuigkeiten aus Übersee«, sagte Claes und schob nervös seine Brille hoch.

»So?« Van Leuven atmete genüsslich aus. Qualm trat aus seinen Nasenlöchern.

Noch bevor Lotte De Bruyn ihn auf die Vorschriften zum Nichtraucherschutz hinweisen konnte, begann Willem Claes: »Wir haben von den Amerikanern und vom südafrikanischen Dienst äußerst interessante Informationen erhalten.«

»Aha?«

»Ja, die Amerikaner haben einen ehemaligen Kampfschwimmer der Navy SEALs identifiziert und die Südafrikaner einen ehemaligen Angehörigen des 4. Spezialkräfteregiments.«

»Lasst mich raten, das 4. Regiment ist eine maritime Einheit?«

»Korrekt.« Claes kratzte sich am Hinterkopf.

»Hm, damit dürfte sich dann die Theorie eines Treffens von Rechtsextremisten wohl erledigt haben?«

»Es sieht fast so aus.«

»Haben die Briten etwas verlauten lassen?«

Claes verzog das Gesicht. »MI5 London hat mitgeteilt, dass es sich bei zwei Personen um ehemalige *Royal Marines* …«, und an Lotte De Bruyn gerichtet: »… also um Marineinfanteristen handelt. Aber auch, dass sie keinerlei Hinweise auf einen kriminellen oder politischen Hintergrund haben.«

»Die mauern also«, sagte De Bruyn.

»Das wissen wir nicht«, antwortete Van Leuven.

»Ach komm, Robbe, du kennst sie doch«, warf De Bruyn ein.

»Wie auch immer, wir müssen mit dem arbeiten, was wir haben«, stellte Van Leuven klar.

»Und das wäre?«

»Na, was dieser Wouters gesagt hat: Dass zwei Skandinavier offenbar eine Truppe angelsächsischer Söldner mit Spezialkräftevorlauf auf seinen Hof einbestellt haben, und dass sie sich offensichtlich auf irgendetwas vorbereiten.«

»Ähm, wir haben aber noch etwas«, wandte Claes vorsichtig ein. De Bruyn und Van Leuven sahen ihren kleinen rundlichen Kollegen überrascht an. Offenbar war De Bruyn auch noch nicht auf dem neuesten Stand. »Wo du gerade die Skandinavier erwähnt hast: Nygard und, wie hieß der andere noch?«

»Borg, wie der frühere Tennisspieler.«

»Nygard und Borg, genau. Der schwedische Geheimdienst SÄPO hat nun auch geantwortet.«

»Davon hast du heute Mittag noch nichts gesagt«, entgegnete De Bruyn.

»Ist eben erst reingekommen«, verteidigte sich Claes.

»Was schreiben die Schweden denn nun?«, drängte Van Leuven.

Claes rückte seine Brille erneut zurecht und nestelte in seinen Papieren. »Also: SÄPO schreibt, dass es bei ihnen weder einen Erik Borg noch einen Mats Nygard gibt.« Claes sah seine Kollegen herausfordernd an.

»Was?«

»Wie? Die gibt es nicht?«

»Zumindest nicht unter diesen Namen. Aber SÄPO schreibt auch, dass sie einen der beiden durch Zufall identifizieren konnten. Offenbar hat ein Polizist mit diesem früher bei der schwedischen Marine gedient.«

Van Leuven und De Bruyn waren neugierig geworden.

»Na und? Wie heißt er richtig?«

»Der Typ, der sich Borg nennt, heißt offenbar Erik Lasse Tellebjörg, ist 1977 geboren und stammt aus Skelleftea. Das liegt in Nordschweden. Ist eine Hafenstadt, aber ziemlich tot.«

»Weiß man, was er bei der Marine gemacht hat?«

»Er war Marinesoldat, ein sogenannter Küstenjäger.«

»Wow, das sind die ganz Harten! Das würde zu dem maritimen Hintergrund der anderen Söldner passen …«, dachte Van Leuven laut, »… wenn es denn Söldner sind.«

Nachdenklich hüllte sich Van Leuven in seinen Pfeifenqualm. Er schaute grübelnd aus dem Fenster. Draußen regnete es in Strömen.

»Ich glaube, das Ding ist wesentlich größer, als wir bisher dachten. Auch wenn es nun keinen rechtsextremistischen Hintergrund gibt, heißt das sicher nicht, dass es sich hier um Treffen von reinen Naturfreunden handelt. Seid so gut, lasst mich mal einige Zeit in Ruhe, ich muss nachdenken!«

Claes und De Bruyn blickten sich an. De Bruyn hob die Augenbrauen.

»Ach, und Willem, bitte schreib die Schweden noch einmal an. Oder noch besser: die Dänen und Norweger gleich mit! Schick es *Priority*! Lass dir was einfallen, die Kollegen sollen den anderen Typen, diesen Mats Nygård, auch noch einmal mit unterschiedlichen Schreibweisen durch ihre Raster laufen lassen. Mir ist, als würde der vielleicht auch noch irgendwo rausfallen, wenn man etwas breiter sucht. Und zu diesem Erik Lasse Tellebjörg sollen die Kollegen von SÄPO mal umfassend liefern. Ich will sein komplettes Dossier, wenn es in Schweden so etwas gibt. Begründe dies mit einer konkreten Ermittlung im Bereich Rechtsterrorismus! Dann springen die sofort an.«

»Mach ich, Robbe.«

»Danke! Das wäre erst mal alles.«

30

Eine kleine Insel
Nahe der Isla de Culebra
Puerto Rico
Karibik

Das Gebilde sah aus wie von einem anderen Stern. Erst aus der Nähe erkannte man den hölzernen Nachbau einer Motoryacht. Ehrfürchtig betrachteten die Männer das Modell. Dieses Objekt sollte sie also in den nächsten Wochen beschäftigen. Bulan, Nygard und Borg standen direkt davor, Nygard hielt ein Stück Kreide in der Hand. Am »Rumpf« hing eine Art Schiefertafel.

»Setzt euch!«, befahl Nygard.

Die Männer folgten und ließen sich auf dem sandigen, feuchten Waldboden nieder.

»Wir wollen euch jetzt erst mal einen groben Überblick geben, damit ihr eine ungefähre Vorstellung habt. Später werden Bulan, Erik und ich in die Feinplanung einsteigen. Also, das Zielobjekt, die Yacht, sieht in etwa so aus ...«

Nygard deutete mit seinem rechten Daumen über seine Schulter.

»Es handelt sich hier, wie ihr bereits wisst, um eine Yacht der italienischen Werft Benetti. Eine Benetti Vision 145, also hundertfünfundvierzig Fuß beziehungsweise dreiundvierzig Meter lang. Sie hat vier Decks, wenn man die Flybridge* oben mitrechnet. Also, unser Target bekommt von nun an den Codenamen *Steamer***, verstanden?«

Die Männer signalisierten Zustimmung.

»Für die Taucher unter euch: *Steamer* hat einen Tiefgang von gut achteinhalb Fuß, also knapp drei Meter. Das Schiff wird in Küstennähe, etwa fünfhundert Meter vom Strand entfernt, vor Anker liegen, wenn wir unseren Zugriff machen. Doch bevor wir so weit sind, möchten wir euch über die gegnerischen Unterstützungskräfte informieren. Erik?«

Nygard schaute zu Borg herüber. Borg trat nach vorne. »Wir hoffen, dass sämtliche externen Unterstützungskräfte eliminiert sind, *bevor* wir *Steamer* kapern.«

Einige Männer nickten.

Borg fuhr fort: »Die Unterstützungskräfte werden sich auf See befinden, wir vermuten sie in der Nähe des Strandes. Dort, wo es flacher wird, liegt wahrscheinlich ein Boot vor Anker. Zwei andere Boote sind permanent auf Standby. Die hohen Herrschaften an Bord von *Steamer* möchten nämlich ihre Ruhe haben. Wir wissen, dass sie die Notwendigkeit von Bodyguards erkannt und akzeptiert haben. Unsere Hauptzielperson befindet sich hier jedoch in einer Art Kurzurlaub, möchte also inkognito bleiben und nicht gestört werden. Das bedeutet: Die Bodyguards sollen sich in Reichweite halten, aber nicht nerven.«

Ein Arm reckte sich. »Wie mobil sind die Unterstützungskräfte und wie sind sie bewaffnet? Ungefähr so, wie die Bodyguards an Bord?«, wollte Sanderson wissen.

»Die Unterstützungskräfte verfügen über Motorboote der

* Offene Brücke.
** Engl.: Dampfer.

Marke *Boston Whaler*, dreiunddreißig Fuß, also zehn Meter lang und ausgerüstet mit zwei starken Außenbordmotoren von insgesamt 600 PS. Sie sind also sehr schnell. Es handelt sich ausnahmslos um ausgebildete, erfahrene Personenschützer, absolute Profis. Die können mit Booten umgehen, so wie ihr. Noch wissen wir nicht genau, mit wie vielen Einheiten wir es zu tun bekommen. Wir gehen derzeit von vier oder fünf Booten aus. Wir schätzen pro Einheit ein Steuermann und vier *Shooter*, ausgerüstet mit Maschinenpistolen oder kurzen Sturmgewehren. Zusätzlich tragen sie großkalibrige Kurzwaffen, soviel wissen wir.«

Die Männer verzogen keine Miene.

»Zusätzlich zu den seegestützten Einheiten befindet sich ein Helikopter an Land, ein Blackhawk mit einer kleinen Crew, die sich schnell abseilen kann. Der Helikopter verfügt über ein leichtes Maschinengewehr, die Crew über Standardbewaffnung, also Kurzwaffen und Maschinenpistolen. Ich denke, eine Vorstellung des Hubschraubers erübrigt sich, da ihr alle bereits viele Jahre mit diesem Typ gearbeitet habt. Sollte es uns nicht gelingen, diesen Heli von vorneherein auszuschalten, könnte es für euch an Bord später noch ungemütlich werden. Es sei denn, die Zielperson befindet sich frühzeitig in unseren Händen.«

Er machte eine Pause.

»Unsere Zielperson nennen wir von nun an *Fred* und seine Frau *Wilma*. Verstanden? Ab jetzt werden keine Begriffe wie Zielperson oder Target mehr verwendet. Von niemandem. Prägt euch die Namen ein!«

Die Männer nickten, einige schmunzelten. Jeder kannte die Zeichentrickserie Familie Feuerstein. Die Namen waren einfach und wahrlich einprägsam.

Ein blonder Engländer mit Sommersprossen hatte sich erhoben. »Ich heiße Tom. Ihr sprecht immer von uns als dem Team an Bord. Gibt es denn noch ein zweites Team?«

Bulan und Borg sahen sich an. Nygard ergriff wieder das Wort: »Ja, es gibt in der Tat noch ein zweites Team, das sogenannte Landteam. Das ist kein Geheimnis. Mit denen habt ihr aber erst mal nichts zu tun. Ihr werdet einige davon kennenlernen, wenn der Job getan ist.«

Borg schaltete sich ein: »Wir haben hier eine klassische Arbeitsteilung, ihr macht euren Job, die anderen machen ihren. Der Rest ist *need to know**.«

Nicht alle waren damit offenbar zufrieden. Ein Mann stand auf und richtete das Wort an die Leitung: »Können die anderen uns vielleicht später noch unterstützen?«

»Das ist geplant und sehr wahrscheinlich. Aber ihr solltet euch nicht darauf verlassen, weil sie vermutlich einige Ausfälle zu verzeichnen haben werden. Das Landteam wird vorrangig versuchen, die landgestützten Kräfte von *Steamer* zu neutralisieren. Danach werden sie mit zwei Booten zu uns stoßen«, antwortete Borg.

Nygard übernahm wieder das Wort und blickte in die Runde. »Also gut, meine Herren, kommen wir zum nächsten Teil. Die designierten Taucher unter euch bitte vortreten!«

Vier Männer folgten dem Befehl.

»Gut, ihr kommt mit mir, der Rest macht hier weiter. Bulan, Erik?«

»In Ordnung. Wir sind hier in einer halben Stunde fertig und begehen dann das Modell von *Steamer*. Ihr stoßt dann später wieder dazu«, antwortete Borg.

Nygard nickte. Er richtete sich jetzt an die Tauchergruppe: den Australier Mike Pearce, den Engländer Trevor Kendrick und die beiden Südafrikaner namens Wilbur Rhodes und Hank Rijkaard.

»Ihr habt als Team für M.S. Ltd. bereits zusammengearbeitet?«

Einige der Männer bestätigten. »Zum Teil.«

»Habt ihr eure persönliche Ausrüstung dabei?«

»Haben wir.«

»Wie in Belgien besprochen, gut! Also, ihr werdet die Ersten mit Kontakt zu *Steamer* sein. Der Gesamterfolg wird

* Kenntnis nur wenn nötig.

zu einem ganz wesentlichen Teil von eurer Arbeit abhängen«, erklärte Nygard. »Eure wichtigste Aufgabe: *Steamer* darf sich nicht von ihrem Liegeplatz entfernen. Ihr sorgt also zuerst dafür, dass das Schiff sich nicht mehr aus eigener Kraft fortbewegen kann, und gebt uns ein Signal, wenn ihr damit fertig seid.«

Drei der Männer nickten.

»Gut, wenn es weiter nichts ist …«, sagte Pearce, der nachdenklich schien. Der Auftrag war ernst, die Rahmenbedingungen vage und das Führungstrio etwas suspekt. Aber sie waren ja auch nicht zum Vergnügen hier.

»Wenn ihr also euer Signal abgesetzt habt, werdet ihr vorsichtig über das Achterdeck an Bord gehen und euch schnell und lautlos vorarbeiten. Das Schlüsselwort ist *lautlos*. Deckung geht also vor Wirkung. Zeitgleich nähern sich die Kameraden, die gerade von Bulan und Erik gebrieft werden, mit einem Boot, um euch zu unterstützen. Das Landteam wird erst später dazustoßen. Vom Landteam erhaltet ihr dann weitere Anweisungen.«

»Hm. Mir scheint, das Timing ist nicht ganz unwichtig …«

»Korrekt. Das Timing ist das A und O«, bestätigte Nygard. »Habt ihr schon eine Idee, wie ihr *Steamer* manövrierunfähig machen wollt?«

Kendrick ließ seinen Blick von Pearce zu Rhodes wandern und machte ein unbekümmertes Gesicht. »Soll sie denn jemals wieder fahren können?«

Nygard dachte kurz nach. »Das spielt eigentlich keine Rolle. Aber egal wie ihr es dreht, es muss lautlos vonstattengehen. Die Yacht muss manövrierunfähig sein, ohne dass es jemand an Bord bemerkt.«

Der technisch versierte Rhodes meldete sich zu Wort: »Es gibt im Grunde genommen zwei Möglichkeiten: Erstens, wir binden extrem belastbare Stahlkabel in die Schrauben, die sich festziehen, sobald die Propeller sich drehen. Dadurch werden, wie bei einem Auto, die Maschinen sofort abgewürgt und der Kahn liegt fest. Man kann die Kabel dann später mit Sägen wieder losschneiden. Das Problem bei dieser Methode ist: Es wird schwierig werden, Kabel von der nötigen Stärke unbemerkt dorthin zu schaffen. Solche Kabel sind schwer und unter Wasser nicht so einfach zu transportieren.«

Nygard hörte aufmerksam zu.

»Die zweite Möglichkeit: Da wir keinen Sprengstoff verwenden können, versuchen wir, die großen Propeller von den Wellen zu lösen. Dafür brauchen wir allerdings eine spezielle Ausrüstung.« Er blickte in die Runde.

Nygard schien zufrieden: »Genau dafür haben wir euch angeheuert. Wir erwerben keine Dienstleistungen, wir bezahlen euch für Resultate! Sobald ihr einen fertigen Plan habt, meldet ihr euch wieder bei mir.«

»Okay, wir kriegen das hin, aber wir benötigen sämtliche technischen Details zur Motorisierung der Ya …, ähm, von *Steamer*«, korrigierte sich Rhodes.

»Gut, sollt ihr alles haben«, sagte Nygard.

»Können wir uns die Tauchausrüstung einmal ansehen?«, wollte Kendrick wissen.

»Sicher, wir haben deutsche Dräger LAR V Kreislaufgeräte. Insgesamt sechs Geräte, also vier für euch und zwei Rigs in Reserve. Geräte, Sauerstoff, Atemkalk und Ersatzteile befinden sich in dem Tauchschuppen dort drüben. Ihr seid von den Trainingseinheiten der anderen ausgenommen und teilt euch eure Tauchzyklen selbst ein. Ihr macht euch also euren eigenen Trainingsplan, klar?«

Kendrick, Pearce, Rhodes und der großflächig tätowierte Rijkaard schauten sich an und nickten.

»Dann werfen wir mal einen Blick auf die Ausrüstung und holen unsere Taucheranzüge«, sagte Kendrick.

Er erinnerte sich an seine ersten Erfahrungen mit dem Dräger-Gerät. Die Ausbilder beim SBS hatten Wert darauf gelegt, dass die jungen *Trooper* sämtliche Einzelheiten beherrschten.

»Small details will screw you!«, wussten auch sie.

Kreislaufgeräte funktionierten nach einem anderen Prinzip als herkömmliche Drucklufttauchgeräte. Beim geschlossenen

»Kreisel« wurde das ausgeatmete Gemisch nicht ins Wasser abgeblasen, sondern wiederverwendet. Hierzu entfernte eine Kalkpatrone das Kohlendioxid und das Gerät ersetzte den vom Taucher verbrauchten Sauerstoff. Diese Gasmenge machte nur etwa vier Prozent des Atemvolumens aus. Daher fielen die Sauerstoffflaschen sehr klein aus und konnten vor dem Körper getragen werden. Auf dem Rücken des Tauchers blieb dementsprechend Platz für andere Ausrüstung.

Der große taktische Vorteil dieser Geräte: Aufgrund des geschlossenen Systems produzierten sie keine verräterischen Luftblasen an der Wasseroberfläche. Auch war es möglich, die Zusammensetzung des Atemgemischs zu variieren – bis hin zu reinem Sauerstoff.

Als Rijkaard die Tür zur Hütte öffnete, staunten die Männer nicht schlecht. In dem Raum fanden sie eine geordnete Werkstatt vor. In einer Ecke standen mehrere normale Taucherflaschen. Die sechs Kreislaufgeräte hingen etwa einen Meter über dem Boden an einer Wand. Sie waren offensichtlich bereits verwendet worden, machten insgesamt aber einen gut erhaltenen Eindruck. Das Fehlen von Salzkrusten verriet, dass man die Geräte mit Süßwasser abgespült hatte.

Auf einer Werkbank lagen Maulschlüssel, Dichtungsringe und ein konventioneller Lungenautomat, der vermutlich zur Inspektion auseinandergebaut worden war. Eine große weiße Flasche mit reinem Sauerstoff lehnte an der Wand. In einer Ecke stand ein kleiner Kompressor für Pressluftauchgeräte. Der Ansaugschlauch des Kompressors führte nach draußen.

»Also, die Ausrüstung ist echt *Gucci*«, sagte Kendrick.

»Die scheinen an alles gedacht zu haben.«

»Mit einer solchen Materialsammlung habe ich auch nicht gerechnet«, gab Rhodes zu.

»Wir werden das Zeug direkt einmal testen«, sagte Kendrick, der sich daran machte, ein Dräger Gerät aus der Halterung zu nehmen.

»Hey, ihr da! Die Taucher! Es geht weiter!«, rief Nygard in Richtung Hütte.

Die Taucher sahen sich an. Es schien ein unausgesprochenes Vertrauen zwischen den vier Männern zu bestehen. Sie waren ein Team. Sie sollten gemeinsam die Speerspitze des Angriffs bilden. Alle waren sich darüber im Klaren, dass damit eine brisante Aufgabe vor ihnen lag. Was auch immer der Gegner dem Angriff entgegenwarf, es würde sie als Erstes treffen. Das schweißte zusammen.

»Wir kommen«, rief Kendrick.

31

Belgischer Nachrichtendienst VSSE (Sûreté)
Boulevard du Roi Albert II
Brüssel
Belgien

Robbe Van Leuven war verärgert. »Bravo, Lotte. Großartig! Du siehst mich begeistert!«

Lotte De Bruyn stand etwas bekniffen vor dem Schreibtisch ihres Chefs. »Ich gebe zu, die Befragung ist nicht ideal gelaufen …«

»Nicht ideal ist gut! Da haben wir endlich einmal einen Hinweis aus der Bevölkerung, der etwas taugt …«

»Das wissen wir noch nicht«, unterbrach ihn De Bruyn.

»Ich bin noch nicht fertig, Lotte!« Energisch hob Van Leuven seinen rechten Zeigefinger. »Wir haben also einen Hinweis, noch dazu von einem ehemaligen Soldaten, der Erfahrung mitbringt. Erfahrung, mit Menschen umzugehen, sie einzuschätzen …«

»Bart Wouters ist ein schrulliger alter Sturkopf«, konterte De Bruyn.

»… Erfahrung, die dir offensichtlich abgeht, Lotte. Denn …«

»Es tut mir leid, Robbe … ich …«

»Verdammt noch mal, jetzt lass mich bitte ausreden!« Van Leuven nahm seine Lesebrille ab. »Dieser Wouters hat sich aufs bitterste bei unserem Abteilungsleiter Mouchard beschwert. Er hat ihm ein Szenario von rechten Terroristen an die Wand gemalt, dass Mouchard sich fast in die Hose gemacht hat. Wouters hat ihm gesteckt, er hätte den Eindruck, dass wir hier richtig pennen. Ich glaube, er benutzte Ausdrücke wie ›Kaffeestrategen‹ und ›Sesselmilitärs‹.«

Van Leuven machte eine rhetorische Pause.

»Und was glaubst du, was der Herr Abteilungsleiter Mouchard daraufhin gemacht hat, Lotte? Na?«

De Bruyn rollte die Augen. »Er hat *dich* angerufen!«

»Richtig, Lotte! Danke dafür! Das war ein wirklich angenehmes und konstruktives Telefonat. Ich brauche dir nicht zu sagen, welches Parteibuch unser Abteilungsleiter hat. Und dass er jede Gelegenheit nutzt, unserem Direktor, der der anderen großen Partei angehört, alles Mögliche vorzuwerfen: Tatenlosigkeit, Inkompetenz, auf dem rechten Auge blind zu sein und dieser ganze Politkram.«

»Es tut mir leid, Robbe, das habe ich wirklich verbockt«, räumte Lotte De Bruyn zerknirscht ein.

Van Leuven setzte seine Lesebrille wieder auf. »Das kann man so sagen.«

Nach einer Weile brach De Bruyn das Schweigen. »Und jetzt? Was habt ihr noch herausgefunden?«

»Mit dem Typen, der sich Borg nennt und richtig wahrscheinlich Tellebjörg heißt, ist irgendetwas faul.«

»Wie kommt ihr darauf?«

»Setz dich, Lotte!«

De Bruyn hatte die ganze Zeit gestanden und nahm nun dankbar in einem der modernen Lehnstühle Platz, die sich gegenüber von Van Leuvens Schreibtisch befanden.

»Kaffee?«

»Gerne. Dachte schon, du würdest mir keinen mehr anbieten …«

Van Leuven schnitt eine Grimasse, öffnete die große Thermoskanne, die Marianne vor einer Viertelstunde gebracht hatte, und schenkte De Bruyn und sich reichlich ein.

»Ich hatte heute ein Gespräch mit unseren Kollegen von SÄPO. Erik Tellebjörg war Soldat in einer dieser Spezialeinheiten und erschlug vor knapp acht Jahren in alkoholisiertem Zustand einen vorgesetzten Unteroffizier.«

»Mit einer Waffe?«

»Mit bloßen Fäusten!«

»Oh …«

»Tellebjörg ist – oder war – ein durchtrainierter Riese von gut einhundertzwanzig Kilogramm.«

»Mein Gott, ein Berserker!«

»Du sagst es. Er kam vor ein Militärgericht und wurde zu einer Haftstrafe von zehn Jahren verurteilt.«

»Und wie kommt es, dass er jetzt schon wieder draußen ist?«

Van Leuven hob die Hände. »Gute Führung, Zwei-Drittel-Regelung, Anrechnung der Untersuchungshaft und so weiter. Ich vermute aber, da ist noch mehr.«

»Wie meinst du das?«

»Der Kollege von SÄPO, er hat uns eventuell nicht alles gesagt. Er meinte am Ende, wenn wir noch mehr wissen wollten, sollten wir das schriftlich anfordern.«

»Das ist seltsam.«

»Kann man wohl sagen. Aber korrekt von ihm, dass er es wenigstens angedeutet hat. Willem hat bereits ein Schreiben aufgesetzt, in dem wir eine umfassende Erkenntniszusammenstellung anfordern. Das Schreiben wird am Montag von unserem Verbindungsbeamten in Stockholm persönlich an SÄPO übergeben.«

»Und die anderen Typen von dem Gutshof?«

»Alles ehemalige Soldaten aus maritimen Spezialeinheiten, U.S. Navy SEALs, britischer Special Boat Service, südafrikanische Marine Kommandos und andere.«

»Das klingt wirklich schwer nach Söldnern.«

»Allerdings. Wenn das hier etwas mit Rechtsextremismus zu tun hat, dann reiche ich umgehend meine Kündigung ein.«

»Hast du eine Theorie?«

»Noch keine konkrete. Aktuell fehlt jede Spur von den Männern. Sie sind verschwunden. *Perdu*, so als hätte es sie nie gegeben! Hinter der ganzen Sache steckt meines Erachtens nach etwas Größeres.«

»Meinst du, die Amerikaner führen eine *Black Op*, also eine schwarze Operation in Europa durch?«

»Ich wünschte, ich wüsste es, Lotte. Ich gebe zu, ich habe keine Ahnung.«

»Dies aus deinem Munde …« De Bruyn schmunzelte. »Ich schaue mal, was die neuesten Abklärungen ergeben haben.«

»Mach das.«

32

Drei Monate zuvor
Büro des Abteilungsleiters Operationen im National Clandestine Service (NCS) / Central Intelligence Agency (CIA)
Langley, Virginia
USA

Als die Nachricht gegen vier Uhr morgens in Washington D.C. einging, waren die Analytiker der Nachtschicht geschockt. Folgender Hinweis war über den CIA-Residenten der US-Botschaft in Islamabad, Richard Henderson, übermittelt worden: Der Top-Terrorist Amjad Raschid, stellvertretender geistlicher Führer und »Nummer Drei« der Terrororganisation *die Basis*, befand sich nicht länger in saudischer Haft. Raschid war vor sechs Monaten bei einer verdeckten Operation des saudischen Militärs an der Grenze zum Jemen festgenommen worden.

Amjad Raschid hatte noch vor einem Jahr die Aufmerksamkeit der westlichen Geheimdienste auf sich gezogen. Er hatte einen französischen und einen schweizerischen Journalisten zum Tode verurteilt. Wo und wie das Todesurteil vollstreckt wurde, war nie bekanntgeworden. Auch existierte kein Video. Die *Basis* hatte aus den Fehlern der Vergangenheit gelernt. Denn die Experten der CIA konnten heutzutage jedes kleinste Detail eines Videos analysieren, seien es Felsen, Sträucher oder Bäume. Selbst Aufnahmen im Innern von Gebäuden garantierten keine Sicherheit mehr. Zu groß und verzweigt war das Netzwerk von Informanten, das die westlichen Geheimdienste über die Jahre aufgebaut hatten.

Die *Basis* hatte eine andere Methode gewählt, sich nach dem Fall der Terrororganisation *Islamischer Staat* in Erinnerung zu bringen. Anstatt eines Videos hatte man eine akustische Datei im MP3-Format erstellt. Die Aufnahme beinhaltete die von Amjad Raschid verkündete juristische Begründung des Todesurteils gemäß der Scharia, dem islamischen Rechtssystem. Im Anschluss folgte das Unfassbare.

Die furchtbaren Schreie der Männer gingen durch Mark und Bein. Sie hatten lange auf ihren Tod warten müssen. Im Hintergrund hatten die Medienexperten der *Basis* leise religiöse Gesänge, sogenannte Nasheeds, eingeblendet.

Da man sich sicher war, dass kein Nachrichtensender, auch nicht Al Jazeera, die Dateien veröffentlichen würde, waren die Aufnahmen gezielt im Netz verbreitet worden. Sie wurden auch an die Familien der beiden Männer gesendet. Die Angehörigen mussten seitdem psychologisch betreut werden.

Raschids Leute standen in dem Ruf, Dutzende Männer zu Tode gequält, Frauen vergewaltigt und als Sklavinnen weiterverkauft zu haben. Doch Amjad Raschid war auch ein erfolgreicher militärischer Stratege. Mehrere Operationen hatte er gegen afghanische und pakistanische Einheiten geplant und durchgeführt. Seine ihm bis in Tod ergebenen Männer waren lange Zeit stets siegreich gewesen.

In der Meldung wurde weiter mitgeteilt, dass Raschid bereits vor vier Tagen von Sicherheitsbeamten der saudischen Regierung nach Pakistan verbracht und dort an den pakistanischen Geheimdienst übergeben worden war. Saudi-Arabien hatte mit Pakistan offiziell vereinbart, dass Raschid die verbleibenden achtundvierzig Jahre seiner Haft in seiner Heimat und unter erleichterten Haftbedingungen verbüßen sollte.

Der Protest der USA war gewiss. Noch am selben Tag wurde entschieden, eine kleine US-Delegation umgehend nach Pakistan zu entsenden. Raschid, dessen Name auf sämtlichen Terror-Watchlisten der Welt verzeichnet war, sollte unter keinen Umständen eine Hafterleichterung bekommen. Eine Verbalnote des U.S. State Departments war in Vorbereitung.

Chet Croquer, dem neuen Leiter für Operationen im *National Clandestine Service* (NCS), dem operativen Arm der *Agency*, gefiel es gar nicht, dass ein pakistanischer Top-Terrorist ins Heimatland überstellt worden war. Anders als in Saudi-Arabien verfügte Raschid noch über zahlreiche Kontakte in Pakistan.

Croquer war von eher dünner Statur, trug das graumelierte Haar kurz geschnitten und schaute durch eine randlose Brille. Rein äußerlich entsprach er damit dem Klischee eines Washingtoner Bürokraten. Sein Anzug, er kaufte ausschließlich bei Enzo's auf der Connecticut Avenue in Washington D.C., saß makellos. Egal, welche Temperaturen gerade in Washington herrschten, Croquer trug stets Weste. Doch wer Chet Croquer nicht kannte, neigte dazu, ihn zu unterschätzen.

Croquer sprach fließend arabisch und verfügte über jahrelange Erfahrung im Nahen Osten. Während des Irakkrieges hatte er in der CIA-Zentrale in Bagdads berühmter *Green Zone* dafür gesorgt, dass in Washington die harten Kriegs-Fakten auch als solche wahrgenommen wurden. Ein Umstand, der ihm bei der damaligen Regierung keine Sympathien eingebracht hatte.

Später hatte er, aus einem *Safe House* der CIA, Operationen von Spezialkräften gegen die ägyptische *Ansar Bayt al-Maqdis*, den *Islamischen Staat* und andere Terrorgruppen geleitet.

Croquer war eine Ausnahme in Washington, einer Stadt, in der es eher januksköpfigen Ja-Sagern vorbehalten war, Karriere zu machen. Stets stellte er sein Berufsethos über seine Parteizugehörigkeit. Das war auch der Grund, weshalb er als Demokrat eine besondere Stellung in der Agency hatte – einer Einrichtung, die noch immer von erzkonservativen Falken dominiert wurde.

Croquer hatte den stellvertretenden Leiter der operativen Informationsbeschaffung Naher Osten, Scott MacKenzie, zu sich ins Büro zitiert. MacKenzie, obschon jung, hatte bereits einen Ruf im NCS.

»Setzen Sie mich ins Bild. Wer fährt von uns nach Islamabad?«, begann Croquer das Gespräch auf seine direkte Art.

»Hastings und Withers. Aus der Analyse, Sir.«

»Wunderbar, dann hätten wir auch gleich irgendwelche Diplomaten vom State Department hinschicken können. Ich hatte ehrlich gesagt gehofft, dass Sie mit dabei wären, MacKenzie.«

»Ähm, danke, Sir. Ich bin aber nicht für Pakistan zuständig, Sir. Andernfalls … wenn man mich gefragt hätte, hätte ich mich nicht verwehrt. Hastings ist …«

Croquer machte eine abfällige Handbewegung. »Ronald Hastings bekleidet seinen Posten, weil er eine Schwägerin hat, die den Nachnamen unseres letzten Präsidenten trägt. Hastings könnte seinen Hintern im Dunkeln mit beiden Händen nicht finden! Und Withers macht alles, was Hastings sagt, wenn er denn überhaupt den Mund aufkriegt …«

Nach dieser unverblümten Äußerung schwieg MacKenzie. Er konnte Croquer noch nicht einschätzen und war unsicher, wie er reagieren sollte.

»Sie wissen, dass im ISI* die islamistischen Kräfte immer mehr die Oberhand gewinnen?«

* Inter Services Intelligence – militärischer Geheimdienst Pakistans.

»Wie ich bereits sagte, Sir, ich bin nicht für Pakistan zuständig, aber ich …«

»Herrgott MacKenzie, jetzt vergessen Sie mal die Zuständigkeiten. Ich schätze Sie, weil Sie damals herausfanden, dass der Ägypter Sayed al-Hauari hinter dem Anschlag auf den Syrien-Gipfel in Sharm El Sheikh steckte.* Sie gelten als gut informiert und Sie waren oft *draußen*. Also, wie steht's Ihrer Meinung nach mit der neuen pakistanischen Regierung? Na los, kurz und schmutzig!«

MacKenzie holte tief Luft. Gespräche mit hochrangigen Vorgesetzten waren ihm, aufgrund der politischen Fußangeln, immer ein wenig unangenehm. Fast lieber traf er sich in einem Bürgerkriegsstaat in einer heruntergekommenen Absteige mit einem seiner Informanten. Alles, was er jetzt sagte, würde augenblicklich analysiert und seziert werden. Es war heikel, bei hohen Vorgesetzten mit Wissen »glänzen« zu wollen. Rasch würden Begehrlichkeiten geweckt, die man dann hinterher nicht erfüllen konnte. So begann MacKenzie etwas vorsichtig:

»Der *Islamische Staat* ist, wie wir alle wissen, prinzipiell gescheitert. Tausende Kämpfer haben das Zeitliche gesegnet. Einige sitzen für den Rest ihres Lebens hinter Gittern. Viele haben sich rechtzeitig nach Westeuropa, Zentralasien oder nach Nordafrika abgesetzt. Wieder andere haben die Seiten gewechselt. Sie sind regelrecht zur alten *Basis* zurückgekrochen, haben herumgeheult und sich angebiedert. Deren Führung wird sich wohl die intelligentesten und fähigsten Operateure herauspicken und die übrigen stillschweigend eliminieren. Wir wissen, dass die *Basis* noch immer über beträchtliche finanzielle und auch militärische Ressourcen verfügt.

Nach dem Fall des *Islamischen Staates* haben die Ableger der *Basis* im islamischen Maghreb, also in Nordafrika, wieder viel Zulauf bekommen. Ähnliches gilt für die arabische Halbinsel, insbesondere den Jemen. Selbst Gruppen im ägypti-

* Siehe ALLEINGANG.

schen Sinai haben ihr die Treue geschworen, was auch immer davon zu halten sein mag.

Fakt ist, die *Basis* hat sich in den letzten Jahren entspannt zurückgelehnt. Sie haben einfach zugesehen, wie sich Assad, seine russischen Verbündeten, der Westen und die Iraker am *Islamischen Staat* abarbeiteten. Während wir unsere Ressourcen auf den Irak, Syrien und vielleicht noch auf Libyen konzentriert haben, hat die *Basis* in aller Seelenruhe ihre Netzwerke in Zentralasien und Westeuropa ausgebaut. Pakistans derzeitige Koalitionsregierung ist extrem schwach. Sie verfügt zwar über eine knappe Mehrheit im Parlament, aber über keine wirkliche Autorität. Sie kontrolliert weder die Armee noch, was viel wichtiger ist, den mächtigen Geheimdienst ISI. Ein großer Teil der pakistanischen Armee sympathisiert offen mit den Taliban, beziehungsweise mit der *Basis*. Pakistan ist perspektivisch ein Chaosstaat, der einer islamistischen Regierungskoalition entgegensieht. Und daran sind wir … also, ich meine die damalige Administration, nicht ganz unschuldig.«

Croquer hob die Augenbrauen. »Bitte, nur keine Hemmungen …«

MacKenzie atmete schwer.

Mist …

»Nun ja. Wir, also die letzten Administrationen, haben Milliarden in das Land gepumpt – vor allem in Dienst und Militär. Um »gemeinsam den Terror zu bekämpfen«. Dabei haben die Pakistanis die ganzen Jahre über ein doppeltes Spiel gespielt …«

Es entstand eine unangenehme Pause. MacKenzie ergänzte unsicher: »Ich fürchte, so ist die Lage, Sir.«

Croquer ließ sich mit der Antwort Zeit. Nachdenklich betrachtete er MacKenzie über den Rand seiner Brille. Dann deutete er so etwas wie Zustimmung an.

»Also dafür, dass Sie nicht für Pakistan zuständig sind, scheinen Sie ausgezeichnet informiert zu sein. Das könnte man eine solide Analyse nennen, MacKenzie! Ich habe bereits der vorletzten Administration mitgeteilt, dass Pakistan ein schwarzes Loch ist, in dem unsere Dollars versickern. Bis auf die Zusammenarbeit mit einigen wenigen Generälen, die uns 2011 Osama Bin Laden präsentiert haben, hat sich nicht viel Positives ergeben. Im Gegenteil, wir haben in diesem kaputten Staat die islamistischen Kräfte sogar noch gestärkt. Aber man wollte es oben ja nicht hören.«

»Was nicht sein darf, kann eben nicht sein«, bestätigte MacKenzie.

»In welchen Knast haben sie diesen irren Raschid eigentlich verfrachtet?«

»Ins zentrale Hochsicherheitsgefängnis von Karatschi, Sir.«

»Na wenigstens etwas. Ich danke Ihnen, MacKenzie, mehr wollte ich nicht wissen!«

»Sir!«

33

Zentrales Hochsicherheitsgefängnis
Karatschi
Pakistan

Von außen machte das Gefängnis fast den Eindruck einer mittelalterlichen Burg. Umrahmt von einer sechs Meter hohen Mauer aus sandfarbenen Steinblöcken und an den Ecken mit Wachtürmen versehen, gelangte man nur durch ein turmartiges Tor mit der Funktionsweise einer Schleuse hinein oder hinaus. Die freistehenden Gebäude im Innern des Komplexes verfügten nur über kleine Fenster, zu klein, als dass ein Mann hindurchgepasst hätte.

Obschon von der Bausubstanz her alt, verfügte das Gefängnis über moderne Sicherungsanlagen: CCTV-Kameras und Bewegungssensoren waren an allen entscheidenden Stellen verbaut. Sie ermöglichten eine lückenlose Kontrolle des Geländes. Aus diesem Gefängnis konnte man nicht fliehen.

Bereits unter der Herrschaft des letzten Präsidenten war dem damaligen Zuchthaus ein grausiger Ruf zuteilgeworden. Die Bürger Karatschis mieden die Straßen um das Gebäude. Zu groß war die Angst, als etwaiger Spion festgenommen und verhört zu werden. Fast jeder konnte über einen Verwandten, Freund oder Bekannten berichten, der einmal hinter den Mauern eingesessen hatte.

Berüchtigt waren die »Waschküchen«, wie die diversen Verhörräume im Volksmund genannt wurden. Es war bekannt, dass diese Räume gekachelt waren, damit das Blut der Häftlinge einfach mit Wasserschläuchen abgespült werden konnte. Jeder verließ dieses Gefängnis irgendwann wieder, mancher aber nur in einem Sack aus Kunststoff.

Amjad Raschid war im kalten Winter von 1970 in Peschawar, Hauptstadt der westlichen Khyber Provinz, als ältester Sohn von fünf Kindern eines pakistanischen Vaters und einer ägyptischen Mutter geboren worden. Seine Eltern hatten viel Geld in die Bildung ihres ältesten Sohnes investiert. Sein Vater, ein erfolgreicher Kaufmann, hatte gehofft, ihn zum Studium nach Großbritannien senden zu können. Raschid hatte zunächst eine englische Privatschule in Peschawar besucht. Neben Urdu und Englisch beherrschte er auch Arabisch, die Sprache seiner Mutter.

Doch mit zunehmendem Alter begann sich der Junge von seinen Eltern zu entfernen. Sein frommer Vater, ein Anhänger der Sufis, betrachtete Religion als rein private Angelegenheit. Die politische Dimension des Islam interessierte ihn nicht. Er erkannte vielmehr die wirtschaftlichen Möglichkeiten, die sich durch den internationalen Handel ergaben.

Der junge Raschid hingegen lehnte seine hochnäsigen englischen Mitschüler ab, die ihn wie einen kolonialen Vasallen behandelten. Er träumte schon früh davon, diese westlichen Eindringlinge irgendwann aus Pakistan zu vertreiben.

Eine Moschee am anderen Ende der Stadt, die sein Vater als

rückwärtsgewandt bezeichnete, gewann das Interesse des eifrigen Raschid. Häufig stahl er sich davon, um dort zu beten. Auch wenn dies, nach verspäteter Rückkehr, oft eine körperliche Züchtigung durch seinen strengen Vater nach sich zog.

Als Raschid fünfzehn Jahre alt war, hatte sich der Imam der Moschee bei der rituellen Waschung nach den Wunden des Jungen erkundigt. Dieser öffnete sich schließlich dem verständnisvollen Imam und erzählte ihm seine Geschichte.

Der Imam hatte das intellektuelle Potenzial des Jungen erkannt und bestärkte ihn in seiner Ablehnung westlicher Einflüsse. Er sprach von notwendigen Prüfungen, die Allah ihm auferlegte und die ihn immer stärker machen würden. Gezielt machte er den Jungen mit den Lehren des Sayed Qutb vertraut. Später konfrontierte er ihn mit den islamistischen Lehren des pakistanischen Sayed Abul Ala Maududi und des palästinensischen Taqi al-Din al-Nabhani. Beide Gelehrten verknüpften geschickt die islamische Religion mit politischen Zielen. Eine Interpretation des Koran fand nicht statt. Der Westen war zum Feind auserkoren.

Für den jungen Raschid ergab auf einmal alles einen Sinn. Er glaubte, dass die Muslime der Welt nur deshalb vom Westen unterjocht werden konnten, weil sie nicht mit einer Stimme sprachen. Israel und die USA hintertrieben jede Einigung, indem sie die Muslime gegeneinander aufhetzten und damit schwächten.

Dem Westen musste Einhalt geboten werden. Zugleich mussten die Lehren von Nabhani verbreitet und durchgesetzt werden. Und zwar mit Gewalt. Davon war er überzeugt.

Nach einigen Wochen glaubte er, in seinem Mentor einen heimlichen Verehrer der Taliban erkannt zu haben. Dabei konnte er nicht ahnen, dass dieser sich bereits vor vielen Jahren der wesentlich radikaleren, international agierenden *Basis* zugewandt hatte.

An einem Tag im Januar, Raschid war gerade achtzehn Jahre alt geworden, bat der Imam ihn zu einem Tee in einem Hinterzimmer der Moschee. Raschid folgte in eifriger Demut.

Mit erhobenem Zeigefinger erklärte der Imam, er wolle ihm ein Geheimnis anvertrauen, das er mit niemandem teilen dürfe. Raschid fühlte sich geehrt. Er war gewillt, seinen Lehrer und Meister nicht zu enttäuschen.

Wenige Tage später versammelte der Imam seine ihm ergebensten Koranschüler und forderte sie auf, vorsichtig nach Raschids »Geheimnis« zu fragen.

Doch bei aller Bewunderung, die der junge Raschid für die älteren Glaubensbrüder hegte, schwieg er beharrlich. Damit hatte er, ohne es zu wissen, eine wichtige Prüfung bestanden.

Zu Hause waren die Fronten inzwischen verhärtet. Raschid weigerte sich seit mehreren Monaten, die Moschee seiner Eltern zu besuchen. Den Schulabschluss hatte er mehr schlecht als recht geschafft und doch beharrte sein Vater noch immer darauf, ihn nach England auf ein College zu schicken.

Damit ich dort auf die reichen Kuffar treffe, die mich hier früher verprügelt haben?

Es nahte der Tag des offenen Widerspruchs. Raschid war zu alt und zu kräftig, um von seinem Vater geschlagen zu werden. Zur großen Trauer seiner Mutter verstieß sein Vater ihn schließlich – in dem Glauben, der mittellose Junge werde bald reumütig in sein Elternhaus zurückkehren.

Doch nichts dergleichen geschah.

Der Imam nahm den trotzigen jungen Mann auf, ohne ihn in der ersten Zeit zu beeinflussen oder eine Gegenleistung zu verlangen. Als der Junge eines Tages sein Zimmer im Untergeschoss der Moschee außerhalb der Gebetszeiten verließ und von sich aus seine Arbeitskraft anbot, wusste der Imam, dass er ihn nach seinen Vorstellungen formen konnte.

Schließlich, als Raschid das neunzehnte Lebensjahr vollendet hatte, schickte ihn der Geistliche zu einem befreundeten Imam ins nördliche Peschawar.

»Du bist sehr intelligent, mein Junge. Dein Vater meinte es gut mit dir, aber er konnte dich nicht verstehen …«

»Mein Vater wollte mich zum Studium nach England schicken.«

»Und du wolltest nicht nach England?«

»Nein, Herr.«

»Möchtest du denn studieren?«

»Ja, Herr.«

Es dauerte keine drei Wochen, bis Amjad Raschid mit einem neuen Pass und unter anderem Namen in Saudi-Arabien sein Islamstudium aufnahm.

Als Raschid nach knapp vier Jahren aus Saudi-Arabien zurückkehrte, war er mehr als religiös gefestigt. Er brannte darauf, sich der *Basis* anzuschließen. Wenige Wochen später meldete er sich in einem geheimen Lager in der Nähe der afghanischen Grenze, um eine paramilitärische Ausbildung zu absolvieren.

Hier wurde er von Kommandos des pakistanischen Geheimdienstes ISI in Guerillakriegsführung und geheimdienstlichen Gegenoperationen gedrillt. Anderthalb Jahre später stand der *Basis* ein militärisch ausgebildeter Krieger zur Verfügung, der nur darauf wartete, seine Fähigkeiten unter Beweis zu stellen.

Er hatte in Kaschmir gekämpft und in Afghanistan. Viele militärische Erfolge waren seiner blitzschnellen Auffassungsgabe sowie seinem taktischen Kalkül zu verdanken.

Er hatte aber auch Hinrichtungen angeordnet und teilweise eigenhändig vorgenommen. Manchmal gingen der Vollstreckung monatelange Qualen voraus, bis selbst Ärzte die Gefangenen nicht mehr am Leben halten konnten. All dies geschah mit der religiösen Legitimation des Geistlichen Amjad Raschid, der auf dieser Basis die Gelegenheit gekommen sah, sich an den einstigen Kolonialherren Pakistans zu rächen.

Dazu zählte auch die Entführung von westlichen Journalisten. Tatsächlich war es egal, aus welchem Land sie kamen. Wer den Koran nicht wörtlich auslegte, war ein Kuffar. Denn sie befanden sich im *Dar ul Harb*, der Welt des Krieges. Hier war alles erlaubt, was dem Islam zum Sieg verhelfen konnte. Auch wenn es nur dazu diente, den Gegner einzuschüchtern.

Binnen weniger Jahre war Raschid zu einer militärischen

Größe und zu einer religiösen Autorität neben Ayman al-Zawaheri* aufgestiegen.

Seine konkrete Lage stellte sich im Moment allerdings weniger glanzvoll dar. Geschwächt durch die Torturen der saudischen Wärter litt Raschid noch immer an inneren Blutungen und hatte Schwellungen am ganzen Körper.

Ironie des Schicksals war, dass er seine religiöse Bildung in genau dem Land genossen hatte, dessen Häscher ihn später festnahmen und folterten.

Aber das bigotte Königshaus in Riad war für Raschid nur dem Namen nach muslimisch. Zu bekannt waren die dekadenten Ausschweifungen der Mitglieder der Königsfamilie. Auch wenn sie versuchten, ihre Sünden durch die weltweite Verbreitung des Wahabismus mit großzügigen Spenden zu vertuschen. Osama Bin Laden hatte den rechten Weg gewählt, als er sich seinerzeit von seiner Familie lossagte …

Nun saß er also in einem der meistgefürchteten Gefängnisse Pakistans. Papiere, die Auskunft über seine Identität gaben, hatte er bei der Festnahme durch die Saudis nicht bei sich getragen. Er gab seinen Namen noch immer mit Asghar Rahim an. Raschid erklärte zudem, er stamme aus einer Stadt knapp einhundertzwanzig Kilometer von Karatschi entfernt. Er beherrschte den dortigen Dialekt und war ortskundig, da er für seinen Vater in dieser Stadt öfter Besorgungen zu erledigen hatte.

Die Raumtemperatur lag an diesem Abend bei sieben Grad Celsius. Eine im Boden verankerte Pritsche aus schmiedeeisernem Metall, eine dünne Matratze aus Stroh und eine Baumwolldecke bildeten die Schlafstätte. Das winzige Fenster hoch oben im Raum hatte kein Glas. Es war offen. Das ganze Jahr über. Durch das Fenster konnte er nachts manchmal die Schreie anderer Insassen hören, bis diese irgendwann verstummten.

* Ehemaliger Kinderarzt aus Ägypten. Seit dem Tod von Osama Bin Laden geistiger und militärischer Führer der al-Qaida, vermutlich im pakistanisch-afghanischen Grenzgebiet aufhältig.

Er hatte keine Zweifel, dass in der Decke der Zelle Mikrophone und Kameras eingelassen waren, die jede Bewegung und jedes Geräusch des Gefangenen aufzeichneten.

Amjad Raschid hatte dichtes dunkles Haar. Eine hohe Stirn erhob sich über tiefliegenden dunklen Augen, aus denen jedwede Emotion gewichen schien. Von seiner Statur her war Raschid sehr drahtig. Er hatte bei einer Körpergröße von einem Meter achtundsiebzig kein Gramm Fett am Leib. Allerdings hatte er seit seinem Haftantritt in Saudi-Arabien weiter an Gewicht verloren. Die Saudis hatten ihn während der Haft furchtbar behandelt. Doch er hatte es ertragen. Es war eine Prüfung Allahs. Nicht mehr und nicht weniger.

Mehrfach hatten Wärter vor seinen Augen auf seine Essensrationen uriniert. Sie hatten ihn nachts geweckt, um ihn zu misshandeln. Seine Waden waren durch gezielte Schläge mit Gummischläuchen immer wieder aufgeplatzt. Doch all das ließ ihn unbeeindruckt. Die Wunden würden irgendwann heilen. Seine saudischen Peiniger waren irregeleitete Muslime, die Allahs Strafe zu spüren bekommen würden, wenn die Zeit dafür gekommen war. Er würde ihre Gesichter nicht vergessen. Niemals.

Hier in Karatschi war die Situation eine ganz andere. Die Wärter behandelten ihn mit Respekt. Vorsichtig steckten sie ihm hier und da zusätzliche Lebensmittel zu. Er hatte sich schon sichtbar erholt und durfte seinen Hofgang neuerdings allein durchführen. Einen Koran und kurze Bleistifte hatte man ihm besorgt, sowie einen Satz frischer Handtücher und eine kleine Leselampe. Er nahm diese Dinge, die wahre Luxusgüter im Gefängnis darstellten, schweigend an.

Soeben glaubte er, Schritte vernommen zu haben. Das anschließende »KLACK« bedeutete, dass der schwere Riegel, der seine gesamte Zellentür abdeckte, zurückgeschoben worden war. Ein Schlüssel drehte sich zweifach im Schloss.

Wachsoldaten?

Wohin würden sie ihn verschleppen?

In eine der berüchtigten Waschküchen?

Er konnte seinen Herzschlag spüren.

Ein Mann betrat den halbdunklen Raum, der nur durch Raschids Leselampe schwach erhellt wurde. Mit sonorer Stimme grüßte ihn der unangekündigte Besucher: »Salam Aleikum!«

Verwirrt entgegnete Raschid: »Aleikum as-salam!«

Der Besucher trug die dunkelgrüne Uniform der pakistanischen Armee. Sein schwarzes Barett befand sich ordentlich gefaltet unter seiner linken, mit reichlich Gold bestickten Schulterklappe. Die Hände hielt er hinter dem Rücken verschränkt.

Ein Wachsoldat brachte hastig zwei gepolsterte Stühle sowie einen kleinen Tisch in den Raum und zog sich zurück. Die Zellentür schloss sich wieder.

Raschid bemühte sich, seine Erregung zu verbergen. Er hatte den General erkannt. Dieser sprach nun mit gesenkter Stimme zu seinem Häftling: »Ich bitte Euch, nehmt Platz. Sagt, wie ist es Euch ergangen, mein Emir?«

»Nur eine undankbare Seele würde klagen, General.«

»Fühlt Ihr Euch gesund?«

»Dank der Medikamente verheilen die Wunden. Und ich habe wieder etwas zugenommen. Es geht mir gut, danke.«

Erleichtert atmete der General auf. Er erblickte dabei den Koran. »Das Buch der Bücher ...«

Der General nahm seine rechte Hand und legte sie auf sein Herz. »Mein Emir, wie Ihr wisst, hat die Sure neun in der heutigen Zeit eine ganz besondere Bedeutung.«

Raschid fixierte sein Gegenüber, erhob den rechten Zeigefinger und sprach: »Und wenn die heiligen Monate abgelaufen sind, dann tötet die Götzendiener, wo immer ihr sie findet, und ergreift sie und belagert sie und lauert ihnen aus jedem Hinterhalt auf!«

Der General nickte bedächtig und antwortete: »Ich bin gekommen, um Euch zu sagen, dass Ihr in Vers hundertzehn den Schlüssel finden werdet.«

Raschid schloss die Augen und zitierte: »... und Allah ist allwissend und weise. Allah kaufte den Gläubigen ihr Leben und ihre Güter ab für das Paradies. Sie kämpfen für Allahs Sache. Sie töten und werden getötet.«

Der General nickte erneut. »So steht es geschrieben. Ihr habt tapfer gekämpft. Eure Taten in Afghanistan und im Jemen sind Legende. Es ist Euch und Euren Männern zu verdanken, dass die *Basis* erstarken konnte und viele Bereiche in Pakistan und Afghanistan wieder von den Taliban kontrolliert werden.«

Raschid schüttelte langsam den Kopf. »Sich den Verdienst der tapferen Mudschaheddin zu eigen zu machen, wäre eitel und unangemessen.«

Der General ignorierte die Bescheidenheit seines Gegenübers und fuhr weiter fort: »Es war ausgesprochenes Pech, dass die Saudis ihre Spezialkräfte schickten, die Euch bei Nacht an der Grenze auflauerten.«

Raschid schwieg.

»Ihr kennt auch die Worte des Propheten, die er zu Anas Ibn Malik sprach?«

Raschid erhob sich und antwortete mit gedämpfter, jedoch bebender Stimme: »Kein Mensch, der bei Allah etwas Gutes zu erwarten hat, und auf das er sich freut, würde nach seinem Tod wünschen, dass er zur Welt zurückkehrte, auch dann, wenn ihm die ganze Welt und was auf ihr an Wert ist, gegeben würde. Ausgenommen davon ist der Märtyrer, der Schahid, der auf Grund der Vorzüglichkeit der Schahada*, sich freuen würde, wenn er zur Welt zurückkehrte und dann noch einmal für Allah umkäme.«

Der General hatte nun Tränen in den Augen und vermied den direkten Augenkontakt. Mit sanftem Ton sprach er: »Ayman al-Zawaheri hat mir aufgetragen, Euch seine innigsten Grüße auszurichten. Es war sein persönlicher Wunsch, dass es Euch hier an nichts fehle, soweit wir dies nach außen verbergen oder rechtfertigen können. Ferner hat er beschlossen, dass es an der Zeit sei, ein Zeichen zu setzen.«

Raschid schwieg.

* Märtyrertod.

»Lange haben unsere Truppen auf den richtigen Zeitpunkt gewartet. Der *Islamische Staat* ist gescheitert. Der Westen wiegt sich nun nach einer Phase der Ruhe in Sicherheit. Jetzt ist die Zeit gekommen, der Welt zu zeigen, wie stark wir sind und dass wir den Gegner treffen können, wo immer wir wollen!«

»Den Gegner …« Raschid stand auf und schritt in der Zelle umher.

Der General nickte langsam und versuchte dabei, die Gedanken seines Gegenübers zu ergründen. »Bitte, Scheich, hört mir genau zu: Morgen, exakt zu dieser Stunde, wird die Zellentür unverschlossen und der Gang in Richtung Nordostturm unbesetzt sein. Es ist Wachwechsel und der nächste Wachhabende wird eine Viertelstunde später als sonst seinen Posten einnehmen. Ihr werdet den seitlichen Hofgang in Richtung Haupttor gehen und dabei so leise sein, wie die Schneeleoparden im winterlichen Kaschmir.«

Raschid nickte.

War dies ein aufrichtiges Angebot oder war es eine Falle?

Hatten die Amerikaner etwas damit zu tun?

Dann wurde ihm klar:

Der General war jener heimliche Verbündete, von dem die Führung in der Vergangenheit einmal gesprochen hatte!

Er musste es sein!

Gedanken wirbelten durch seinen Kopf. Bot sich hier eine Chance? Er wusste, dass der General, der seit drei Jahren den berüchtigten pakistanischen Geheimdienst ISI leitete, ein Paschtune war. So wie er auch. Lag hierin der Schlüssel, dass viele Geheimdienstoperationen gegen die Taliban und die *Basis* in den letzten zwei Jahren gescheitert waren?

Sein Gedankenfluss fand ein Ende, als der General seine Ausführungen fortsetzte:

»Ihr werdet den Vorpostenraum am Haupttor unbesetzt vorfinden. Hier wechselt Ihr die Kleider und nehmt die Flecktarnuniform. Die Pistole auf dem Tisch ist für Euch. Dann müsst Ihr das Seitentor mit dem Schlüssel öffnen, der bei der

Wache an dem großen hölzernen Schlüsselbrett ganz links hängt. Ihr durchquert die dahinterliegende Schleuse rasch, begebt Euch vor das Haupttor und winkt den Wachhabenden zu. Das Tor wird Euch daraufhin geöffnet werden. Ein Armeejeep wartet dahinter auf Euch. Er wird Euch an einen Ort bringen, der etwa eine Stunde entfernt liegt und den Ihr gut kennt. Dort zieht Ihr Euch erneut um und marschiert dann auf der Ausfallstraße etwa zwei Kilometer nach Westen. An einer kleinen Kreuzung wird man Euch erwarten. Ihr werdet einen der Brüder sofort erkennen. Konntet Ihr mir soweit folgen?«

Raschid nickte.

»Dann bleibt mir nur noch, Euch zu wünschen, dass Allah bei Euch sein möge.«

»Allahu Akbar!«

»Allahu Akbar!«

Raschid ging die Schritte nochmals im Geiste durch. Er kannte jeden der beschriebenen Orte genau. Er wollte dem General noch danken. Doch als er aufsah, hatte sich die Stahltür bereits hinter dem nächtlichen Besucher geschlossen.

34

St. Thomas
Amerikanische Jungferninseln
Karibik

Samira hatte sich in der Küche wieder einmal selbst übertroffen. Zu einem würzigen Lamm-Okra-Eintopf servierte sie einen Balady Salat und Aish Shami, das dunkle ägyptische Fladenbrot. Natürlich hätte sich Samira auch einen fest angestellten Chef leisten können, wie zu Hause in Fort Lauderdale. Doch sie hatte einfach Spaß daran, Rezepte ihrer Mutter auszuprobieren.

Die Kinder waren bereits im Bett. Während Steiger ihnen vorgelesen hatte, waren sie, noch bevor die Geschichte zu Ende war, fest eingeschlafen.

»Samira, das Essen war unglaublich! Ich bin wieder mal beeindruckt!«

»Soll das etwa heißen, du bist satt?«

»Ja, ich glaube, mehr geht nicht.«

Omar grinste überlegen. »Das ist gut so, denn Samira hat zum Nachtisch Omali gemacht.«

»Hey, Freunde! In diesem Sinne bin ich natürlich nicht satt!«, protestierte Steiger, der die Melange aus Blätterteig, Zucker, Sahne, Nüssen und Rosinen noch gut aus Ägypten kannte und liebte. Omars Frau hatte diese Dessertspeise perfektioniert.

Samira lachte. »Keine Sorge! Das kann Omar sowieso nicht alles alleine essen!«

»Das wäre einen Versuch wert ...«, erwiderte Omar, zum äußersten bereit.

»Ja, Schatz, und dann siehst du irgendwann so aus wie ich, als ich mit Roya im achten Monat schwanger war ...«

Über zwei Stunden hatten sie auf der Terrasse gesessen und das Omali hatte dem Ganzen einen würdigen Abschluss beschert. Nachdem der Wind etwas aufgefrischt hatte, war es Omars Vorschlag gewesen, ins Haus zu gehen. Entspannt lümmelten sich die drei Freunde nun in die bequeme Clubgarnitur. Omar hielt Samira im Arm. Steiger hing, seine Füße hochgelegt, in einem Sessel. Das großzügige Wohnzimmer war wie ein Loft geschnitten und verfügte oben über eine offene Galerie. Ein riesiges Panoramafenster ermöglichte einen atemberaubenden Blick auf das Meer.

Omar und Steiger hatten sich noch einen karibischen Rum als Digestiv gegönnt. Sie betrachteten dabei die Bucht. Der Mond warf ein silbernes Licht auf die Wasseroberfläche.

»Wunderschön habt ihr es hier!«

Das ist das Understatement des Jahres.

»Es war Omars Idee, das Haus in den Fels zu bauen. Die

meisten Grundstücke mit Meerblick waren ja auch bereits verkauft. Hier ist es angenehm ruhig und über die Außentreppe haben wir sogar direkten Zugang zum Wasser«, erklärte Samira mit einer Mischung aus Stolz und Begeisterung.

»Und zur Welt!«, ergänzte Omar. »Wenn nicht gerade starker Schwell aus Nord-Ost auf die Bucht steht, können wir den kleinen Tender dauerhaft unten festmachen. Dann kann ich direkt von hier rausfahren, wenn es mal schnell gehen muss.«

»Wahnsinn, Omar. Ihr habt hier ein echtes Traumhaus!«

Omar lächelte. »Wart's ab. Du hast noch nicht alles gesehen. Die Firma hat wirklich ganze Arbeit geleistet!«

»Ja, und hier fühle ich mich auch sicher.« Samiras Miene trübte sich bei dem Gedanken etwas ein.

Steiger erinnerte sich an den Anschlag auf ein Hotel in Sharm El Sheikh und das Attentat auf Omars Eltern einige Monate später. Omar hatte bereits seit längerem mit dem Gedanken gespielt, auszuwandern. Nach dem Anschlag hatte er schließlich nicht lange gezögert und einen Einreiseantrag bei den amerikanischen Behörden gestellt. Dieser war, in Anbetracht seiner Firmengründung, auch rasch bewilligt worden. Die *Green Card* war nach Gesprächen seiner Rechtsanwälte mit der Einwanderungsbehörde INS eine reine Formalie gewesen. Die Familie Hussein war innerhalb von drei Monaten nach Amerika umgezogen und hatte einen Bodyguard engagiert.

»Weißt du, Jan, seitdem Hakan bei uns ist, bin ich ruhiger, insbesondere auch mit den Kindern«, fuhr Samira weiter fort.

Steiger dachte an die Zufahrt der Villa. Eine hohe Betonmauer mit NATO-Draht, die das dichte Buschwerk nur an wenigen Stellen freigab, umzäunte das gesamte Gelände. Das im Boden eingelassene Tor war eine israelische Konstruktion. Es führte in eine Schleuse, die sogar einem Panzerwagen standhielt. Steiger hatte mehrere Kameras, elektronisch bedienbare Sperren und diverse Bewegungsmelder ausgemacht. Auch die permanente Wölbung unter Hakans linker Achsel war ihm nicht entgangen.

»Wie seid ihr auf ihn gekommen?«

»Glücklicher Zufall.« Omar strahlte. »Über Sören, das ist einer meiner Techniker auf der *Dream Catcher*, er operiert den ROV*. Ich erwähnte abends mal, dass ich jemanden suche, der sich für eine solche Position eignet. Zu einem angemessenen Gehalt, versteht sich. Eine solche Person sollte natürlich zu uns passen, auch als Mensch. Na ja, und da hat Sören seinen Bruder Hakan ins Spiel gebracht.«

»Was qualifiziert Hakan denn hierfür, ich meine, hat er Erfahrung auf diesem Gebiet?«

»Hakan war lange beim norwegischen Militär. Aber was er dort genau gemacht hat, das soll er dir am besten selber erzählen. Ich habe jedenfalls das Gefühl, dass er die richtigen Kompetenzen hat«, deutete Omar vielsagend an.

Steiger nickte bestätigend, fragte aber nicht weiter. »Das ist gut, Omar. Hakan macht einen vernünftigen Eindruck. Ich denke, es ist am wichtigsten, dass Samira sich sicher fühlt.«

»Du sagst es.«

Dann wechselte Omar das Thema. »Und morgen fahren wir raus und schauen mal, ob wir unter Wasser etwas finden.«

Steiger räkelte sich. »Das war das Stichwort! Ich haue mich jetzt in die Falle«, gab er zurück.

»Du hast ja auch noch die Zeitverschiebung in den Knochen.«

»Tja, und so ganz nüchtern bin ich, glaube ich, auch nicht mehr …«

»Komm, wir zeigen dir dein Zimmer!«

»Ja, das ist eine gute Idee!«

Die Freunde standen auf und gingen eine schmale Steintreppe herunter, ein Geschoss tiefer.

»Sakrament! Das ist also das Gästezimmer?«

Samira lächelte. »Du kannst beim Duschen auf die Bucht schauen und morgens auf dem kleinen Balkon deine Trainingseinheiten machen.«

* Remotely Operated Vehicle – Tauchroboter, der an einer »Nabelschnur« (Kabel) von der Oberfläche aus gesteuert wird.

Omar grinste. *Ich selbst könnte mich beherrschen.*

Steiger zog die aus leichtem, dunkelblauem Spinnaker-Segeltuch gefertigten Vorhänge zur Seite. Samira hatte ein Faible für maritime Dinge.

Das Fenster seines Zimmers eröffnete ihm ebenfalls einen grandiosen Blick auf die tiefer gelegene Bucht. Über der Duschwanne war eine große Glasscheibe eingelassen.

Draußen auf dem Balkon führte eine Felsentreppe zu einer tiefer gelegenen, kurzen Pier aus massivem Bankirai-Holz. Dort zurrte der Tender, eine elegante dunkelgraue Fjord 36 Motoryacht, an ihren Festmacherleinen. Am Heck konnte Steiger den Namen *Wave Dancer II* ausmachen.

Steiger musste lächeln. Er erinnerte sich an die erste *Wave Dancer*, eine Bavaria Sport 400 Open. Omar hatte sie in Ägypten verkauft. Mit dem Boot hatte Omar seinerzeit ein deutsches Einsatzteam an Land gesetzt. Steiger, Wolff und einigen Kampfschwimmer-Kameraden war es damals gelungen, die Teilnehmer eines Nahost-Gipfeltreffens in letzter Sekunde vor einem grausamen Tod zu bewahren. Es war ein haarsträubendes Unternehmen gewesen. Die deutsche Marine hatte herbe Verluste hinnehmen müssen. Ein ganzes Boardingteam war ausgelöscht worden und auch die Kampfschwimmer hatten viele Tote zu beklagen gehabt. Letztendlich war es ihrer Disziplin und Erfahrung zu verdanken gewesen, dass sie es geschafft hatten, gegen die zahlenmäßig überlegenen Terroristen zu bestehen.

Während Steiger sich die Zähne putzte, dachte er über den anstehenden Urlaub nach. Seine Wunden waren fast alle verheilt. Nur die Narbe an seiner linken Seite schmerzte noch. Doch das würde schon werden.

Wer weiß, vielleicht hat der Sturm neulich ja wirklich etwas zutage gefördert.

Kurz vor dem Einschlafen wanderten Steigers Gedanken zu Omar und Samira und ihre herzliche Aufnahme in ihrem Feriendomizil. Dann versuchte er, sich die in den Fels gebaute Villa von der Seeseite aus vorzustellen. Seine Gedanken wanderten weiter und Bilder von Meghan O'Reilly und Rafaela mischten sich dazwischen. Hier in St. Thomas würde er sich ein wenig erholen.

35

Motoryacht *Sphynx*
Meer vor St. Thomas
Amerikanische Jungferninseln, Karibik

Von weitem betrachtet glich Omars *Sphynx*, eine Fjord 68*, eher einem Torpedo als einer Yacht. Der äußerst gerade Bug schnitt elegant wie ein Pfeil durch die Wellen. Überkommende Seen konnten über das gerade Teakdeck nach achtern ablaufen. Die Flybridge war dezent gehalten und als solche erst auf den zweiten Blick zu erkennen. Sie ermöglichte dem Rudergänger, die Yacht mit größerer Übersicht von oben zu steuern.

Der Raum unter Deck wurde effizient genutzt. Neben einer luxuriösen Eignerkabine verfügte die *Sphynx* über zwei weitere Doppelkabinen mit dazugehörigen Nasszellen. Eine Vielzahl durchdachter Details versprach Komfort, auch bei schwerstem Wetter. Die reichlich ausgestattete Kombüse war in edlem Holz ausgeführt.

Ein eigener Kompressor im Maschinenraum diente dem Befüllen von Taucherflaschen. Ferner existierten zwei Hi-Tec Unterwasserschlitten der Firma Rotinor und ein kleiner Kran aus Kohlefaser, der ein Zodiac-Schlauchboot ins Wasser lassen konnte. Die schweren MAN-Turbodiesel verliehen der Yacht eine maximale Geschwindigkeit von zweiunddreißig Knoten. Die *Sphynx* ließ keine Wünsche offen und war der Traum

* 68 Fuß entsprechen etwa 21 Metern Länge. Eine Fjord in dieser Größe existiert derzeit (noch) nicht.

jedes Motoryachtliebhabers. Und sie war der Ort, an dem Omar mit seiner Familie ungestört allein sein konnte.

»Mein lieber Omar, du hast definitiv zu viele Spielzeuge«, entfuhr es Steiger. Mit seinem Freund oben auf der Brücke der *Sphynx* auf das Meer hinauszufahren, machte ihm offensichtlich riesigen Spaß.

Omar lächelte bescheiden. »So habe ich Samira und die Kleinen immer in meiner Nähe, auch wenn ich auf der *Dream Catcher* arbeite.«

»Wir sind aber nicht mehr klein!«, erklang es von achtern. Felix hatte sich mit Samira im Schlepptau vorsichtig, stets eine Hand für das Schiff und eine für sich selbst, vom unteren Deck nach oben geschlichen. Seine SpongeBob-Baseballmütze trug er verkehrt herum.

»Dein Papa meinte ja auch *kurz* und nicht *klein*«, berichtigte Steiger und lächelte seinem Patenjungen zu. »Coole Mütze übrigens!«

»Die trägt er deshalb so, weil ihm die letzte *abhandengekommen* ist«, erklärte Omar ernst und zwinkerte seinem deutschen Freund zu.

»Es war sehr windig!«, protestierte Felix.

Steiger konnte sich ein Lächeln nicht verkneifen. »Und wo hast du deine Schwester gelassen?«

»Die ist in der Kombüse auf der *Dream Catcher.*«

»Soso, sie eifert wohl deiner Mutter nach, hm?«

Felix verzog das Gesicht. »Nein, sie ist da wegen Jean-Christophe …«

»Jean-Christophe ist unser Smut auf der *Dream Catcher.* Er ist gelernter Koch und stammt ursprünglich aus Toulon. Du kennst ihn noch nicht, glaube ich«, sagte Samira.

Omar erklärte dazu: »Seit Jean-Christophe den Kurzen beim Naschen in der Kombüse erwischt hat, ist Felix nicht gut auf ihn zu sprechen …«

Nach einer Weile Fahrt staunte Steiger nicht schlecht, als eine Art Hochseeschlepper langsam hinter einer kleinen Insel zum Vorschein kam. Das Schiff wirkte riesig.

»Voilà! Unser ganzer Stolz, die *Dream Catcher.*«

»Das ist ja ein Monster!«

»Wart's ab, bis du an Bord bist!«

»Was ist denn das für eine Farbe, Omar?«

»Mintgrün. Die Amerikaner nennen es Jade, gefällt sie dir nicht?«

»Ich dachte immer, diese Art Schiff wäre schwarz oder dunkelblau, aber ich schätze, hier passt es irgendwie hin.«

Omar grinste. »Die Rumpffarbe hat unsere Tochter Roya ausgesucht. Bei den Aufbauten habe ich mich dann mit grau durchgesetzt.«

»Ah ja, jetzt sehe ich es, es war vorher durch das Licht schwer zu erkennen.«

Professionell fuhr Omar das Anlegemanöver. Behutsam legte sich die *Sphynx* längsseits und drückte sich sanft in die ausgebrachten Fender. Über ihnen erhob sich der massive Rumpf der *Dream Catcher*. Obwohl sich die Brücke der *Sphynx* bereits vier Meter über der Wasseroberfläche befand, wirkte die schlanke Yacht im Vergleich zu dem massigen Bergungsschiff wie ein Beiboot.

Ein Fallreep aus gebürstetem Aluminium wurde herabgelassen. Steiger, Samira und Omar erklommen rasch die Stufen.

»Willkommen an Bord!«, erklang eine tiefe Stimme vom Deck des Schiffes. »Ich bin Kapitän Morten Harris, das ist mein erster Offizier, Curtis Thorpe.«

»Jan Steiger, angenehm!«

Die Männer schüttelten Hände. Selbst für Steigers Geschmack etwas zu fest.

»Hallooo Onkel Jan!«

»Hallo Roya! Na, wie geht es dir?«

»Gut! Bist du heute Abend auch bei uns zum Essen?«

Steiger schaute zu seinen Freunden. »Ich denke schon.«

»Mama, ich will gleich mal was versuchen. Jean-Christophe hat mir ein Rezept verraten.«

Samira schmunzelte. »Na dann …«

»Haben wir an Bord der *Sphynx* Mangos?«

»Haben wir.«

»Hilfst du mir in der Kombüse?«

»Gerne, mein Schatz!«

Zu Omar und Jan gewandt sagte Samira: »Bis später dann!«

Als Steiger vom Deck auf die *Sphynx* herabblickte, hatte Hakan bereits abgelegt und mit Samira und den Kindern eine nahegelegene Bucht angesteuert. Sie würden unweit der *Dream Catcher* in flacheren Gewässern ankern.

»Möchtest du unser Flaggschiff etwas näher kennenlernen?«

»Na klar!«

»Na, dann komm mal mit!«

Steiger folgte Harris und seinem ersten Offizier. Omar bildete das Schlusslicht.

Steiger bekam die komplette »Tour«.

Nach einer Weile schritten sie einen steilen Niedergang herunter.

»Achtung! Pass auf deinen Kopf auf!«, empfahl Harris, der deutlich kleiner war als Steiger.

»Hier befinden wir uns in der Operationszentrale oder OPZ, dem Nervenzentrum der *Dream Catcher*. Von hier aus kontrollieren wir unter anderem den Magnetometer, der uns dabei hilft, bestimmte Gegenstände unter Wasser zu lokalisieren.« Er wies auf einen großen Bildschirm an der Wand, der ein wirres Liniendiagramm anzeigte.

»Magnetometer?«

»Aber ja!«, antwortete Harris stolz.

»Wie funktioniert so ein Ding?«

Steiger hätte keine bessere Frage stellen können. Kapitän Harris war nun in seinem Element. »Das ist eine torpedoförmige Einheit, die wir an einem langen Kabel hinter uns herziehen. Ich zeige sie dir später.« Harris imitierte mit seinen beiden Händen ein Schiff, das über den Meeresgrund fährt. »Wenn der Magnetometer über ein eisenhaltiges Objekt fährt, registrieren seine Sensoren die Veränderung des Erdmagnetfeldes und zeichnen die Daten auf. Hier rufen wir sie ab. Mit dem Gerät können wir sogar Objekte von der Größe eines Schraubenziehers aufspüren. Mit Gold oder Silber funktioniert das leider nicht, da diese Metalle nicht magnetisch sind. Aber wir können beispielsweise Anker, Kanonenrohre, Beschläge, Kanonenkugeln oder andere Objekte lokalisieren.«

»Und wie tief zieht ihr den Magnetometer?«

»Am genauesten zeigt er an, wenn er sich drei, maximal vier Meter über dem Meeresgrund befindet. Wir fahren das Gebiet ähnlich wie beim Rasenmähen ab.«

»Also eine Art enges Z-Muster?«

»Das ist richtig.«

»Spannend!«

»Ja. Und bei entsprechenden Ausschlägen müssen wir diese natürlich überprüfen, indem wir sie abtauchen. Das ist sehr zeitaufwendig, aber eine andere Möglichkeit gibt es nicht«, erklärte Omar.

»Hier haben wir auch die Kontrolle über den ROV und über sämtliche Unterwasserkameras. Wetter, Wassertemperatur, Salzgehalt, Strömung, alle Daten, die für unsere Suchaktionen von Bedeutung sind, laufen hier auf. Die fertigen Analysen werden auch zu mir auf die Brücke weitergeleitet. Dann kann ich, in Absprache mit Omar, eine Entscheidung treffen.«

»Fahrt ihr denn die Suchmuster mit der *Dream Catcher*?«

»Nein, das wäre zu kostspielig. Dazu verwenden wir die kleineren Tender.«

»Aha!« Steiger ließ seinen Blick durch den Raum schweifen. Die OPZ war in etwa so groß wie ein überdimensioniertes Wohnzimmer. Er sah diverse Computer, Konsolen und Monitore. Eine größere Funkstation sowie mehrere Scanner und Drucker komplettierten das Bild.

»Tja, und nebenan befindet sich unser kleines Krankenhaus«, fuhr Omar fort.

»Krankenhaus?«

»Na ja, von der Größe her handelt es sich wohl eher um eine Krankenstation, aber aufgrund ihrer Ausstattung kann sie schon mit einer kleinen Klinik mithalten«, erklärte Harris.

»Wir haben uns etwas an eurem MERZ* orientiert«, ergänzte Omar.

Harris blickte von Omar zu Steiger. »Du bist Deutscher?«

Steiger nickte.

»Hörst dich aber an wie ein irischer Bootsmann, mit dem ich vor Jahren zur See gefahren bin.«

Steiger grinste. »Ich bin einige Jahre in Irland zur Schule gegangen.«

»Ich will dir mal was sagen, euer MERZ ist ein Ding, das haben nicht viele. Wir haben das nahezu kopiert und um ein nettes Gadget ergänzt ...«

Steiger war nun neugierig geworden.

»Kommt, wir schauen mal, ob unser Doc da ist.«

»Ich habe sie eben noch gesehen«, schaltete sich Thorpe ein, der die Konversation interessiert verfolgt hatte.

Sie betraten einen Raum mit weiß getünchten Wänden. Eine schlanke Frau in einem weißen Kittel begrüßte sie.

»Guten Morgen!«

»Morgen, Doc! Darf ich Ihnen meinen Freund Jan Steiger aus Berlin vorstellen? Er wird uns ein paar Wochen begleiten und unser Tauchteam verstärken.«

»Ah, ein Landsmann. Ich heiße Annette Berger. Herzlich willkommen!«

Steiger blickte in ein offenes Gesicht. Wache grün-graue Augen fixierten ihn aufmerksam, aber nicht unangenehm. Auf einer wohlgeformten schlanken Nase saß eine Lesebrille mit blauem Gestell. Ihre blonden Haare hatte sie zu einem Zopf gebunden.

»Sehr erfreut, vielen Dank, Doktor!«

»Tja, ich leite diese Station zusammen mit meinem Assistenten Karl. Er ist ausgebildeter Krankenpfleger und wird im

* Medizinisches Einsatz Rettungszentrum.

nächsten Jahr sein Medizinstudium an der Universität Heidelberg aufnehmen. Karl hat noch Urlaub und kommt erst morgen wieder an Bord.«

Steiger deutete auf eine Tür. »Befindet sich dahinter das, was ich vermute?«

»Eine Dekompressionskammer? Ja, in der Tat, und da sind wir auch sehr froh drüber. Bei ausgedehnten Operationen unter Wasser können immer Unfälle passieren. Wir berechnen die Tauchprofile natürlich stets sehr genau, aber es kann ja auch mal etwas schiefgehen …«

»Da haben Sie wohl recht, Frau Doktor.« Steiger war das Thema etwas unangenehm.

»Nennen Sie mich Annette oder einfach nur Doc, machen alle so!«

»Gerne, Doc! Sagen Sie, was ist eigentlich, wenn der Strom ausfällt und sich ein Taucher auf einer ›Kammerfahrt‹, also in einer künstlichen Dekompressionsphase befindet?«

»Eine berechtigte Frage. Hierfür haben wir zwei zusätzliche Notstromaggregate, also Dieselgeneratoren in diesem Deck. Sie erlauben uns, sämtliche Behandlungen, also nicht nur die in der Dekompressionskammer, weiter fortzuführen.«

»Unglaublich! Nur das Beste!«

»Tja, wenn es um die Sicherheit geht, macht Omar keine Kompromisse«, erklärte die Ärztin. »Er hat erkannt, dass die nächste Dekompressionskammer im Falle eines Unglücks oft weit entfernt ist. Und selbst wenn man über einen Hubschrauber verfügt, bedeutet das …«

»… dass der Patient lange einem niedrigeren Luftdruck ausgesetzt wird. Dadurch kann sich sein Zustand verschlechtern, weil der im Gewebe gelöste Stickstoff weiter ausperlt«, führte Steiger den Gedanken zu Ende.

Doktor Berger wirkte überrascht. »Sie kennen sich offenbar mit der Materie aus?«

»Jan ist einer der erfahrensten Taucher, die ich kenne, und er ist mit diversen Gasgemischen bestens vertraut. Eigentlich …«, mischte sich Omar ein und schaute zu Steiger hinüber. »Ich erinnere nur an deine Eskapaden in Sharm El Sheikh vor ein paar Jahren, Jan.«

Dr. Berger blickte etwas verwirrt von einem zum anderen. Höflich die letzte Bemerkung ignorierend, fuhr sie fort: »Jedenfalls ist mein Assistent Karl ebenfalls qualifiziert, Taucher dekompressionstechnisch zu behandeln und die Kammer zu bedienen.«

Steiger dankte der Ärztin für die Vorstellung ihres Fachbereiches und knuffte Omar in die Rippen.

»Ach Doc, wo ist denn unser Professor?«, wollte Omar wissen.

»Bertold? Den erwarten wir morgen zusammen mit Karl wieder an Bord. Er wollte für ein paar Tage in irgendwelchen Archiven stöbern, in London und Sevilla.«

»Ah ja, der Bücherwurm«, lästerte Harris. »Den Kauz könnt ihr später noch löchern. Kommt, wir zeigen unserem Gast mal den Rest des Schiffes.« Harris führte die kleine Gruppe weiter.

»Professor Bertold ist unser ›bordeigener Intellektueller‹ und erfüllt dankbar jedes Klischee«, erläuterte Omar.

Steiger gab sich seinen Gedanken hin. Sein Freund Omar hatte offenbar eine hochprofessionelle Firma gegründet, die nicht nur über eine außergewöhnliche Ausrüstung verfügte. Auch seine Mitarbeiter schienen allesamt qualifiziert und hochmotiviert.

Er wusste, dass Schatzsuche heute nicht mehr den romantischen Charme der sechziger Jahre hatte. Man fand nicht zufällig goldene Dublonen beim Schnorcheln und wurde über Nacht zum Millionär. Heutzutage war Schatzsuche harte, kalkulierte und oft auch langwierige Arbeit. Endlose Recherchen in dunklen Archiven förderten gelegentlich historische Texte zutage, die eine komplette Neuübersetzung erforderten. Da man die genauen geographischen Koordinaten selten kannte, mussten Schätzungen und Vergleiche vorgenommen werden. Erdbeben, Seebeben, Stürme und Strömungen taten ihr Übriges, den Meeresgrund zu verändern. Sie entfernten

Wracks vom Ort ihres Schicksals oder zerstreuten ihre Ladung. Große Gebiete mussten somit sorgfältig mit modernster Technologie abgesucht werden. Die oftmals langen und kostspieligen Aufenthalte auf hoher See stellten nicht nur Besatzung und Finanziers auf eine harte Probe. Sie mussten in aller Regel auch geheim gehalten oder kaschiert werden. Konkurrenzfirmen lauerten überall.

Im Falle einer erfolgreichen Bergung folgten häufig langwierige Auseinandersetzungen mit Heerscharen von Anwälten derjenigen Staaten, in deren Gewässern man die Wracks gefunden hatte. Befanden sich die Wracks außerhalb der Zwölf-Meilen-Zone, also in internationalen Gewässern, wurden die rechtlichen Fragen oft noch komplizierter. Alles in allem war die moderne Schatzsuche ein knochenhartes Geschäft, das viel Geduld erforderte.

Und Geld, um sich diese Geduld leisten zu können.

36

Eine kleine Insel
Nahe der Isla de Culebra
Puerto Rico
Karibik

Das seltsame Konstrukt, das aus dem sandigen Boden hervorragte, befand sich in der Nähe einer kleinen Lichtung. Aus der Luft war es nur schwer auszumachen. Zahlreiche Bäume verdeckten die Sicht von oben. Sonnenstrahlen durchdrangen die sich im Wind wiegenden Zweige und der Geruch von Nadelholz hing in der Luft.

»Was ihr hier seht, ist der Versuch, euch das Innenleben von *Steamer* näherzubringen.«

Anerkennendes Kopfnicken.

Ruhig und sachlich erklärte Nygard den Aufbau des Schiffes, das ihre Aufmerksamkeit für die nächsten Wochen voll und ganz beanspruchen sollte.

Der grobe Nachbau der Luxusyacht war in wesentlichen Teilen originalgetreu. Allerdings wirkte das Holzmodell unfertig. An unzähligen Stellen fehlte die Beplankung und man konnte von außen in den Rumpf hineinschauen. Auf das oberste Deck, die offene Brücke, hatte man verzichtet. Heck und Bug waren lediglich durch die Beschriftung voneinander zu unterscheiden. Außen hatte man offensichtlich altes Holz sowie Holzreste genommen und vielfach passten Teile nicht. Lücken klafften hier und dort. Aber insgesamt hatte man eine brauchbare Vorstellung davon, wie die Yacht im Original aussah.

Im Inneren des Modells waren dicke Sperrholzplatten verwendet worden. Mit Kreide waren Räume als *Messe, Steuerstand, Eignerkabine, Gästekabinen, Badezimmer, Proviantlast, Crewquartiere* und *Maschinenraum* beschriftet.

Nygard richtete sich an die Männer: »Also, wie unschwer zu erkennen, führen diese beiden Treppen von der unteren Badeplattform ein Deck höher auf dem Achterdeck zusammen. Bei gutem Wetter wird hier draußen gegessen. Von hier aus kommt man dann durch die Schiebetüren in die Messe, die bis zum Steuerstand reicht.«

Nygard kam sich einen Augenblick lang vor wie der Verkäufer auf einer Bootsmesse.

»Von dort geht es runter zu diversen Kabinen und rauf zum zweiten Oberdeck, wo sich ebenfalls Kabinen befinden. Und der Weg zur Brücke. Bei der Gelegenheit: Wenn wir funken und ihr Angaben zu eurer Position an Bord macht, dann wird jeder Raum mit Angabe des jeweiligen Decks durchgegeben. Also Erik meldet sich beispielsweise, wenn er in der Messe ist, mit ›Erik – erstes Deck, Messe‹, klar?«

Die Männer nickten.

»Wenn wir den Angriff timen, werden wir das alles im Detail einstudieren. Aber jetzt kommt noch ein ganz entscheidender Punkt. Wir haben nämlich bei dieser Yacht ein besonderes Problem.«

Die Männer blickten Nygard aufmerksam an.

»*Steamer* verfügt über einen sogenannten *Panic Room*, also über einen Schutzraum.«

Er ließ diese Worte auf seine Zuhörer wirken, bevor er fortfuhr. Einige produzierten ein anerkennendes Pfeifen.

»Dieser Schutzraum befindet sich genau hier.« Nygard führte die Männer durch die Messe zwei Niedergänge herunter. Jeder begab sich einmal in den Raum, der nicht größer war als ein durchschnittliches Schlafzimmer.

»Der Schutzraum liegt unter der Wasserlinie. Natürlich ist er absolut wasserdicht und energietechnisch autark. Er ist umgeben von Frisch- und Abwassertanks, das heißt, wir kommen nur von dieser Seite heran. Selbst wenn es uns gelänge, von einer anderen Seite den Raum freizulegen, die Panzerung ist überall gleich stark. Sollte die Yacht sinken, kann der Raum einem Druck von mindestens vierzig Atmosphären standhalten. Der Raum verfügt über zusätzliche Sauerstofftanks, jede Menge Kommunikationsmöglichkeiten und ein kleines Waffendepot. Er ist mit einer sicheren Verbindung zu Kameras ausgestattet, die im ganzen Schiff verteilt sind.«

»Vierzig Atmosphären entsprechen etwa dreihundertneunzig Meter Tiefe«, sagte Rhodes ein wenig beeindruckt vor sich hin.

Nygard hatte die Bemerkung gehört, ging aber nicht weiter darauf ein. »*Fred* und *Wilma* dürfen diesen Schutzraum in keinem Fall erreichen, aber auch sonst niemand! Ist das verstanden?«

Die Männer murmelten Zustimmung.

»Und was, wenn sie es schaffen? Könnten wir den Raum nicht gezielt aufsprengen?«, fragte Sanderson.

»Eine Sprengung wäre keine gute Lösung. Ich bin mir auch nicht sicher, wie viel Sprengstoff wir dazu benötigen würden. Nach unseren aktuellen Informationen über die Panzerung müssten wir vermutlich ein halbes oder ein ganzes Kilogramm Semtex einsetzen. Vielleicht mehr. Das gäbe neue Probleme, denn ohne Druckentlastungsflächen anderswo würden wir damit unter Umständen die gesamte Yacht versenken.«

Nygard machte eine Pause und führte den Gedanken fort: »Ein weiteres Problem käme hinzu: Angenommen, *Fred* und *Wilma* befänden sich in dem Raum und wir würden den Raum aufsprengen. Dann könnte es sein, dass sie die Explosion nicht überleben. Damit wären sie für uns wertlos und die Operation de facto gescheitert.«

»Weil ihr sie für ein saftiges Lösegeld verscherbeln wollt!«, ergänzte Sanderson.

Nygard blickte kurz zu Borg und Bulan und antwortete dann: »Du hast es erraten, Jake!«

Sanderson nickte selbstzufrieden, die Arme vor seinem mächtigen Brustkorb verschränkt.

»Sammelt hier einer Brownie Points?«, fragte Pearce leise.

»Sieht fast so aus …«, entgegnete Kendrick.

»Wer ist dieser Hulk eigentlich?«

»Navy SEAL, ehemals DEVGRU, hält sich für etwas ganz Besonderes.«

Nygard räusperte sich. »Falls es den Zielpersonen aber dennoch gelingen sollte, sich in dem Raum einzuschließen, müssen wir schnellstmöglich die Kommunikation nach draußen unterbrechen. Wir müssen verhindern, dass sie vom Schutzraum aus Hilfe anfordern oder Informationen zur Lage geben können.«

»Und wie soll das gehen? Wollt ihr in dem Fall doch noch sprengen?«

»Nein. Wir werden Spezialbohrer einsetzen.«

Die Männer konnten nicht folgen.

»Wir wissen genau, wo sämtliche Leitungen verlaufen, und haben Spezialbohrer, mit denen wir die internen Energie- und Kommunikationsstränge lahmlegen können.«

»Aber woher …«

Bulan trat nach vorne: »Wir haben die Informationen sozusagen direkt von dem Schlaukopf, der das ganze Ding konzipiert hat. Er weiß es nur bis heute nicht.« Bulan lachte kurz. »Eine simple USB-Kopie, ausgeführt von einer Fachkraft. Das war die beste Investition, auch wenn diese New Yorker Nutte sehr teuer war …«

»Ihr habt eure Hausaufgaben echt gemacht«, kommentierte einer.

Ein kleiner, stämmiger Mann mit Glatze meldete sich zu Wort. »Moin. Für alle, die mich noch nicht kennen, ich heiße Colin. Die Spezialbohrer sind bereits beschafft. Fehlt nur noch die Säure. Ansonsten alles kein Problem.«

»Ausgezeichnet. Vielleicht sagst du den anderen, was du vorher gemacht hast.«

»Ich war sieben Jahre bei den EODs*, bevor ich zu den Kommandos kam.«

»In Ordnung, dann berechne mal die Zeit, die wir dafür benötigen, und teile uns deine Ergebnisse mit, wenn du fertig bist. Bulan gibt dir Detailinformationen.«

Colin nickte. »In Ordnung!«

»Können *Fred* und *Wilma* die Ausrüstung im Raum denn überhaupt bedienen?«, wollte ein Mann namens Gus wissen, über dessen Gesicht sich eine lange Narbe zog.

»Wir müssen davon ausgehen. Der Raum ist unbedingt frei zu halten und die Ausrüstung sollte unbrauchbar gemacht werden.«

»Okay …«

»Gut, ich werde euch jetzt die übrigen Bereiche des Schiffes zeigen. Passt auf, wo ihr hintretet, wir haben teilweise Holzreste verwendet. Die begehbaren Bereiche sind alle mit Ruß oder mit Kreide gekennzeichnet. Wo keine Markierungen auf dem Boden sind, dort ist es nicht sicher, seinen Fuß hinzusetzen, klar? Wenn ihr irgendwo durchkracht und euch verletzt, gefährdet ihr durch euren Ausfall unter Umständen die gesamte Operation. Mehr brauche ich nicht zu sagen, schätze ich.«

Umsichtig folgten die Männer ihrem Instrukteur.

* Explosive Ordnance Disposal – Sprengstoffexperten.

37

Bergungsschiff *Dream Catcher*
Amerikanische Jungferninseln
Karibik

Die Sonne war vor einer Stunde aufgegangen. Ihre Strahlen durchdrangen vereinzelt noch die dichter werdenden Wolken, die über Nacht aufgezogen waren. Es war warm und feucht, das schwarze Zodiac-Schlauchboot zeigte Nässe vom letzten Regenschauer.

Curtis Thorpe hatte Omar und Steiger sowie die weiteren Taucher Sören und John mit dem Zodiac an jene Stelle gebracht, an der das Magnetometer gravierende Ausschläge verzeichnet hatte. Die Männer schwitzten in ihren schwarzen Taucheranzügen. Alle trugen ihre Tauchgeräte bereits auf dem Rücken, hatten Flossen an den Füßen und hielten ihre Masken in den Händen.

»Seid ihr soweit?«

Steiger spuckte in seine Tauchermaske, wusch sie mit Meerwasser aus und setzte sie auf. Er konnte es kaum erwarten, ins Wasser zu kommen. Er nahm seinen Lungenautomaten in den Mund und machte das OK-Zeichen. Sören und John taten es ihm nach. Omar bestätigte. Daraufhin ließen sich die Taucher nach hinten fallen.

Das Wasser war angenehm warm. Die Tiefe schimmerte hellblau und den weißen, wellenförmigen Sand des Meeresgrundes konnte man bereits nach einigen Metern ausmachen.

Steiger konnte sein Glück kaum fassen.

Schatzsuche in der Karibik. Ein Traum!

Omar gab die Richtung vor. Sie tauchten tiefer und tiefer, vorbei an einem kleineren Korallenriff – das Steiger sich bei einem normalen Tauchgang gerne näher angeschaut hätte.

Deswegen biste aber nicht hier!

Als sie auf zwanzig Metern angekommen waren, konnte Steiger den Grund deutlich erkennen. Zwei Meter tiefer wurde Omar langsamer und bedeutete der Gruppe, dass sie von nun an mit etwas Abstand parallel tauchen sollten. Sie schwammen zwanzig Minuten lang in eine Richtung, wendeten dann und nahmen den gleichen Weg zurück, allerdings um einige Meter versetzt. Irgendwo hier musste sich das Metall befinden, das die hochsensiblen Instrumente der *Dream Catcher* gemeldet hatten.

Sie scheuchten einen großen Stachelrochen auf, der sich im Sand eingegraben hatte und vermutlich auf Beute aus war. In seiner Ruhe gestört, schüttelte das anmutige Tier den Sand ab und entschwand mit wenigen eleganten Schlägen den neugierigen Blicken der Taucher.

Die Taucher arbeiteten hochkonzentriert. Sie schoben Metalldetektoren vor sich her, doch es schien, als hätten sie kein Glück. In Anbetracht ihrer langen Tauchzeit verwendeten alle Taucher Doppelpacks, also zwei durch eine absperrbare Brücke verbundene Taucherflaschen. Sie hatten den Tauchgang bei einer maximalen Tiefe von dreiundzwanzig Metern und ihrem Gasgemisch mit einer knappen Stunde berechnet.

Eine gute halbe Stunde waren sie bereits getaucht, als John eine Reaktion seines Metalldetektors meldete. Ruhig sammelten sich die Taucher und knieten sich in den hellen Sand. Tatsächlich, der Zeiger des Gerätes schlug deutlich aus. Erwartungsvoll schauten sich die Taucher an. Es galt nun, vorsichtig den Sand beiseite zu schaffen und den mutmaßlichen Gegenstand freizulegen.

Engagiert machten die Taucher sich an die Arbeit. John signalisierte ein Okay und die Männer schoben sachte den Sand von der Stelle. Langsam bildete sich eine größere Kuhle. Jetzt kam tatsächlich etwas dunkles Rundes zum Vorschein. Fieberhaft entfernten die Taucher weiter den Sand. Eine Wölbung wurde sichtbar. Sören war der Erste, der mit dem Kopf schüttelte. Hatte er schon etwas erkannt? Stück für Stück legten sie das massive Teil weiter frei. Sören sollte recht behalten. Sie hatten ein altes Ölfass gefunden.

Steiger hatte sich nichts vorgemacht. Schätze oder auch nur etwas halbwegs Bedeutendes fand man nicht alle Tage. Auch nicht mit der perfektesten Ausrüstung. Trotzdem fühlte er einen Anflug von Enttäuschung.

Schon aus Umweltschutzgründen hatten sie daraufhin alle Ölfässer, es waren insgesamt drei, geborgen. Zwei Fässer waren unbeschädigt gewesen und beinhalteten tatsächlich Reste von Altöl. Das dritte war leckgeschlagen. Vermutlich hatte es seinen Inhalt innerhalb von zwei Jahren, so alt wurden die Fässer von Thorpe anhand ihres Bewuchses geschätzt, über den Meeresgrund verteilt. Die beiden intakten Fässer würden sie entsorgen.

»Viele hätten die Fässer vermutlich wieder über Bord geworfen. Aber meine Familie und ich, wir leben hier. Mir liegen die Inseln sehr am Herzen.«

»Deswegen hast du bei den Locals ja auch einen Stein im Brett«, sagte Thorpe.

Steiger nickte. Er wusste um die Verunreinigung der Meere. War das Wasser tief genug, warfen die Menschen alles Mögliche über Bord. Motorräder, alte Autos, Chemieabfälle und sogar Dioxinfässer lagen auf dem Meeresgrund.

Und nicht nur das.

Auch Leichen von Menschen, die man für immer verschwinden lassen wollte, wurden versenkt. Ein Kollege aus dem Referat *Organisierte Kriminalität* hatte ihm einmal erzählt, dass die südamerikanischen Drogenkartelle Tote in Draht einrollten, wie man ihn für Vogelvolieren verwendete. Anschließend wurden sie mit einem Gewicht versenkt. Da die Fäulnisprozesse im menschlichen Körper Gase erzeugten, blähten sich Leichen normalerweise nach einiger Zeit auf, um anschließend an die Wasseroberfläche zu steigen. Durch das eng anliegende Geflecht konnte sich der Körper aber nicht weiten und das Gas entwich an den Stellen, an denen der feine Draht die Haut perforierte.

Steiger schauderte es dabei. *So etwas muss ich hier nicht unbedingt finden …*

Omar riss Steiger wieder aus seinen morbiden Gedanken. »Keine Sorge, Jan, wir werden noch viele Tauchgänge durchführen. Jetzt machen wir erst mal eine Pause und versuchen, den Stickstoff aus unserem System zu kriegen. Ach übrigens, Wasserflaschen gibt es in der Kombüse. Geh ruhig schon mal vor, ich komme gleich nach!«

In der Kombüse, ausgezeichnet! Wasser war jetzt genau das Richtige. Vielleicht war ja auch noch ein kleiner Snack drin …

38

Eine kleine Insel
Nahe der Isla de Culebra
Puerto Rico
Karibik

»Wir haben uns mal ein paar Gedanken gemacht.«

Trevor Kendrick, Mike Pearce, Wilbur Rhodes und Hank Rijkaard saßen im Saal des großen Blockhauses am Modell der Luxusyacht. Ihr Hauptaugenmerk galt den Propellern am Ende der Wellen. Am Modell hatten sie einen Durchmesser von etwa drei Zentimetern und strömten die beiden Ruderblätter exakt an. Borg und Nygard saßen den vier gegenüber und schienen ernsthaft interessiert. Wo sich Bulan befand, wusste keiner. Das war Kendrick und Pearce nur recht.

»Also, da ihr uns mit diesem Problem betraut habt, haben wir das Thema durchgesprochen. Jetzt wollten wir euch an einem möglichen Lösungsansatz teilhaben lassen«, sprach Kendrick für seine Kameraden. Der Engländer hatte sich als das Alphatier der Tauchergruppe bewährt.

Nygard und Borg nickten. »Dann mal los!«

»Also, bei den zwei Hauptantriebsaggregaten sollte es sich um zwei große Caterpillar Schiffsdiesel vom Typ C32 handeln. Die dürften knapp tausend Kilowatt haben, also rund 1.300 PS pro Maschine. Nicht unüblich bei einer Yacht, die technisch im High End Segment anzusiedeln ist. Wir haben mal überschlagen, wie dick solch ein Stahlkabel sein müsste und wie viel Kabellänge wir für einen der zwei Propeller benötigen würden. Um es kurz zu machen: Das können wir vergessen! Ganz abgesehen von der Notwendigkeit, beide Schiffsschrauben zu blockieren.«

»Aha. Und jetzt?«

»Jetzt präsentieren wir euch die einzige realistische Alternative«, erklärte Kendrick.

»Wir hören«, sagte Nygard.

»Wir waren unter Bulans Aufsicht im Internet und haben ein wenig recherchiert. Bei den Propellern dieser Yacht handelt es sich, wie schon vermutet, um eigene Anfertigungen der Firma Benetti. Die Propeller sind mit Spezialschrauben auf dem Wellenkopf, also dem Ende der Antriebswelle, befestigt. Sie sitzen äußerst fest auf der Welle, weil sie hydraulisch aufgepresst und erst dann festgeschraubt worden sind. Das heißt im Klartext, wir kriegen sie auch nicht ab.«

»Das wird ja immer besser ...« Borgs Gesicht begann, sich etwas zu röten.

»Immer mit der Ruhe!« Kendrick genoss es, seine Zuhörer zappeln zu lassen. »*Wir* kriegen sie zwar nicht runter, aber *Steamer* schon.«

»Ich gebe zu, ich kann nicht folgen ...«, sagte Nygard.

Borg runzelte die Stirn, schwieg aber.

»Nachdem wir sämtliche Schrauben, die die Propeller auf dem Wellenkopf fixieren, unter Wasser gelöst haben – ach ja, dazu benötigen wir übrigens einen wasserdichten Hochleistungs-Akkuschrauber, am besten einen von HILTI.«

»So etwas gibt es?«

»Ja, tatsächlich, ist aber nicht ganz billig. Also, nachdem die Schrauben gelöst wurden, brauchen wir gar nicht erst zu versuchen, mit Brecheisen einen Spalt zwischen Schraube und Welle zu schaffen. Das wäre übrigens auch zu laut. Schall wandert unter Wasser sehr schnell und sehr weit. Nein, wir haben einen anderen Plan ...«

»Okay?«

Kendrick legte seinen Zuhörern jetzt in aller Ruhe ihren ausgearbeiteten Plan dar. Als er geendet hatte, lächelte er bescheiden.

»Und dann?«, wollte Borg wissen.

»Dann warten wir einfach, bis jemand die Maschinen anwirft.«

»Wieso denn das?« Nygard verstand überhaupt nichts mehr.

»Na, weil dann die Propeller durchdrehen«, erklärte Rhodes die eigentliche Pointe des Plans. »Dann fallen die Propeller ab und sinken auf den Grund.«

Für eine kurze Zeit herrschte Stille.

»Das wäre ja fast genial«, bemerkte Nygard. »Wenn es so tatsächlich funktioniert.«

»Es wird funktionieren«, sagte Kendrick gelassen.

»Na hoffentlich! Wenn *Steamer* es schafft, zu verlegen, dann habt ihr die ganze Operation gefährdet«, mischte sich Bulan ein, der auf einmal hinter ihnen stand.

Die Männer drehten sich um. »Dazu wird es nicht kommen.«

»Gut. Ich nehme euch beim Wort. Dann werden wir das so machen«, signalisierte Nygard Zustimmung.

»Wie bekommt ihr euer Werkzeug?«, wollte Borg wissen.

»Das bestellen wir im Internet und lassen es an eine Adresse in der Stadt auf Culebra liefern«, erklärte Pearce.

Nygard und Borg schienen damit zufrieden. Zumindest hatte Borg seine normale Gesichtsfarbe wiedererlangt. Sie verließen mit Bulan den Raum.

Die vier Taucher sahen sich an.

Rijkaard, der mit einunddreißig Jahren der Jüngste von ihnen war, richtete seine Frage an Kendrick und Rhodes: »Und ihr seid ganz sicher, dass das so klappt?«

»Nein«, antwortete Kendrick.

Pearce blickte ungläubig drein. »Aber …«

»Sagen wir: Ich bin mir ziemlich sicher!« Kendrick grinste. Pearce und Rijkaard schüttelten anerkennend die Köpfe.

»… und wenn wir uns nicht sicher wären, würden wir es diesem Bulan bestimmt nicht auf die Nase binden«, ergänzte Rhodes leise.

»Da bin ich ganz bei dir«, sagte Pearce.

»Der Typ ist echt das Letzte!«

»Das nützt uns aber nichts, er ist Teil der Führung und wir haben uns zu diesem Ding entschlossen und ziehen das jetzt auch durch!«

»Erzähl mal, Wilbur, wie kommt es, dass du dich so gut auskennst mit solchen Sachen?«, wollte Kendrick wissen. »Von dir kann man ja noch etwas lernen.«

»Bevor ich zu den Marines ging, habe ich lange an Motoren rumgeschraubt. Ein guter Kumpel von mir ist bei einer Werft und ich habe ihm an den Wochenenden oft geholfen, wenn sie Hilfe brauchten, um Aufträge fertigzustellen. Man kann viel lernen, wenn man einem erfahrenen Vormann über die Schulter schaut.« Rhodes neigte den Kopf, als warte er auf Bestätigung.

»Nicht schlecht …«, kommentierte Kendrick.

»Abwarten …«, mahnte Rijkaard.

Damit erhoben sich die vier und schoben die Stühle an den Tisch.

»Sagte Nygard nicht, wir können trainieren, wann wir wollen?«

»Das war dieser Hüne, Erik Borg.«

»Wer auch immer, dann lasst uns doch mal die Kreislaufgeräte testen.«

»Na dann los, wir treffen uns in zehn Minuten am Strand!«

39

Bergungsschiff *Dream Catcher*
Amerikanische Jungferninseln
Karibik

Natürlich war es nicht bei ein paar Gläsern Wasser und einem Sandwich geblieben. Steiger hatte sich nach einem Kombüsenplausch mit Jean-Christophe gleich eine Portion Spaghetti mit Meeresfrüchten genehmigt und sich danach in der Messe auf einer der langen Bänke hingelegt. Das unmittelbar eingetretene Suppenkoma hatte dafür gesorgt, dass er eine knappe Stunde geschlafen hatte.

Bis Omar ihn weckte.

»Hier steckst du also! Das hättest du bequemer haben können. Wir haben ja auch Kojen an Bord …« Omar lachte.

Steiger reckte sich verschlafen. »Hey Omar, och geht schon, alles bestens!«

Steiger massierte seinen tauben linken Oberarm und fühlte sich reichlich verpennt. Offenbar war er immer noch nicht ganz in der neuen Zeitzone angekommen.

»Lust auf einen Tauchgang?«

»Selbstredend!« Steiger war jetzt wach.

Ein Deck tiefer und eine halbe Stunde später waren die Taucher schon wieder umgezogen. Sie ließen sich mit dem Divelift in Zweierteams hinunter zur Wasseroberfläche bringen.

Der Divelift war eine Art Aufzug. Der Taucher stand auf einem zwei Quadratmeter großem Drahtgitter, das sich mittels einer Hydraulik ins Meer absenken ließ. Die Taucher waren je nach vorherrschenden Temperaturen und Aufgaben mit schwerem Atemgerät und Ausrüstung ausgestattet. Damit war jede Bewegung an Deck anstrengend, umständlich und bei Seegang auch nicht ganz ungefährlich. Der Divelift war in die Bordwand an Steuerbordseite eingelassen. So waren die Taucher vor Seegang oder am Rumpf entlanglaufenden Wellen geschützt.

Der Wind hatte wieder aufgebrist und auf den Wellenkämmen hatten sich kleine weiße Schaumkronen gebildet. Auf der riesigen *Dream Catcher* war vom Seegang jedoch nichts zu spüren. Sie lag fest vor Anker und wirkte, als könne ihr nichts etwas anhaben. Unten im Zodiac sah die Sache anders aus. Curtis Thorpe war damit beschäftigt, das Schlauchboot kontrolliert gegen die Bordwand zu drücken, um den Tauchern den Einstieg so leicht wie möglich zu machen.

»Ich fahre euch jetzt zu einer anderen Stelle.«

Auch Sören und John waren wieder mit von der Partie.

»Hier ist es nicht ganz so tief wie heute Vormittag«, erklärte Omar.

»Strömung?«, fragte Steiger.

»Es könnte eine leichte Strömung aus Ost oder Nordost geben. Wir passen unsere Suche an. Es hat keinen Zweck, das Suchmuster gegen die Strömung durchzusetzen. Die maximale Tiefe liegt bei zwanzig Metern, dann seid ihr auf Grund. Wir haben hier überwiegend sandiges Gebiet, zum Ende des Tauchgangs leicht ansteigend auf achtzehn bis fünfzehn Meter. Das liegt an der Insel dort hinten. Für die Austauchphase gibt es am Ende ein kleines Riff mit Korallentürmen. Dort wird es mit etwa dreizehn Metern ziemlich flach.«

»Ein sehr ausführliches Briefing, Omar! Diese Ehre verdanken wir wohl unserem Gast aus Deutschland …«, stichelte Sören.

Omar zog die Augenbrauen zusammen und versuchte, streng zu gucken.

»Wenn wir tauchen, heißt es sonst immer nur: ›maximale Tiefe soundso und dann ab dafür und Augen auf!‹«, pflichtete John seinem Crewkameraden Sören bei.

»Dann also: ab dafür und Augen auf!«, rief Omar gutmütig.

Im Nu hatten sich die vier Taucher unter Wasser versammelt. Binnen Minuten waren sie am Grund. Das Surren hoch über ihren Köpfen signalisierte, dass Thorpe sich mit dem Schlauchboot verabschiedet hatte.

Und wieder heißt es, Muscheln zählen, dachte Steiger.

40

Eine kleine Insel
Nahe der Isla de Culebra
Puerto Rico
Karibik

Die designierten Taucher Kendrick, Pearce, Rijkaard und Rhodes hatten soeben einen einstündigen Tauchgang beendet. Nun diskutierten sie die Vorteile des neuen Gurtsystems der Kreislaufgeräte.

»Deutsche Ingenieurskunst, da ist echt etwas dran.«

»War für uns zu teuer, wir sind mit älteren englischen CCUBAs getaucht«, sagte Rhodes. Er neigte seinen Kopf zur Seite und bemühte sich, mit dem kleinen Finger das restliche Wasser aus seinem rechten Ohr zu bekommen.

»Tja, wir hatten in Australien immerhin das Vorgängermodell von Dräger.«

»Sagt mal, Leute, was glaubt ihr eigentlich, wer unsere … also wer sich hinter *Fred* verbirgt?«, lenkte Pearce wieder einmal das Gesprächsthema auf die Hintergründe der Aktion.

»Das ist mir egal. Ich brauche die Kohle, um meine Ex-Frau auszuzahlen und dann haue ich ab nach Namibia«, sagte Rijkaard.

»Keine Ahnung. Möglicherweise ein reicher Industrieller, oder ein russischer Oligarch«, nahm Kendrick den Faden auf.

»Oder ein Kartellboss. Die mexikanischen Drogenbarone sollen sich in der Karibik auch ganz wohl fühlen, was man so hört …«

»Das würde erklären, warum für unsere Auftraggeber Geld keine Rolle spielt.«

»Und dass sie derart großen Wert auf Geheimhaltung legen. Immerhin haben sie alle Handys, Tablets und Notebooks eingesammelt. Keine Kommunikation bis nach dem Auftrag.«

»Stimmt, da hatte ich gar nicht mehr dran gedacht.«

»Die scheinen echt Schiss zu haben, dass die Operation irgendwie vorher durchsickert.«

»Glaube ich auch. Ganz ehrlich? Solche Sicherheitsvorkehrungen wie auf *Steamer* kann sich kein normaler Mensch leisten.«

»Stimmt, obwohl wir von Russen gehört haben, die SAMs* auf ihren Superyachten haben.«

»Ja, man hört so einiges. Ein alter Freund vom britischen SAS-Regiment, wir waren zusammen zwei Jahre im Oman, fährt aktuell in Zivil auf der *Queen Mary 2*. Die ist wohl auch ganz nett ausgestattet …«, merkte Rhodes an.

»Wie auch immer. Ich schätze, wir müssen uns mal um unsere Ausrüstung kümmern. Ach, und Borg meinte, unser bestelltes Werkzeug käme demnächst an.«

»Dann sind unsere Tage hier wohl gezählt.«

»Ja. Mir reicht's auch. Ich kenne *Steamer* mittlerweile in- und auswendig!«

»Dito! Morgen ist Abschlussbriefing.«

Kendrick drehte sich noch einmal um, in Richtung Meer. Es war Nachmittag und noch immer stach die Sonne. Malerisch lag die Bucht mit ihrem türkisblauen Wasser vor ihnen, kleine Wellen liefen sanft auf den sandigen Strand auf.

Plötzlich bemerkte Kendrick den Bug einer Motoryacht, die langsam um das Kap herum in die Bucht manövrierte.

»Hey, seht mal da drüben!«

* Surface to Air Missiles – Luftabwehrraketen.

Der dunkelblaue Rumpf wurde nun deutlich sichtbar. Rijkaard pfiff durch die Zähne.

»Eine *Sunseeker*. Sieht aus wie das neue Modell, etwa vierzig Fuß, würde ich schätzen«, kommentierte Pearce.

»Man könnte meinen, du hast Erfahrung mit solchen Yachten …«

»Hab mal Personenschutz für einen saudischen Prinzen gemacht. Der langweiligste Job meines Lebens. Aber gut bezahlt. Der Prinz hatte so eine Yacht allerdings als Beiboot …«

»Wieso fährt der Typ denn so langsam?«

»Der hat vermutlich Respekt vor den Riffen. Kennt wahrscheinlich die Bucht nicht so genau oder misstraut seinem Echolot«, stellte Rhodes sachlich fest.

»Die Yacht sollten wir Nygard melden«, sagte Rijkaard.

»Das ist nicht nötig«, erklang plötzlich eine bekannte schneidende Stimme. »Wir erwarten das Boot bereits seit einer halben Stunde.«

Bulan war unbemerkt hinter ihnen aufgetaucht. Die Taucher sahen sich fragend an. Sie wussten immer noch nicht, wie sie dieses Mitglied der Führung einschätzen sollten.

»Wie klappt es mit dem Tauchen?«, wollte Bulan wissen.

Bulan macht Konversation, du ahnst es nicht, dachte Kendrick. »Bestens, wir sind mit den Geräten vertraut. Damit kann man arbeiten.«

»Na also! Schließlich sind wir ja nicht zum Spaß hier«, entgegnete Bulan und ließ die Männer stehen. Als er außer Hörweite war, sagte Pearce:

»Undurchsichtiger Kerl. Bisher provoziert er ja nur. Den würde ich gerne mal richtig ausbremsen, bevor es mit ihm schlimmer wird!«

»Verständlich, aber momentan nicht wirklich hilfreich«, bemerkte Kendrick trocken.

»Ich frage mich sowieso, wie das ganze Ding laufen soll.«

»Wie meinst du das, Matt?«

»Schau dich doch um! Wir sind schon jetzt in Gruppen gespalten. Teamwork sieht anders aus. Am Tag X geht es um die

Haut von jedem Einzelnen von uns. Ehrlich gesagt traue ich schon diesem Jake Sanderson nicht über den Weg. Der Typ hat mehr Ego, als für uns alle gesund ist.«

»Ja, und dieser Bulan …«

»Wir müssen uns blind auf die anderen verlassen können, so wie früher, als wir noch in den Streitkräften waren. Da habe ich mir solche Gedanken nicht gemacht.«

Kendrick breitete seine Hände aus. »Männer, ich verstehe eure Sorgen. Aber das bringt uns jetzt auch nicht weiter. Kommt, die werden uns die Crew von dem Kahn bestimmt nachher noch vorstellen. Sehen wir zu, dass wir uns um die Ausrüstungen kümmern.«

41

Bergungsschiff *Dream Catcher*
Amerikanische Jungferninseln
Karibik

Die nasse Schwerelosigkeit war Steigers Welt. Er erfreute sich immer wieder an den Korallenformationen mit ihren bewachsenen Riffspalten und Bögen. Auch wenn sie heute wieder nichts finden sollten, lohnte sich die Zeit unter Wasser immer. Bereits seit Beginn des Tauchgangs wurden sie von einer großen Suppenschildkröte neugierig begleitet. Mal entschwand das Tier im diffusen Blau, mal traf es von einer anderen Seite wieder auf die Schatzsucher. Die Taucher freuten sich über seine Gesellschaft.

Sie waren jetzt auf achtzehn Meter Tiefe abgetaucht. Das Wasser war angenehm warm und Steigers Tauchcomputer zeigte eine große Einunddreißig an. Das bedeutete, dass er noch einunddreißig Minuten auf dieser Tiefe verweilen konnte, ohne einen Dekompressionsstopp einlegen zu müssen. Er achtete auf den Meeresgrund und bemühte sich, konzentriert zu bleiben – als ob die Wahrscheinlichkeit etwas zu finden davon abhinge, wie angestrengt man die Augen aufhielt. Doch es gab nichts zu sehen, außer Unmengen an feinem weißem Sand, der sich wellenartig über den Grund erstreckte. Steiger bemerkte auch kleinere Riffe, bei denen die Korallenbleiche bereits eingesetzt hatte. In Richtung Osten wurde es tiefer, der Meeresgrund fiel jäh ab und damit wurde es auch deutlich dunkler.

Morgen würden sie weiter östlich tauchen, hatte Omar gesagt. Sie hatten bereits um hundertachtzig Grad gewendet, als Steiger einen Pilotfisch, eine sogenannte Remora, bemerkte.

Bei deiner Größe kann ich mir ausmalen, wie groß dein Wirtstier sein muss …

Steiger hatte schon Bekanntschaft mit Pilotfischen gemacht. Mit ihren am flachen Kopf angesiedelten Saugnäpfen saugten sie sich bevorzugt an der Unterseite von Haien oder Rochen fest, um von deren Abfällen zu profitieren.

Omar hatte den Parasiten nun auch bemerkt. Er signalisierte mit seiner linken Hand über dem Kopf eine Hairückenflosse und malte mit der anderen ein Fragezeichen ins Wasser. Sören und John tauschten daraufhin unsichere Blicke aus. Steiger musste innerlich grinsen. Haie hatten einen schlechten Leumund, den sie so nicht verdient hatten. Dieser Ruf war trashigen Kinofilmen und reißerischer Berichterstattung der Medien geschuldet. Steiger war in seinem Leben schon unzähligen Haien begegnet und lebte noch mit allen Gliedmaßen an ihrem Platz. Gleichwohl wusste er, dass heutzutage überall sogenannte *Shark Dives* mit Fütterungen durchgeführt wurden, um Touristen das Geld aus der Tasche zu ziehen. Man verkaufte eine Sensation, die im Grunde keine war. Eigentlich musste jedem klar sein, dass diese Fütterungen das natürliche Verhalten der Tiere veränderten. Sie verloren die natürliche Scheu vor dem Menschen, den sie häufig nicht einordnen konnten. Haie waren nicht zuletzt wilde Tiere, die es zu respektieren galt und die man nicht reizen sollte. Niemals.

Omar gab das Signal zum Auftauchen. Ab jetzt konnte sich jeder austarieren und im flachen Wasser *spielen*. Sören und John sahen sich noch immer respektvoll nach dem unbekannten Wirtstier der großen Remora um. Währenddessen stellte Steiger sich auf den Kopf und ließ sich an eine Riffkante sacken, in der Hoffnung, einen Hummer für das Abendessen zu erspähen. Er befand sich unweit der anderen auf knapp fünfzehn Meter Tiefe, als ihm eine größere graue Schwanzflosse in einer Riffspalte auffiel.

Was haben wir denn da?

Behutsam atmete er aus und lies sich noch etwas absinken. Er drehte sich wieder um und kniete nun vorsichtig auf dem sandigen Meeresgrund. Dabei hatte er den Oberkörper leicht nach vorne gebeugt, um besser sehen zu können. Zusammengerollt ruhte vor ihm ein etwa drei Meter langer Zitronenhai.

Nur schauen, nicht anfassen, dachte er und freute sich, dass man die Kiemenatmung des Tieres deutlich wie selten sehen konnte.

Und wo ist jetzt meine Kamera? Verdammte Axt!

Er wollte sich gerade umdrehen und den anderen von seinem Fund berichten, als das Tier seine Präsenz wahrgenommen zu haben schien. Als er wieder unter das Riff spähte, war lediglich aufgewirbelter Sand zu sehen, der unendlich langsam wieder auf den Grund sank. Das Tier, in seiner Mittagsruhe offenbar gestört, hatte sich indigniert einen anderen Ort gesucht und war durch einen Spalt aus der kleinen Höhle entschwunden.

Für den Bruchteil einer Sekunde hatte Steiger seinen gestiegenen Puls bemerkt. Er hatte bereits kehrtgemacht, um den anderen zu folgen, als seine Augen im hinteren Teil der Höhle etwas wahrnahmen, das dort überhaupt nicht hingehörte.

Du ahnst es nicht …

Nachdem sich der Sand wieder gesetzt hatte, war auf dem Meeresboden ein Objekt zu erkennen. Die Umrisse waren symmetrisch, nahezu rund. Zu gleichmäßig für einen Stein oder ein Stück Koralle.

Er sah auf seinen Computer.

Zwölf Minuten?

Wunderbar!

Luftvorrat?

Reichlich!

Mit routinierten Handgriffen löste Steiger den Schrittgurt seiner Tarierweste und stülpte sein Tauchgerät nach vorne über den Kopf. Anders würde er nicht in die Spalte hineinpassen. Langsam schob er sein Doppelpack vor sich her und schwamm vorsichtig tarierend durch die breite und flache Spalte unter das Riff. Die Grotte weitete sich nach innen.

Da hinten!

Mit der rechten Hand bewegte er sein Rig vorsichtig nach rechts, um den Lungenautomaten nicht aus dem Mund zu verlieren. Mit der linken Hand versuchte er, nach dem Fund zu greifen.

Mist! So komme ich nicht dran …

Er nahm seinen Schnorchel vom Bein und benutzte ihn als Verlängerung. Langsam zog er das Stück mit dem gekrümmten Mundstück seines Schnorchels zu sich heran.

Eine Münze?

Das Ding war fast ein Klumpen und schien zunächst rund, stellte sich bei genauer Betrachtung aber als mehreckig heraus. Es wog relativ schwer in seiner Hand. Steiger konnte jedoch nichts darauf erkennen. Der Gegenstand war mit harten Korallen überwachsen. Wenn es eine Münze war, dann war der Goldanteil vermutlich recht hoch, sonst hätte sie sich längst aufgelöst. Steiger dachte nach und brach vorsichtig einige der Korallenstücke ab, so gut es unter Wasser ging. An einer Stelle kam stumpfes Metall zum Vorschein.

Das sieht doch nach was aus! Den Rest werden sie an Bord freilegen.

Die anderen Taucher hatten über dem Eingang der Höhle auf ihn gewartet. Mit Blick auf die Uhr war Omar schon versucht gewesen, seinen Freund an den Flossen aus der Höhle heraus zu ziehen.

Als Steiger ohne Maske an ihm vorbei auftauchte und ihm ein Auge kniff, spürte Omar einen Anflug von Ärger in sich aufsteigen.

Steiger hatte seine Maske bald wieder aufgezogen, ausgeblasen und machte auf fünf Meter Tiefe einen Sicherheitsstopp. Ganz nach Vorschrift. Omar schaute sichtlich genervt, Sören und John waren bereits aufgetaucht. Dann nahm Steiger endlich Omars Hand und drückte ihm seinen Fund hinein. Doch Omar begriff erst mal gar nichts. Verwirrung sprach aus seinen Gesichtszügen. Dann jedoch weiteten sich seine Augen. Er strahlte breit und Luft begann aus seinem Lungenautomaten zu quellen. Steiger konnte sehen, wie seinem Freund rechts und links das Wasser in die Tauchermaske lief. Vor lauter Lachen und Ausatmen sackte Omar etwas tiefer. Er umarmte Steiger und gab ihm die Münze zurück.

Als sie auftauchten, bliesen sie an der Oberfläche ihre Tarierwesten auf und nahmen ihre Masken ab. Die Sonne stand jetzt tiefer und ihre grellen Strahlen auf der Wasseroberfläche blendeten.

Curtis Thorpe stand an der Steuerkonsole des Schlauchbootes und fragte lässig: »Na? Haben die Herren ihren Tauchgang dann auch endlich beendet? Wir haben uns schon gefragt, ob ihr vielleicht die Oberfläche nicht gefunden habt …«

»Bei denen muss man Geduld haben«, sagte ein anderer, »denn die Herren sind nicht mehr so rüstig wie früher, sie brauchen für alles etwas länger.«

»Mirko!«, entfuhr es Steiger, der entspannt im Wasser hing. »Haben sie dich wieder nach Hause gelassen?«

»Ja endlich, im Gegensatz zu euch habe ich hart gearbeitet!«

»Pah!«, sagte Steiger und warf ihm gezielt den Klumpen zu, als wolle er ihn damit abschießen. Wolff fing ihn geschickt mit der linken Hand vor seinem Körper ab. Stolz, elegant pariert zu haben, realisierte er nicht gleich, was für ein Projektil sein Freund ihm da entgegengeschleudert hatte. Dann dämmerte es ihm.

»Ist nicht wahr!«

Der Fund hatte nun auch Curtis Thorpe, John und Sören auf den Plan gerufen. Sie scharten sich um Wolff, der ihn noch immer neugierig betrachtete.

Omar waren Freude und auch Erleichterung deutlich anzusehen. »Wir sind hier richtig, Jan. Ich habe es gewusst, nun müssen wir nur die Augen offen halten, morgen kommen wir wieder. Aber heute Abend trinken wir erst mal einen auf deinen Fund!«

42

Eine kleine Insel
Nahe der Isla de Culebra
Puerto Rico
Karibik

Die Männer hatten sich einmal mehr versammelt. Bulan stand vor der Mannschaft und schaute sie ernst an.

»Morgen Vormittag ist die große Abschlussübung. Das letzte Mal. Dann muss alles sitzen! Am Nachmittag gegen 04:00 Uhr setzen wir uns ab. Das Holzmodell von *Steamer* werden wir gemeinsam auseinandernehmen und anschließend verbrennen. Natürlich, ohne dass das Feuer auf den Wald übergreift. Wir wollen hier keine Aufmerksamkeit. Wenn alle Spuren beseitigt sind, werden wir ins Operationsgebiet verlegen. Ist das soweit verstanden?«

Aus der Runde drang verhaltene Zustimmung.

Nygard richtete das Wort noch einmal an die Männer: »Denkt daran, ist der Auftrag erst einmal durchgeführt, zerstreuen wir uns in alle Winde. Dann ist Schluss. Natürlich kennt ihr uns nicht und wart auch nie hier. Dieser Auftrag unterscheidet sich nur in einem von dem, was ihr euer Leben lang gemacht habt: Ihr bekommt dafür den absoluten ›Platz an der Sonne‹ von uns.«

Einzelne Männer lachten, andere murmelten etwas vor sich hin. »Gibt es von eurer Seite noch irgendwelche Fragen?«

Pearce überlegte kurz, besann sich dann aber und schwieg. Die übrigen Männer schüttelten die Köpfe.

»Gut. Wegtreten!«

43

Motoryacht *Sphynx*
Amerikanische Jungferninseln
Karibik

»Nimmst du mich jetzt mit?« Felix Hussein schaute keck aus dem Schott des Niedergangs. Er kletterte langsam herauf und stand nun vor seinem heimlichen Vorbild. Erwartungsvoll blickte er zu Steiger hoch.

»Na klar, aber nicht vor dem Essen«, sagte Steiger streng.

»Och, warum denn nicht?«

»Weil deine Mama uns vermutlich hungern lässt, wenn wir zu spät kommen. Du weißt doch, wie sehr sie auf Pünktlichkeit achtet. Und auf …«

»FELIX!«, schallte es schon aus dem Niedergang.

»Ich bin hier!«

»Wo ist hier?«

»Wir sind auf dem Achterdeck, Samira!«

Samiras leicht geröteter Kopf schaute hervor. »Wie oft habe ich dir schon gesagt, du sollst den Hebel wieder umlegen, wenn du auf die Toilette gegangen bist und abgepumpt hast. Sonst gibt das hier eine Riesensauerei!«

»Was ist denn los?«, rief Omar von der Brücke herab.

»Dein Sohn hat, gelinde gesagt, die Nasszelle unter Wasser

gesetzt! Mit Hilfe der Technik. Das ist jetzt bereits das zweite Mal!«

Felix hob seine Hände an seinen Kopf. »Ich hab's vergessen, Mama, ehrlich! Es tut mir leid!«

»Das geht so nicht, junger Mann! Wenn das noch mal vorkommt, kannst du die Ferien bei den Delphinen im Clearwater Aquarium vergessen!« Samiras Ärger war in Anbetracht der unschönen Arbeit, die sie soeben hatte verrichten müssen, nicht verwunderlich.

In der Hoffnung auf Milde blickte Felix nach oben in Richtung Brücke, wo sein Vater das Schiff steuerte.

»Felix, hör auf deine Mutter, wenn sie dir etwas sagt! Keine Diskussion!«

Niedergeschlagen ließ sich Felix neben Steiger in die Sitzpolster auf dem Achterdeck fallen. »Oller Hebel, so 'ne blöde Erfindung! Meinst du, sie bauen irgendwann Klos ohne Hebel? Oder muss ich das immer machen?«

Steiger bemühte sich, ernst zu bleiben. »Gewöhn dich lieber dran, Felix. Abwasserventile sind keine Einbahnstraße. Du musst den Hebel schließen, sonst kann das ganze Schiff untergehen. Von der Ferkelei mal ganz abgesehen.«

»Mit dem Blackshadow fahren wir dann wohl jetzt nicht, oder?«

Steiger schüttelte den Kopf. »Im Moment keine gute Idee.«

Felix verzog den Mund. »Das ist unfair.«

»Warten wir es ab, wenn du dich jetzt vernünftig benimmst, können wir vielleicht später mal eine Runde drehen.«

»Echt?«

»Mal sehen. Aber pass auf, wenn du die Toilette bedienst, und wenn du dir nicht sicher bist, dann ruf einfach nach einem von uns! Klar?«

»Klaro!«

»Na also.«

Von der Brücke erklang Omars Stimme: »Schaut mal, wie gefällt euch das hier?«

Behutsam hatte Omar die Yacht in eine Bucht gesteuert.

Ein weißer Sandstrand säumte das Ufer, dahinter wucherten üppige Palmen. Am hinteren Rand der Bucht erschienen mehrere kleinere Strandbungalows eines Luxushotels.

»Wir halten uns westlich, weit von dem Resort entfernt. Die Bucht ist groß und tief genug, und wir wollen ja noch baden«, erklärte er.

»Ich bin hier übrigens auch gleich fertig!«, kam es von unten. Der Hauch eines Vorwurfs war nicht zu überhören.

Omar stoppte die Yacht auf und ließ den mächtigen Anker fallen. Dann gab er dem Schiff einen Schub rückwärts, damit sich der Anker ein wenig eingraben konnte. Nachdem er genug Kette gesteckt hatte, schaltete er die Maschinen ab.

»Gute Wahl, Omar!«, kommentierte Steiger, während er sich auf der achterlichen Sonnenplattform räkelte.

»Ja, wir finden es auch sehr schön hier. Das Resort dort hinten hat sich die Bucht vor vier Jahren gesichert. Die haben einen Teil der Insel schlicht gekauft. Nur ganz wenige ausgesuchte Yachten dürfen hier ankern. Ich auch nur, weil ich den Betreibern letztes Jahr einen Gefallen getan habe. Wir haben den gesamten vorderen Strandbereich auf Gegenstände unter Wasser abgesucht. Dabei sind wir Z-Muster bis zu einer Tiefe von fünfunddreißig Metern getaucht und haben die üblichen Preziosen geborgen.«

»Müll?«

»Exakt! Nichts Schlimmes, aber auch nichts, was Hotelgäste beim Tauchen am Hausriff entdecken möchten …«

»Hm.« Steiger war nachdenklich. »Wer sind eigentlich die Betreiber?«

»Das Resort gehört Platinum Suisse, einem Unternehmen mit insgesamt drei Anlagen. Die nächste liegt auf der Insel Jost Van Dyke, die zu den britischen Jungferninseln gehört. Das dritte Resort befindet sich auf Carriacou, etwas nördlich von Grenada.«

»Nobel!«

»Du sagst es. Eine Nacht in der günstigsten Suite macht knapp zweitausend Dollar. Normale Zimmer gibt es keine.

Aber im Moment ist das Hotel wegen Umbauarbeiten geschlossen. Im Februar, also in knapp drei Monaten, ist Wiedereröffnung. Ich bin gespannt.«

»Deswegen ist es so ruhig hier.«

»Genau. Der gesamte Strand ist nicht öffentlich zugänglich, da das Hotel nach vorne heraus von einer begrünten Mauer und Zäunen umgeben ist. Das Personal, insbesondere der weibliche Teil …«

»Ihr zwei könntet mal den Tisch decken, wenn ihr nichts zu tun habt. Georges hat heute frei und auch Felix hilft sicher gerne!«, warf Samira von unten ein.

Omar und Steiger schauten sich an. »Wir kommen!«

Nach dem gemeinsamen Essen war Steiger in seiner Koje verschwunden. Omar arbeitete an seinem MacBook ein wenig elektronische Post ab. Samira hatte es sich auf dem Sonnendeck bequem gemacht. Den Abwasch regelte die bordeigene Spülmaschine.

Als der Weckton nach einer halben Stunde ertönte, dachte Steiger, er hätte zwei Stunden geschlafen. Er war sofort wach und fühlte sich ausgesprochen fit. Ein Schauer musste über die Bucht gezogen sein, Teile des Decks waren noch nass.

»Keusche Luft!«

»Regenzeit«, bestätigte Omar.

»Wo ist Felix?«

»Der kleine Kloteufel …« Omar biss sich auf die Unterlippe.

»Ich bin hier, auf dem Achterdeck! Und ich lege von jetzt an immer den Hebel um! Ehrlich!«

»Soso.«

Verstohlen blickte Felix zu Steiger herüber. Der unterdrückte ein Grinsen. Er wollte seinen Freunden erziehungstechnisch nicht in den Rücken fallen. Da kam ihm eine Idee. »Habt ihr zwei was dagegen, wenn ich mir mit dem Blackshadow mal die Gegend hier anschaue?«, fragte er unschuldig.

»Kein Problem. Viel Spaß!«, sagte Omar, ohne von seinem Bildschirm aufzusehen.

»Hm. Ich könnte Felix mitnehmen. Wenn er mir auf die Nerven fällt, liefere ich ihn wieder hier ab.«

»Von mir aus.«

Samira hatte sich von ihrem Sonnenbett erhoben. »Nur, wenn es dir nichts ausmacht, Jan. Wenn er frech ist, lass ihn zurück *schwimmen*, das kann er schon ganz gut!«, drohte sie milde.

Steiger nickte Felix zu. Sie hatten gewonnen.

»Genau so machen wir es!«

44

Drei Monate zuvor
Miramshah, Nord-Waziristan
Pakistan

»Ihr reist wie die anderen unter Legende in die Karibik ein. Euer vorgeblicher Cousin, Imtiaz Ahmad aus Bombay, ist Besitzer eines kleinen Elektronikladens in Charlotte Amalie. Er ist aktuell erkrankt, so dass Ihr vorübergehend die Geschäfte übernehmen müsst.« Hafez al-Qaradawi war Leiter der Planungsgruppe. Er war sich durchaus bewusst, *wen* er hier briefte. Seine Ausführungen waren bestimmt, aber höflich.

Raschid nickte. Er nahm jedes Detail in sich auf.

»Euer Cousin Imtiaz heißt in Wirklichkeit Bilal und stammt wie Ihr aus Peschawar. Er wurde von uns bereits vor einigen Jahren auf die Inseln entsendet.«

»Ist er mir ähnlich?«

»Ziemlich. Allerdings nicht, was die Statur betrifft. Aber das macht nichts. Sämtliche Internetcafés, Elektronikläden und viele kleine Supermärkte befinden sich auf den Inseln in indischer oder pakistanischer Hand. So fällt ein ›Inder‹ mehr oder weniger hier nicht auf.«

»Ich verstehe …«

»Um der amerikanischen Einwanderungsbehörde zu entgehen, werdet ihr von Tortola, der größten der britischen Jungferninseln, am gegebenen Tag um 23:30 Uhr von einem Fischer an einen unbelebten Strand der Nachbarinsel St. Thomas gebracht. Der Mann ist vertrauenswürdig.«

»Papiere?«

»Hier!« Hafez al-Qaradawi lächelte selbstsicher. »Ein gefälschter indischer Pass. Geschenk von unseren Freunden im ISI.«

Raschid nickte. Sie hatten wirklich an alles gedacht.

45

Heute
Strand außerhalb von Charlotte Amalie
St. Thomas
Amerikanische Jungferninseln
Karibik

Das Panorama ähnelte einem Foto aus einem westlichen Reiseprospekt. Das Meer und die subtropischen Palmenhaine waren auffallend schön. Der feine Sand war weiß und das Wasser änderte seine Farbe von Türkis zu dunkelblau, je weiter man sich vom Strand entfernte. Möwen begleiteten kreischend die wenigen Fischerboote, die nach erfolgreichem Fang langsam in den Hafen von Charlotte Amalie heimkehrten.

Doch Amjad Raschid fühlte sich unwohl. Denn diese Welt hier unterschied sich sehr von der Welt, die er kannte. Das Klima, die Natur und besonders die Menschen hier, alles war so ganz anders als in seinem Heimatland Pakistan. Die Frauen liefen herum wie Huren. Die Leute fuhren Autos, für deren

Preis man in Karatschi ein großes Haus hätte erwerben können. Diese Extreme beeindruckten ihn negativ. Obendrein war er nicht bewaffnet …

Aber Raschid besann sich auf seinen Auftrag. Alles andere war zweitrangig. Zumindest wusste er, wie er sich in diesem Land zu verhalten hatte, um nicht aufzufallen. Seine Sporttasche trug das Logo eines amerikanischen Herstellers. Darin befanden sich nur ein paar Kleider, Sandalen, ein Notizbuch und ein kleines Notebook. Im Falle einer Zufallskontrolle auf der Insel hatte er nichts zu befürchten. Er verfügte über einen gültigen US-Einreisevermerk in seinem gut gefälschten indischen Pass. Das alles beruhigte ihn.

Er wusste, dass seine Männer mit Motorbooten von der nördlichen Insel Puerto Ricos nach St. Thomas übergesetzt hatten. Sie waren in einem heruntergekommenen Motel auf der anderen Seite der Insel untergebracht.

Jetzt suchte er seinen Kontakt: Einen Bruder, den er lange nicht gesehen hatte. Geistig hellwach, bummelte Raschid unauffällig die Einkaufsstraße entlang, wie ein Einheimischer. Er unterbrach seinen Spaziergang nur für eine Tasse Kaffee und einen Muffin in einer kleinen, lokalen Rösterei.

Nach einer halben Stunde hatte er endlich die vereinbarte Gasse gefunden. Er ließ seinen Blick über Hintereingänge und von der Sonne aufgeheizte Müllcontainer schweifen. Den stämmigen Mann mit den kurzen schwarzen Haaren erkannte er sofort. Als Raschid ihm entgegentrat, glaubte er Erleichterung, aber auch etwas Unbehagen in den Augen seines Gegenübers zu erkennen.

»Raschid! Al Hamdu Lilah!* Gut, dass du da bist!«

Alarmiert schaute Raschid sich um. »Nicht so laut, Bruder Mirza. Salam! Gut, dich zu sehen!«

»Wie war deine Reise?«

»Die Reise war lang und sehr umständlich. Aber was zählt ist, dass ich jetzt hier bin. Wie sieht es hier aus? Wie weit sind die Männer? Seid ihr vollzählig?«

* Gott sei Dank!

»Ja.«

»Was ist mit der Ausrüstung?«

»Wir haben zwei Boote in Puerto Rico erstanden. Die Boote sind stark motorisiert und laufen zuverlässig. Wir haben reichlich Treibstoff gebunkert. Aber die eigentliche Ausrüstung fehlt noch …«

»Dem werden wir uns morgen Abend annehmen.«

Raschid bemerkte, dass Mirza Omerovic die Augen zusammenkniff. Er kannte Omerovics Geschichte genau:

Mirza Omerovic wurde im Sommer 1981 in dem kleinen Ort Vlasenica geboren. Er war gerade vierzehn Jahre alt, als an einem sonnigen Vormittag serbische Freischärler mit einem Lastwagen vor dem Haus seiner Eltern hielten. Sein Vater hatte ihn in einem geheimen Raum im Keller versteckt, in dem im Winter heimlich Schnaps gebrannt wurde. Er hatte ihm befohlen, sich mucksmäuschenstill zu verhalten. Zum ersten Mal in seinem jungen Leben sah der kleine Mirza dabei so etwas wie Furcht auf dem Gesicht seines Vaters.

Zu seinem Glück wurde der Junge von den Freischärlern übersehen. Aber er hatte mit anhören müssen, wie die Serben seine ganze Familie verschleppten. Oben auf der Straße wurden seine Eltern und Geschwister mit roher Gewalt in einen Truppentransporter gezerrt und ins benachbarte Dorf Potocari gebracht. Danach war es still geworden.

Erst Stunden später hatte er sich aus seinem Versteck gewagt. Er war zu seinem Großvater gelaufen, der ihn mit Tränen empfing, umarmte und küsste, um ihn gleich darauf erneut zu verstecken.

Später erfuhr Mirza, dass in der Nacht zum 12. Juli seine Mutter und seine siebzehnjährige Schwester mehrmals vergewaltigt worden waren. Seinen Vater und Mirzas älteren Bruder Senad hatten die Serben gefesselt dabei zusehen lassen. So berichtete es eine Nachbarin unter Tränen, die dasselbe Schicksal erlitten hatte. Am darauffolgenden Morgen waren Frauen und Männer getrennt worden. Jungen und Männer im wehrfähigen Alter transportierten die Serben anschließend in den Ort Bratunac. Zwei Tage später, am 14. Juli, wurden Mirzas Vater und sein Bruder Senad im Rahmen von Massenexekutionen ermordet. Ihre Leichen fand man nie.

Omerovic erschienen diese Ereignisse immer wieder in seinen Träumen. In seinem tiefsten Innern hatte er Rache geschworen. Fortan hatte er es sich zur Lebensaufgabe gemacht, zu kämpfen.

Auf seine Art.

Die Arbeitssuche hatte ihn später in die Stadt Mostar verschlagen. Der Lohn, den er sich im Schweiße seines Angesichts auf diversen Baustellen erarbeitete, reichte für Zimmermiete und magere Verpflegung. Zudem schickte er monatlich einhundertzwanzig Euro nach Hause, so dass seine Schwester und seine Mutter davon leben konnten.

Irgendwann im Winter 2013 war der Imam einer lokalen Moschee auf den frommen, kräftigen Mann aufmerksam geworden. Nach wochenlanger Beobachtung und zwei wenig verfänglichen Gesprächen hatte der Imam den Mann weiterempfohlen. Direkt an Schleuser, die für die *Basis* stets auf der Suche nach neuen Kämpfern waren.

Nach einer scheinbar unendlich langen Reise hatte sich Omerovic schließlich in Lahore, Pakistan, eingefunden. Hier hatten es Anhänger der Basis verstanden, seinen Zorn zu kanalisieren und ihn in ihre Reihen einzugliedern.

Binnen drei Monaten war Omerovic zu einem glühenden Kämpfer ausgebildet. Omerovics wacher Verstand, seine Kraft und Skrupellosigkeit sowie seine unerschütterliche Ergebenheit zur *Basis* bescherten ihm bald ein eigenes kleines Kommando. Er hatte erfolgreich mehrere Unternehmungen gegen die pakistanischen Grenztruppen, das sogenannte Frontier Korps, geleitet. Bei der Führung war er wohlgelitten. Um seine Mutter und seine Schwester musste er sich fortan keine Sorgen mehr machen. Sie waren auf alle Zeit versorgt.

Nun wandte sich Raschid an Omerovic: »Was hast du? Sprich!«

Mirza Omerovic sah zu Boden. Für einige Sekunden entstand eine unangenehme Pause. Ein Auto fuhr an ihnen vorüber. Vorsichtig antwortete er seinem Anführer Raschid, der ihn um einen halben Kopf überragte: »Ich … wir … also die Männer, wir hörten, was du in Saudi-Arabien durchgemacht hast.«

Raschid fixierte ihn und sprach leise: »Ich werde meine Zeit im Gefängnis nie vergessen, sowenig wie das, was man mir angetan hat, Mirza. Und das Schlimmste daran ist, dass es Muslime waren. Es waren genau genommen Brüder.« Raschids Augen funkelten düster. »So weit hat es der Westen gebracht! Das saudische Königshaus ist längst ein Vasall des großen Scheitans*!«

»Die Männer haben nur auf dich gewartet und möchten, dass es endlich losgeht. Es ist gut, dass du da bist!«

»Eine Stunde nach Einbruch der Dunkelheit treffen wir uns morgen hier unten, wie besprochen. Wir brauchen insgesamt fünf Mann.«

»Wir werden dort sein.«

»Hast du den Frachter identifiziert?«

Omerovic tippte auf das Fernglas, welches er um seinen Hals trug. »Ja, sofort. Ein Niederländer, die *Johan de Graaf*. Ein ganz normales Schiff, nicht zu groß und relativ unauffällig.« Er deutete auf einen blau-weiß getünchten Stückgutfrachter mittlerer Größe, der einen halben Kilometer von der Küste entfernt vor Anker lag. »Es liegt alles an Bord des Frachters, wir müssen es nur holen. Unser Kontakt, ein Bruder namens Hassan, wollte nicht zu lange an Bord bleiben. Er hatte Angst, Aufsehen zu erregen. Die US-Küstenwache hat Agenten in sämtlichen Häfen.«

»Das ist leider so. Lass mich einmal sehen, Mirza.«

Omerovic übergab Raschid sein Fernglas. Interessiert schaute dieser in Richtung Meer. Das Schiff war alt und hatte schon bessere Tage gesehen. Eine breite Rostfahne zog sich von der Ankerklüse zur Wasserlinie. Kaum wahrnehmbar dümpelte der Frachter in den seichten Wellen.

* Der große Satan – gemeint sind die USA.

Raschid nickte bedächtig. »Und morgen Nacht, um die verabredete Zeit, wird niemand an Bord sein?«

»So, wie vereinbart.«

»Sehr gut. Und denkt daran: keine Nutzung der Funkgeräte!«

»Wir halten uns alle an die Anweisungen.«

»So soll es sein! Bis später, Mirza!«

»Bis später, Raschid!«

Raschid gab seinem Leutnant das Fernglas zurück und umarmte ihn kurz. Dann setzte er sich in den weißen Jeep und ließ den Motor an. Langsam entfernte sich der Wagen vom Hafen und fuhr in Richtung Nordwesten. Er hoffte, dass Mirza auch seinen anderen Auftrag erfolgreich ausführen würde. Aber er machte sich Sorgen. Auf diesem Detail fußte ein großer Teil der Planung. Er musste sich in Geduld üben. Die Dinge lagen im Moment nicht in seiner Hand. Jetzt hieß es warten.

Amjad Raschid hatte über die Jahre gelernt, zu warten.

46

Ziggy's Bar
St. Thomas
Amerikanische Jungferninseln
Karibik

Wenn es einen Ort in St. Thomas gab, an dem man die Seele baumeln lassen konnte, wo die Musik stimmte und wo Longdrinks auch für Einheimische bezahlbar waren, dann war dieser Ort Ziggy's Bar. Direkt am Strand zwischen Redhook und Charlotte Amalie gelegen, war sie nur einen Steinwurf vom Wasser entfernt. Von der Terrasse aus führte eine Holzpier etwa fünfzig Yards ins Meer. An ihr waren diverse Beiboote und Tender vertäut. Ein Beweis dafür, dass sich auch unter Bootseignern die Beliebtheit der Bar herumgesprochen hatte. Der Sand knirschte unter den Flipflops – viele Gäste kamen auch barfuß – und der Rum floss in rauen Mengen. Der unverwechselbare Geruch von Marihuana hing in der Luft. *Ziggy's Island Cuisine* zauberte Conch Chauder sowie den legendären Island Burger. Mittwochs spielten erstklassige Live-Bands. Hier war das Leben schön.

Heather Keegan und ihre Freundin Eden Paige, zwei Frauen in den besten Zwanzigern, hatten bereits zwei *Sex on the Beach* vernichtet. Sie bestellten gerade einen *Cosmopolitan,* als sich der kräftige, gut gebräunte Mann zu ihnen an die Bar gesellte.

»Guten Abend, Ladies! Kann ich die Damen auf einen Drink einladen?«

Komischer Akzent …

»Na, mit wem haben wir denn das Vergnügen?«, antwortete Heather halb alarmiert, halb amüsiert.

»Ich heiße Mirza.«

»Soso, Mirza, und du bist nicht von hier, oder?«

Aber gut gebaut bist du …

Ihre Freundin Eden kicherte.

»Ich? Nein, nein, ich komme aus Bosnien.«

»Bosnien? Ist das in Russland?«

Eden wusste es besser. Wie so oft. »Nee, das ist in Europa, oder?«

Omerovic setzte ein charmantes Lächeln auf. »Ganz genau! Bosnien liegt auf dem Balkan, also nahe am Mittelmeer.«

»Ah, am Mittelmeer! Ist da nicht auch Griechenland? Dort soll es auch sehr schön sein! Und was machst du hier, so weit von der Heimat entfernt, Mirza?«, fragte Heather.

»Ich kümmere mich um meinen Chef und heute Abend habe ich frei.«

»Soso, und wer ist dein Chef, wenn man fragen darf?« Eden hatte sich in Position gebracht.

»Ihr seid ja gar nicht neugierig!« Omerovic beugte sich,

etwas näher als ein Gentleman gewagt hätte, an Heather vorbei und fischte drei zuvor bestellte *Caipirinhas* von der Theke. Die beiden *Cosmopolitan* waren inzwischen auch eingetroffen.

Eden lächelte. Der Alkohol wirkte und sie hatte den Eindruck, dass ihre Freundin Heather bereits Feuer gefangen hatte. Ihr war aber auch nicht entgangen, dass Omerovic mehrmals auf ihr Dekolleté geschaut hatte. Da spürte sie auch schon Omerovics linke Hand an ihrer Hüfte.

Egal, es wäre nicht das erste Mal, dass sie es zu dritt machten.

»Nun sag schon, wer ist dein Chef?«, beharrte sie.

»Mein Chef ist Scheich Sulayman al-Jaythini aus Saudi-Arabien.« Er ließ die Worte wirken, bevor er nachsetzte. »Ich bin für die Sicherheit an Bord seiner Yacht verantwortlich.«

Jetzt war der Haken ausgeworfen.

»Eine Yacht?«

»Oha!«

Omerovic hob sein Glas. »Cheers, Ladies!«

Heather und Eden nippten an ihren Drinks. »Und die Yacht, hat sie auch einen Namen?«

»*Qadr.*«

»*Qadr* – bedeutet das irgendwas?«

»Schicksal.«

»Schicksal? Wie dramatisch! Und diese Yacht, liegt die in Charlotte Amalie?«

»Ich fürchte, ganz so einfach ist es nicht …« Omerovic lächelte.

»Wieso? Dann erklär es uns halt!«, forderte Heather und leerte ihr Glas in einem Zug. »Noch einen!«, kicherte sie und streckte ihm ihr Glas hin.

Omerovic tat, wie ihm geheißen.

»Eine kleinere Yacht, die *Djinn*, liegt in Charlotte Amalie und die gehört als Tender wiederum zur größeren *Qadr*, die in einer Bucht nordöstlich von hier ankert«, erklärte er.

Stichwort: größere Yacht. Jetzt hatte auch Eden angebissen.

»Wie cool! Kann man die Yacht auch mal besichtigen?«

»Wir feiern übermorgen eine Party, und ich würde mich sehr freuen, wenn ihr dabei wärt. Betrachtet euch als eingeladen!«

»Eden, Schätzchen, da sagen wir doch nicht nein, oder?«

Eden musterte Mirza. Eigentlich war der Typ ganz süß, gut gebaut und charmant. Die Rolex an seinem Handgelenk schien echt zu sein. Das reichte. Es war auch nicht ungewöhnlich, dass Leute mit Geld auf die Inseln kamen. Vor allem im Winter. Meistens waren es englische oder amerikanische Millionäre. Araber waren seltener, aber sie ließen dafür immer etwas springen. Frauen wie Heather und Eden waren für alles offen. Vielleicht lernte man ja auch jemanden kennen, der Interesse an einer längeren Beziehung hatte. Jemanden, bei dem es sich lohnte, zu bleiben.

»Natürlich, da sind wir dabei! Sag, Mirza, hast du heute Abend noch etwas vor?«

»Bis jetzt noch nicht, habt ihr vielleicht eine Idee?«

Heather und Eden schauten sich in die Augen. Dann beugte sich Heather zu Omerovic, so dass dieser einen einwandfreien Blick in ihr Dekolleté werfen konnte und hauchte: »Ja, mein Süßer, ich glaube, wir hätten da eine Idee …«

47

Motoryacht *Sphynx*
Amerikanische Jungferninseln
Karibik

Die deutsche Firma Rotinor hatte einen echten Freund: Jan Steiger. Denn das mittelständische Unternehmen fertigte einen der leistungsfähigsten Unterwasserschlitten, die für Geld zu kaufen waren.

Ein Trauerspiel, dass unsere Jungs in Eckernförde das Gerät nicht zur Verfügung haben, dachte Steiger, als er den Scooter am Heckkran der *Sphynx* behutsam ins Meer herabsenkte. Man brauchte einen kleinen Kran, denn der *Blackshadow* brachte volle einhundert Kilogramm auf die Waage. Das Gewicht war nicht zuletzt den großzügig dimensionierten Lithium-Ionen-Akkus geschuldet. Sie ermöglichten dem Scooter eine extrem lange Einsatzdauer.

Nun schaukelte der mattgraue Blackshadow abenteuerlustig im leichten Schwell. Das schnittige Gefährt wirkte wie ein Torpedo aus einer Designerschmiede. Vorne waren zwei leistungsstarke LED-Scheinwerfer eingelassen, die auch Nachtausflüge ermöglichten. Tester beschrieben das Gefährt als »Hi-Tec wie aus einem James-Bond-Film«. Der Pilot hing während der Fahrt über dem hinteren, flachen Teil des Schlittens. Mit ausgestreckten Armen hielt er sich an zwei vertikal angebrachten Handgriffen fest. Die einzelnen Fahrstufen wählte man mit den Daumen über in die Griffe eingelassene sogenannte Piezo-Tasten.

Ein Display gab Aufschluss über den Batteriestatus und die Geschwindigkeit. Doch der Blackshadow konnte noch mehr. In der Nase befanden sich fünf Sensoren, die den Meeresgrund in unterschiedlichen Distanzen abtasteten. Ein Sonargerät projizierte alles, was sich in bis zu vierzig Meter Entfernung vor einem befand, auf ein eigenes Display.

Das Antriebsaggregat des Blackshadow war ein kleines technisches Meisterwerk und ermöglichte Geschwindigkeiten von bis zu zehn Knoten*. Ungeschützt würden sich allerdings bereits ab sechs Knoten die Tauchermasken verabschieden und über die Silikonmundstücke der Lungenautomaten Wasser in den Mund des Tauchers dringen. Daher hatte der Hersteller einen Strömungsabweiser installiert, ähnlich der kleinen Scheibe eines Motorrades. So konnte sich ein Taucher auch bei größeren Geschwindigkeiten auf dem Blackshadow, der ausschließlich für Militärs und im Wasser kommerziell operie-

* 1 Knoten = 1,852 km/h.

rende Firmen erhältlich war, halten. Doch nicht nur das Tempo war außergewöhnlich. Der Blackshadow hatte auch Kraft. Er konnte bequem vier Taucher mitsamt Ausrüstung ziehen.

Steiger wusste: Ließ der Pilot die Griffe los, trieb der Unterwasserschlitten in der Grundeinstellung von selbst an die Wasseroberfläche. Eine Eigenschaft, die ihm von Firmen Lob einbrachte, denn so musste man das Gerät nicht kostspielig bergen.

Man konnte den Blackshadow aber auch durch ein kleines Zusatzgewicht so tarieren, dass er langsam auf den Grund sank. Diese Möglichkeit wurde eher vom Militär geschätzt, da die Piloten so im Notfall nicht von einem aufgetauchten UW-Schlitten kompromittiert wurden.

Omar Hussein hatte nun kurzerhand zwei dieser Modelle für seine Firma Ocean Quest erworben, um sie bei der Schatzsuche einzusetzen.

Obwohl die Wassertemperatur an der Oberfläche noch bei ganzen fünfundzwanzig Grad lag, trug Felix einen kurzen Neoprenanzug. Mit seiner Tauchermaske auf der Stirn fragte er: »Soll ich ihn schon losmachen?«

»Mach mal!« Steiger nickte und gab das OK-Zeichen der Taucher. »Aber schön auf mich warten, ich hole noch schnell meine Maske und Flossen!«

Der Junge klinkte daraufhin den Karabinerhaken aus, mit dem der Unterwasserschlitten am Kran hing. Mit kundigen Handgriffen führte Felix die Schlaufen des Tragegeschirrs durch diverse D-Ringe und löste es vom Bootskörper.

»Ist ausgeklinkt!«

Steiger schwamm bereits im Wasser und hielt eine kleine, sogenannte Pony-Taucherflasche mitsamt Tragegurt in der rechten Hand. Mit dem Tauchgerät vertraut, schlüpfte der Junge im Wasser in die Gurte und steckte sich den Lungenautomaten in den Mund.

»Ready?«

Felix nickte eifrig.

»Gut festhalten! Und wenn du ein Problem hast, dann kneifst du mich ganz doll, wie verabredet, okay? Dann tauchen wir sofort wieder auf. Im Gegensatz zu dir muss ich sowieso alle paar Minuten hoch, um Luft zu schnappen. Vielleicht nehme ich zwischendurch auch mal einen Zug aus deinem Octopus.«

Wieder ein Nicken.

»Aufgepasst!«

»Jau!«

Damit beschleunigte Steiger den Schlitten und dirigierte ihn unter die Wasseroberfläche. Geschickt lenkte er den Scooter entlang flacherer Korallenriffe durch das kristallklare Wasser.

Er selbst trug kein Tauchgerät. Obwohl nicht mehr im Training, war es für ihn noch immer ein Leichtes, die Luft für drei Minuten anzuhalten. Als er noch aktiv in der Kompanie Dienst getan hatte, lag seine persönliche Bestzeit bei vier Minuten und achtundzwanzig Sekunden. Oft dachte er an die Übung »Tankstelle« zurück. Hierbei war in allen vier Ecken des Bades, auf fünf Metern Tiefe, ein Tauchgerät deponiert. Als Taucher schwamm man unten frei von Ecke zu Ecke. Nach und nach wurden dann die Geräte reduziert, bis nur noch ein Gerät übrig war. Kein Kampfschwimmer vergaß diese Übung.

Nach einigen Minuten steuerte Steiger wieder in Richtung Oberfläche und drehte sich um. »Na? Macht das Spaß?«

Der Junge nahm den Automaten aus dem Mund und jubelte. Das war eindeutig.

Steiger ließ seinen Blick schweifen. Ein tropischer Regenguss hatte eingesetzt, der die Wasseroberfläche um ihn herum aufpeitschte.

»Schau mal, da drüben! Da liegt eine moderne Motoryacht, sollen wir uns die mal von unten ansehen?«

»Au ja!«

»Na dann los!« Steiger holte tief Luft, drückte den Scooter energisch in die Tiefe und peilte die Yacht über den Kompass im Armaturenbrett an. Er schätzte die Distanz auf dreihundert Meter, vielleicht etwas mehr.

Sechs Meter Tiefe, sieben Meter … Schließlich schossen sie auf acht Meter Tiefe über den sandigen Meeresgrund. Obwohl Steiger gut einen Meter Abstand zum Grund wahrte, wirbelte der Jetantrieb den Sand unter ihnen auf. Das Sonar meldete detailliert die Umrisse eines nahenden Korallenriffs, es lag direkt auf ihrem Kurs. Steiger umrundete es gekonnt, ohne dabei die Kompasspeilung aus dem Auge zu verlieren. Wenig später, sie befanden sich mittlerweile auf neun Meter Tiefe, änderte sich die Sicht. Mit einem Mal wurde es deutlich dunkler. Es war, als hätte sich ein länglicher Schatten über den hellen Sand gezogen. Steiger schaltete in die niedrigste Fahrstufe und *kroch* nun ganz langsam über den Meeresgrund, ohne den Rumpf über sich aus den Augen zu lassen. Dann sah er es. Das Schiff über ihnen war keine gewöhnliche Motoryacht.

Verdammte Axt!

Nach weiteren kurzen Blicken hatte Steiger seine Entscheidung getroffen: Er warf den Blackshadow herum und machte sich ohne Umschweife auf den Rückweg zu Omars Yacht.

48

Eine kleine Insel
Nahe der Isla de Culebra
Puerto Rico
Karibik

Nygard und Borg hatten die Männer ins Haupthaus gerufen. Neugierig standen sie nun alle in jenem großen Zimmer, in dem sie vor vier Wochen in die Operation eingeweiht worden waren. Nur Bulan war nirgends zu sehen.

Nygard trug eine grüne Cargohose und ein beigefarbenes

T-Shirt. Er hatte sich vor der Mannschaft aufgebaut und machte ein ernstes Gesicht. Langsam schüttelte er den Kopf.

»Was die Übung betrifft, sind wir nicht zufrieden. Ihr seid deutlich zu langsam! Bisher hat sich lediglich das Taucherteam bei seiner Navigationsübung bewährt. Aber hier konnten wir nicht die eigentliche Aufgabe proben, sondern mussten sie als machbar voraussetzen.«

Die Männer schauten skeptisch. Ein leises Gemurmel drückte einen Anflug von Protest gegen Nygards Kritik aus.

»Auch unser Plan B ging bislang nicht auf. Wir wollten noch starke Tampen aus Dyneema* organisieren. Sie sind leichter als Stahlkabel und dennoch extrem fest. Aber uns fehlt dazu die Zeit. Wir haben einen Fahrplan, den wir einhalten müssen.« Er blickte offen in die Gesichter der Männer. »Was das Zugriffsteam angeht: Der Schutzraum wurde viel zu spät erreicht. Ihr müsst am Tag X mindestens zwei Minuten schneller sein. Ihr könnt nicht darauf vertrauen, dass das zweite Team alles wieder geradebiegt!«

Erik Borg war nun nach vorne getreten. Seine Körpersprache schien die Ernsthaftigkeit seiner Worte unterstreichen zu wollen. »Sobald der erste Schuss fällt, läuft die Zeit. Das eine Team bindet die gegnerischen Kräfte, das andere agiert. Der Waffenmix ist durchdacht und wir haben noch Reserven. Wir hoffen, dass am Tag X euer Adrenalinspiegel dafür sorgen wird, dass ihr euch *etwas beeilt*. Jeder von euch geht jetzt noch ein letztes Mal auf dem Modell seine Route durch. Langsam und aufmerksam. Ihr prägt euch noch ein letztes Mal alles ein, bevor wir das Modell vernichten. Fragen?«

Obwohl die Männer in den letzten zehn Tagen nichts anderes gemacht hatten und jeder Einzelne mittlerweile das Schiff blind zu kennen glaubte, gab es keinen Widerspruch. Sie alle wussten, was auf dem Spiel stand. Wiederholtes prägte sich tief ein. Man musste im Ernstfall nicht mehr nachdenken. Man funktionierte.

»Wir überlassen nichts dem Zufall!«

* Vollsynthetisches Material von sehr hoher Zugfestigkeit.

Zustimmendes Grummeln erfüllte den Saal.

Ein Mann hob doch noch die Hand. »Wann treffen wir unsere Kameraden vom zweiten Team?«

»Wenn der Zeitpunkt gekommen ist«, antwortete Nygard knapp. »Sonst noch was? Oder möchte jemand noch auf die Schnelle vorher kündigen?«

Die Männer grinsten. Einige schüttelten den Kopf.

»Sehr gut, dann weggetreten!«

Die Gruppe zerstreute sich, einige schlugen ihren Kameraden auf die Schulter. Andere spekulierten darüber, was sie mit dem Geld anfangen würden, wenn der Einsatz vorbei war. Die Männer begaben sich ein letztes Mal zu dem Modell der Yacht, die ihr aller Schicksal bestimmen sollte.

49

Außerhalb von Charlotte Amalie
St. Thomas
Amerikanische Jungferninseln
Karibik

Es war halb sechs am Nachmittag. Raschid hatte den Jeep in einer Seitenstraße geparkt und wartete am Strand. Seine Gedanken gingen auf Zeitreise. Er erinnerte sich an die letzte militärische Operation, die Festnahme durch saudische Spezialkräfte und die anschließende Haft. Dabei lief ihm ein Schauer den Rücken herunter. Er hatte furchtbare Qualen erleiden müssen. Er dachte an die barbarische Phantasie seiner Peiniger und schließlich an die Erlösung durch die Intervention Pakistans, das seinen Staatsangehörigen zurückforderte. Dann an die vergleichsweise angenehmen Haftbedingungen in Karatschi, die Begegnung mit dem General und die anschließende Flucht.

Er war dem General nicht nur dankbar, dass er nun in Freiheit war. Wesentlicher war der Umstand, dass er, Amjad Raschid, eine zweite Chance erhalten hatte. Eine weitere Gelegenheit, die westliche Welt zu erniedrigen, so wie der Westen seine Brüder permanent erniedrigte.

Es würde gelingen. Die Welt würde erzittern. Die geplante Operation würde die Anschläge von Paris und Brüssel klein und unbedeutend erscheinen lassen. Ihre Symbolik sollte eher an *Nine Eleven* erinnern, die Anschläge von 2001 in New York.

Das Land, das von sich glaubte, der Nabel der Welt zu sein, würde leiden. Die Vereinigten Staaten von Amerika, die auf der ganzen Welt Jagd auf seine Glaubensbrüder machten und jedes Unrechtsregime unterstützten, würden sich winden vor Schmerz. Fortan würden die Bürger der amerikanischen Großstädte immer wieder verunsichert über ihre Schulter schauen. Ungebildete weiße Amerikaner würden Muslime gezielt verfolgen, Moscheen würden brennen. Und dann endlich würden sich die Massen der gemäßigten Muslime erheben.

Das war das Ziel.

Raschid kannte kein Mitleid. Muslime, die in den USA und anderen westlichen Ländern lebten, waren Abtrünnige, gleichzubehandeln mit Ungläubigen. Es sei denn, sie agierten als Agenten für die Organisation.

Es begann zu dämmern, als ein Motorboot sanft auf dem Strand aufsetzte. Mit nassen Hosenbeinen sprang er, erstaunlich behände für einen Mann seines Alters, über die Reling.

Mit Raschid an Bord glitt das Speedboot, dicht gefolgt von einem zweiten Boot, fast lautlos über die Wellen. Über die Motorabdeckungen war eine dunkelgraue Persenning mit zusätzlichen Schaumstoffeinlagen gezogen. Die Motorgeräusche wurden dadurch effektiv gedämpft. Ganze zehn Minuten benötigten sie, bis sie den auf Reede liegenden Frachter erreicht hatten.

»Die *Johan de Graaf* hat ein Ankerlicht gesetzt. Das Vorschiff ist hell erleuchtet, das Achterschiff liegt im Dunkeln.

Am besten, wir steuern den Frachter von hinten an«, kommentierte Omerovic.

Das Boot schnitt eine elegante Kurve. Ein Bruder namens Farouk sprang mit einer Leine an Deck des Frachters und machte das Boot fest. Das zweite Boot folgte.

»Keine Taschenlampen! Die sind von weitem zu erkennen. Erst unter Deck machen wir Licht.«

Der Steuermann schaltete die Motoren ab und die Männer kletterten an Bord. Sie trugen leere Gefechtsrucksäcke und große schwarze, gummierte Taschen. Mit der Besatzung des Frachters war vereinbart worden, dass sich zu diesem Zeitpunkt niemand an Bord befinden würde. Um Seeleute von ihrem Schiff fernzuhalten, gab es ein bewährtes Mittel: Sie durften sich auf Kosten der Organisation mit Prostituierten im Hafen vergnügen. Ihre Rückkehr war nicht vor acht Uhr morgens terminiert.

»Jetzt könnt ihr die Taschenlampen einschalten!«

Vorsichtig arbeiteten sich die Männer im Schein ihrer Lampen durch die Gänge des Schiffs. Ihre Suche galt einer bestimmten Ladebucht, in der ihre Ausrüstung in Holzkisten lagern sollte. Zwei Mann führten Stemmeisen mit sich. Schließlich standen sie vor einem Laderaum. Der Zugang erfolgte durch ein schweres Metallschott.

»Hier muss es sein, Laderaum sechs! Hassan hat es genau beschrieben.«

Auf ihre Köpfe achtend, traten die Männer einzeln durch das rostige Schott. Die Farbe an den Wänden war bereits an vielen Stellen abgeblättert. Der Laderaum roch nach Getreide und Zement. Vermutlich jene Güter, die über Jahre auf dem Schiff transportiert worden waren.

»Hier muss irgendwo ein Lichtschalter sein.«

Einer der Männer tastete sich an der Metallwand entlang. Nach einem lauten »KLACK« flackerten schließlich zwei Neonröhren hoch über ihnen auf und hüllten den Laderaum in kaltes Licht. Links von den Männern befanden sich auf Paletten gestapelte Holzkisten.

»Dort, die Kisten! 70D, 70F, 70G, das sind die Nummern!«

Raschid entriss einem der Männer ein Brecheisen und setzte es ohne abzuwarten an den massiven Deckel einer der großen Holzkisten an. Der Deckel knackte und schließlich gab das Holz nach.

»Farouk, mehr Licht!«

Der grelle Schein der LED-Lampe glitt über den Inhalt der Holzkiste. Sorgfältig in Kunststoff eingeschweißt und übereinander gestapelt lagen hier AK 12 Sturmgewehre der russischen Firma Izhmash sowie einige kurze Versionen derselben Waffe.

»In welcher Kiste ist die Munition?«

»Da drüben: Kisten 79 und 80.«

»Gut!«

Diesmal war es Farouk, der mit dem Brecheisen die Kiste aufzwang.

»Befüllt alle Magazine schon mal mit der vorhandenen Munition! Das Verpackungsmaterial stecken wir in die Rucksäcke. Es dürfen keine Reste zurückbleiben. Und verschließt die Kisten wieder! Beeilt euch, ich möchte keine Überraschung erleben!«, befahl Omerovic.

Eilig machten sich die Männer daran, die Waffen aus der Folie zu befreien. Konzentriert wurden Patronen in die Magazine eingeführt. Die aufmunitionierten Magazine und die Gewehre verschwanden in den mitgebrachten Rucksäcken und Taschen.

»Jetzt fehlen nur noch …«

Kaum hatte einer den Satz begonnen, näherte sich Omerovic strahlend. »… die Westen. Hier sind sie! Das ist erstklassige Qualität, direkt aus den USA.«

Sorgfältig begutachtete ein anderer die Ware. Raschid befahl: »Jeder zieht schon mal sein Exemplar an. Wir sind hier gleich fertig.«

Bruder Hassan würde sich später wie besprochen um die leeren Kisten kümmern. Und selbst wenn nicht, war die Gefahr gering, dass ihr Unternehmen deswegen aufflog.

Minuten später verließen sechs Männer, die nun ballistische Schutzwesten unter ihren weiten kurzärmeligen Oberhemden trugen, mit Rucksäcken und Sporttaschen schwer beladen den Frachter. Omerovic hatte das Gefühl, dass die Boote nun deutlich tiefer im Wasser lagen. Er irrte sich nicht. Die Männer führten zusätzliche Ausrüstung von mehr als einer halben Tonne Gewicht mit sich.

50

Motoryacht *Sphynx*
Amerikanische Jungferninseln
Karibik

Steiger hatte es sich im Halbschatten auf dem Achterdeck bequem gemacht. Der Blackshadow war wieder fest verzurrt und ein breites Ladekabel führte in den Maschinenraum unter Deck. Der Dieselgenerator lief und Kühlwasser plätscherte. Felix, begeistert, aber auch ermüdet von der Tour, befand sich unter Deck und schlief.

Steiger konnte seine Entdeckung immer noch nicht fassen. Dem Kleinen hatte er selbstverständlich nichts von seinem Fund erzählt.

Omar kam gerade den Niedergang empor. »Na, was gibt's denn, Jan?«

»Setz dich bitte!«

Omar hob die Augenbrauen. Sein Freund schien wirklich etwas Wichtiges mitteilen zu wollen.

»Jawohl, Herr Kapitän, ich bin ganz Ohr!« Omar salutierte.

»Du Honk! Sag, wem gehört eigentlich die Yacht da draußen?«

»Die *Embarcadero*?«

»Genau die.«

»Ehrlich gesagt, ich weiß es nicht genau. Irgend so einem amerikanischen Millionär. Weshalb fragst du?«

»Das Ding ist voll mit Technik, die es sonst nur auf Kriegsschiffen gibt.«

»Technik? Was meinst du?«

»Das Schiff hat so viele Lampen im Rumpf eingelassen, dass man die Nacht da unten zum Tag machen kann. Dazu kommen Infrarotscheinwerfer, das heißt, man kann auch nachts erkennen, was sich unter einem befindet, ohne das Wasser zu erhellen.«

»Okay …«

»Jep, und zusätzlich hat man mehrere hydrodynamisch geformte Hochleistungskameras eingebaut.«

»Du glaubst also, euer Besuch wurde registriert?«

»Nicht nur das: Ich habe gesehen, dass die Yacht über ein modernes X-Band-Schiffsradar verfügt. Solch ein Radar wurde zur Ortung von sehr kleinen Objekten und zur Bekämpfung *asymmetrischer Bedrohungen* entwickelt. Das Ding verwendet hochmoderne AESA*-Technologie. Das sagt dir jetzt vielleicht nichts, ist aber State of the Art.«

»Aha, verstehe. Und was denkst du, wozu das Ganze?«

»Der Typ, dem die Yacht gehört, ist irgendwo zwischen vorsichtig und paranoid einzuordnen. Vielleicht glaubt er auch, Feinde zu haben. Diese Art von Technologie ist für Privatiers nicht gerade einfach zu besorgen, um es vorsichtig auszudrücken. Wir verwenden bei der Marine ganz ähnliche Technik, um unsere Schiffe zu schützen. Ich weiß, dass solche Systeme, wenn man sie über irgendwelche Kanäle bekommt, ein Vermögen kosten.«

»Und, wo liegt jetzt das Problem?«

»Das wüsste ich auch gern. Es wundert mich einfach, dass eine Yacht mittlerer Größe, chic, aber auch keine Superyacht wie die *Azzam* oder die *Eclipse*, über derartige Systeme verfügt. Da passt etwas nicht zusammen.«

* Active Electronically Scanned Array – Radarsystem mit aktiver elektronischer Strahlschwenkung.

Omar hob die Arme und rollte die Augen. »Oh Jan, jetzt bitte keine Verschwörungstheorien! Lass uns einfach nur nach der Galeone suchen. Ich habe echt keinen Bedarf an neuen Abenteuern. Die Yacht da hinten ist technisch aufwendig ausgestattet. Gut, dann ist das so. Ich habe auf der *Dream Catcher* auch kein Interesse an Schaulustigen oder ungebetenen Besuchern. Auch wir haben in den Decks Bewegungsmelder und Scheinwerfer und eine Kamera auf dem Achterdeck. Es handelt sich vermutlich um einen reichen Privatier, der die Beschaulichkeit dieser wunderschönen Bucht in Ruhe genießen will. Das kann ich voll und ganz verstehen.«

Dann fiel Omar noch etwas ein: »Meinst du, man hat dich und Felix gesehen?«

»Das kann ich nicht mit Bestimmtheit sagen. Das Radar scannt Objekte unter Wasser und dort befanden wir uns. Ob die Kameras uns aufgenommen haben, weiß ich nicht. Ich weiß auch nicht, ob sie aufzeichnen oder ob die Monitore nur live beobachten. Aber ich fürchte, was der Typ da draußen auffährt, ist mit deinen Bewegungsmeldern nicht zu vergleichen, Omar.«

»Von mir aus sei es ihm gegönnt. Wenn du ein Problem siehst, dann halte dich einfach fern von der Yacht und bitte lass vor allem Felix da raus. Ich muss noch etwas nacharbeiten. Abendessen gibt es um sieben. Vielleicht versuchst du mal, etwas abzuschalten, Jan. Könnte dir ganz gut tun.« Mit den Worten erhob sich Omar und verschwand unter Deck.

»Okay …«

Steiger wusste, beim Thema Sicherheit war Omar schnell gereizt. Vielleicht hatte sein Freund aber auch recht. Bald würden sie ohnehin weiter nördlich verlegen. Sie waren zur Schatzsuche hier. Er hatte Urlaub und »die Wiese war grün«.

Doch so sehr Steiger sich auch bemühte, in den Urlaubsmodus zu kommen, eine Sache ließ ihm keine Ruhe. Er hatte seinem ägyptischen Freund etwas bewusst vorenthalten: Die auffällige Neugier eines in der Nähe liegenden Speedbootes, das plötzlich wie aus dem Nichts aufgetaucht war. Eine Zeitlang hatte es sogar versucht, dem Blackshadow zu folgen, um dann aber abzulassen und zu seiner ursprünglichen Position in der Nähe des Ufers zurückzukehren. Zu Steigers Glück war die Sicht im Wasser durch den plötzlichen Regenguss stark getrübt gewesen. Auch hatte sein Zickzack-Kurs den Verfolger offenbar überfordert. Er hatte die Propellergeräusche eine Zeitlang ganz in seiner Nähe gehört, bis sie irgendwann schwächer wurden. Am anderen Ende der Bucht, in der Nähe des Strandes, hatte er mit Felix dann aus sicherer Entfernung das Boot umrundet und von hinten gestellt. Es war ein *Boston Whaler* mit *drei* starken Außenbordmotoren. Die Besatzung, *Gorillas* mit kurzen Crew Cuts und Sonnenbrillen, hatte ziemlich humorlos ausgesehen. Bei Steiger hatten sämtliche Alarmglocken geläutet.

»Was ist das für ein Boot?«, hatte Felix gefragt.

»Pssst! Das sind wahrscheinlich Sportfischer, die zu der Yacht gehören, aber erzähl deinem Papa erst mal nichts davon, das bleibt unser Geheimnis, ja?«

»Okay!«

Noch am selben Abend fasste Steiger einen Entschluss: Er wollte am kommenden Morgen herausfinden, wem die Yacht gehörte. Aber er hatte nicht die Absicht, jemanden danach zu fragen.

51

05:30 Uhr morgens
Holiday Inn Hotel
St. Thomas
Amerikanische Jungferninseln
Karibik

Lieutenant Colonel Jason Cardasis USAF hatte noch schnell die Gunst der Stunde genutzt, um eine kurze E-Mail an seine Familie in Boulder, Colorado zu senden. Auf das Insel-WiFi war bedauerlicherweise nicht immer Verlass. Als der zackige Endvierziger mit seinem Einsatzrucksack die Hotellobby betrat, vernahm er ein kurzes Hupen. Sein Crew Chief, PJ* Jim McMahon, wartete bereits in einem zivilen, weißen Land Rover in der Hoteleinfahrt. Am Fahrzeug angekommen, riss Cardasis die hintere Tür auf und warf seinen Rucksack auf die Rückbank.

»Guten Morgen, Sergeant!«

»Morgen, Lieutenant Colonel!«

»Lust auf einen kleinen Erkundungsflug?«

»Jederzeit!«

»Frage: Major Sheridan?«

»Schon auf dem Flugplatz, Sir!«

»Ausgezeichnet!«

McMahon beschleunigte den Geländewagen und wenige Minuten später befanden sich die beiden Soldaten auf der Straße zum militärischen Teil des Inselflughafens.

Cardasis hatte seinerzeit an der bekannten Embry Riddle Universität in Daytona Beach Luft- und Raumfahrttechnik studiert. Über das ROTC-Reserveoffiziersprogramm der Uni-

* Pararescue Jumpers – besonders ausgebildete Rettungssanitäter und Fallschirmspringer, spezialisiert auf die Rettung abgeschossener Piloten auf feindlichem Territorium.

versität hatte er sich einen *Flight Slot*, eine Ausbildungsstelle für designierte Piloten, in der Air Force gesichert. Er hatte seine Entscheidung früh getroffen und eigentlich nie vorgehabt, die kleine Flugschule seines Vaters in Pompano Beach, Florida, zu übernehmen. Er wollte fliegen, allerdings nicht zivil, sondern für das Militär. Das war immer sein Traum gewesen. Mit seinem Bürstenschnitt und seinem buschigem Oberlippenbart entsprach er ohnehin dem Klischee eines amerikanischen Piloten.

Im Gegensatz zu den meisten seiner Kameraden hatte Cardasis aber nie danach gestrebt, Jetpilot zu werden. Jetpiloten galten häufig als arrogant und hatten einen speziellen Ruf in den Streitkräften. Der gängige Witz unter Militärs, »Woran erkennt man einen Jetpiloten in einem Raum voller Soldaten? Er sagt es dir!«, entbehrte nicht einer gewissen Wahrheit.

Es waren vielmehr die Helikopter, die es Cardasis angetan hatten. Er hatte die reguläre JSUPT-Ausbildung der Air Force durchlaufen und die dritte Phase in Fort Rucker, Alabama, mit hervorragenden Noten abgeschlossen. Seine Ausbilder hatten sein Talent bereits früh erkannt und empfahlen ihn an eine CSAR*-Einheit. Daraufhin wurde Cardasis zur 66. Rettungsstaffel versetzt. Erfahrungsintensive Einsätze in Afghanistan und im Irak schlossen sich an.

Er beherrschte seine HH-60G Pave Hawk** mit dem Kosenamen *Dirty Harry* im Schlaf und hatte über die Jahre mehr als fünftausend Flugstunden angesammelt. Heute konnte er auf einundzwanzig erfolgreiche Rettungsaktionen zurückblicken.

Auch wäre er längst zum Oberst befördert worden, wenn er sich denn für einen Führungsposten interessiert hätte. Man hatte ihm sogar eine vielversprechende Stelle im Pentagon angeboten, die er höflich abgelehnt hatte. Vorgeblich, weil er mit seiner Familie nicht noch einmal umziehen wollte. Dieser

* Combat Search & Rescue – Spezialeinheit, die nach abgeschossenen Piloten hinter feindlichen Linien sucht.

** Sikorsky HH-60 Pave Hawk, Sondermodell der UH-60 Blackhawk, dem »Arbeitspferd« der US-Streitkräfte. Auf die CSAR-Rolle spezialisiert.

Posten hätte aber vor allem »Washington D.C.« bedeutet, das Haifischbecken der Nation. Hier ging es meist weniger um die Sache, als um die Winkelzüge diverser Seilschaften auf dem Capitol Hill.

Vom Charakter her hätte er ohnehin nicht in diese Umgebung gepasst. Cardasis war für seine Eigensinnigkeit bekannt und hatte sich bereits das eine oder andere Mal über Befehle hinweggesetzt. Er konnte sich noch gut an die letzte haarige Mission 2015 im Irak erinnern. Ein zweirotoriger Chinook Helikopter, an Bord Spezialkräfte der Delta-Force sowie drei Quads, war nachts von Aufständischen derart stark beschossen worden, dass er notlanden musste. Die Delta Boys hatten sich rund um das Hubschrauberwrack eingegraben und erbitterten Widerstand gegen die Überzahl der nahenden Aufständischen geleistet. Cardasis hatte den Notruf als Erster gehört. Daraufhin war er mit seiner Crew sofort gestartet, obwohl die Führung ihn wegen der hohen Gefährdungslage zunächst auf Standby halten wollte.

Nach knapp zwanzig Minuten hatte er die Stelle gefunden, Mündungsfeuer und Leuchtspurgeschosse hatten ihm unmissverständlich den Weg gewiesen. Im Kampf war es ihnen letztendlich gelungen, sieben Männer und einen gefallenen Kameraden zu extrahieren. Dabei hatte sein Helikopter viel einstecken müssen. Von der Überladung ganz zu schweigen. Er erinnerte sich an das Gefühl beim Abheben, die Kiste flog sich, als hinge eine tonnenschwere Bleikugel am Fahrwerk. Es hatte nicht viel gefehlt, und er wäre mit seinem Helo selbst abgestürzt.

Trotz dieses und anderer Erfolge waren Cardasis' direkte Vorgesetzte von seinen beherzten Alleingängen wenig begeistert gewesen. Doch gegen die aktuelle Verwendung hatte sein Staffelchef nicht protestieren können. Cardasis' Ruf als Rettungspilot war legendär.

Als McMahon auf die Straße zum Flughafen einbog, zeichnete sich urplötzlich eine dunkelgraue Rauchfontäne am Horizont ab.

»Was zum Teufel ist da los?«

»Geben Sie Gas, Sergeant!«

Als Cardasis' Handy klingelte, schwante dem Offizier Böses. Sein Copilot war am Apparat.

»Hey Jay, unsere *Dirty Harry* …«

»Mick, wir sind fast da!«

McMahon hatte den Hangar kaum umrundet, da konnten sie das Desaster mit ihren eigenen Augen sehen.

»Um Gottes Willen!«

Als Cardasis *seinen* Helikopter lichterloh in Flammen stehen sah, verschlug es ihm den Atem. Die Hitze des Feuers war selbst im Fahrzeug zu spüren.

»Das … das ist unmöglich! Wie konnte das passieren?«, fragte er, ohne eine Antwort zu erwarten.

»Ich weiß es nicht, aber lassen Sie uns auf Distanz zum Brandherd gehen, Lieutenant Colonel«, antwortete McMahon vorsichtig.

Ein Einsatzfahrzeug der Flughafenfeuerwehr versuchte bereits vergeblich, das Helikopterwrack zu löschen. Zwei Crewmitglieder standen in der Nähe der brennenden Maschine und hielten sich die Ärmel vor Mund und Nase. Fassungslos betrachteten die Männer die gen Himmel züngelnden Flammen.

Cardasis hatte die warnenden Worte seines Crew Chiefs nur gedämpft wahrgenommen. Er war aus dem Fahrzeug gestürzt und zu den Crewkameraden gelaufen. McMahon parkte den Wagen in sicherer Entfernung und folgte seinem Piloten und Vorgesetzten. Cardasis hielt sich eine Hand vors Gesicht. Das Feuer knatterte laut, ab und zu war ein Zischen zu hören.

Er wandte sich an seinen Kopiloten. »Mick, was zur Hölle ist hier passiert?«

»Wir wissen es nicht. Wir sind auch eben erst gekommen.«

»Brandstiftung?«

»Gut möglich.«

Die Männer husteten und wandten sich ab, um nicht noch mehr von dem beißenden Qualm einzuatmen.

»Ist die örtliche Polizei informiert?«

»Ich habe zuerst dich angerufen. Die lokale Polizei ist auch benachrichtigt. Ich glaube, wir haben den Constable aus dem Bett geholt.«

Cardasis machte sich nichts vor. Ob die örtliche Polizei eingeschaltet war oder nicht, machte kaum einen Unterschied. Hier auf den Jungferninseln geschah alles im *Insel Modus*.

»Viel wichtiger ist, dass unsere Leute Bescheid wissen. Setz ASAP* eine Meldung an unser Hauptquartier und an JSOC** ab!«

»Habe ich schon veranlasst.«

»Gut. Dann müssen wir jetzt versuchen, Kontakt zum Zerstörer *Jason Dunham* aufzunehmen. Der kreuzt vor der Küste. Die müssen sofort ihren Helikopter hierher überführen. Die lückenlose Rufbereitschaft muss gewährleistet bleiben. Es ist mir egal, was die sagen! Und McDill Airbase muss noch heute einen weiteren Helikopter runterschicken.«

»Ich kümmere mich sofort darum.«

»Gut.«

Cardasis entfernte sich langsam rückwärts von dem brennenden Helikopter, seiner *Dirty Harry*. Es fiel ihm schwer, die Augen von dem Inferno abzuwenden. Er hatte viele Fragen.

Konnte es vielleicht auch eine natürliche Brandursache geben?

Ein technischer Defekt?

Er sollte schon bald eine Antwort darauf bekommen.

* As soon as possible / so schnell wie möglich.
** Joint Special Operations Command – Führungs- und Kommandostruktur zum Einsatz von Spezialkräften.

52

Motoryacht *Sphynx*
Amerikanische Jungferninseln
Karibik

Steiger schaute sich um. In einer guten halben Stunde würde die Sonne aufgehen. Omar, Samira und die Kinder schliefen noch. Die *Sphynx* war eine knappe Seemeile von der mysteriösen Yacht entfernt. Am Abend zuvor war offenbar Besuch angekommen. Auch schienen die Gorillas zurück zu sein. Er hatte nun *zwei* Speedboote ausgemacht. Aber das reizte ihn nur noch mehr. Das Morgengrauen war auf seiner Seite. Und die Akkus des Blackshadows waren voll.

Konzentriert blickte Steiger auf das tiefblaue Meer. Es herrschte kaum Seegang. Die Wasseroberfläche kräuselte sich leicht vom Wind. Das war ihm nur recht. Er hatte Respekt vor dem Eigner der Yacht, der sich offenbar Sorgen um seine Sicherheit machte. Aber Steigers Neugier war zu groß. Er betrachtete seinen Versuch, mehr über die Yacht herauszufinden, als Sport.

Sein Stretch-Neoprenanzug schmiegte sich an seinen Körper wie eine zweite Haut. Diesmal brauchte er seine Luft nicht anzuhalten. Omar war gut ausgerüstet und so hatte er ein Kreislaufgerät angelegt, das ihm erlaubte, bei der anvisierten Tiefe bis zu vier Stunden unter Wasser zu bleiben.

Als Steiger die Heckleiter der *Sphynx* hinabstieg, spürte er, wie angenehm warm das Wasser noch war. Er überprüfte die Instrumente des Scooters. Er testete seinen Atemschlauch und setzte seine Maske zurecht.

Dann beschleunigte er langsam den Blackshadow und tauchte sofort ab. Nahezu lautlos zog ihn der Schlitten mit einer Geschwindigkeit von sieben Knoten über den Meeresgrund. Anders als am Mittag machte Steiger diesmal einen großen Halbkreis um die Yacht. Er wollte vorsichtig versuchen, die Gorillas in den Speedbooten zu orten, ohne dass sie ihn bemerkten. Steiger hatte solche Erkundungen jahrelang im Rahmen seiner Aufgaben bei den Kampfschwimmern durchgeführt. Allerdings schwimmend, ohne den hilfreichen Scooter …

Mal sehen, ob du rostig geworden bist, alter Junge …

Routiniert steuerte er den Blackshadow durch das dunkle Wasser und verlangsamte die Fahrt erst, als sein Sonar das Schiff anzeigte. Er konnte den Rumpf der großen Yacht klar erkennen. Im selben Moment vernahm Steiger ein Surren im hohen Frequenzbereich. Steiger versuchte, die Richtung auszumachen, ohne Erfolg. Das Surren wurde nicht lauter, das Boot schien also vorerst nicht näher zu kommen. Dann vermittelte ihm ein deutliches Klacken, dass der Rudergänger ausgekuppelt hatte. Nach einer Zeitspanne, die ihm lang vorkam, wurde das Surren wieder stärker. Ein Speedboot näherte sich, daran gab es keinen Zweifel.

Die sind aber nicht wegen dir hier!

Steiger stieg auf eine Tiefe von zwei Metern auf und spähte am Rumpf der Yacht entlang in Richtung Heck.

Nichts.

Dann glaubte er, hydraulische Geräusche wahrzunehmen.

Die Badeplattform! Die senken sie ab!

Noch immer in einiger Entfernung, manövrierte das Speedboot nun offenbar langsam zum Heck der großen Yacht.

Als ob jemand an Bord geht. Oder von Bord …

Das Speedboot schaltete seine Motoren ab und schien am Heck befestigt zu bleiben. Dann hörte Steiger ein zweites Surren.

Nummer zwei?

Steiger entschloss sich, zu warten. Er steuerte den Blackshadow langsam, parallel zum Rumpf der Yacht und in deren Schatten bleibend, zur Bugsektion des Schiffes. Dort legte er ihn auf sandigem Grund in einer Tiefe von knapp zehn Metern ab. Der Scooter blieb im Standby-Modus.

Steiger vergewisserte sich, dass über ihm die Luft rein war. Dann tauchte er auf, extrem langsam und konzentriert. Sein Kopf schob sich im Zeitlupentempo durch die dunkle Wasseroberfläche. Das menschliche Auge war auf Bewegungen spezialisiert und daher galt es eben, sichtbare Bewegungen zu vermeiden. Dazu hatte die Langsamkeit noch einen weiteren Vorteil: Man verursachte keine Geräusche.

Er schaute sich um. Etwa fünf Meter vor ihm ragte die gewaltige Ankerkette der Yacht ins Wasser. Er sah nach oben. Über ihm befand sich die Ankerklüse, durch die die Kette auf Deck mit einer mächtigen Ankerwinsch verbunden war. Hinter ihm vernahm er ein konstantes Plätschern. Das war der Kühlwasserauslass der Dieselgeneratoren. Diese waren auf der Yacht zweifellos rund um die Uhr in Betrieb, um die nötige Energie zu erzeugen.

Es war noch dunkel. Steiger wollte langsam in Richtung Heck tauchen, als er über sich Stimmen vernahm. Er hielt inne und lauschte gespannt.

Plötzlich zischte es dicht neben seinem rechten Ohr. Er erschrak. Dann sah er einen Zigarettenstummel vor seiner Nase vorbeischwimmen.

Entwarnung!

Irgendwer hatte eine Kippe über Bord geworfen, jemand, der sich in diesem Moment direkt über ihm befinden musste. Steiger lächelte angespannt.

Da quatschen ja zwei …

»Was hat er denn?«

»Keine Ahnung. Aber er will, dass wir uns diskreter verhalten.«

»Wie jetzt? Noch diskreter?«

»Was weiß ich, Chief Stone hat ihn das auch gefragt.«

»Und was hat er geantwortet?«

»Er hat gesagt, dass er uns nicht sehen und nicht hören will, sondern lediglich die Gewissheit haben möchte, dass wir in der Nähe sind. Schließlich sei er im Urlaub, und den Liegeplatz der Yacht kenne eh keiner …«

»Okay …«

»Und? Hat Chief Stone ihn auch noch mal auf die Delphine angesprochen?«

»Jep. Er hat geantwortet, dass er das Programm für übertrieben hält und außerdem gehe er fast nie baden.«

»Darum geht es doch gar nicht. Die Delphine sind lediglich eine Garantie, dass sich niemand dem Schiff nähert, solange wir das technische Problem mit dem Sonar und den Kameras haben. Hat der Chief ihm das nicht erklärt?«

»Keine Ahnung, Chief Stone war vorhin nicht gerade gut gelaunt. Soviel ist sicher, wir werden hier etwas ausdünnen und einige von uns verteilen sich dann eben auf die Boote und an Land.«

»Und wenn der Chief über FLOTUS versucht, ihn zu überzeugen?«

»Keine Ahnung. Da bin ich raus. Das musst du ihn selbst fragen …«

»Ist ja auch egal, wir haben hier jede Menge Feuerkraft. An Land haben wir fünf Einheiten und die Jungs von der Navy sind auch nicht weit.«

»Stimmt. Wann sind die gekommen?«

»Gestern. Der Zerstörer *Jason Dunham* kreuzt keine zwei Meilen von hier.«

Vier Meter tiefer, an der Wasseroberfläche, blieb einem aufmerksamen Zuhörer fast das Herz stehen. Steiger wusste, dass FLOTUS die Abkürzung für die »First Lady of the United States« war. Bei der Yacht über ihm handelte es sich offenbar um die Yacht des Präsidenten.

Auf einmal war Steiger alles klar. Der Name *Embarcadero* – natürlich, der Präsident stammte aus Kalifornien! Die Exklusivität der Bucht mit dem Fünf-Sterne-Resort. Omars Sorge und die Anweisung, auf weite Distanz zur Yacht zu gehen, da der Eigner dies wünsche. Die Speedboote mit den Gorillas. Das waren Agenten des *United States Secret Service*.

Steiger musste zugeben, dass die Yacht trotz aller Sicherheitsvorkehrungen ziemlich unauffällig dalag. Und das Wort unauffällig war nicht das erste, das Steiger einfiel, wenn er an amerikanische Sicherheitsmaßnahmen dachte.

Auch hatte sich die Inaktivität der Crew bei seinem vorherigen Besuch erklärt. Es gab offenbar technische Probleme mit den Bewegungsmeldern und den Kameras. Erleichtert darüber, dass so vermutlich keine Bilder von ihm und Felix existierten, dachte er über das Gehörte nach.

Delphine. Bei dem Gedanken wurde Steiger etwas mulmig. Als er noch in der Kampfschwimmerkompanie diente, hatte er davon gehört, dass der amerikanische Secret Service speziell abgerichtete Delphine besaß. Diese sollten einen Sicherheitsring um jede Schutzperson oder jedes Objekt bilden, das wassergestützt war. Die von Natur aus freundlichen und dem Menschen gegenüber ungefährlichen Tiere waren von der US-Navy über Monate darauf gedrillt worden, jeden Taucher oder Schwimmer zu attackieren, der eine gewisse Distanz zum Schutzobjekt unterschritt. Ein solcher Angriff endete meist tödlich. Delphine waren nicht zuletzt Jäger …

Sofort wurde Steiger klar, dass er unglaubliches Glück gehabt hatte. Offenbar hielt der amerikanische Präsident nicht viel von diesem Schutzprogramm. Steiger entschied, dass er genug gehört hatte. Lautlos ließ er sich zu seinem Blackshadow sinken. Am Meeresgrund angekommen, startete er das Unterwasserfahrzeug und machte sich auf den Weg zurück zur *Sphynx*.

Seine Entdeckung würde er vorerst für sich behalten.

53

Zufahrtsstraße zum Militärflughafen
St. Thomas
Amerikanische Jungferninseln
Karibik

United States Secret Service Special Agent Joanna Beal trat energisch auf die Bremse. Mit einem Ruck kam der schwarze Chevrolet Suburban zum Stehen. Unter den Reifen des Fahrzeugs knirschte der Schotter.

»Baustelle! Wer hätte gedacht, dass die hier so früh am Morgen anfangen. Mist!«

»Reg dich nicht auf! Das machen die in diesen Breiten immer so, weil es schon um zehn Uhr richtig heiß ist«, antwortete ihr Kollege auf dem Beifahrersitz.

»Sollen die Homies da vorne doch arbeiten, wir können auch neben der Straße weiter fahren.« Das kam von Agent Dick Crowe, der mit einem weiteren Kollegen auf der Rückbank saß und ein Sandwich verdrückte.

»Kann ich nicht, du siehst doch, rechts und links ist Dickicht, Doofus! Außerdem haben wir dafür die falschen Reifen. Wenn du lieber HUMMVs fährst, wärst du besser zur Army gegangen, Dick!«

»Alpha One, hier Alpha Two. Warum geht's nicht weiter?«

»Alpha Two – Hier wird geteert. Joanna klärt das gerade.«

»Roger! Beeilt euch, Alpha One!«

Den Secret Service Beamten bot sich das Bild einer typischen Straßenbaustelle. Ein großes orangefarbenes Schild mit dem Wort DETOUR und einem schwarzen Pfeil führte sie weg von der direkten Zugangsstraße zum militärischen Teil des Flughafens. Von dort hatte Lieutenant Colonel Cardasis, der Pilot des präsidialen Rettungshubschraubers, angerufen.

Lokale Arbeiter in neonfarbenen Signalwesten, Jeans und

schwarzen Arbeitsschuhen bedienten eine Baumaschine, die in Zeitlupentempo einen neuen Belag auf die Straße aufbrachte. Die schwarze, zähflüssige Masse dampfte. Die Luft flimmerte und es roch nach frischem Teer.

Einer der Arbeiter hatte eine Kippe im Mundwinkel und hielt eine Signalfahne in der Hand. Ein Kollege stützte sich derweil kaugummikauend auf seine Schaufel.

»Fahren Sie oben rum, Ma'am!« Der Arbeiter mit der orangefarbenen Flagge deutete träge mit dem Daumen auf eine Umgehungsstraße.

Joanna Beal zeigte eine Plakette vor, die sie als Agentin des United States Secret Service auswies.

»Wir müssen umgehend zum Flughafen!«

Der Bauarbeiter zeigte sich unbeeindruckt. »Es tut mir leid, Ma'am. Aber auch Sie müssen die Umleitung benutzen. Es sind keine drei Meilen Umweg.«

»Okay, danke!«

Mist, verdammter!

Agentin Beal riss den gepanzerten Suburban herum, wendete und fuhr auf die Straße, die der Arbeiter ihr gewiesen hatte.

»Sag Alpha Two Bescheid!«

Ihr Kollege nahm das Funkgerät.

»Alpha Two – hier Alpha One.«

»Alpha Two hört.«

»Wir müssen die Umleitung benutzen, hier wird geteert. Keine Chance!«

»Alpha One – Alpha Two verstanden!«

»Das kostet uns bei den Straßenverhältnissen hier gut und gerne fünfzehn Minuten«, kommentierte Crowe.

»Das Navi sagt zwölf.«

Special Agent Beal bretterte nun mit fast achtzig Stundenkilometern die staubige Umgehungsstraße entlang.

»Erst brennt der Helikopter ab und jetzt das … Das kann kein Zufall sein!« Beal äußerte ihre Gedanken leise, doch die Kollegen hatten ihre Worte vernommen.

»Wie meinst du das?«

In diesem Moment näherten sie sich einer Haarnadelkurve. Beal bremste den mächtigen SUV herunter, um auf der Schotterstraße nicht vom Weg abzukommen. Zu spät nahm sie die Signale wahr, die ihr sechster Sinn meldete:

Die Gegend ist wie ausgestorben, kein Gegenverkehr, nicht ein einziges Fahrzeug, keine Menschenseele an der Straße …

Keine Schilder, die die weitere Verkehrsführung andeuten …

Beal stutzte für wenige Sekunden und wurde noch langsamer. Da passierte es: Mit einem ohrenbetäubenden Knall flog der gepanzerte Suburban, obwohl er nahezu vier Tonnen wog, fast zwei Meter hoch in die Luft. Die in der Schotterstraße eingelassene IED wog einhundertzwanzig Pfund, sie war nicht zu erkennen gewesen.

Beal und ihr Beifahrer erlitten schwere Kopfverletzungen und Stauchungen. Die Airbags hatten ausgelöst. Alle Insassen bluteten aus den Ohren. Crowe, der als Einziger nicht angeschnallt war, hatte sich das Genick gebrochen, als sein Körper gegen das Fahrzeugdach geworfen wurde. Er war sofort tot. Die anderen sollten innerhalb der nächsten Stunde ihren inneren Blutungen erliegen. Der Chevrolet war ein Totalausfall.

Hilflos hatten die Kollegen im zweiten Fahrzeug alles mit ansehen müssen. Das Protokoll schrieb in solchen Fällen vor, keine erste Hilfe zu leisten, sondern unverzüglich dem ursprünglichen Auftrag nachzukommen. Der Fahrzeugführer des zweiten Suburban, Special Agent Foster, zögerte jedoch und traf seine Entscheidung dadurch genau zwei Sekunden zu spät. Seine Augen auf das zerstörte Fahrzeug fixiert, sorgte er sich um seine Kollegen. Genau das wurde ihm und seinem Team nun zum Verhängnis.

Er hatte den schweren Truck nicht gesehen, der sich plötzlich mit überhöhter Geschwindigkeit von rechts genähert hatte. Der massive Aufprall kam blitzartig, und obwohl auch die Airbags ihres Fahrzeugs sofort auslösten, trugen alle Insassen Blessuren davon.

Der Kipplaster verfügte vorne über eine breite Stahlschaufel. Er schob nun den gepanzerten Suburban wie ein Spielzeugauto quer vor sich her.

Nach einigen Sekunden hatten sich die Secret Service Agenten wieder berappelt. Geistesgegenwärtig entfernten sie die Reste der Airbags mit ihren Messern, um ein klares Sichtfeld auf den Truck zu bekommen. Die gepanzerten Fensterscheiben waren durch den Aufprall nicht zersplittert. Wie durch ein Wunder ließen sie sich noch ein Stück absenken. Diszipliniert feuerten die Agenten, die rechts saßen, mit ihren kurzen Sturmgewehren auf den Angreifer. Doch auch die starken 5,7-mm-Projektile konnten den schweren Truck nicht stoppen. Der Fahrer hatte einfach die Schaufel ein wenig angehoben, so dass die Männer aus ihrem Winkel die Windschutzscheibe nicht sehen, geschweige denn treffen konnten. Auch der größte Teil des Kühlers wurde von der Schaufel verdeckt.

Verzweifelt versuchte Special Agent Foster, den Motor zu starten, der beim Aufprall ausgegangen war.

»Jetzt komm schon, du Mistkarre!«

Währenddessen trieb das massige Baustellenfahrzeug den Suburban unbeeindruckt voran. Immer weiter entfernten sich die Beamten des Secret Service von ihren schwerverletzten Kameraden im ersten Fahrzeug.

Foster war der Erste, dem dämmerte, was nun kommen würde. Er spähte links aus dem Fenster und konnte bereits das Meer sehen. Das Problem daran war, dass der Meeresspiegel etwa einhundert Meter tief unter ihnen lag.

»F***! Wir müssen hier raus! Der will uns die Klippen runterstoßen!«

Hektisch betätigte er die Zündung, der Anlasser klickte, doch der Motor schwieg.

Der Kipplaster verlangsamte nun etwas seine Geschwindigkeit, drückte den Chevrolet aber weiter beständig auf den steilen Abhang zu. Foster und Williams warfen sich verzweifelt gegen ihre Türen. Doch der Rahmen des Fahrzeugs hatte sich bei dem heftigen Aufprall komplett verzogen. Es half alles nichts. Die Türen ließen sich nicht öffnen.

Die Kollegen zu ihrer Rechten feuerten weiterhin aus dem Fenster. Doch während sie noch versuchten, die Reifen zu treffen, befand sich der schwarze Suburban auch schon über dem Abgrund. Mit einem Mal wurde es ruhig. Der Truck hatte gestoppt. Es herrschte Grabesstille. Hilflos hingen jetzt die zwei linken Räder in der Luft.

»Verdammt, wir dürfen nicht kippen! Alle Mann auf die rechte Seite!«

Der Fahrer des Trucks kannte jedoch keine Gnade. Es folgte ein kurzer, letzter Stoß. Der Suburban stürzte jäh in die Tiefe, taumelte im Fall und schlug mit dem Dach auf einen Felsen auf, bevor er im Meer versank. Keiner der Insassen überlebte.

54

Meer vor St. Thomas
Amerikanische Jungferninseln
Karibik

Es war noch dunkel und man konnte den Schriftzug *Djinn* am Heckspiegel der kleinen englischen Motoryacht noch nicht entziffern. Nygard, der am Ruder stand, steuerte die Yacht mit einer Geschwindigkeit von fünfundzwanzig Knoten durch die ruhige See. Gelegentlich blickte er auf Kompass und Plotter, um sicherzugehen, dass er nicht vom Kurs abwich. Alles verlief nach Plan. Bulan hatte mit Omerovic getauscht und war zum Landteam gewechselt. Nun war es Bulans Aufgabe, Raschid an Land in die Lage einzuweisen. Omerovic würde später zu ihnen stoßen.

Das Ziel der *Djinn* war eine kleine, verschlafene Bucht an der Südseite der Insel. Die meisten der Männer waren in ihren Kabinen und hatten strikte Anweisung, sich nicht an Deck zu zeigen.

»Gibt es schon Neuigkeiten?« Nygard hatte Borg, der hinter ihm stand, nicht gehört.

»Raschid ist auf Position. Er und seine Männer haben den präsidialen Rettungshubschrauber ausgeschaltet. Und Bulans Trupp konnte zwei Secret Service Teams eliminieren«, antwortete Nygard.

Borgs Gesicht blieb emotionslos. »Also alles nach Plan.«

»Korrekt. Und *Steamer?*«

»Liegt da, wo wir sie haben wollen.«

»Noch …«

»Wir werden dafür sorgen, dass es so bleibt.«

»Glaubst du, sie haben die Situation begriffen?«

»Davon ist jetzt auszugehen. Aber das haben wir einkalkuliert.«

»Hm.«

»Die Taucher sollen sich fertigmachen, wir sind gleich da.«

»In Ordnung.«

55

Belgischer Nachrichtendienst VSSE (Sûreté)
Boulevard du Roi Albert II
Brüssel, Belgien

Robbe Van Leuven war in seine Post vertieft, als es energisch an der Tür klopfte.

»Herein!«

Willem Claes erschien im Raum und war außer Atem. »Robbe, du glaubst nicht, was eben von den schwedischen Kollegen gekommen ist!«

»Nein?«

»Was nein?«

»Ich glaube es nicht?«

»Ach Robbe, lass den Quatsch! Wir haben soeben das Dossier zu diesem Erik Lasse Tellebjörg erhalten.«

»Na und?«

»Halt dich fest! Dieser Tellebjörg, das ist der Riese, der seinen Kameraden und Vorgesetzten erschlagen hat …«

»Ja, ich erinnere mich. Der Berserker. Was ist denn mit dem?«

»Der Kerl ist konvertiert.«

»Was?«

»Ja! Im Gefängnis. Der Typ ist im Gefängnis zum Islam konvertiert!«

»Nein!«

»Doch, ist er! Und jetzt pass auf: Die Schweden wollen von uns wissen, wo er sich aufhält und weshalb wir angefragt haben.«

»Das ist nicht dein Ernst! Warum denn?«

»Das Dossier gibt Auskunft über Kontakte zu schwedischen und dänischen Islamisten, aber auch darüber, dass Tellebjörg enge Kontakte zu Sympathisanten der Jabhat al-Nusra* unterhielt.«

»Na das ist ja mal eine interessante Wendung. Von Rechtsextremisten über Söldner sind wir jetzt bei den Islamisten angekommen. Und das nach Paris und Brüssel! Ich sage schon lange, dass wir im Bereich Islamismus noch immer zu wenig durchgreifen, aber die Politik …«

»Ich weiß, die Politik wollte lange nichts davon hören. Weil die Angst da war, man könnte als zu wenig bunt und weltoffen dargestellt werden …«

»In der Tat.«

»Robbe, dann fragen wir die Schweden am besten mal, ob wir diese Informationen auch an die Partnerdienste übermitteln können, die wir in Bezug auf die anderen Figuren angeschrieben haben.«

* Terroristische Organisation in Syrien, die der al-Qaida zuzurechnen ist.

»Ich kann dir gerade nicht folgen?«

»Na, weil es sich bei den übrigen Muskelpaketen dann ja wahrscheinlich auch um Islamisten handeln wird.«

»Das wissen wir noch nicht, Willem. Bis jetzt ist das eine Hypothese, auch wenn da was dran sein könnte.«

»Was sollen sie denn sonst sein?«

»Keine Ahnung. So weit bin ich noch nicht. Noch nicht. Aber sei schon mal so gut und sag Marianne, ich brauche Nachschub.«

Claes hatte den dezenten Rauswurf verstanden, war aber nicht pikiert. Er hatte sich an die Marotten seines Chefs über die Jahre gewöhnt.

»In Ordnung. Das gesamte Dossier ist auf unserem U-Laufwerk gespeichert.«

»Danke. Ach, und Willem?«

»Ja?«

»Gute Arbeit!«

56

NOAA
National Hurricane Center
Miami, Florida
USA

Dr. Gene Seagram, wachhabende Meteorologin beim nationalen Zentrum für Unwetterwarnungen, wunderte sich. Tropische Wirbelstürme waren um diese Jahreszeit nichts Besonderes. Aber hier braute sich anscheinend richtig etwas zusammen. Ein Hurrikan benötigte normalerweise drei Tage, bis er eine ernstzunehmende Größe erreicht hatte. Das Gebilde, das sie hier auf dem Radarschirm sah, glich bereits nach sechsunddreißig Stunden einem Monster.

Ein gigantisches Tiefdruckgebiet verlagerte sich nach Süden. Es war durch für diese Jahreszeit unnatürlich feuchte Luft angereichert und drehte sich beständig gegen den Uhrzeigersinn. Das geschah genau in der Region, wo sie gerade erst einen starken Sturm verzeichnet hatten.

Seagram konzentrierte sich auf einen Kartenpunkt und besah sich die derzeitige Position.

Knapp hundertfünfzig Seemeilen nordöstlich von den Bahamas entfernt.

Sie erfasste die atmosphärischen Bedingungen und kalkulierte die Geschwindigkeit. Der Sturm bewegte sich bereits mit über sechzig Meilen pro Stunde. Sollte er sich weiter beschleunigen, hatten sie es mit einem handfesten Hurrikan zu tun. Seagram plottete einen ungefähren Verlauf für die nächsten zweihundert Seemeilen aus. Hurrikans folgten selten einer geraden Linie und wechselten häufiger den Kurs. Das machte sie unberechenbar.

Sie schauderte. Sollte sich der Sturm derart weiterentwickeln, lag er mehr oder weniger über den Amerikanischen Jungferninseln. Sie musste sofort Alarm auslösen. Wenn sie Glück hatten, drehte das Ungetüm in Richtung Osten oder Südosten oder es schwächte sich ab. Wenn nicht …

Sie wollte sich die Schäden gar nicht vorstellen.

Besorgt griff sie zum Telefonhörer. Am anderen Ende der Leitung meldete sich ihr Vorgesetzter, der Chefmeteorologe Todd Wilkerson. Seiner Stimme nach hatte er eben noch geschlafen.

»Hallo?«

»Todd, Gene hier. Du wirst es nicht mögen, aber wir haben hier ein handfestes Problem.«

»Ich höre …«

57

Bucht an der Südseite von St. Thomas
Amerikanische Jungferninseln
Karibik

Rijkaard, Pearce, Kendrick und Rhodes hatten sich tauchfertig gemacht. Die Männer saßen auf der Heckplattform der Motoryacht *Djinn*. Sie hatten ihre Kreislaufgeräte angelegt und überprüften nochmals ihre Ausrüstungstaschen. Die Ausrüstung war redundant geplant. Sie führten HK-416 Sturmgewehre, schallgedämpfte MP5 Maschinenpistolen, Glock Pistolen und Nebelgranaten mit sich. Jeder hatte ein starkes Tauchermesser an der Innenseite eines Beins befestigt. Allerdings war ihr Munitionsvorrat limitiert, man konnte unter Wasser nicht beliebig viel mitnehmen. Jede Rotte verfügte über ein Navigationsbrett, in dem ein Tiefenmesser, ein Kompass und eine Uhr eingelassen waren. Unter Zuhilfenahme dieser Instrumente konnte man sich unter Wasser ähnlich gut orientieren wie an der Oberfläche. Sie wussten, es würde ein langer Tauchgang werden. Sie waren vergleichbare Distanzen mehrmals im Training getaucht. Dabei kam es darauf an, dass man sorgfältig arbeitete. Auch musste man die Tiefe peinlich genau einhalten, da sich über einen Bogen die Distanz erhöhte. Nur allzu gern hätten die Männer einen Unterwasserschlitten genutzt. Doch der war hier nicht einfach zu bekommen. Und die Zeit drängte.

»Sonnenaufgang in sechzig Minuten.«

»Check!«

»Peilung?«

»Dreihundertzehn Grad.«

»Check!«

»Wie lange werdet ihr brauchen?«, fragte Borg.

»Etwa fünfundvierzig Minuten, bis wir bei *Steamer* sind, vielleicht etwas mehr, je nach Strömung. Wie besprochen.«

»Viel Glück!«

»Danke!«

Nach diesen knappen Worten ließen sich die vier Taucher ins Wasser fallen. Die Yacht drehte sofort ab, entfernte sich rasch und nahm wieder Kurs auf das offene Meer.

58

Südküste von St. Thomas
Amerikanische Jungferninseln
Karibik

Bulan schaute angestrengt durch das Zielfernrohr seines russischen Oris-Scharfschützengewehrs. Er lag mit seinem Landteam, unter Palmenblättern getarnt, in einem kleinen Dickicht. Direkt vor ihnen verlief eine schmale Straße mit vereinzelten großen Palmen. Gleich dahinter eröffnete sich eine große Bucht. Knapp zweihundertvierzig Meter trennten den Trupp vom Strand.

Doch dieser Teil des Strandes war nicht komplett zugänglich. Ein sechshundert Meter langer Maschendrahtzaun, der zusätzlich mit NATO-Draht gesichert war, trennte ein Areal U-förmig zum Meer hin ab. Vor dem Zaun war ein kleiner Graben ausgehoben und Schilder forderten alle hundert Meter unmissverständlich dazu auf, sich fernzuhalten. Über dem Eingangstor hing eine große Tafel mit der amerikanischen Flagge.

Innerhalb des Areals sah Bulan vier große beigefarbene Container, wie sie beim Militär verwendet wurden. Auf den Containern waren lange Antennen montiert. Davor parkten drei schwarze Suburban mit dunkel getönten Scheiben.

Der Zaun führte an jeder Seite einhundertfünfzig Meter weit ins Meer. Weit genug, dass man einen Taucher oder

Schwimmer, der um den Zaun herumschwamm, in der sandigen und klaren Bucht ausmachen konnte.

Bulan sichtete hinter den Containern eine kleine hölzerne Schwimmpier, die ins Wasser ragte. An ihr waren zwei Motorboote festgemacht. Ein drittes Boot dümpelte in einiger Entfernung in der Dünung. Vier Männer befanden sich an Bord und scannten aufmerksam die Umgebung, ihre Waffen im Anschlag.

»Hier also hat sich der amerikanische Secret Service eingerichtet«, kommentierte Raschid, während er die Szenerie durch ein Fernglas betrachtete.

»Ihre feinen Anzüge haben sie anscheinend zu Hause gelassen. Ich würde sagen: Die sind einsatzbereit. Sofort. In ballistischen Westen und praktischer Kleidung«, ergänzte Bulan.

»Die Angst ist ihnen ein ständiger Begleiter geworden, weil sie heute viele Kameraden verloren haben.«

»Ihr sagt es, Herr, und der Hubschrauber fehlt ihnen auch.«

»Aber nicht mehr lange. Ich denke, der amerikanische Zerstörer, der vor der Küste kreuzt, wird seinen Helikopter innerhalb der nächsten Minuten hierher beordern. Ich hoffe es.«

»Das wollt Ihr? Dass ein neuer Helikopter kommt?«, fragte Bulan, der nicht alle Einzelheiten des Plans kannte.

»Richtig.« Raschid nahm das Fernglas nicht von seinen Augen. »Ich will, dass ein ganz bestimmter Helikopter kommt …«

Bulan verstand nicht recht und konzentrierte sich wieder auf das Ziel. »Lange haben wir auf diesen Moment gewartet.«

»Das haben wir«, pflichtete Raschid bei. »Sage den Männern, es geht gleich los!«

Bulan gab den Befehl leise per Funk an die Brüder weiter, die sich in einiger Entfernung von ihnen befanden.

»Wo sind Farouk und der Rest?«

»Auf zwei Boote verteilt, keine Minute von hier in der nächsten Bucht«, erwiderte Bulan.

Raschid blieb die Ruhe in Person. »Gut, denn gleich muss es sehr, sehr schnell gehen.«

59

Secret Harbour Resort Hotel
Charlotte Amalie, St. Thomas
Amerikanische Jungferninseln
Karibik

Omerovic lag in einem King-Size-Bett. In einer Hotelsuite, die er sich in seinem alten Leben niemals hätte leisten können. Auf dem gläsernen Clubtisch standen leere Champagnerflaschen.

Heather Keegan und Eden Paige saßen mehr oder weniger aufrecht im Bett und knabberten an dem kleinen Snack, den der Zimmerservice soeben gebracht hatte. Die Tatsache, dass beide Frauen nackt waren, hatte den Kellner sichtlich überfordert. Er hatte die Suite ohne jede trinkgeldheischende Geste schnell wieder verlassen.

»Ich bin es zwar nicht gewohnt, so früh aufzustehen, aber was tut man nicht alles für ein Date mit einem Scheich …«, kommentierte Heather und hob ein volles Glas Champagner.

»… einem hoffentlich echten Scheich!«, ergänzte Eden.

Omerovic schaute auf seine Uhr. Gleich sieben. »Es tut mir wirklich sehr leid, Ladies, aber wir müssen uns jetzt anziehen. Der Scheich wartet nicht gerne.«

»Och, muss das sein? Gerade jetzt. Können wir vorher nicht noch ein wenig Spaß haben?«, protestierte Heather.

»Dazu gibt es später noch genug Gelegenheit, ihr Süßen. Der Scheich will heute Morgen noch zu den britischen Jungferninseln verlegen. Kommt, zieht euch an, aber lasst eure Bikinis drunter!«

Kichernd nahmen die Frauen ihre Kleider auf, die über die ganze Suite verteilt waren.

»Ist dein Scheich im Bett genauso gut wie du?«

»Besser, mein Engel, über Scheich Sulayman hat sich noch

nie eine Frau beschwert … Aber er darf nicht erfahren, dass wir uns bereits vergnügt haben. Ihr müsst so rein sein wie frisch gepflückte Lilien, versteht ihr?«

Mit diesen Worten wandte sich Omerovic ab, damit die jungen Frauen sein versteinertes Gesicht nicht sehen konnten.

60

Belgischer Nachrichtendienst VSSE (Sûreté)
Boulevard du Roi Albert II
Brüssel
Belgien

Robbe Van Leuven machte sich große Sorgen. Seine Hypothese hatte alles gesprengt, was er bislang in seiner nachrichtendienstlichen Karriere erlebt hatte. Dennoch war er davon überzeugt, dass er recht hatte. Nicht, dass er die Möglichkeit ausschloss, sich zu irren. Er war nur keiner, der aus Angst vor Fehlern wartete, bis eine irreversible Situation eingetreten war. So hatte er sich einen Termin bei der Amtsleitung geben lassen, um seinen Standpunkt zu erläutern.

Sein Vorgesetzter hatte zunächst langsam den Kopf geschüttelt. Dann wollte er ihn fast für verrückt erklären. Erst als Van Leuven alle Details auf den Tisch gelegt hatte, änderte er seine Meinung. »Zum Teufel, Robbe, da könnte etwas dran sein. Das sind zu viele Zufälle!«

»Das will ich meinen.«

»Hat irgendeiner der angelsächsischen Ex-Soldaten Bezüge zum Islam?«

»Negativ.«

»Verdammt, das passt! Wir müssen umgehend unsere Partnerdienste informieren. Aber schreibe bitte, dass es sich hierbei lediglich um eine auf Fakten beruhende Vermutung handelt.«

»Mache ich.«

»Danke, Robbe. Ich hoffe sehr, dass du dich irrst.«

»Das hoffe ich auch.«

61

Yachthafen Charlotte Amalie
St. Thomas
Amerikanische Jungferninseln
Karibik

Nygard, der in seinem weißen kurzärmeligen Hemd und den dunkelblauen Bermudas mit Funkgerät am Gürtel aussah wie das Crewmitglied einer Luxusyacht, hatte die *Djinn* mit dem Heck zur Pier gelegt. Das Boot war frisch gereinigt. Nygard hatte das Sonnendach ausgefahren, obwohl es noch früh am Tage war. Denn die Sonne würde ihre Macht sehr bald voll entfalten.

Dann sah er eine dunkle Mercedes S-Klasse langsam die Pier herunterfahren. »Erik, es ist soweit. Verkriecht euch alle unter Deck, bis ich das Signal gebe. Ich will niemanden sehen.«

Borg nickte, warf noch einen kurzen Blick in Richtung des Mercedes und verschwand rasch unter Deck.

Der Wagen hielt. Omerovic stieg aus, umrundete ohne Hast den Wagen und öffnete die hintere Tür. Es erschienen zwei leicht bekleidete Frauen. Nygard stellte fest, dass sie äußerst attraktiv waren.

»Hey, Casanova!«

Omerovic drehte den Kopf und schwieg. Sein Blick verhieß, dass er sich von Nygard vor den Frauen etwas mehr Respekt erwartet hatte. Es galt, den Schein zu wahren.

»Gehört dieser Mann etwa zu dir?«, wollte Eden wissen.

»Ja, er … er arbeitet für mich«, erwiderte Omerovic großspurig und lächelte überheblich. »Manchmal ist er jedoch etwas frech … Ach, und ihr müsstet bitte die Schuhe ausziehen, das Teakdeck, ihr versteht …«

Er hatte die Worte kaum gesprochen, da hielten die Frauen ihre Sandalen bereits in der Hand und balancierten über die schmale Gangway.

»Willkommen an Bord!«, begrüßte sie Nygard und machte eine einladende Geste.

»Danke!«

Omerovic kommandierte seinen »Angestellten«: »Guten Morgen, fahren Sie uns zur *Qadr*, bitte!«

»Sehr wohl.«

Dann wandte sich Omerovic an die beiden Frauen: »Wir brauchen etwa fünfzehn Minuten zur Yacht. Der Scheich ist ein Frühaufsteher, wir werden ihn an Bord zum Frühstück antreffen. Ich werde euch persönlich vorstellen. Und selbstverständlich bekommt ihr an Bord eine eigene Kabine.«

»Das hört sich toll an, Mirza!«

Weder Eden Paige noch Heather Keegan bemerkten das verächtliche Grinsen in Nygards Gesicht, der am Steuer stand und ihnen den Rücken zudrehte.

»Wollt ihr es euch solange auf der Liegewiese hier hinten bequem machen?«

»Gerne, sind wir da auch windgeschützt?«

»Das ist der beste Platz an Bord. Hier, die sind für euch«, entgegnete Omerovic und warf den Frauen zwei große Frotteehandtücher zu.

Heather malte sich bildlich aus, wie es erst an Bord der großen Yacht des Scheichs aussehen würde. Sie hatte noch nie einen wahrhaftigen Scheich kennengelernt und war sehr auf die Begegnung gespannt.

62

Präsidentenyacht *Embarcadero*
Bucht an der Südseite von St. Thomas
Amerikanische Jungferninseln
Karibik

Der Tauchgang war keine große Herausforderung gewesen. Ihre Navigation unter Wasser war fehlerfrei. Hinzu kamen die ausgezeichneten Sichtverhältnisse. Sie alle hatten bereits in weitaus dunkleren und kälteren Gefilden getaucht.

Rottenweise und mit einigem Abstand hatten Rhodes, Pearce, Rijkaard und Kendrick das Kap sicher erreicht. Sie wussten, dass sie nach Umrundung der Felsen eine erneute Kursänderung vornehmen mussten. Alternativ wäre es auch möglich gewesen, parallel zum Strand zu tauchen. Aber dann hätten sie wertvolle Zeit verschenkt, da die Bucht sichelförmig verlief. Die direkteste Verbindung zwischen zwei Punkten war immer noch eine Gerade.

Kendrick war froh, als sie sich endlich dem länglichen Schatten näherten, den der Rumpf der Luxusyacht auf den Meeresgrund warf. Sie erkannten sofort die beiden mächtigen fünfblättrigen Edelstahlpropeller und die Doppelruderanlage. Sie waren an ihrem Zielobjekt *Steamer* angekommen.

Unter Wasser herrschte Stille. Es war, als schliefe alles. Weit und breit waren keine Schiffsschrauben zu hören. Anscheinend rechnete niemand mit ungebetenen Gästen. Doch ein unangenehmer Punkt blieb: Es würde bald hell werden.

Rhodes schaute auf seinen Tauchcomputer. Ihr Timing war nahezu perfekt. Dann richtete er seinen Blick auf die Schrauben.

Jedem Taucher war das mulmige Gefühl bekannt, das die Nähe einer großen Schiffsschraube verbreitete. Ein unerwarteter Start des Schiffes hätte zur Folge, dass alles, was sich vor der Schraube befand, in einen Sog geraten und der Schraube zugeführt würde. Ein Fleischwolf arbeitete zwar nach einem anderen Prinzip, aber die Ergebnisse ähnelten sich.

Die vier Froschmänner waren jedoch zu routiniert, um sich von derartigen Gedanken ablenken zu lassen. Sie konzentrierten sich voll auf ihren Auftrag. Rhodes und Rijkaard sicherten und hielten sich bereit, während Pearce und Kendrick sich am ersten Schiffspropeller zu schaffen machten. Sie wussten, Kraft unter Wasser umzusetzen, war um ein Vielfaches schwerer als an Land, da man als Taucher nicht »verankert« war. Hinzu kam, dass sie unter Wasser nicht gut miteinander kommunizieren konnten. Daher hatten sie alle wahrscheinlichen Szenarien vorher immer wieder »trocken« geübt.

Kendrick hatte an seinem rechten Handgelenk eine LED-Leuchte befestigt, die von einem Akku auf seinem Rücken gespeist wurde. Dadurch hatte er immer dort Licht, wo seine rechte Hand hinzeigte. Seine Aufmerksamkeit galt nun der ersten von vier massiven, achtzehn Zentimeter langen Schrauben, mit denen der Schiffspropeller der Steuerbordmaschine auf dem Wellenkopf befestigt war.

Er streckte seine linke Hand aus. Pearce, der eine kleine Stirnlampe trug, übergab ihm eine Verlängerungsstange. Kendrick befestigte die Stange am Griff des Schraubenschlüssels. Vorsichtig setzte er an. Er versuchte mit zunehmendem Krafteinsatz, die Stange gegen den Uhrzeigersinn zu bewegen.

Nichts.

Die Schraube bewegte sich keinen Millimeter.

Na, komm schon!

Kendrick »stand« jetzt waagerecht im Wasser und verkeilte sich. Dabei hielt er Stange fest in beiden Händen und stemmte sich mit seinen Füßen gegen die Welle des Schiffs. Es schien, als spanne sich jeder Muskel seines durchtrainierten Körpers. Er ächzte und fluchte, wohl wissend, dass niemand seine Laute hier unten registrieren würde. Er spürte, dass er schneller atmete. Auch die Augen der anderen Taucher konzentrierten sich auf den Wellenkopf. Nach einigen Sekunden hörten sie endlich das ersehnte Geräusch.

»KNACK!«

Die erste Schraube war gelöst. Vorsichtig nahm Kendrick die Verlängerungsstange ab und gab sie an Pearce weiter. Geduldig nutzte er die kurze Knarre, um die Schraube aus ihrem Gewinde zu drehen. Er schaute zu Pearce und nickte mit dem Kopf, als wolle er sagen:

Und das Ganze jetzt noch genau sieben Mal!

Doch Pearce schien zufrieden zu sein und gab Kendrick das OK-Zeichen. Er begutachtete die Schraube neugierig, um sie dann auf den Grund sinken zu lassen. Dann wiederholte Kendrick die Prozedur.

Innerhalb von zwanzig Minuten hatten sämtliche Schrauben nachgegeben. Es war anstrengend gewesen, doch sie hatten die erste Phase geschafft. Der nächste und entscheidende Schritt konnte folgen.

Kendrick signalisierte Pearce nach Werkzeug. Pearce verstand sofort und förderte eine Hydraulikpumpe aus seiner Tasche.

63

Motoryacht *Sphynx*
Amerikanische Jungferninseln
Karibik

Steiger konnte nicht mehr schlafen. Er hatte noch immer die Zeitverschiebung in den Knochen. Zu allem Überfluss war er auf dem Weg zur Toilette mit seinem kleinen Zeh an der untersten Stufe des Niedergangs hängengeblieben. Das Grummeln im Bauch machte die Lage auch nicht besser. Er entschied sich, eine Banane und einen Smoothie aus der Kombüse zu fischen und legte sich wieder in seine Koje.

Er schaute auf sein Smartphone.

»Ah!«

Mirko Wolff hatte geschrieben:

»Lust, heute Abend in Charlotte Amalie an eine Bartheke zu lümmeln? Hab gehört, in der Buccaneer's Cove steppt der Bär!«

Jetzt war Steiger, der sich über den Schmerz in seiner Zehe noch immer ärgerte, hellwach. Er textete:

»Mirko! Endlich im Lande! Kommst du gleich zum Frühstück rüber auf die Sphynx?«

Die Antwort ließ nicht lange auf sich warten.

»Klar! Dazu frische Brötchen gefällig?«

»Hä, wie das?«

»Kein Witz, die Dream Catcher backt ihr eigenes Brot!«

Beim Gedanken an frische deutsche Brötchen lief Steiger das Wasser im Munde zusammen.

»Dann mach noch schneller, wann kannst du hier sein?«

»ETA in 015 min.«

»gr8!«

Erwartungsfroh blickte Steiger dem Eintreffen seines Freundes entgegen. Und gegen frische Brötchen hatten Omar und Samira sicher auch nichts einzuwenden.

64

Präsidentenyacht *Embarcadero*
Bucht an der Südseite von St. Thomas
Amerikanische Jungferninseln
Karibik

An der Unterseite des Schiffsrumpfes hatte Pearce seine Kopflampe eingeschaltet und leuchtete Kendrick bei der Arbeit. Plötzlich spürte er, wie ihn jemand unsanft am Arm packte.

Er drehte sich abrupt um. Kendrick konnte so nicht mehr optimal sehen. Stattdessen blendete Pearce nun seinen Kameraden Rijkaard, der ihn mit großen Augen anstarrte. Pearce machte mit seinen Händen eine eindeutige Geste à la: *Was willst du von mir?*

Rijkaard deutete auf mehrere Stellen im Rumpf über ihnen.

Pearce schaute in die gewiesene Richtung und wusste sofort, was Rijkaard meinte: Der Rumpf verfügte über kleine Sonardetektoren und mehrere eingelassene Unterwasserkameras. Es grenzte an ein Wunder, dass sie oben an Bord noch keinen Alarm ausgelöst hatten.

Wie konnte das sein?

Schliefen die Wachen an ihren Monitoren?

Oder wurde vielleicht nur aufgezeichnet?

Das ändert aber nichts, beruhigte er sich. *Kein Alarm ist noch kein Alarm.*

»Weitermachen«, signalisierte Pearce den anderen. Kendrick hatte die hydraulische Handpumpe bereits fertig präpariert. Der konisch zulaufende Stutzen der Pumpe deckte den Gewindekanal dank einer Silikondichtung komplett ab. Zügig betätigte er die Handpumpe, während er den länglichen Stutzen jeweils für einige Sekunden in den Gewindekanal hielt. Das synthetische Öl wurde mit einem Druck von sechs Atmosphären in den Gewindekanal gepresst, aus dem sie zuvor die langen Schrauben entfernt hatten. Diesen Prozess wiederholte er an sämtlichen offenen Gewinden der beiden großen Schiffsschrauben. Schließlich dichtete er alle Öffnungen mit einem Material ab, das einer schwarzen Knetmasse glich. Er hoffte, dass sein Plan aufging und sich das Öl seinen Weg bis zur Schiffswelle bahnen würde. Beim Einschalten der Maschinen und Einlegen einer Fahrstufe würden sich dann die großen Schiffsschrauben, die nun nicht mehr durch die Bolzenschrauben gesichert waren, von selbst vom Wellenkopf lösen.

Er blickte Pearce in die Augen. Die Sonne war vor wenigen Minuten aufgegangen, so konnte er dessen Gesicht nun auch ohne Lampe gut erkennen. Rijkaard und Rhodes blickten skeptisch nach oben. Sie wussten, dass sie bei diesen Lichtverhältnissen in dem klaren Wasser nur wenig Deckung hatten. Sie mussten sich mittig unter dem Rumpf halten.

Plötzlich vernahmen die Männer ein Surren. Zunächst noch schwach, aber beständig lauter werdend. Ein Motorboot kündigte sich an. Doch es schien sich in einiger Distanz zu befinden. Die Richtung war nicht auszumachen.

Die vier Taucher nickten einander zu und Rhodes fischte ein kleines dünnes graues Kabel hervor. An dessen Ende befand sich eine kleine Funkboje mit einem eingebauten Minisender, die zur Tarnung aussah wie eine Zigarettenschachtel. Vorsichtig ließ er den kleinen Sender an die Oberfläche aufsteigen. Dann setzte er das vereinbarte Signal ab.

Hoffentlich bemerkt keiner das Ding, dachte er.

65

Motoryacht *Sphynx*
Amerikanische Jungferninseln
Karibik

Gekonnt hatte Wolff den Tender längsseits der *Sphynx* angelegt. Steiger hatte ihn bereits gehört, die Leinen angenommen und das Boot vertäut. Die Männer begrüßten einander herzlich.

»Psst! Omar und Samira schlafen noch!«

»Wo ist ihre Kabine?«

»Im Achterschiff.«

»Perfekt, dann machen wir hier vorne in der Messe schon mal Frühstück.«

»Frische Brötchen! Und das in der Karibik, wo es nur diese Pampe von amerikanischem Brot gibt.«

»Ein paar Eier habe ich auch mitgebracht.«

Steiger rieb sich die Hände.

Zufrieden verschwanden die beiden Freunde im Niedergang. Steiger hatte frisches Obst, Honig und Marmelade im Kühlschrank gefunden und bereits einen Kaffee aufgesetzt. Dank Mirkos Umsicht gab es dazu auch noch Rührei.

»So mein Alter, jetzt erzähl mal, wie ist es dir in Amman ergangen?«

»Dramatisch!«

»Dann pack mal aus.«

»So wie die Libanesen haben auch die Jordanier ein echtes Flüchtlingsproblem …«

»Das habe ich auch schon gehört.«

»Na ja, leider werden die Lager auch benutzt, Leute an Sprengstoffen bzw. Mechanismen auszubilden. Die als Flüchtlinge getarnten Attentäter reisen dann in den Westen, um Anschläge durchzuführen. Und die Schwierigkeit ist …«

»… die Netzwerke zu identifizieren und zu infiltrieren«, beendete Steiger den Satz.

»So ist es.«

Wolff wirkte über diese Zustände ernüchtert. »Hey, lass uns nicht von der Arbeit sprechen …«

»Verstanden! Kein Ding! Sieh lieber zu, dass du genug isst, denn ein paar Stunden sind wir garantiert im Wasser.«

Wolff grinste. »Omar, der alte Schinder …«

Beide lachten und bissen beherzt in ihre Brötchen.

66

Motoryacht *Djinn*
Meer südlich von St. Thomas
Amerikanische Jungferninseln
Karibik

Am Steuer der *Djinn* griff Nygard nach seinem Smartphone.

Das Signal der Taucher!

»Mirza!«

»Was ist?«

»Kannst du kurz kommen und das Ruder übernehmen?«

»Sofort!«

Nygard verschwand unter Deck. Leise alarmierte er Borg und die übrigen Männer. »Okay. Das war das Signal. *Steamer* ist manövrierunfähig! Ihr wartet jetzt hier unten auf unser Zeichen. Es geht los!«

Die Männer unter Deck blieben entspannt. Sie nickten ihren jeweiligen Teampartnern zu. Hier und da wurden letzte Ausrüstungschecks durchgeführt, Knieschoner wurden zurechtgezurrt, Waffen durchgeladen. Die Männer tasteten, ob am Körper alles dort war, wo es sein sollte. Das Team war bereit und wartete auf seinen Einsatz.

»Erst wenn wir das Signal geben, kommt ihr an Deck und sucht euch eure Ziele, verstanden?«

Erneutes Nicken. Jeder der Männer war komplett »aufgerödelt«. Die meisten hatten sich für leichte, helle Einsatzkleidung entschieden. Über ihren ballistischen Westen trugen sie *Chest Rigs*, an denen Magazintaschen, Messer, Werkzeuge, Funkgeräte und kleine taktische Lampen befestigt waren. Einige führten ihre Kurzwaffen in Oberschenkelholstern mit, andere am Gürtel. M4-Sturmgewehre baumelten an Slings um ihren Hals. Erste-Hilfe-Päckchen und Tourniquets waren mit MOLLE an leichten Einsatzrucksäcken befestigt. Einige hatten, anstelle eines taktischen Rucksacks, Camelbak Trinksysteme auf ihrem Rücken. Die zwei designierten Sanitäter verfügten über eine komplette Rettungsausrüstung.

Endlich konnte es losgehen. Hierfür hatten sie die ganze Zeit trainiert. Alle wirkten extrem konzentriert. Sie wussten, dass sie eine schwere Aufgabe erwartete und sie brannten darauf, sie endlich hinter sich zu bringen.

An Deck ergab sich derweil ein Problem ganz anderer Art. Genau genommen war Heather Keegan das Problem.

»Mirza Schatzi, ich müsste mal für kleine Mädchen, zeigst du mir den Weg?«

Omerovic schluckte. Er spürte, wie sein Körper Adrenalin ausschüttete.

Auch das noch! Doch nicht jetzt!

Alarmiert wechselte er einen Blick mit Nygard, der inzwischen zurück an Deck gekommen war. Dann fasste er sich wieder und antwortete: »Oh Baby, das kannst du in ein paar Minuten in aller Ruhe auf der Yacht besorgen, dort hast du auch mehr Platz. Unsere Toilette hier an Bord ist … im Moment nicht vorzeigbar.«

»Okay, okay. Es hat Zeit …« In Heathers Blick spiegelten sich Überraschung und Irritation wieder. Ihr war Omerovics erschrockene erste Reaktion nicht entgangen.

Omerovic wandte sich nun an beide Frauen: »Kommt mal nach vorne, ich möchte euch um etwas bitten …«

Neugierig begaben sich Heather und Eden nach vorn und ließen sich auf dem vorderen Sonnendeck nieder.

»Auf der Yacht war inzwischen Wachwechsel. Wir bekommen gleich wahrscheinlich Besuch von meinen neuen Kollegen. Dann könntet ihr eure Bikinioberteile ruhig mal kurz ausziehen. Na? Würdet ihr das für mich tun? Ich glaube, das würde die Jungs echt freuen, wenn ihr versteht, was ich meine?«

Er setzte sein charmantestes Lächeln auf.

»Für dich? *Alles*, Schätzchen!«

Omerovic grinste und küsste Heather auf die Stirn.

Sie hatten das Kap umrundet. Nun bekamen sie einen klaren Blick auf die große Motoryacht, die in der malerischen Bucht seelenruhig vor Anker lag.

Aus dem Augenwinkel registrierte Mirza Omerovic in einiger Entfernung eine zweite, wesentlich kleinere Yacht. Alarmiert hob er sein Fernglas. Am Heck prangte der Name *Sphynx*. Darunter der Heimathafen Fort Lauderdale.

Definitiv nicht US-Regierung.

Vermutlich ein reicher Privatier.

Kein Grund zur Besorgnis.

Bevor der Bosniake jedoch weiter denken konnte, näherten sich plötzlich zwei Speedboote mit hoher Geschwindigkeit und nahmen direkten Kurs auf die *Djinn*.

Die Männer an Bord waren bis an die Zähne bewaffnet. Ihre kurzen Sturmgewehre auf die *Djinn* gerichtet, begutachteten sie die Yacht mit finsteren Mienen. Trotz aller Disziplin konnten jedoch nicht alle Männer ihre Blicke von den Frauen lassen, die sich halbnackt auf dem Vorschiff räkelten und ihnen zuwinkten.

»Sie können hier nicht weiter, bitte wenden Sie umgehend, Sir!«, rief einer der Männer.

Omerovic war jetzt in seinem Element. Er gab den reichen Ausländer: »Guten Morgen! Ganz entspannt! Wenn mein Freund, also euer Chef erfährt, dass Sie mich weggeschickt haben, könnte er geneigt sein, sich darüber zu erzürnen!«

Der Typ auf dem ersten Boot trug eine goldumrandete Ray Ban Sonnenbrille und kaute Kaugummi. Er war so groß wie breit. Seine Waffe hielt er auf Omerovic gerichtet.

»Erklären Sie sich bitte, Sir!«

»Mirza, sag denen doch, dass wir erwartet werden!«, maulte Eden trotzig von vorn.

»Die Dame hat völlig recht. Wir werden erwartet.« Omerovic tat nun leicht genervt, freute sich insgeheim aber über die ungeplante Schützenhilfe.

Der kaugummikauende Typ drehte sich zu einem Kollegen um. »Kyle, klär das mal!«

Kyle war wenig beeindruckt. Der Secret Service Beamte zuckte mit den Schultern, nahm ein Funkgerät zur Hand und stellte Kontakt zur Yacht her. Die Konversation war für alle klar zu hören.

»Negativ, Mitch!«

Mitch, der Kleiderschrank, wandte sich nun wieder an Omerovic. »Bedaure, Sir, uns liegen keine Informationen vor, dass Sie erwartet werden. Sie müssen sofort wenden. Dies ist ein Sperrgebiet, Sir!«

Während der Unterhaltung war die *Djinn* von Nygard nicht aufgestoppt worden, sondern glitt kaum wahrnehmbar mit zwei Knoten Geschwindigkeit weiter auf die große Luxusyacht zu. Nunmehr trennten keine einhundertfünfzig Meter die beiden Schiffe voneinander.

Heather war die Diskussion mittlerweile leid und ging auf ihre Art in die Offensive. »Hey Matrosen, ihr seid ja schwer bewaffnet, können meine Freundin und ich uns das mal näher anschauen?«

67

Büro des Abteilungsleiters Operationen im National Clandestine Service (NCS)
Central Intelligence Agency (CIA)
Langley, Virginia
USA

Chet Croquer nahm irritiert seine randlose Brille ab. »Ich fasse es selbst kaum. Der Rettungshubschrauber des Präsidenten auf St. Thomas wurde zerstört.«

»Wann?«

»Vor knapp fünfundvierzig Minuten, MacKenzie. Und jetzt auch noch das.«

»Sir?«

»Zwei Secret Service Teams haben sich nicht zurückgemeldet.«

»Das ist mit Sicherheit kein Zufall.«

»*Marine One** ist bereits mit zwei Cobra Helikopter-Gunships unterwegs. Zudem schickt die Navy einen Rettungshubschrauber von ihrem Zerstörer, der *Jason Durham*, um POTUS sofort zu evakuieren.«

»Ich dachte, die Jungs vom Secret Service hätten ihren Laden so langsam wieder im Griff?«

»Das dachte ich auch. So lange ist die Geschichte mit dem Vollpfosten, der unbemerkt ins Weiße Haus eingedrungen ist, aber auch nicht her ...«

»Stimmt.«

»Hören Sie, MacKenzie, das ist jetzt top secret!«

»Okay?« MacKenzie war hellwach.

»Also, der Präsident macht Urlaub auf einer größeren Luxusyacht, die zur Hälfte ihm gehört. Sie ist lediglich auf seinen guten Freund registriert, damit sich unser demokratischer Präsident nicht nachsagen lassen muss, er sei ein reicher Bonze. Diesen Ruf überlässt er den Republikanern.«

MacKenzie verarbeitete das Gehörte. Er wunderte sich über gar nichts mehr. »So eine Yacht kann man aber nicht so einfach kapern, dazu bräuchte man ...« MacKenzie beendete den Satz nicht.

»Was?«

»Am besten ein SEAL-Team ...«

»Wie?«

»Na ja, echte *Shooter* eben. Spezialkräfte, die auf das Entern von Schiffen spezialisiert sind. Am besten Navy-SEALs.«

Chet Croquers Gesichtsausdruck veränderte sich. Plötzlich kam Farbe in sein Gesicht. »Mein Gott, MacKenzie! Die Belgier! Der Bericht! Das muss es sein!«

»Ich kann gerade nicht folgen, Sir?«

* Präsidialer Hubschrauber vom Typ Sikorsky VH-60 White Hawk.

»Macht nichts MacKenzie, Sie haben mich trotzdem auf die Idee gebracht.« Rasch griff Croquer zu seinem Telefonhörer, während er den überraschten MacKenzie um seinen Schreibtisch herumwinkte und mit dem Zeigefinger auf seinen Bildschirm deutete. »Geben Sie mir sofort das Weiße Haus! ASAP!«

68

Präsidentenyacht *Embarcadero*
Bucht an der Südseite von St. Thomas
Amerikanische Jungferninseln
Karibik

Die Taucher hatten gerade ihr Signal abgesetzt. Alle vier tasteten sich nun langsam an der Unterseite des Rumpfes entlang in Richtung Heckplattform. Rhodes hatte die Geräusche von oben als Erster interpretiert. Ein tiefes, sonores Surren: Das musste die Motoryacht ihrer Kameraden sein. Diesen Klang hatten sie sich während der Übungen in den Wochen zuvor genau eingeprägt. Es folgten zwei höher surrende Kontakte, offensichtlich verursacht durch die Außenbordmotoren der Speedboote der Bodyguards von *Steamer*.

Das passt!

Kendrick nickte Rijkaard zu. Unendlich langsam hob Rijkaard den Kopf aus dem Wasser und scannte, ob die Luft rein war.

Niemand war auf der Badeplattform zu sehen und um sie herum lungerten auch keine Motorboote. Sie befanden sich auf der den anderen Booten abgewandten Seite. Rijkaard gab das OK-Zeichen und sicherte mit seinem Sturmgewehr nach oben. Im Nu hatten die anderen drei Taucher das Deck erklommen. Sie verschanzten sich auf der Badeplattform neben einer Dinghi-Garage*, in der sich ein großes Schlauchboot, Jet-Skis und Surfbretter befanden. Ihre Kreislaufgeräte hatten sie zuvor unter Wasser abgelegt und mit ihren Masken und Flossen an einer Leine lose zusammengebunden. Die Sachen ruhten so in zehn Metern Tiefe auf dem Meeresgrund. Das erregte wesentlich weniger Aufmerksamkeit als vier schwarze Ausrüstungen, die offen auf der Badeplattform herumlagen. Angesichts der geringen Tiefe konnte man sie auch jederzeit nutzen, falls dies nötig sein sollte. *Haben* war besser als *brauchen*.

Bisher hatte niemand ihre Präsenz bemerkt. Aber sie hockten jetzt auf dem Achterdeck wie auf dem Präsentierteller. Ein sich von hinten näherndes Boot oder eine Person auf dem Oberdeck hätte sie sofort ausgemacht.

Es galt nun, die zweite Phase einzuleiten. Die Anweisungen waren klar. Nachdem der Antrieb von *Steamer* ausgeschaltet worden war, würden zwei der vier Taucher mit gezielten Schüssen das Feuer auf die Bodyguards eröffnen, um dem Seeteam an Bord der *Djinn* einen taktischen Vorteil zu verschaffen. Die beiden anderen würden sich sofort auf die Suche nach den Zielpersonen machen.

Hochkonzentriert richteten Kendrick und Pearce ihre Aimpoint-Rotpunktvisierungen auf zwei Gorillas. Diese standen, gute einhundert Meter entfernt, ihrem Anführer Nygard auf einem Speedboot gegenüber. Sie schienen mit Nygard zu diskutieren. Die Situation war ernst. So viel war selbst aus der Distanz erkennbar.

Kendrick war sich nicht im Klaren darüber, auf wen er da zielte. Eigentlich war es ihm auch egal. Fakt war, dass die Gorillas in den Motorbooten da draußen ihre Kameraden bedrohten. Damit waren sie die Gegner. Wahrscheinlich für sehr viel Geld von *Fred* und *Wilma* als Personenschützer angeheuert. Doch es gab noch mehr zu sehen: Zwei halbnackte Frauen beugten sich über die Reling, als würden sie gerade für den *Playboy* posieren. Sie machten den Bodyguards schöne Augen.

* Stauraum für Beiboote.

Nicht dumm, aber ob *dieser* Plan auch aufging? Zumindest schauten die Männer nicht auf das, was hinter ihnen lag.

Der kleine rote Punkt wanderte nun in der Mitte eines Kopfes. Kendrick hatte ein mulmiges Gefühl, das er weder einordnen konnte noch wollte. Die Ausrüstung der Bodyguards, die Art und Weise, wie sie ihre Waffen hielten, wie sie sich gegenseitig sicherten: Alles sprach sehr dafür, dass es sich bei ihnen um in den USA ausgebildetes Personal handelte.

Möglicherweise seid ihr sogar Amis, dachte Kendrick, den sein ungutes Gefühl nicht verlassen wollte. Der Wind stand ungünstig, so dass er nur Gesprächsfetzen hören konnte.

Er wischte seine Zweifel beiseite. Leise sprach er in sein Mikro: »Feuer!«

Dann betätigte er den Druckpunktabzug seines Sturmgewehres. Pearce tat es ihm nach.

69

Motoryacht *Djinn*
Meer südlich von St. Thomas
Amerikanische Jungferninseln
Karibik

Zwei Schüsse beendeten den morgendlichen Flirt. Eden Paige und Heather Keegan schrien laut auf. Zwei der Männer, die ihnen gerade noch in den Motorbooten gegenübergestanden hatten, waren urplötzlich zusammengesackt. Es schien, als seien ihre Köpfe fast gleichzeitig explodiert.

Heather starrte fassungslos in das tiefer gelegene Motorboot und erkannte eine Unmenge an Blut und Knochensplittern. Sie schnappte nach Luft. Ihr Magen rebellierte. Dann übergab sie sich über die Reling. Eden kreischte und schrie. Binnen Sekunden folgten weitere Schüsse. Mit einem Mal befanden sich die Frauen mitten in einem erbitterten Feuerkampf. Sie warfen sich auf das Deck und hielten sich die Hände über den Kopf.

Die verbliebenen Secret Service Agenten waren sofort in Deckung gegangen. Sie wussten nicht, von wo genau die Schüsse gekommen waren. Nygard hatte inzwischen den Motorhebel der *Djinn* nach vorne gelegt und hielt auf das erste Motorboot zu. Noch bevor dessen Steuermann reagierte, hatte Nygard das Boot einfach überfahren. Zwei Agenten lagen nun im Wasser. Wie mechanisch streckte Omerovic sie mit seinem Sturmgewehr nieder.

Der Steuermann des zweiten Bootes hatte das Boot nach den Schüssen geistesgegenwärtig herumgerissen und sofort beschleunigt. Er drehte. Das Speedboot zog eine schnelle Furche durch das türkisblaue Wasser, während die Beamten auf die Yacht feuerten.

Binnen weniger Sekunden hatten sechs Secret Service Agenten den Tod gefunden. Die Überlebenden folgten der *Djinn* und versuchten, den Rudergänger Nygard zu treffen. Omerovic und Borg, der inzwischen zusammen mit den anderen an Deck war, schossen jedoch mit überlegener Feuerkraft auf die Verfolger.

Die Bodyguards hatten nicht die Spur einer Chance. Am Ende hatte keiner an Bord des Speedbootes überlebt. Niemand konnte den Motor in den Leerlauf schalten, nachdem der Steuermann tot auf der Konsole zusammengesackt war. So raste das Boot führerlos und mit einer Geschwindigkeit von dreißig Knoten auf den Strand zu. Borg feuerte eine letzte Salve aus seinem Sturmgewehr in das Boot, das sich nun langsam mit Seewasser füllte.

Heather Keegan hatte sich zwischenzeitlich von ihrem Schock erholt, während Eden Paige auf allen vieren kauerte und heulte.

»Was zum Teufel?«

Sie war leichenblass und verstört. Es dämmerte ihr, dass sie und ihre Freundin als Teil eines diabolischen Plans missbraucht worden waren. »Mirza, was läuft hier für eine Scheiße?«

Kalt erteilte Nygard den Befehl: »Kümmere dich um die Frauen, Mirza, das wird hier noch lange dauern. Die Männer wollen später sicher noch ihren Spaß haben!«

Omerovic war schon zur Stelle. Jede Menschlichkeit war jetzt aus seinen Zügen gewichen. Er hatte seine Rolle überzeugend gespielt. Jetzt zeigte er sein wahres Gesicht. Brutal schlug er Heather mit der Faust in den Magen, dann zog er sie und ihre Freundin Eden an den Haaren zum Niedergang und schleifte die Frauen unter Deck. Er warf sie in einer Gästekajüte auf das Bett und fesselte ihre Hände und Füße mit Kabelbindern. Dann vergewisserte er sich, dass es nichts gab, mit dem sich die Frauen befreien konnten.

In ihren Gesichtern stand blanke Panik. Lediglich bei Eden mischten sich Hass und Verachtung dazu.

»Wir sehen uns dann später«, prophezeite er düster und steckte den beiden schmutzige Putzlappen in den Mund. Heather wimmerte.

Omerovic grinste schäbig. Die Frau hatte sich eingenässt.

70

Eine halbe Stunde zuvor
Südküste von St. Thomas
Amerikanische Jungferninseln
Karibik

Amjad Raschid hauchte in sein Mikrophon: »Ausführung!«

Sie waren noch etwa hundertfünfzig Meter vom Strand entfernt. Die übrigen Angehörigen des Landteams hatten sich aufgeteilt und lagen in Position. Zufrieden hörte Raschid, wie sich von Ferne Motorgeräusche einstellten.

»Gleich herrscht am Strand Bewegung!«

Er hatte die Worte kaum gesprochen, als zwei bemannte Motorboote unter Farouks Führung in die Bucht geschossen kamen. Sie nahmen die Secret Service Agenten am Strand unter Beschuss. Dann erkannte Raschid durch sein Zielfernrohr mehrere Personen, die aus den Containern stürmten.

»Feuer!«

Raschids Männer schossen. Am Strand hinter dem Zaun brachen drei Männer getroffen zusammen. Die übrigen Secret Service Agenten verschanzten sich hinter den Fahrzeugen. Einige liefen zurück in Richtung Meer, wo sie von den gerade eingetroffenen Motorbooten aus beschossen wurden.

»Wir greifen an!«, befahl Raschid.

Damit erhob sich sein kleiner Trupp und die Männer rannten in Richtung Strand. Am Zaun angekommen, griff Bulan zu einem kugelförmigen Päckchen Plastiksprengstoff. In der anderen Hand hielt er einen verkabelten silbernen Stift.

Die nachfolgende Explosion ließ das Tor aus den Angeln fliegen.

»Zuerst die Funkstation! Sie dürfen nicht mehr kommunizieren können!«, rief Raschid. Doch da wurde er bereits von Farouk empfangen. »Das wollen sie auch gar nicht mehr. Wir haben sie alle erledigt, Emir.«

Mit innerer Genugtuung inspizierte Raschid die Container. Die Leichen mehrerer Agenten lagen verstreut umher.

»Zerstört alle Funkgeräte und sprengt die Fahrzeuge!«

»Sofort!«

Binnen Minuten erfolgten drei kleine Explosionen.

Raschid nickte befriedigt. »In die Boote! Wir haben keine Zeit zu verlieren!«

Das Landteam hatte während seines Einsatzes nicht einen Mann verloren. Nun wollten sie, nachdem sie die wichtige Basisstation des U.S. Secret Service zerstört hatten, zu ihren Glaubensbrüdern Nygard und Borg fahren, um die Operation abzuschließen.

»Emir, der Helikopter!«

Zufrieden schaute Raschid in Richtung Horizont. Ein grauer Seahawk mit dem Aufdruck »NAVY« näherte sich mit hoher Geschwindigkeit.

»Alle Achtung, die Navy ist schnell. Farouk, dein Einsatz!«

Die Männer winkten dem Hubschrauber zu, der sie nun umrundete. Sie zeigten auf die Container. Der Helikopter hatte seine Höhe auf unter zweihundert Meter reduziert.

»Zu dumm, dass vorher kein Funkspruch mehr abgesetzt werden konnte, was?«

Raschid nickte bedächtig und lächelte.

Der Mann, der sich Farouk nannte, warf eine Persenning zur Seite und förderte eine nagelneue SA 24 Boden-Luft-Rakete, im NATO-Code *Grinch* genannt, zutage. Versiert bediente er das Gerät und richtete es aus. Der Helikopter drehte eine Runde und inspizierte die verwüstete Basis nun aus einer Höhe von etwa einhundertfünfzig Metern. Farouk betätigte konzentriert den Abzug.

Ein schmaler, länglicher Flugkörper zischte, eine weiße Rauchwolke hinter sich herziehend, in Richtung Helikopter. An Bord des Marinehubschraubers hatte man den Rauchstreifen ausgemacht. Zweifellos schlug auch gerade ein elektronisches Warnsystem an Bord Alarm. Urplötzlich leitete der Hubschrauber eine extreme Kursänderung ein und tauchte ab.

»Das nützt ihnen jetzt auch nichts mehr.« Mit diesen Worten wandte sich Raschid schon ab.

»Kurs auf *Steamer*!«

Der Pakistaner sollte recht behalten. Sekunden später verwandelte sich der amerikanische Navy-Helikopter in einen großen Feuerball.

71

Militärflughafen von St. Thomas
Amerikanische Jungferninseln
Karibik

Lieutenant Colonel Jason Cardasis war außer sich vor Entsetzen. »Die haben was? Alle tot? Ein Wahnsinn!«

Sein Crew Chief McMahon hörte über Funk mit und machte ein besorgtes Gesicht.

»Die Funkverbindung zum Heli der *Jason Durham* ist abgebrochen. Er meldet sich nicht mehr. Und noch etwas: *MARINE ONE* und die beiden *Super Cobras* sind *en route*!«

»Sehr gut, danke! Over and out!«

Damit schaltete Cardasis das Funkgerät ab. Zu McMahon gewandt sagte er: »Jim, trommle mir die Jungs zusammen, wir können hier nicht einfach rumsitzen! Wir müssen zum Schiff. Möglicherweise braucht man bald unsere Hilfe!«

»Jawohl, Sir!«

»Gibt es hier noch irgendwo in einem Hangar einen anderen Helikopter? Hey Mick, hast du nicht gesagt, in einem der hinteren Hangars befände sich ein privater Chopper?«

72

Präsidentenyacht *Embarcadero*
Bucht an der Südseite von St. Thomas
Amerikanische Jungferninseln
Karibik

Inzwischen war von *Steamer* wieder konzentriertes Gewehrfeuer zu hören. Aber dieses Mal nicht von Kendrick und Pearce. Ein Teil der Bodygards an Bord hatte vielmehr vom obersten Deck gezielt das Feuer auf die sich nähernde *Djinn* eröffnet. Die Secret Service Agenten wollten die Angreifer gar nicht erst an Bord kommen lassen. Vorschriftsmäßig hatten sich die Personenschützer an Bord von *Steamer* aufgeteilt. Ein Team kümmerte sich um die Schutzpersonen, das andere zeigte klare Kante – und erwiderte den Kampf.

Als die ersten Kugeln über sie hinwegpfiffen, hatten Kendrick und Pearce sofort die Badeplattform geräumt und sich unter Deck begeben. Die beiden anderen Taucher, Rhodes und Rijkaard, hatten sich bereits in die Messe vorgearbeitet, um nach *Fred* und *Wilma* zu suchen. Die Uhr tickte. Die Zielpersonen durften den Schutzraum in keinem Fall erreichen.

Hank Rijkaard ging voran. Er ließ seine Augen durch den hinteren Wohnbereich der Luxusyacht, die sogenannte Messe, wandern. Was er sah, entsprach ganz den Erwartungen des Südafrikaners. Das Schiffsdeck aus Teakholz setzte sich im Schiffsinneren weiter fort. Dazu eine üppige Sitzgarnitur aus dunklem Leder, vermutlich teure Ölgemälde an den Wänden sowie eine gut bestückte Bar aus Mahagoniholz.

Es war niemand zu sehen. Doch während sich Rijkaard geduckt vorwärts bewegte, um seine Silhouette zu verkleinern, fiel ein Schuss. Es war kein lauter Knall. Die Waffe, aus der der Schuss abgegeben wurde, war offenbar schallgedämpft. Noch bevor sein Landsmann Rhodes realisierte, dass Rijkaard getroffen neben ihm lag, hatte er instinktiv eine Dublette in die Richtung gefeuert, aus der er den kurzen Mündungsblitz wahrgenommen hatte. Das anschließende Geräusch ließ vermuten, dass etwas oder jemand zu Boden gefallen war.

Rhodes setzte eine Meldung ab: »Hank hat's erwischt! Man down!«

Kendrick und Pearce waren mittlerweile ebenfalls in der Messe angelangt. Kendrick schaute auf Rijkaard. Kopfschuss. Da war nichts mehr zu machen. Kendrick fluchte.

Rhodes lief nun geduckt vor und identifizierte den Niedergang, der unter Deck in Richtung des Schutzraums führen sollte. Doch gerade als die Männer Anstalten machten, hinabzusteigen, vernahmen sie ein dumpfes Geräusch. Es wurde begleitet von leichten Vibrationen unter ihren Füßen.

Die drei Männer hielten inne.

»Die Maschinen! Das sind die Maschinen!«

»Sie haben die Maschinen angelassen. Der Kahn bewegt sich, die gehen Anker auf. Verdammter Mist! Das darf doch nicht wahr sein!«

Frustration sprach aus den Augen der drei Männer. Das Schiff bewegte sich. Der Plan, die Yacht manövrierunfähig zu machen, war offenbar fehlgeschlagen. Die ganze anstrengende Arbeit unter Wasser war umsonst gewesen.

73

Motoryacht *Sphynx*
Amerikanische Jungferninseln
Karibik

Steiger biss gerade in sein drittes Brötchen, als zwei Schüsse die morgendliche Stille durchbrachen. Die Freunde hielten inne und sahen sich perplex an. Beide dachten in diesem Moment dasselbe. Das waren keine Fehlzündungen irgendeines alten Außenborders. Ein entferntes Kreischen von Frauen bestätigte diese Vermutung.

Im Nu waren die beiden aufgesprungen, um sich ein Bild der Lage zu machen. Steiger griff sich ein gummiertes Steiner-Fernglas vom Navigationstisch. Vorsichtig kamen sie an Deck. Drüben, auf der großen Luxusyacht, war offenbar ein erbittertes Feuergefecht ausgebrochen.

»Da bekommt jemand unwillkommenen Besuch, würde ich sagen …«

»Mein Gott!«

»Jan, was zum Himmel ist da los?«, meldete sich eine verschlafene Stimme hinter ihnen. Omar hatte sich zwischenzeitlich zu seinen Freunden gesellt und rieb sich müde die Augen.

Steiger nahm das Fernglas nicht ab und antwortete mechanisch: »Du nimmst jetzt sofort Samira und die Kinder und ihr verlegt rüber zur *Dream Catcher.*«

»Okay, verstanden.« Omar hatte gar nichts verstanden. Er war noch viel zu verschlafen, um irgendetwas zu verstehen. »Und ihr?«

Steiger nahm das Fernglas herunter und sah Mirko Wolff in die Augen. »Mirko?«

Wolff überlegte nur kurz. Dann nickte er ruhig und eindeutig. Die schweigende Zustimmung seines Freundes war eine gute Basis. Sie hatten keine Ahnung, auf was sie sich da einließen, aber Mirko war mit von der Partie. Das war, was zählte.

»Omar, deine Yacht *Sphynx* ist für die Typen nicht von Interesse. Mirko und ich bleiben hier. Vielleicht werden wir noch gebraucht.«

Omar nickte, hielt dann aber inne. »Moment mal, noch gebraucht? Wie meinst du das?« Langsam begann es dem Ägypter zu dämmern. »Gebraucht? Jan, bist du völlig übergeschnappt? Lass uns hier sofort alle abhauen!«

»Omar, hör mir jetzt bitte genau zu: Das dort hinten ist die Privatyacht des Präsidenten der Vereinigten Staaten.« Steiger schaute seinen Freund an und ließ die Botschaft einsickern.

»Was? Die Yacht da drüben? Die …«

»Genau die. Und die Typen, die da gerade an Bord kommen, sind keine geladenen Gäste. Wir müssen also schauen, ob wir vielleicht Hilfe leisten können.«

»Hilfe leisten? Bist du irre? Wenn du recht hast, dann wimmelt es hier gleich nur so von Hubschraubern, Polizei und Militär. Die Amis haben nun wirklich keinen Mangel an Soldaten!«

Steiger blieb die Ruhe selbst. »Omar, ich diskutiere das jetzt nicht. Das Hotel ist bis auf weiteres geschlossen. Die Bucht ist für andere Boote gesperrt und aufgrund der Weitläufigkeit des Hotels vom Rest der Insel abgeschottet. Die Saison beginnt erst nächsten Monat. Der Präsident ist vermutlich inkognito hier. Ich bin mir nicht einmal sicher, ob auf der Insel überhaupt schon jemand den Angriff hier registriert hat. Vertraue mir jetzt einfach und tue bitte, was ich sage. Bring dich und deine Familie zügig in Sicherheit, aber lass uns die *Sphynx* und die beiden Scooter. Bitte, Omar!«

Omar legte den Kopf zur Seite. »Der amerikanische Präsident …« Es war eher eine Frage.

Steiger nickte.

Omar schüttelte ungläubig den Kopf. »Oh Mann. Ich hoffe, ihr wisst, was ihr tut.«

»Danke, Omar! Sag, hast du Waffen an Bord?«

Etwas verschämt schaute Omar in die Richtung, in der er seine Frau und die Kinder vermutete. Dann flüsterte er: »Im Maschinenraum ist neben dem Kompressor für die Taucherflaschen eine graue Kiste aus Aluminium. Darauf steht: Ersatzteile und Schmiermittel. Tief unten, in Lappen gewickelt, findet ihr, was ihr sucht. Schätze, ich kann dich nicht umstimmen, was?«

»Ich fürchte nicht.«

»Dann passt bloß auf euch auf!«

»Versprochen!«

Die Männer umarmten sich kurz. Omar verschwand unter Deck und holte seine Familie. Auch ihnen war der Gefechtslärm nicht entgangen.

Samira fragte sichtlich erregt: »Was geht da vor sich? Jan? Mirko! Omar? Erklärt mir jetzt bitte sofort, was hier los ist!«

Omar schenkte seinen Freunden einen letzten ungewissen Blick. »Komm mit, Schatz, alles Weitere unterwegs!« Er küsste seine Frau auf die Stirn. »Felix, Roya! Keine Anstalten, ab auf den Tender! Da hinten wird ein Film gedreht und wir stören hier nur.«

»Cool! Ein Film!«

»Ich erkläre euch das alles auf der *Catcher*. Die drehen hier Schießereien, das kann auch gefährlich sein.«

Binnen Minuten war die Familie Hussein auf dem Weg zum Flaggschiff der Schatzsucher, das in vier Seemeilen Entfernung ankerte. Hier waren sie in Sicherheit. Omar alarmierte Kapitän Harris per Funk und berichtete verklausuliert, was unweit der *Sphynx* gerade im Gange war.

Als der Tender an dem Forschungsschiff längsseits ging, empfing die Crew ihren Chef mit Sorge in den Augen. Alle Crewmitglieder waren vorsorglich von Kapitän Harris bewaffnet worden. Er informierte Omar:

»Das Lazarett ist unter der Leitung von Frau Dr. Berger vorsichtshalber in Alarmbereitschaft. Einen Notruf habe ich persönlich an die lokale Polizeidirektion in Charlotte Amalie abgesetzt. Ich bin mir sicher, die hatten noch gar keine Ahnung, was hier vor sich geht.«

Omar blickte in Richtung der Bucht. Er machte sich große Sorgen um seine Freunde.

74

Präsidentenyacht *Embarcadero*
Bucht an der Südseite von St. Thomas
Amerikanische Jungferninseln
Karibik

Kendrick war der Erste, der seine Fassung wiedergewann. »Egal, auch wenn wir *Steamer* nicht manövrierunfähig machen konnten, es geht weiter nach Plan!«

Eine schwache, unbekannte Stimme, es hörte sich fast an wie ein Gurgeln, erklang aus dem Dunkel vor ihnen: »Und was … was soll das für ein Plan sein, den ihr habt?«

Unten am Fuße des Niedergangs saß ein Bodyguard auf dem Boden. Mit dem Rücken an eine Holzwand gelehnt, hatte er seine Maschinenpistole nach vorne gerichtet. Er hielt sich mit der linken Hand ein blutgetränktes Taschentuch an den Hals. Auch sein Arm war getroffen.

»Ihr … ihr habt versagt, die Schutzpersonen sind im Schutzraum. Schluss. Aus. Ende. Da kriegt ihr sie nicht raus. Wer auch immer ihr seid.«

Der Bodyguard lachte, als ob er gerade daran ersticken würde. Blut sickerte durch das Tuch. Anscheinend mit letzter Kraft hob der Mann plötzlich seine Maschinenpistole und schoss. Rhodes, der das antizipiert hatte, schoss zuerst, zuckte aber kurz zusammen. Mit schmerzverzerrtem Gesicht kniete er vornüber. »Verdammt! Ich hätte ihn nicht reden lassen sollen! Ich hätte ihn gleich erledigen müssen!«

Pearce und Kendrick sahen die Bescherung sofort: Rhodes hatte einen Thoraxtreffer erlitten.

»Trägst du etwa keine Weste, Wilbur?«

»Nur die leichte. Kein ausreichender Schutz gegen 5,7 Millimeter.« Er nickte in Richtung des sitzenden Gegners.

»Lass mal sehen … Hm, du verlierst Blut. Schmerzhaft, aber kein Drama.« Pearce grinste dazu.

»Idiot!«

Kendricks Finger tasteten die ballistische Weste ab. Fachmännisch konstatierte er: »Glück gehabt, Wilbur! Kein Organ verletzt, Steckschuss.«

»Nimm ihm die Weste ab!«

Er fingerte sein Leatherman-Werkzeug hervor und klappte eine spitze Zange auf, die er über die Flamme eines Feuerzeugs hielt.

»Und damit willst du das Ding jetzt herausholen, nehme ich an?«, stöhnte Rhodes.

»Der Kandidat hat einhundert Punkte! So, und nun halte ihn ruhig, Matt!«

Pearce fixierte den Südafrikaner und hielt ihm ein gefaltetes Stück seines Neoprenanzugs vor den Mund. »Draufbeißen!«

Rhodes folgte. Er bemühte sich, an seinem Bauch herabzuschauen, um Kendrick genauer beobachten zu können.

Kendricks linke Hand umrandete die Wunde und er versuchte, das Projektil vorsichtig mit der Zange zu greifen. Als er schloss, machte es laut »KLICK« und Rhodes krümmte sich vor Schmerz.

»Sorry, Kumpel, das war nix. Das Ding ist aber auch echt glitschig! Fixier ihn noch einmal, Matt!«

Beim zweiten Anlauf lief es besser.

»Da haben wir es!«

Kendrick hielt ein stark deformiertes Teilmantel-Projektil, vom Blut des Südafrikaners rot gefärbt, in der Zange. Dann drückte er eine Kompresse auf die Wunde.

»Richte ihn etwas auf, Matt!«

Rhodes stöhnte leise bei der Bewegung, während Pearce ihn von hinten stützte. Geschickt umwickelte Kendrick den Verwundeten.

»Das wär's fürs Erste. Matt, du bleibst hier und sorgst dafür, dass niemand in den Schutzraum rein- oder rauskommt. Ich suche weiter. Vielleicht hat der Gorilla auch nur geblufft.«

Und zu Rhodes gewandt: »Schmerzen?«

»Geht schon …«

»Das klingt nicht überzeugend. Matt, gib ihm 'ne Morph!«

»Lasst mal …«

»Spiel jetzt nicht den Helden, Afrikaaner! Wir brauchen dich noch – und zwar einsatzfähig.«

Rhodes, der nun wieder auf dem Rücken lag, winkte ab und rang sich ein mattes Lächeln ab.

Kendrick schaute sich um und wechselte sein halbleeres Magazin gegen ein volles. »Ich mache weiter. Bis nachher und viel Glück!«

»Viel Glück, Trevor!«

Der Brite eilte an dem toten Secret Service Agenten vorbei und stand nach kurzer Zeit direkt vor dem Schutzraum. Drei Kameras in Form von überdimensionierten Augen aus dunklem Glas waren oberhalb einer stählernen Tür eingelassen. Die Tür machte einen verdammt soliden Eindruck. Sie waren tatsächlich zu spät gekommen.

75

Weißes Haus
Washington D.C.
USA

»Weißes Haus, Vermittlung. Wen darf ich melden?«

»Chet Croquer, Chief Operations, CIA. Sie sehen, dass ich über die verschlüsselte Leitung reinkomme?«

»Das ist mir nicht entgangen, Sir.«

»Sehr gut. Wie heißen Sie, mein Kind?«

»Valerie Thompson, Sir.«

»Schön. Passen Sie jetzt gut auf, Valerie. Ich muss sofort mit Agent Lee Garvin, dem Leiter des Secret Service im Weißen Haus, sprechen. Der Präsident befindet sich in akuter Lebensgefahr!«

»Habe ich verstanden, Sir. Ich verbinde.«

Croquer vernahm ein »Klick« und wartete. Die Musik, die er nun hörte, war nicht geeignet, seine Erregung zu dämpfen. Nach einer Zeitspanne, die ihm wie eine Ewigkeit vorkam, wurde er endlich durchgestellt. Eine männliche Stimme, etwa Anfang vierzig, meldete sich.

»Secret Service Special Agent in Charge, Garvin, wie kann ich Ihnen helfen?«

»Chet Croquer, DDO, Langley. Hören Sie gut zu, Agent Garvin: Der Präsident ist aktuell Opfer eines ausgeklügelten Anschlags. Wir haben Hinweise, dass es Ihre Kollegen mit einem mächtigen und gefährlichen Gegner zu tun haben.«

»Und was soll das für ein Gegner sein, Sir?«

»Ehemalige Navy SEALs und Ex-SAS Trooper, Agent Garvin.«

In der Leitung wurde es still. »Mit Verlaub, das kann ich mir kaum vorstellen, Sir. Sind Ihre Informationen bestätigt oder handelt es sich hier um eine Hypothese?«

Croquer war nicht willens, sich auf eine Diskussion einzulassen. »In zwanzig Minuten wird mein Leiter ihren obersten Vorgesetzten, Jonathan Hanson, den Verteidigungsminister, dessen Stabschef, den stellvertretenden Direktor des FBI sowie den Direktor für Nationale Sicherheit hier in Langley empfangen. Wir haben eine Lage. Die Informationen stammen von einem europäischen Partnerdienst und sind nach unseren jüngst erlangten Erkenntnissen absolut ernst zu nehmen. Im Übrigen gehen wir davon aus, dass die Ex-Soldaten nicht wissen, wer ihr Auftraggeber ist.«

In der Leitung wurde es erneut still.

»Und wer ist nach Ihren Informationen der Auftraggeber, Sir?«

»Wir gehen davon aus, dass eine islamistische Terrororganisation diesen Anschlag von langer Hand geplant hat.«

»Allmächtiger Gott!« Garvin versuchte, das Gehörte zu verarbeiten. »Ich ... ich bin eigentlich nicht befugt, Ihnen das zu sagen, Sir, aber aktuell ist der Kontakt zu unserer provisorischen Landdienststelle auf St. Thomas abgebrochen.«

Croquer dachte nach. »Hm ... das fügt sich ins Bild. Wir haben Informationen, dass die Air Force vor etwa einer halben Stunde den präsidialen Rettungshubschrauber verloren hat. Gott sei Dank, ohne dass die Crew Schaden genommen hat.«

»Auch das ist uns bekannt, Sir. Ich würde sagen: sehr viele Zufälle!«

»Sie sagen es, Agent Garvin. Tun Sie mir einen Gefallen und informieren Sie umgehend denjenigen, der gerade ein Auge auf unseren Präsidenten hat! Sagen Sie ihm, Unterstützung ist unterwegs!«

»Sir?«

»Der Hubschrauberträger *USS Tripoli* kreuzt derzeit vor Jamaica und hat ein Boardingteam Navy SEALs an Bord. Die Boys wurden bereits vom Verteidigungsminister in Alarmbereitschaft versetzt. Sie können innerhalb von drei Stunden vor Ort sein. Die *USS Tripoli* führt V22 Osprey Schwenkrotor-Flugzeuge an Bord. Kommunizieren Sie das bitte umgehend über Ihre Kanäle, Agent Garvin. So sind die Kollegen vor Ort schon einmal informiert.«

»Verstanden.«

»Ich nehme an, der Vizepräsident ist auf dem Weg zurück nach Washington D.C.?«

»Jawohl, Sir. Er wird hier heute Abend eintreffen.«

»Ausgezeichnet. Ich fürchte, er und der Nationale Sicherheitsrat werden in den nächsten Stunden viel Arbeit bekommen.«

Damit legte Croquer auf. Zu seinem Gegenüber gewandt, sagte er: »MacKenzie, ich glaube, die Scheiße ist gerade dabei, in den Ventilator zu fließen.«

76

Präsidentenyacht *Embarcadero*
Bucht an der Südseite von St. Thomas
Amerikanische Jungferninseln
Karibik

Der verantwortliche Einsatzleiter der Personenschutzgruppe des amerikanischen Präsidenten, Agent Edward »Eddie« Stone, haderte mit sich und der aktuellen Situation. Er machte sich große Vorwürfe, weil er den Wünschen seiner Schutzperson nachgegeben hatte. Die oberste Regel …

Eine Schutzperson kann Gefahren nicht realistisch einschätzen und bestimmt demzufolge nicht über ihren eigenen Schutz!

… hatte er in einigen Teilen gebrochen. Er hatte sich weichklopfen lassen und zum ersten Mal in seiner Karriere nicht darauf bestanden, die reguläre Anzahl von Agenten an Bord zu lassen. Stattdessen hatte er klein beigegeben und sechs Beamte auf die Speedboote verteilt.

Zumindest hatte er das Beste aus der traurigen Lage gemacht und gehandelt. Via Funkraum hatte er die wichtigsten Stellen schnell informieren lassen: die Kollegen der Landdienststelle, den Hubschrauber von Cardasis und seinen Kampfrettern sowie das Hauptquartier des Secret Service in Washington. Ein weiterer Notruf war an den US-Navy Zerstörer, die *Jason Durham*, abgesetzt worden. Gleichzeitig hatte er seine beiden besten Schützen, Davis und O'Brian, oben auf der offenen Brücke der Yacht postiert.

Als O'Brian von der Brücke der *Embarcadero* das Ablenkungsmanöver der fremden Yacht durchschaut hatte, hatte er bereits die Maschinen angelassen. Sie konnten nicht einfach vor Ort liegenbleiben, sondern mussten die Initiative ergreifen. Nahezu zeitgleich hatte er das mächtige Ankerspill in Gang gesetzt, damit sich das Schiff aufs offene Meer begeben konnte. Es galt, die Distanz zur Verstärkung, dem Zerstörer *Jason Durham*, zu verkürzen.

»Bericht!«, rief Stone in sein Mikrophon.

»POTUS mit Nummer Sieben im Schutzraum in Sicherheit. Sehr viele fremde Kräfte an Bord und …«

»Und was?«

»FLOTUS wird vermisst.«

Stone war außer sich. »Was? Wie konnte das passieren? Sucht sie!«

»Wir sind bereits dabei, aber wir können dem Angriff nicht länger standhalten, wir …«

»Haltet durch! Wir steuern gleich aufs offene Meer, die *Jason Durham* wird uns zu Hilfe kommen.«

»Wir tun alles, Eddie, wir …«

Dann war die Leitung tot.

77

NOAA
National Hurricane Center
Miami, Florida
USA

Achthundert Meilen nördlich war für Dr. Seagram die Sache jetzt klar: »Das Ding mutiert zu einem waschechten Hurrikan. Wer hätte gedacht, dass es sich so schnell entwickelt!«

Wilkerson juckte sich am Hinterkopf. »Und wir sind uns sicher, dass er auf die Jungferninseln zuläuft?«

»Schau dir die Daten an, Todd!«

»Mein Gott … du hast recht!«

»Was schätzt du, wie viel Zeit haben die Menschen vor Ort, bis es losgeht?«

»Vier, vielleicht fünf Stunden. Maximal. Eher weniger. Ich habe die Meldung bereits per Verteiler an alle relevanten Stationen abgesetzt.«

»Sehr gut, Gene! Das heißt, wenn man das unter diesen Umständen sagen kann. Immerhin werden die Nachrichtensender die Bevölkerung noch rechtzeitig erreichen.«

»Die Menschen auf den Inseln tun mir jetzt schon leid.«

Wilkerson wandte sich zum Gehen, da fiel ihm noch etwas ein: »Sag mal, Gene, wohin müsste deiner Auffassung nach ein größeres schnelles Schiff steuern, das mitten in dieser Chose sitzt, um nur von den Ausläufern betroffen zu sein?«

Seagram schaute verwundert. »Die Navy hat doch Zugang zu unseren Wetterdaten und ist außerdem im Emergency-Verteiler.«

»Ich weiß, ich meine nicht die Navy … eher ein großer Privatier.«

Seagram zuckte mit den Schultern und konzentrierte sich auf den Radarschirm. »Wenn er schnell ist und, sagen wir, zwanzig Knoten laufen kann, dann sollte er sich so bald wie möglich aufmachen, in Richtung Südwesten. Aber das kann sich auch noch ändern.«

Wilkerson nickte langsam. »Gut, dann habe ich nicht falsch gelegen. Danke, Gene!«

78

Präsidentenyacht *Embarcadero*
Bucht an der Südseite von St. Thomas
Amerikanische Jungferninseln
Karibik

Während sich sein Kollege O'Brian geduckt darum kümmerte, die Luxusyacht zu bewegen, hatte Agent Davis gut verschanzt auf dem zweiten Oberdeck beobachtet, wie sich die fremde kleinere Yacht trotz heftigen Gegenfeuers längsseits gelegt hatte.

Verdammt, das sind Profis!

Davis hatte mindestens acht Angreifer gezählt. Mit professioneller Schnelligkeit, die er aus YouTube-Videos diverser Armeen kannte, waren diese Typen an Bord *seines* Schutzobjektes gekommen.

Garantiert Ex-Soldaten …

Zu seinem Kollegen rief er: »Ich brauche volle Unterstützung, und zwar jetzt! Sofort!«

O'Brian warf sich neben ihm in Deckung und brachte seine Maschinenpistole in Anschlag. Die Beamten feuerten präzise, ohne dabei ihre limitierten Munitionsvorräte außer Acht zu lassen. Sie hofften stark auf die Kollegen von der Landbasis. Auch die Kameraden von der U.S. Navy waren nicht weit weg. Sie würden sicher bald Unterstützung schicken, nachdem ihr Kollege den Notruf abgesetzt hatte.

»Habe einen erwischt!«, rief O'Brian.

Zwei Decks tiefer brach Nygard getroffen zusammen. Ein Schuss war seitlich unterhalb der Achsel in seinen Oberkörper eingedrungen. Zwei weitere Operateure, die ihm folgten, sprangen in Deckung, doch auch sie hatten kein Glück. Einer erlitt einen Treffer in die Schulter, dem anderen verpasste Agent Davis eine Kugel ins Bein. Ein Dritter wurde von O'Brian in den Hintern getroffen und fluchte lautstark. Während sich die Männer unter Schmerzen aus der Schusslinie schleppten, hinterließen sie dunkle Blutspuren auf dem sonnengebleichten Teakdeck.

Mats Nygard kniete auf allen vieren. Blut sickerte aus seinem Mund. Er stöhnte. »Die verdammte Schutzweste, sie taugt nichts!«

Omerovic griff ihn rasch von hinten und schleifte ihn weiter aus dem Schussfeld. »Bei einem Treffer unter der Achsel nützt die beste Weste nichts …«

»Lass mich hier liegen! Du machst mit Erik weiter!«, keuchte Nygard.

Erschüttert besah sich Omerovic die kleine Blutlache, die sich unter seinem Glaubensbruder gebildet hatte. Ein langsames Nicken reflektierte die Einsicht, dass der Tod bald eintreten würde. Omerovic drückte das Ohr seines Kameraden an seinen Mund und flüsterte: »Allah sei mit dir!«

Nach diesen Worten brachte Omerovic sich und die Übrigen in Deckung.

Oben auf der Brücke konzentrierte sich Agent Davis weiter auf die Angreifer. Es gelang ihm, drei verletzte Gegner für immer auszuschalten.

»Lagebericht! Ich will einen Lagebericht!«, brüllte Borg, der sich nun mit weiteren Männern in der geräumigen Messe aufhielt, in sein Mikro.

Weiter vorne schauten sich die Taucher Rhodes und Pearce fragend an. Pearce zuckte mit den Schultern und machte Meldung: »Hier Matt – erstes Unterdeck. Hank hat's erwischt. Wir sichern den Schutzraum, damit sich keiner davonschleicht. Trevor ist im Vorschiff und kämpft sich zur Brücke durch, um *Steamer* endgültig zu stoppen. *Fred* und *Wilma* sind anscheinend im Schutzraum. Wir brauchen jetzt Colin mit seinen Bohrern, um Plan B umzusetzen.«

Ein Deck höher schäumte Borg vor Wut. »*Fred* und *Wilma* haben den Schutzraum erreicht? Genau das solltet ihr verhindern! Und die Yacht bewegt sich auch noch! Ihr Vollversager!«

Der schwedische Hüne hatte seine unzarte Kritik kaum abgelassen, als die Tonlage der Maschinen plötzlich abrupt anstieg. Das Schiff, das kurz vorher noch Fahrt aufgenommen hatte, verlor dagegen wieder an Geschwindigkeit.

Kendrick hatte sofort verstanden, was geschehen war. Er sprach in sein Mikrophon: »Hier Trevor – Vorschiff. Das sind die Schrauben! Der Wasserwiderstand! Die Wellen drehen jetzt durch, wir machen keine Fahrt mehr!«

»Wurde auch Zeit«, maulte Borg ins Mikro.

Kendrick biss sich auf die Lippen. Über ihm waren wieder Schüsse zu hören. Der Kampf war weiterhin gefährlich im Gange.

»Ich muss trotzdem den Anker setzen, sonst treiben wir ab.«

Immerhin spürte Kendrick etwas Genugtuung für den kleinen Teilerfolg. Er arbeitete sich fieberhaft in Richtung des nächsten Aufgangs vor. Vor einem Schott lag ein toter Kamerad. Im Raum dahinter sah er drei tote Crewmitglieder. Sie waren unschwer an ihren weißen Polohemden und dunkelblauen Bermudashorts zu erkennen.

»Hey!«, erschrak er jäh. Ein Schuss hatte sich gelöst. Kendrick konnte regelrecht fühlen, wie das Projektil an seiner Wange entlangflog. Krachend schlug es wenige Zentimeter neben seinem Kopf in die Holzvertäfelung ein. »Stopp!«

»Oh Mann! Ich hätte dich fast erschossen!«

»Ging mir genauso!«

Ein Trupp von zwei Kameraden unter der Führung von Jake Sanderson war ihm entgegengekommen.

»Wo willst du hin?«

»Nach oben, zur Brücke. Den Anker ausbringen«, antwortete Kendrick.

»Rijkaard?«

»Tot.«

»Und Rhodes?«

»Angeschossen, aber okay. Wird unten von Matt versorgt. Vielleicht könnt ihr noch einen Mann abstellen, damit *Fred* und seine Bewacher keinen Ausbruch aus dem Schutzraum wagen.«

»Machen wir!«

»Und passt beim nächsten Schuss gefälligst auf!«

Sanderson sagte nichts.

»Und was habt ihr jetzt vor?«, fragte Kendrick noch.

»Die Operation ist noch nicht vorbei. Wir flöhen jetzt das komplette Schiff nach möglichen lebenden Leibwächtern.«

»Okay. Dann weiter!«

»Viel Glück!«

»Viel Glück!«

Der Kampf um die Yacht ging weiter. Obwohl sich die Söldner fest vorgenommen hatten, den Gegner nicht zu unterschätzen, waren sie von der erbitterten Gegenwehr überrascht.

Guns for hire sind in der Regel nicht derart motiviert … Irgendwas stinkt hier, dachte Kendrick.

79

Militärflughafen von St. Thomas
Amerikanische Jungferninseln
Karibik

Vier olivgrüne Militärcontainer standen versetzt gestapelt in dem großen Flugzeughangar. Über dem Eingang wehte ein Banner müde im lauen Mittagslüftchen. Es zeigte einen Fallschirm, auf dem der Schriftzug »That Others May Live« eingenäht war.

In einem der Container saß Lieutenant Colonel Cardasis in einer Art Regiestuhl an seinem Schreibtisch. Der Tisch wurde von einem Gerüst aus olivfarbenen Aluminiumstangen, deren Farbe bereits abblätterte, gehalten. Cardasis blickte genervt auf mehrere tote Bildschirme. Obendrein war die Klimaanlage im Container ausgefallen. Aus einer Ecke tropfte Wasser auf den schwarzen Linoleumfußboden.

»Diese Scheißinsel ist echt zum Kotzen! Kein Wunder, dass die hier nichts auf die Reihe kriegen. So kann doch kein Mensch arbeiten! Kein Strom, kein Funk, kein Wetter, noch nicht einmal eine beschissene analoge Telefonleitung! Nichts! Und wozu haben wir eigentlich ein Notstromaggregat, wenn kein Diesel im Tank ist?«

Es klopfte an der Stahltür. »Eintreten!«, brüllte Cardasis.

Sein stämmiger Crew Chief, Sergeant McMahon, erschien.

»Ah! Wie sieht es aus? Können wir einen Heli von der Küstenwache kapern?«

»Negativ, Sir. Sind alle im Einsatz. Etwas weiter nördlich ist eine Fähre im Sturm abgetrieben und auf Grund gelaufen. Technisch gesehen …«

»Ja doch, ich verstehe. Mist, verdammter!«

»Ähm, Sir! Da wäre aber noch etwas.«

»Ich höre, Sergeant.«

»Also, im Prinzip habe ich eine gute und eine schlechte Nachricht …«

»Keine Zeit für Spielchen! Erst die gute! Die brauchen wir jetzt. Raus damit! Hopp!«

»Jeff, ich meine, Stabsgefreiter Ridley hat einen Chopper aufgetan, Sir!«

»Was?« Cardasis war blitzartig wie verwandelt. »Im Ernst? Prächtig, McMahon! Ausgezeichnet! Wo steht die Mühle?«

»In Hangar VI, Sir. Wir … also da wäre noch …«

»Auf, auf, Sergeant, jede Sekunde zählt!«

»Sir, wir … also …«

»Ich weiß, Sergeant, ich weiß genau, was Sie jetzt sagen wollen, der Vogel gehört uns nicht. Aber Sie können mir glauben, das ist im Moment völlig nebensächlich!«

Cardasis ergriff seinen stets fertig gepackten Einsatzrucksack und stürmte an seinem Crew Chief vorbei. Zielstrebig marschierte er in Richtung Hangar VI. McMahon rollte die Augen und folgte seinem Piloten.

Im Hangar VI angekommen, hatte Cardasis das Objekt seiner Begierde bereits mit fachkundigem Blick in Augenschein genommen. Er konstatierte: »Ein Airbus H-145 mit ummanteltem Fenestron Heckrotor und zwei Turbomeca Triebwerken, na immerhin! Den fliegen wir im Schlaf rückwärts. Ich habe sechshundert Stunden in unseren Lakotas, die sind sehr ähnlich. Haben Sie den Eigentümer schon ausfindig gemacht?«

»Negativ, Sir, ich …«

»Dann ist es auch egal. Also: Wenn mich mein Gedächtnis nicht täuscht, kann der Chopper acht Mann transportieren. Wir fliegen mit verkleinerter Crew. Ridley und Horvat halten hier die Stellung und dienen als Kommunikationsbasis – für den Fall, dass Ridley das Notstromaggregat wieder ans Laufen kriegt. Irgendwo wird auf diesem bekackten Flughafen wohl noch Diesel aufzutreiben sein. Der Rest versammelt sich hier in fünfzehn Minuten mit kompletter Ausrüstung, das heißt in eins fünf Minuten. Verstanden?«

»Jawohl, Sir!« McMahon salutierte.

Cardasis war ganz in seinem Element. Er würde heute noch fliegen und bei seinem Präsidenten nach dem Rechten sehen. Dann regte sich etwas in seinem Hinterkopf. »Ach, Sergeant, da war ja noch die schlechte Nachricht. Ist das Ding etwa nicht flugfähig? Frage: Treibstoff?«

»Negativ, Sir … Ich meine doch, Sir. Der Vogel ist absolut flugfähig, Sir. Wir haben das in der letzten halben Stunde überprüft. Aber das Wetter könnte uns einen Strich durch die Rechnung machen.«

»Etwas präziser, wenn's geht!«

»Wir haben eben über Ridleys privates Smartphone eine Hurrikanwarnung aufgeschnappt.«

»Hurrikanwarnung? So schnell? Davon war heute Morgen noch nichts im System!«

»Ich wollte es Ihnen schon die ganze Zeit sagen, Sir, aber Sie lassen einen …«

»Ein Hurrikan hat uns gerade noch gefehlt, verdammt, verdammt!« Cardasis schien fieberhaft zu grübeln. »Wo ist der Hurrikan jetzt?«

»Fünf, vielleicht vier Stunden nordöstlich von uns, Sir.«

»Vier Stunden? Dann hatte die gesunkene Fähre im Norden bereits Kontakt mit den Ausläufern des Hurrikans.«

»Vermutlich, Sir.«

»Das sollte aber reichen. So lange brauchen wir nicht. In zehn, also in eins null Minuten, trifft sich die flugfähige Crew hier wieder!«

»Jawohl, Sir!«

McMahon rannte los, um die Kameraden zu benachrichtigen und seine Ausrüstung zu holen.

Cardasis besah sich den dunkelblauen Hubschrauber, den er auf nicht älter als zwei Jahre schätzte. Er wusste, dass dieses Baby leichter und nervöser war als seine *Dirty Harry*. Cardasis machte sich nichts vor: Mit seiner *Dirty Harry* konnte er in fast jedem Wetter fliegen, außer im Zentrum eines Hurrikans. Mit diesem Heli nicht. Der Airbus glich eher einem schnellen Roadster, während seine *Dirty Harry* ein frisierter HUMMER auf Steroiden war. Auch verfügte der H-145 über keine Panzerung. Aber Cardasis' Hirn arbeitete auf Hochtouren. Es würde schon irgendwie werden.

80

Präsidentenyacht *Embarcadero*
Bucht an der Südseite von St. Thomas
Amerikanische Jungferninseln
Karibik

Noch immer fielen Schüsse. Als Kendrick die Treppe zur obersten Brücke erklomm, ließ er seinen Blick schweifen. Zunächst sah er die Leichen zweier Crewmitglieder und eines Bodyguards auf dem Deck liegen. Dann sichtete er den Steuerstand. Zwei große Flachbildschirme leuchteten schwach, bis er sie antippte. Der erste Monitor zeigte die Maschinenleistung, Treibstoff sowie die Fahrt durchs Wasser. Der zweite bediente Radar, Plotter und andere Navigationsinstrumente. Kendrick fuhr die Maschinen herunter und klickte sich ins Ankermenü. Einige Sekunden später fiel einer der beiden mächtigen Anker ins Wasser. Kette rauschte aus. Dann arretierte er per Taste das Spill.

»Trevor – Brücke: Schiff manövrierunfähig und fest verankert.«

Borg antwortete: »Besser spät als nie. Wie tief ist es hier?«

Kendrick hatte zu Beginn der Operation instinktiv eine Umgebungspeilung durchgeführt. Er spähte auf den rechten Monitor und meldete: »Knapp elf Meter. Aber ich glaube, wir befinden uns unweit des alten Ankerplatzes. Das Schiff hat sich offenbar im Kreis bewegt.«

»Gut. Für den amerikanischen Zerstörer ist es hier viel zu

flach. Such mit den anderen nach Überlebenden! Was den Schutzraum betrifft: Colin ist in Position.«

»Verstanden!«

Kendrick schaute vorsichtig das Achterdeck herunter. Von Einschusslöchern übersät, glich die Luxusyacht einem Schlachtfeld. Vereinzelt lagen Leichen auf den Decks. Blut sickerte langsam aus den Speigatten ins Meer.

Die Sonne brennt. Bloß aus diesem Neoprenanzug raus, bevor ich verdampfe …

Rasch hatte er ein nasses T-Shirt und eine taktische Hose aus seinem Rucksack geholt und angezogen. Seine Stiefel waren selbstlenzend, so dass er auch an Deck sicheren Halt hatte. Ohne den Rundumblick zu vernachlässigen, arrangierte er seine Ausrüstung. Bei diesen Temperaturen würden die nassen Kleider rasch trocknen.

Besser! Und jetzt runter zu den anderen. Achtung, vielleicht gibt es ja noch mehr Personenschützer an Bord …

Kendrick hatte sich gerade ein Deck tiefer gearbeitet, als er erneut gedämpftes Gewehrfeuer vernahm. Er hielt inne.

Unter der Führung von Agent Stone hatte sich ein Secret Service Trupp aus einer in der Wand getarnten Tür gelöst. Der vorderste Mann trug einen kleinen Schutzschild aus Kevlar-Verbundmaterial. Gezielt eröffneten die Beamten das Feuer. Borg und seine drei Mitstreiter wurden von hinten überrascht. Obwohl sie blitzschnell reagierten, entkam keiner von ihnen dem konsequenten Angriff.

In den Rücken getroffen, lag Borg, den Kopf nach rechts verdreht, reglos auf dem Boden. Er stellte sich tot. Behutsam setzten die Secret Service Agenten ihre Füße zwischen die Angreifer.

»Die haben es hinter sich, Chief.«

»Gut, dann weiter!«

Borg atmete nicht und hielt die Augen offen, bis er keine Schritte mehr vernahm.

Zur gleichen Zeit bewegte sich ein Trupp unter Omerovics Führung durch den vorderen Bereich des Schiffes.

»Mirza mit zwei Mann im untersten Deck. Ist die Luft in der Messe rein?«

Borg blinzelte. Er spürte, wie ihm warme Flüssigkeit ins Auge lief. Die Kugel musste seinen Schädel an der linken Schläfe gestreift haben. Der Schmerz in seinem Rücken war stechend. Seine Weste hatte mindestens ein Projektil gestoppt. Vermutlich waren mehrere Rippen gebrochen. Doch die Hauptsache war: Er lebte und hatte Kontrolle über die Funktionen seines Körpers. Er musste die anderen warnen. Mit seiner linken Hand betätigte er den Funkknopf an seiner taktischen Weste.

»Erik – erstes Oberdeck. Negativ! Ein Trupp kam hier gerade durch. Seid vorsichtig! Es scheint, als gäbe es hier einen verborgenen Gang hinter der Wand. Mirza, du übernimmst!«

»Dachte ich mir doch, dass du noch lebst!« Chief Stone hatte abgewartet und war zurückgekehrt, nachdem er Borgs leise Stimme von hinten vernommen hatte. Mit einem kräftigen Tritt in die Seite sorgte Stone dafür, dass Borg ein weiteres Lebenszeichen von sich gab. Borg hatte brutale Schmerzen und fluchte heftig in seiner Muttersprache.

»Wer zum Teufel seid ihr?«, wollte Stone wissen.

»Ich … ich sag's dir …«, flüsterte Borg leise. Der Hüne hatte sich in eine aufrechte Sitzposition gebracht. Das Blut aus der Kopfwunde verteilte sich nun auch über seinen Oberkörper. Inzwischen waren noch zwei weitere Secret Service Agenten ihrem Chief gefolgt und sicherten in alle Richtungen. Selbstsicher baute sich Agent Stone neben dem blutenden Schweden auf.

»Also, was geht hier vor sich? Wer seid ihr?«

Mit dem linken Arm winkte Borg den Amerikaner zu sich. Er röchelte und tat, als ob er nur noch leise sprechen könnte. Stone näherte sich, seine Pistole in der rechten Hand haltend. Er ging langsam in die Hocke, ohne den Kerl aus den Augen zu lassen. Doch plötzlich fegte der Schwede binnen Bruchteilen von Sekunden Stones rechten Arm aus der Gefahrenlinie und zog den so überrumpelten Agenten fest an sich heran. Anschließend biss er ihm mit aller Kraft ins Ohr. Mit dem Mund so fixiert und umklammert von den massiven Armen des Schweden, schrie Stone laut auf. Borg, offenbar weit weniger geschwächt als gedacht, kontrollierte nun auch seine Pistole.

»Mann, Eddie!« Die beiden übrigen Beamten zielten, schossen aber nicht. Sie hatten Angst, ihren Vorgesetzten zu gefährden, der von dem Riesen als lebendiger Schutzschild benutzt wurde.

Borg hatte weniger zu verlieren. Er feuerte mit Stones Waffe, ohne dass dieser etwas dagegen unternehmen konnte. Dabei erwischte es einen weiteren Bodyguard. Chief Stone brüllte und versuchte, sich loszureißen. Er war jedoch gegen die fast unmenschliche Kraft des Schweden völlig machtlos. Verächtlich lachend erschoss Borg schließlich auch ihn.

»Eddie, verdammt!«

Mehrere Schüsse fielen in Richtung Borg. Doch sie verfehlten ihr Ziel. Agent Frank Wisner, der letzte Überlebende des Trupps, hatte sich hinter einer Theke in Deckung gebracht.

Borg hörte, wie Wisner einen Magazinwechsel durchführte und rief zu ihm herüber: »Gib auf! Ihr habt keine Chance! Meine Männer kontrollieren das Schiff. Es gibt auch keine Verstärkung. Deine Kollegen aus der Landdienststelle sind alle tot.«

»Du lügst!«

Borg erhob sich unter Schmerzen, den toten Stone als Schutzschild vor sich haltend. Er wischte sich mit dem rechten Unterarm das Blut aus den Augen.

Stille.

Doch der Personenschützer gab nicht auf. Während Borg vorsichtig an die Bar heranrückte, warf sich Wisner auf den Boden und feuerte mehrmals von unten auf die Beine seines Gegners.

Damit hatte Borg nicht gerechnet. Zunächst spürte er nur die Wucht des Geschosses, das seinen linken Oberschenkel durchschlug. Dann setzte der Schmerz ein. Borg brüllte vor Wut, stieß den toten Stone von sich weg und erwiderte das Feuer. Agent Wisner erlitt einen Kopfschuss sowie einen Treffer oberhalb des Schlüsselbeins. Er war sofort tot.

Borg überzeugte sich vom Tod seines Gegners und nahm ihm seine Waffen ab. Dann verband er provisorisch seinen linken Oberschenkel. Es war ein glatter Durchschuss. Nachdem er seine eigenen Magazine aufgefüllt hatte, bewegte sich der Schwede langsam in Richtung Vorschiff.

»Erik – erstes Oberdeck: Bin verletzt, aber okay. Werde mich jetzt erst mal verarzten. Komme danach in die Messe.«

»Mirza – Achterdeck: Verstanden.«

▪

Währenddessen erlebte ein junger Personenschützer, der sich unterhalb der Wasserlinie nahe einer Proviantlast befand, eine böse Überraschung.

»Na, Junge, wo willst du denn hin?«

Agent John Derry, von den bisherigen Gefechten sichtlich gezeichnet, drehte sich um und blickte in die Mündung einer Maschinenpistole. Sie gehörte Jake Sanderson, der plötzlich aus einem Nebenflur aufgetaucht war.

Als Derry zuckte, schoss Sanderson ihm in den Thorax. Der Personenschützer wurde durch die Wucht des Projektils nach hinten geworfen. Stöhnend lag er auf dem Rücken.

»Waffe weg!«, befahl Sanderson.

Derry schob seine Waffe in dessen Richtung.

»Hält ganz schön was aus, so 'ne Weste. Oder, Kleiner?«

Dann durchsuchte Sanderson seinen Landsmann und nahm ihm Waffen und Reservemagazine ab.

Aus Derrys Gesicht war jede Farbe gewichen. »Wer seid ihr? Amerikaner?«, fragte er.

»Das geht dich nichts an!«, blaffte Sanderson. Im Gegenzug fragte er den Beamten: »Wer ist eure Schutzperson?«

Zunächst schaute Derry verständnislos. Dann lachte er kurz und verzerrte schnell wieder sein Gesicht. Das Lachen verursachte ihm ungeheure Schmerzen. »Unsere … unsere Schutzperson?«, fragte er ungläubig. »Du … ihr wisst nicht, wessen Yacht das ist? Ihr habt keine Ahnung, wen ihr hier vor euch habt? Das … das ist ja fast komisch! Was seid ihr nur für Idioten!« Derry hatte sich mühsam erhoben und stützte sich an einer Wand ab.

Sanderson machte ein finsteres Gesicht. »Junge, ich kenne da so ein paar Schmerzpunkte …«

»Nicht nötig, nicht nötig …« Derry winkte ab, machte eine Pause und fixierte sein Gegenüber. »Ihr Experten habt euch ausgerechnet die Yacht des mächtigsten …«

In diesem Moment brach von hinten ein Schuss aus einer schallgedämpften Waffe. Der Beamte sackte zusammen, bevor er seinen Satz vollenden konnte. Zuvor hatte sich ein kleiner roter Punkt auf seiner Stirn abgezeichnet.

Noch nie in seiner Geschichte hatte der Dienst in so kurzer Zeit derart viele Agenten verloren. Der Codename *Floater* sollte als erste Katastrophe in die Annalen des U.S. Secret Service eingehen.

81

Bergungsschiff *Dream Catcher*
Amerikanische Jungferninseln
Karibik

»Was soll das heißen, du weißt es nicht?« Samira war sichtlich erregt.

»Eben, dass ich es nicht weiß! Jan hat die Filmgeschichte erfunden, damit die Kinder sich keine Sorgen machen und er seine Ruhe hat. Du kennst ihn doch, wenn er sich etwas in den Kopf gesetzt hat, dann ist er nicht aufzuhalten.«

»Und Mirko?«

»Wenn's brennt, ticken die beiden bekanntlich ähnlich.«

»Weiß Kapitän Harris, was dort vor sich geht?«

»Ich hatte eben eine kurze Unterredung mit Kapitän Harris, Curtis, Hakan und Sören.«

»Und was haben sie gesagt?«

»Nicht viel. Wir haben die Mannschaft prophylaktisch bewaffnet, aber ich denke nicht, dass für uns eine Gefahr besteht. Der Hurrikan AMANDA macht mir mehr Sorgen.«

»Ich habe Angst, Omar!«

»Samira, wir haben jetzt die Wahl: Wir könnten dem Hurrikan entkommen und vor dem Sturm ablaufen. Dann können wir Mirko und Jan aber nicht helfen, falls dies nötig werden sollte ...«

»Wir bleiben in der Nähe, Omar!«

»Danke, mein Schatz! Zuerst geht es um dich und die Kinder, dann kommen Jan und Mirko. Aber ich denke, wenn dir die Seekrankheit nichts ausmacht, können wir allen gerecht werden.«

Samira umarmte ihren Mann. Sie hoffte, dass Mirko und Jan auf sich aufpassten.

82

Präsidentenyacht *Embarcadero*
Bucht an der Südseite von St. Thomas
Amerikanische Jungferninseln
Karibik

In einem der Mitteldecks bewegte sich Kendrick leise vorwärts. Seitdem er oben die Maschinen der Yacht abgeschaltet hatte, war das Schiff ruhig. Auch hatte er seit einigen Minuten keine Schüsse mehr vernommen.

Er blickte an sich hinunter. Nichts klapperte, nichts scheuerte. Seine Mechanix-Handschuhe waren mittlerweile getrocknet und seine feuchten Einsatzstiefel quietschten nicht mehr. Allerdings lief ihm der Schweiß in Strömen. Er zog am Mundstück seines Trinkrucksacks. Aber der war fast leer.

Mist! Jetzt muss ich erst in die Kombüse. Dann kann ich mich um Matt und Wilbur kümmern.

Sein Sturmgewehr in Vorhalte, setzte er vorsichtig einen Fuß vor den anderen. Der Gang nahm eine leichte Biegung und er bemerkte den Leichnam eines Dienstmädchens. Er hielt inne. Die Frau mochte etwa Ende zwanzig sein. Kendrick registrierte einen Ehering. Auf der Stirn war eine Einschusswunde zu erkennen. Der Gesichtsausdruck der toten Frau verriet blankes Entsetzen.

Kendrick grübelte, weshalb man das zivile Personal nicht verschonte. Nygard und Borg hatten während der Briefings stets betont, dass sich nur eine kleine Crew an Bord befinden würde. Außerdem sollten Bedienstete gefangen genommen und in eine Kabine gesperrt werden, da sie keine Bedrohung darstellten.

Doch nun hatte er bereits ein Dutzend tote Crewmitglieder gezählt. Auch wenn die Bediensteten für ein Syndikat arbeiteten, so waren sie selbst selten kriminell. Sie waren Angestellte, die häufig nichts von den Machenschaften ihrer Dienstherren mitbekamen.

Er folgte dem Gang, während er sich dafür schämte, dass sein Team unbewaffnete Zivilisten hinrichtete. Anders konnte man es nicht nennen. Plötzlich sah er, wie sich einige Meter links vor ihm eine Tür aus Lamellenholz einen winzigen Spalt öffnete. So, als wollte jemand einen vorsichtigen Blick in den Flur werfen.

Er verharrte und schmiegte sich mit seiner Schulter eng an die Holzvertäfelung. Kendrick erinnerte sich. Laut Plan musste sich hier eine großzügige Kajüte mit Bad und Sauna befinden. Hochkonzentriert zielte er auf das obere Drittel der Tür. Eine Minute, die ihm wie eine Ewigkeit vorkam, harrte er so lautlos aus.

Hab ich mir das jetzt nur eingebildet?

Da war doch was!

Seine Geduld sollte belohnt werden.

▪

Ein Deck höher spürte Jake Sanderson, wie Wut in ihm aufstieg. Omerovic war plötzlich aufgetaucht und hatte einen Gegner ausgeschaltet, bevor er etwas Wichtiges erzählen konnte. Sanderson warf Colin, dem Sprengstoffexperten, einen fragenden Blick zu. Obwohl es nicht wesentlich für die Erfüllung ihres Auftrages war, ärgerte es Sanderson, dass nur die Führung die Identität von *Fred* und *Wilma* zu kennen schien.

Aber auch Omerovic war ungehalten. »Ihr sollt das Schiff durchsuchen, Gegner bekämpfen und nicht mit dem Gegner plauschen!«

»Hier ist alles im Griff, Mirza.«

»Das sehe ich. Los, weiter!«

Sanderson nickte grummelnd und sagte nichts. Er gab Colin einen Wink und sie folgten Omerovic in Richtung Messe.

▪

Ein Deck tiefer blieb Kendrick auf Position. Die hölzerne Lamellentür öffnete sich in seine Richtung. Ein Vorteil. Denn derjenige, der sich hinter der Tür befand, musste mühsam um die geöffnete Tür herumschauen, wenn er den rückwärtigen Flur kontrollieren wollte.

Kendrick vernahm ein kaum wahrnehmbares Quietschen.

Ein mittelgroßer Mann mit roten Haaren hielt seine Pistole im Anschlag. Er spähte zuerst in Richtung Niedergang und dann in die Richtung, aus der Kendrick auf ihn zielte.

Als er Kendrick als Gegner erkannte, hatte dieser bereits seinen Druckpunktabzug betätigt. Das Projektil traf den Mann in den Kopf. Er fiel flach vornüber auf den Teppichboden.

Aus der Kajüte hinter der Tür erklang ein kurzer Schrei,

der sofort gedämpft wurde, so als hielte sich jemand eine Hand vor den Mund. Es folgte ein leises Wimmern.

Kendrick schossen tausend Dinge durch den Kopf.

Da war noch jemand. Eine Frau?

Wen hatte der Typ bewacht? Vielleicht Wilma?

Schnell stand Kendrick in der Tür. Das Bild, das sich ihm bot, gefiel ihm überhaupt nicht.

Vor ihm saß eine attraktive Frau mittleren Alters im Bademantel auf dem Teppichboden. Sie stand unter Schock. Tränen rollten an ihren Wangen herunter. Wie zur Abwehr hielt sie den linken Arm hoch über ihren Kopf.

»Bitte nicht schießen! Ich bin mir sicher, es gibt eine Möglichkeit zu verhandeln! So dass Sie bekommen, was Sie wollen!«

»Wer sind Sie?«, fragte Kendrick, der die ungeschminkte Frau im schummrigen Licht nicht erkannte.

Die Frau wirkte überrascht. Sie schluckte und schien auf einmal gefasster. Mit dem Ärmel ihres Bademantels rieb sie sich die Tränen aus dem Gesicht und antwortete: »Sie … sie wissen nicht, wer ich bin? Sind Sie Amerikaner?«

»Nein, Engländer, Ma'am!«

»Ich bin die Frau des Präsidenten. Mein Mann ist der Präsident der Vereinigten Staaten von Amerika.«

Das … das kann nicht sein!

»Sie sind was …«, begann es Kendrick zu dämmern.

Dabei schien die Frau etwas Kraft zu schöpfen. »Was tun Sie hier? Sind Sie Soldat? Sie müssen mir helfen!«

*Shite!**

Kendricks Gedanken überschlugen sich. Eindrücke aus unterschiedlichen Räumen wirbelten ihm durch den Kopf. Die gerahmte antike Flagge der Vereinigten Staaten in der Messe. Das Ölgemälde eines Cable Car aus San Francisco. Irgendwo hatte er einmal gelesen, dass der amerikanische Präsident seine politische Karriere in Kalifornien begonnen hatte. Dazu die extremen Sicherheitsvorkehrungen …

* Engl.: Mist!

Kendrick schüttelte ungläubig den Kopf und ging langsam rückwärts. Die Bodyguards waren vom United States Secret Service! Alles ergab auf einmal Sinn.

Von wegen Lösegeld. Diese Dreckskerle haben uns verladen! Was läuft hier für ein Spiel?

Fieberhaft dachte er nach. Die Frage, ob er die Frau des US-Präsidenten diesem Omerovic überlassen *wollte,* stellte sich nicht. Er hatte keine Wahl. Jedenfalls keine schnelle.

»Hier Trevor – erstes Unterdeck. Ich habe *Wilma* in meiner Gewalt. Wir kommen in die Messe.«

»Verstanden! Gute Arbeit, Trevor!« Omerovic war der Erste, der Kendricks Funkspruch analysiert hatte. »Colin, hier Mirza, wie weit bist du da unten?«

»Hier Colin. Fast fertig. Da tut sich nichts mehr.«

»Gut. Halte dich verfügbar!«

»Check!«

»So wie es aussieht, können wir *Fred* doch noch dazu bewegen, sich zu uns zu gesellen!« Omerovic lachte düster.

Währenddessen schob Kendrick die Präsidentengattin vor sich her. In dem Schutzraum befand sich also der Präsident, die ominöse Schutzperson, das Ziel der gesamten Mission. Was zur Hölle wollten Omerovic und die anderen mit dem Präsidenten anfangen?

Kendrick empfand plötzlich das dringende Bedürfnis, mit Mike Pearce zu sprechen. Auch wollte er wissen, wie es Rhodes ging. Er hoffte, dass man sie in die Messe geholt und verarztet hatte. Vor allem Rhodes hatte dringend Hilfe benötigt.

Er überprüfte sein Sturmgewehr. Eine Patrone im Patronenlager und noch ein Schuss im Magazin. Er hatte fast keine Munition mehr.

Hast ja noch die Zimmerflak …

83

Meer südlich von St. Thomas
Amerikanische Jungferninseln
Karibik

Unter Bulans Führung schnitten die beiden Motorboote des Landteams mit dreißig Knoten Geschwindigkeit durch das aufgeraute Wasser. Nun, da die Sonne von dichten Wolken verdeckt wurde, hatte das Meer eine graue Färbung angenommen.

Amjad Raschid, der im ersten Boot saß, war zufrieden. Nach einem ersten Rückschlag hatten Borg, Nygard und Omerovic letztlich ganze Arbeit geleistet. So, wie er den amerikanischen Präsidenten einschätzte, würde es nicht lange dauern, bis er sich stellte. Kein verheirateter Mann ertrug es, wenn man seine Frau vor seinen Augen quälte. Und dann wäre sein Plan aufgegangen. Dann würde er, Raschid, der Welt zeigen, wie verwundbar der Westen war. Die Botschaft wäre eindeutig: Wenn der amerikanische Secret Service uns nicht aufhalten kann, dann kann uns niemand aufhalten.

Den dekadenten Heuchlern in Saudi-Arabien, Katar und den Emiraten würde dies eine Lehre sein! Sie alle müssten sich fragen, wer als Nächstes drankäme. Die ärmeren muslimischen Länder würden sich endlich von ihren Banden lösen und stattdessen zum Scheich aufschauen. Dann würden sich ihnen auch die letzten Zweifler anschließen.

Allahu Akbar!

Er winkte Bulan zu sich. »Wir bleiben in der Nähe der Yacht. Geh auf Distanz zum Land. Erst wenn Mirza das Signal gibt, kommen wir an Bord.«

Bulan nickte. »Ja, Emir!«

84

Präsidentenyacht *Embarcadero*
Bucht an der Südseite von St. Thomas
Amerikanische Jungferninseln
Karibik

»Das kann nicht wahr sein! So groß ist dieses Schiff nun wirklich nicht!«, donnerte der Präsident. »Wenn meiner Frau etwas zustößt, dann mache ich Sie persönlich dafür verantwortlich, Agent D'Angelo!«

Er und die Personenschützerin waren vorerst in Sicherheit. Die First Lady jedoch war nicht auffindbar gewesen und hatte es nicht mit ihnen in den Schutzraum geschafft.

»Sir, ich darf Sie daran erinnern, dass Sie es waren, der Chief Stone angewiesen hat, das Secret Service Personal an Bord zu reduzieren. Schuldzuweisungen führen uns jetzt nicht weiter. Sie leben und das ist das Wichtigste!«

Der Präsident stützte seinen Kopf in beide Hände. »Es tut mir leid, Helen. Ich bin völlig durcheinander. Meine Frau!«

»Ich bin mir dessen bewusst, Sir. Ich habe mehrere Meldungen absetzen können. Sämtliche Stellen sind informiert. Gleich müsste das Telefon klingeln.«

Agent Helen D'Angelo hatte den Satz kaum gesprochen, als ein unangenehmes Summen von hoher Frequenz ertönte. Das Geräusch erinnerte D'Angelo an ihren letzten Zahnarztbesuch. Und es wurde stetig lauter. Zunächst konnte sie sich keinen Reim darauf machen. Aber in Anbetracht der Tatsache, dass der Gegner seinen Angriff minutiös geplant hatte, fürchtete sie das Schlimmste.

Der Präsident saß in einem Ledersessel, die Hände auf den Knien abgelegt. Trotz funktionierender Klimaanlage war er nass geschwitzt. Sein Polohemd wies entsprechende Flecken auf. Begierig trank er ein Glas Wasser.

»Was zum Teufel treiben diese Typen da? Und was ist das für ein verdammtes Geräusch?«

»Ich fürchte, es handelt sich um Bohrer, Herr Präsident.«

»Bohrer? Damit wollen die hier durchkommen?«

»Unser Gegner weiß genau, was er tut. Mit den Bohrern wollen sie vermutlich zunächst …«

Doch weiter kam D'Angelo nicht. Es gab einen Kurzschluss. Die Monitore wurden schwarz und aus der linken Wand ertönte ein Zischen. Im Raum roch es nach Metall und nach angesengten Kabeln. Das Zischen wurde lauter und verstummte dann. Beißender Qualm entwich aus einer Steckdose. D'Angelo betätigte mehrere Schalter. Nichts.

»Was zum Teufel?«

Sie hatte es sofort begriffen. Die Angreifer hatten ihre Stromzufuhr zerstört. Kommunikation nach außen war nun unmöglich. Sie waren von der Außenwelt abgeschnitten.

Fast.

D'Angelo wusste: Der einzige Stromkreislauf, den der Gegner nicht unterbrechen konnte, versorgte die Kamera am Eingang des Schutzraums. Aber das war leider keine gute Nachricht …

85

Motoryacht *Sphynx*
Amerikanische Jungferninseln
Karibik

Während Steiger die Akkus der Blackshadows überprüfte, kramte Wolff im Maschinenraum ungeduldig in Omars Werkzeugkiste. Als er wieder an Deck kam, sah er Steiger konzentriert an dicken Ladekabeln herumhantieren.

Er kannte Jan nun schon seit drei Jahren und, wie es ihm

schien, besser als viele andere Menschen. Und doch wurde er immer noch nicht ganz schlau aus seinem Kameraden.

Da gab es den charmanten Jan Steiger, der mit jedem ins Gespräch kam. Humorvoll und zuvorkommend.

Wolff hatte aber auch einen anderen Steiger kennengelernt, der in einer Krisensituation zur effizienten, fast gefühlskalten Maschine mutierte. Ein Mensch, der kaum Fehler machte und dessen Hirn permanent evaluierte. War dies jetzt sein Zustand?

Steiger las Wolffs Gedanken nicht und wischte sich den Schweiß von der Stirn. »Hast du etwas Brauchbares gefunden?«

»Das kann man sagen. Zwei Glock 17 inklusive Holster, reichlich Magazine und Munition. Möchte wissen, wo Omar das Zeug herbekommt …«

Steiger hob eine Augenbraue. Ihn überraschte der Fund wenig. »Omar wohnt in Fort Lauderdale, im Bundesstaat Florida. Da kann sich jeder Teenager so eine Knarre kaufen.«

»Wahnsinn, aber wahr. Was bei uns eher zu streng gehandhabt wird, ist bei den Amis definitiv zu locker!«

Steiger nickte. »Da sagst du was, aber in unserem konkreten Fall …«

»… wollen wir dafür dankbar sein.«

»Check!«

»Da drüben scheint es übrigens etwas ruhiger geworden zu sein.«

»Sieht so aus. Aber ich traue dem nicht.«

»Was hast du jetzt vor?«

»Wir machen uns erst mal ein Bild von der Lage. Mit den Blackshadows halten wir uns flach und geräuschlos. Die Sonne ist weg und die Wolkendecke wird dichter. Der Wind hat stark zugenommen. Das hilft uns etwas. Je windiger es wird, desto undurchsichtiger ist die Wasseroberfläche.«

»Korrekt.«

»Wann bist du das letzte Mal mit dem Dräger getaucht?«, fragte Steiger vorsichtig.

»Vor acht Wochen.«

»Gut.« Steiger war erleichtert.

»Ich frage mich, wer ist so verrückt, sich mit dem U.S. Secret Service anzulegen? Ich meine, wir sprechen hier vom amerikanischen Präsidenten!«

»Gute Frage, aber ein ehrenwertes Motiv wird sicher nicht dahinter stecken.«

Sie schauten zur Luxusyacht, die ruhig dalag und an ihrer Ankertrosse zerrte.

»Komm, wir lassen die Shadows ins Wasser.«

Wolff nickte.

Da vibrierte Steigers Smartphone, das noch auf dem Navigationstisch lag. Auf dem Display stand: »OMAR«. Steiger überlegte ernsthaft, ob er rangehen sollte. Gute Ratschläge konnte er jetzt nicht gebrauchen.

Egal.

»Omar, was gibt's?«

»Jan? Morten Harris hier.«

»Kapitän Harris!«

»Hört zu, es gibt schlechte Neuigkeiten. Hurrikan AMANDA ist im Anmarsch. Ihr habt noch zwei, maximal drei Stunden Zeit.«

»Hm, das Wetterradar ist eindeutig?«

»Das Wetterradar ist eine Sache, aber wir haben die Warnmeldungen von der NOAA, direkt aus Miami. Die Nachrichten sind mittlerweile auch voll davon. Ich dachte, ihr solltet das wissen.«

Steiger schaltete sofort. »Vielen Dank! Das sind gute Neuigkeiten!«

»Ähm … nicht verstanden!«

»Ein Hurrikan. Verstanden. Gute Neuigkeiten!«

Harris begriff überhaupt nichts mehr. Er verzichtete aber auf Nachfragen und lud nur noch den Rest seiner Nachricht ab: »Wir verlegen etwas weiter südöstlich, dort gibt es eine tiefe Stelle in einer Abdeckung, eine Art *Hurricane Hole*. Wir wettern mit der *Dream Catcher* dort ab. Der Hafen von Charlotte Amalie ist bereits voll. Omar sagt, wenn ihr den zweiten großen Anker der *Sphynx* ausbringt, müsste sie es im Schutz der Insel auch schaffen.«

»Okay, verstanden!« Steiger legte auf.

»Was gibt's?«, fragte Wolff.

»Anscheinend kommt ein Hurrikan genau auf uns zu. Wir haben höchstens noch drei Stunden Zeit«, antwortete Steiger knapp.

»Ein Unglück kommt selten allein.«

»Zum Glück. Wenn alle Stricke reißen, drehen wir um und kacheln mit der *Sphynx* in Richtung Süden. Die Tanks sind voll.«

»Hm …«

»Was?«

»Ich weiß nicht, ob wir das dann noch schaffen …«

»Wir müssen halt schnell sein.«

»Wo du immer deinen Optimismus hernimmst, möchte ich mal wissen.«

»Realismus! Jetzt bringen wir erst mal den zweiten Anker aus.«

Wolff zuckte mit den Schultern. »Na denn man tau!«

86

Präsidentenyacht *Embarcadero*
Bucht an der Südseite von St. Thomas
Amerikanische Jungferninseln
Karibik

Helen D'Angelo war ein Profi mit vierundzwanzig Dienstjahren beim United States Secret Service und zuständig für den Schutzraum. Sie zwang sich, ruhig und kontrolliert zu bleiben. Denn ihre Ruhe strahlte unmittelbar auf ihre Schutzperson ab. Vor dem Kurzschluss hatte D'Angelo noch vier standardisierte E-Mails sowie einen Notruf ins Hauptquartier absetzen können. Danach funktionierten auch die Telefone nicht mehr.

Der Präsident hob die Augenbrauen. »Das war's dann wohl, Helen. Ich danke Ihnen für ihre treue Unterstützung.«

»Noch sind wir nicht tot, Herr Präsident!«

»Die haben meine Frau, Helen!«

D'Angelo biss sich auf die Unterlippe.

Immer Zuversicht vermitteln …

»Das wissen wir nicht. Noch wurden keine Forderungen gestellt. Wir konnten rechtzeitig Notrufe absenden. Unterstützung ist unterwegs. Wir müssen jetzt Geduld haben. Mit Sicherheit befinden sich bereits Kräfte in der Nähe. Denken Sie an die *Jason Durham* und Lieutenant Colonel Cardasis mit seinen Kampfrettern. Ich gehe fest davon aus, dass der Zugriff gerade geplant wird, Herr Präsident. Sie dürfen jetzt nicht aufgeben!«

Mit einem Seufzer kommentierte der Präsident die Worte seiner erfahrenen Personenschützerin. »Ich hoffe sehr, dass Sie recht haben, Helen. Für uns beide!«

▪

Als Kendrick mit der Präsidentengattin in der Messe eintraf, lief Omerovic geradewegs auf sie zu. Er hatte nur Augen für die Frau. »Gute Arbeit, Trevor. Du kannst in die Kombüse gehen und dir einen oder zwei Drinks gönnen. Ich mache hier weiter.« Dabei griff Omerovic grob den Arm der Frau und machte Anstalten, sie wegzuziehen.

Doch Kendrick dachte nicht daran, sie loszulassen. Eindringlich fragte er: »Wo sind meine Partner, Matt und Wilbur?«

Omerovic war sichtlich überrascht, entgegnete jedoch betont freundlich: »Vielleicht ruhen sie sich aus. Oder sie vögeln zusammen mit Jake die beiden Damen im Vorschiff durch, was weiß ich?«

»Wilbur war verletzt. Er musste medizinisch versorgt werden«, beharrte Kenrick.

Verängstigt blickte die Präsidentengattin zwischen den Männern hin und her.

Omerovics Ton wurde reservierter. »Wenn die nicht über Funk antworten, kann ich denen auch nicht helfen. Tom, hast du vielleicht Matt oder Wilbur gesehen?« Er blickte zu einem blonden Ex-US-Marine mit Sommersprossen hinüber, von dem sich Kendrick nie ein rechtes Bild hatte machen können.

»Negativ!«

»Thema erledigt.« Damit begann Omerovic erneut, an der Frau zu zerren, doch Kendrick hielt sie weiterhin fest.

»Was hast du mit ihr vor?«

Omerovics Gesicht verfinsterte sich. Blitzartig hatte er eine Glock 17 in der Hand und hielt sie Kendrick an die Stirn.

»Deine Arbeit ist getan, Trevor. Dafür wirst du sehr gut bezahlt. Und jetzt lass mich meine Arbeit machen. Verstanden?«

Bei dieser Aussage wirkte Omerovic wie ferngesteuert. Seine Gedanken waren woanders. Kendrick hatte den abwesenden Blick seines Gegenübers richtig gedeutet. Omerovics Hirn konzentrierte sich bereits auf eine andere Handlung. Und das konnte nur eins bedeuten …

Blitzschnell schob Kendrick seinen Kopf am Lauf der Waffe vorbei. Der unvermeidliche Schuss verfehlte sein rechtes Ohr nur knapp. Aber auch der laute Knall brachte den ehemaligen Elitesoldaten nicht aus dem Konzept. Kendrick ließ die First Lady los, riss die Waffe seines Kontrahenten mit beiden Händen nach unten und verpasste dem Bosnier eine Kopfnuss. Anschließend stieß er ihm mit dem Knie in den Magen.

Omerovic ließ die Waffe fallen. Aber er gab sich nicht geschlagen. Er versetzte Kendrick einen Haken in die Flanke. Kendrick konterte mit einem Tritt gegen das Knie. Es knackte. Omerovic stöhnte laut auf. Es folgte ein heftiger Schlag auf die Nase. In diesem Moment sah Kendrick, wie Tom vom Achterdeck hereinkam und mit seiner Maschinenpistole auf ihn anlegte.

Verdammt! Hier ist nichts mehr zu machen …

Kendrick versetzte Omerovic einen Stoß, der ihn genau in die Feuerlinie beförderte. Während Tom auswich und zögerte, sprintete Kendrick an ihm vorbei in Richtung Achterdeck.

Omerovic hechtete nach seiner Pistole. »Schieß, du Idiot!«

Tom feuerte drei Mal. Doch Kendrick war bereits kopfüber vom Achterdeck ins Wasser gesprungen.

87

Im offenen Meer vor St. Thomas
Amerikanische Jungferninseln
Karibik

Kendrick spürte, wie er eintauchte und sein erhitzter Körper vom kühlen Nass angenehm umspült wurde. Er hatte bei dem Sprung noch einmal tief Luft geholt. Die würde er brauchen.

Schüsse! Sie feuern weiter auf mich!

Er schwamm tiefer. Er wusste, die ballistische Wirkung von Geschossen war im Wasser begrenzt. Die Ausbilder in Poole hatten es ihnen unzählige Male eingebläut: »Wasser ist achthundertmal dichter als Luft. Die meisten Gewehrprojektile zerlegen sich bereits beim Auftreffen auf die Wasseroberfläche. Handfeuerwaffen mit Vollmantelgeschossen können hingegen eine begrenzte Wirkung entfalten. Drei, vier, vielleicht fünf Meter. Danach wird das Projektil gestoppt und sinkt auf den Meeresgrund.«

Das Meer war also seine Deckung. Mit kräftigen Zügen schwamm er zur Position, an der die Luxusyacht zuvor geankert hatte. Das war immer sein Notfallplan gewesen. Daher musste er den brisanten Sprung auch nicht lange überdenken.

Zielstrebig suchte er nach einem großen schwarzen Kontrast zum hellen sandigen Meeresgrund. Ewig konnte er nicht unter Wasser bleiben und von seinen früheren persönlichen Bestleistungen war er weit entfernt. Immer stärker verspürte er den Atemreiz. Er wusste, dass er durch seine kräftigen Schwimmbewegungen Unmengen an Sauerstoff verbrauchte. Der Kohlendioxidlevel in seinem Blut stieg an. Seine Lungen brannten, sie schrien geradezu nach Sauerstoff. Er hatte keine Ahnung, wie lange er noch getaucht bleiben konnte und bemerkte einen Anflug von Unsicherheit. War er etwa in die falsche Richtung geschwommen? Irgendwo hier mussten doch diese verdammten …

Da!

In einiger Entfernung konnten seine Augen, stark verschwommen, einen schwarzen, nicht definierbaren Haufen ausmachen. Mit letzter Luft erreichte er die vier Kreislaufgeräte, die immer noch zusammengebunden am Grund lagen. Gierig nahm er den erstbesten Lungenautomaten in den Mund.

Sauerstoff! Endlich!

Er zog beim Einatmen derart stark, dass er mit dem Sauerstoff Meerwasser einatmete und furchtbar husten musste.

Idiot, hättest das Mundstück erst ausblasen müssen!

Kendrick hustete und hustete. Er tankte aber auch mehr und mehr Sauerstoff. In kleinen Schritten begann er, regelmäßiger zu atmen. Er spürte, wie sein Körper sich langsam entkrampfte und sich die normale Atemfrequenz einstellte.

Als Nächstes tastete er sich an der Ausrüstung entlang und seine linke Hand fand eine Tauchermaske. Er setzte sie auf und blies sie aus. Sicht war somit hergestellt. Er blickte nach oben, in kritischer Erwartung, ob ihm dieser Psychopath Omerovic mit einem Boot folgen würde. Nach seiner Rechnung waren noch Omerovic, Großmaul SEAL Sanderson, die zwei Frauen, die als Köder gedient hatten, dieser Tom sowie Pearce und Rhodes an Bord. Von seinen beiden Taucherkameraden ging jedoch keine Gefahr für ihn aus. Da war er sich ziemlich sicher.

Wenn sie überhaupt noch leben …

Kendrick identifizierte seine schwarzen Flossen und zog sie über seine Einsatzstiefel. Er fühlte an seinem Körper entlang. Seine Pistole und sein Messer waren am Platz. Gut so.

Er orientierte sich. Die Riffkante verriet ihm, von wo sie am Morgen die Luxusyacht angetaucht hatten. Wenn überhaupt, dann würden Bulan und seine Leute zwischen *Steamer* und dem Land nach ihm suchen. Sie würden nicht damit rechnen, dass er in Richtung offenes Meer schwamm.

Also würde er genau das tun. Er setzte sich auf den Grund und zwang sich, ruhig zu atmen. Kendrick schätzte, dass er noch eine halbe Stunde, vielleicht länger, mit dem Gerät tauchen konnte. Das sollte reichen. Er hatte eine kleinere private Yacht gesehen, die nicht allzu weit von *Steamer* ankerte. Vielleicht konnte er sie stehlen.

Als er den ersten kräftigen Flossenschlag machte, spürte er mit einem Mal einen stechenden Schmerz in seiner rechten Wade. Als er dorthin fasste, wurde der Schmerz stärker.

Was zum Teufel?

Offenbar hatte Tom ihn nicht ganz verfehlt.

88

Präsidentenyacht *Embarcadero*
Bucht an der Südseite von St. Thomas
Amerikanische Jungferninseln
Karibik

Omerovic hielt sich ein Tuch vor die Nase, um das Bluten zu stoppen. »Lass, Tom! Wir brauchen Trevor nicht und er kann uns auch nicht mehr gefährlich werden. Die Verstärkung dürfte ohnehin gleich hier sein.«

»Das Landteam?«

»Genau!«

»Schön. Und wie geht es jetzt weiter?«

»Erzähle ich dir gleich. Hier, kümmere dich mal kurz um unseren Gast …«

Mit diesen Worten zwang Omerovic die First Lady, an dem langen Esstisch Platz zu nehmen. Er hatte ihr zwischenzeitlich mit Kabelbindern die Arme auf den Rücken gefesselt. Jetzt ging er hinaus auf die achterliche Terrasse und setzte einen Funkspruch ab. Als er die Bestätigung erhielt, sah er bereits zwei Motorboote in voller Gleitfahrt das Kap umrunden. So wie von ihm erwartet. Zufrieden eilte er zurück in die Messe.

»Tom?«

»Ja?«

»Du hast deine Sache gut gemacht! Wo ist Jake?«

»Im Vorschiff, ein Nickerchen machen. Das hat er jedenfalls gesagt. Ich glaube aber eher, er will sich etwas um unsere beiden weiblichen Lockvögel kümmern.« Tom hatte seine Hände in die Hüften gestemmt und grinste schmierig.

»Na meinetwegen soll er!«

»Wir haben es geschafft, oder?«

»Das haben wir wohl.«

»Eine Million Dollar! Das nenne ich einen Coup!«

»Allerdings. Da hinten kommt auch schon die Verstärkung, dann kannst du ausschiffen.«

»Sauber!«

Der Ex-Marine scannte den Horizont. Die Motorboote näherten sich rasch und verlangsamten auch schon bald ihre Geschwindigkeit. Allerdings waren sie das Letzte, was er in seinem Leben sah. Kalt streckte ihn Omerovic von hinten mit einem Genickschuss nieder. Den leblosen Körper hievte der Bosniake über die Reling ins Meer.

89

Im offenen Meer vor St. Thomas
Amerikanische Jungferninseln
Karibik

Zur selben Zeit glitten Steiger und Wolff nahezu lautlos mit einer Geschwindigkeit von sieben Knoten über den sandigen Meeresboden. Steiger schaute auf seinen Kompass, die Peilung stand. Doch sein Sonar schien nicht in Ordnung zu sein. Bei der Silhouette, die es abbildete, konnte es sich unmöglich um einen Fisch handeln …

Er schaute zu Wolff und bedeutete ihm, die Geschwindigkeit zu verringern. Sein Freund kommentierte mit einem Nicken.

▪

Kendrick tauchte zügig, obwohl er die ersten Anzeichen der Erschöpfung deutlich spüren konnte.

Kein Wunder …

Sein Körper hatte seit den frühen Morgenstunden »funktioniert«. Er hatte tausende Kalorien verbrannt und außer einem Müsli-Riegel keine Mahlzeit gehabt. Er war dehydriert und verlor Blut. Der stechende Schmerz in der Wade wurde größer. So entschied er, in zehn Minuten vorsichtig aufzutauchen, um sich zu orientieren. Es wäre sehr ärgerlich, in die falsche Richtung zu tauchen. Sicherlich hatten sie auf der Privatyacht Verbandszeug, saubere Tücher und Desinfektionsmittel. Ihm war mittlerweile alles egal. Er ahnte, dass einige Dinge an ihm vorbeigelaufen waren, aber er hatte keine Erklärung. Noch nicht.

Kendrick umrundete ein Riff und verscheuchte dabei einen großen Zackenbarsch. Als er wieder aufschaute, hielt er inne.

Was zum Teufel …?

90

Präsidentenyacht *Embarcadero*
Bucht an der Südseite von St. Thomas
Amerikanische Jungferninseln
Karibik

Omerovic befand sich nun im Unterdeck, in der Nähe des Schutzraumes. Er bewegte sich leise, doch Pearce, der noch immer über Rhodes wachte, hatte ihn gehört.

»Was schleichst du dich an? Pack lieber mit an, Wilbur braucht Hilfe!«

»Das denke ich nicht …« Mit diesen zynischen Worten feuerte Omerovic dem Südafrikaner in den Kopf.

Pearce erschrak jäh. Binnen Sekunden wurde ihm Einiges klar. Der grüne Schleim* hatte recht gehabt! Doch noch bevor er versuchen konnte, aus dem Schussfeld zu gelangen, streckte Omerovic auch ihn mit einer Dublette nieder.

Wieder an Deck, schaute der Bosnier auf das Meer. Die Sonne würde in wenigen Minuten untergehen. Dunkle Regenwolken zogen über die Bucht und der Wind nahm weiter zu.

Die Motorboote mit dem Landteam gingen an der Luxusyacht längsseits. Routiniert erklomm Raschid das Achterdeck. Er trug eine Einsatzhose mit russischem Camouflage-Muster. Sein AK 12 Sturmgewehr baumelte an einem Sling auf dem Rücken.

Omerovic erwartete ihn bereits.

»Salam Aleikum, Emir!«

»Aleikum as-Salam!«

»Alles ist bereit!«

»Gut! Frage: Status?«

Omerovic massierte seinen Bart. »Einer lebt noch. Er treibt

* Bezeichnung für die britischen Geheimdienste.

sich im Vorschiff herum und hat keine Ahnung, was hier vor sich geht. Ich vermute, er vergnügt sich mit den beiden Frauen …«

Raschid zog die Augenbrauen zusammen. »Wer ist es?«

»Der Hulk, der Ex-SEAL.«

»Du musst ihn unbedingt finden. Der Mann ist ein Risiko.«

»Ich hatte bislang keine Zeit, ich musste mich um unsere Zielperson kümmern.« Dabei zeigte Omerovic ein dürres Grinsen. »Oder möchtest du?«

»Nein. Ich werde mich zunächst mit dem Schiff vertraut machen. Die Zielperson im Schutzraum übernimmst du. Ihr gebt mir sofort Bescheid, wenn der sogenannte ›Führer der Westlichen Welt‹ aus seinem Loch gekrochen ist. Von da an übernehme ich. Und sieh zu, dass der fehlende Mann kein Problem mehr darstellt.«

»Wird erledigt!«

Raschid nickte Bulan zu, der sich umgehend näherte. »Weshalb weht unsere Flagge nicht am Mast?«

Bulan verneigte sich tief und eilte davon. Auf dem Rückweg hielt er ein großes schwarzes Tuch, während er über einige Leichen stieg.

»Mirza, wirf die verdammten Toten endlich über Bord! Die stören jetzt. Außerdem fangen sie bald an, zu stinken!«

Omerovic, der immer noch einen Verband vor seine gebrochene Nase hielt, bestätigte mit einem Grunzen.

»Emir, seht!«

Raschid trat auf das äußerste Ende des Achterdecks und schaute zufrieden nach oben. Am Flaggenstock der Luxusyacht knatterte eine große schwarze Flagge im stürmischen Wind. Das schwarze Banner zeigte das islamische Glaubensbekenntnis in verschnörkelten weißen Lettern.

Auch Omerovic schaute nach oben. Aber nur kurz. Er winkte mit seinen Armen und rief: »Bulan, schnapp dir Verstärkung und durchsuch das Schiff nach dem letzten Mann!«

Bulan, der behände wie eine Katze ein Deck tiefer gesprungen war, nickte knapp. Zu einem glatzköpfigen Jordanier gewandt, rief er: »Jamal, mitkommen! Wir haben einen Suchauftrag. Dieser Ex-SEAL, Jake Sanderson, treibt sich noch an Bord herum. Du hast sein Lichtbild bereits gesehen. Wir müssen ihn finden, er darf nicht überleben. Verstanden?«

Jamal nickte entschlossen.

▪

In der Messe zitterte die Präsidentengattin am ganzen Körper.

»Tun Sie mir bitte nichts, ich …«

»Seien Sie einfach still!« Omerovic verpasste der Frau eine derart heftige Ohrfeige, dass sie Mühe hatte, sich auf dem Stuhl zu halten. »Und jetzt auf! Wir bringen Sie jetzt zu Ihrem Mann. Sie freuen sich doch bestimmt, ihn wiederzusehen?«

Die Frau stand kraftlos auf. Sie bemühte sich dennoch, aufrecht und dabei fast würdevoll zu gehen. Omerovic, der in der rechten Hand seine Pistole hielt, schubste sie immer wieder vor sich her. Farouk folgte mit einem Stuhl. Im Unterdeck am Schutzraum angekommen, stellte Farouk den Stuhl direkt vor die Eingangstür.

»Hinsetzen!«

Omerovic holsterte seine Waffe. Zu der Kamera über dem Schutzraum gewandt, sprach er ruhig und bestimmt. »Guten Tag. Hören Sie mir jetzt genau zu! Wir wissen, dass Sie sich in dem Schutzraum befinden. Wir wissen ebenfalls, dass Sie nicht mehr mit der Außenwelt kommunizieren können. Uns ist auch bekannt, dass Sie bereits diverse Notrufe abgesetzt haben. Ich bedaure allerdings, Ihnen mitteilen zu müssen, dass keine Hilfe kommen wird. Wir haben die Yacht unter Kontrolle und liegen in flachem Wasser. Das Schiff ist manövrierunfähig und wir haben soeben nochmals Verstärkung erhalten. Im Übrigen darf ich Ihnen kurz die aktuelle meteorologische Situation erläutern.«

Omerovic verneigte sich vor der Kamera und lächelte höflich. »Der Hurrikan AMANDA ist im Anmarsch. Hubschrauber werden nicht fliegen können, Schiffe werden an ihren sicheren Ankerplätzen bleiben müssen. Aber uns kann es egal sein, denn wir sind ohnehin gekommen, um zu bleiben.

Ich sage das jetzt nur einmal: Kommen Sie einfach heraus, dann passiert Ihnen nichts und Ihrer Frau auch nicht. Wir werden Sie fair behandeln. Geben Sie mir also keinen Anlass, Ihnen meine hässliche Seite zu offenbaren. Sie haben jetzt genau fünf Minuten Zeit.«

Nach diesen Worten lehnte sich Omerovic an die Wand. Gelangweilt zog er ein Kampfmesser hervor und wog es in seiner Hand. Er warf es in Richtung der Holzvertäfelung, wo es knarrend steckenblieb. Dann warf er ein zweites Messer, stand auf, sammelte die Messer wieder ein und wiederholte die Prozedur von neuem.

▪

Im Innern des Schutzraumes blickten sich der Präsident und Agent D'Angelo bestürzt an.

»Sie dürfen auf gar keinem Fall da raus gehen, Sir!«

»Und wenn die da draußen damit recht haben, dass keine Unterstützung in Sicht ist?«

»Sir, mit Verlaub: Chief Stone hat vor zwanzig Minuten die halbe Welt in Alarmstufe Alpha versetzt. Ich habe vier Nachrichten mit Details zu diesen Kerlen absetzen können, bevor uns der Strom abgeschaltet wurde. Es braucht Zeit, bis die Kollegen soweit sind. Ein Zugriff muss erst koordiniert werden. Natürlich ist die Wetterlage nicht hilfreich. Ich wette aber, es sind gerade fünf Behörden damit beschäftigt, Sie hier rauszuholen, Herr Präsident!«

»Helen, was machen die mit meiner Frau?«

Betreten fixierte D'Angelo den Monitor, auf den die Kamera über dem Eingang geschaltet war. »Ehrlich gesagt, ich weiß es nicht, Sir …«

Jetzt hast du deinen Präsidenten angelogen. Du weißt genau, was diese Leute mit ihr machen …

Der Präsident stützte den Kopf in seine Hände. Er war sichtlich gezeichnet. »Es ist meine Schuld. Ich hätte Chief

Stone seine Arbeit machen lassen sollen. Mein Pochen auf unsere Privatsphäre … Ich hätte wissen müssen, dass meine Frau im Vorschiff badet. Wenn die ihr etwas antun … Oh Gott …«

91

Im offenen Meer vor St. Thomas
Amerikanische Jungferninseln
Karibik

Trevor Kendrick hielt inne. Damit hatte er nicht gerechnet. Kaum zwanzig Meter vor ihm lag ein bewaffneter Taucher auf einem Unterwasserschlitten im Sand. Es hatte den Anschein, als habe der Taucher ihm aufgelauert. Kendricks Gehirn arbeitete. Er hatte den Kerl nicht gehört. Das hieß, der Typ benutzte ebenfalls ein Kreislaufgerät. Und auch sein Scooter war offenbar nicht so laut wie die alten DPVs*, die sie beim SBS verwendeten.

Kendrick spürte nun einen Kloß im Hals. Er schaute nach oben, zur Wasseroberfläche. Noch kein Bootsrumpf in Sicht und keine Bootsgeräusche zu hören. Auftauchen war aber trotzdem keine Option. Möglicherweise scannten gerade Zielfernrohre die Wasseroberfläche nach ihm ab. Er griff hinter sich, zog sein langes Tauchermesser und schwamm weiter. Doch irgendetwas war seltsam. Sein Gegenüber reagierte nicht. Dieser Taucher schien sogar zu lächeln, soweit Kendrick dies durch die Maske beurteilen konnte.

Kendrick war irritiert.

Das Nächste, was er registrierte, war, dass ihm jemand von hinten unsanft die Maske vom Gesicht riss. Dabei bekam er etwas, das sich wie Mündung einer Waffe anfühlte, gegen die

* Diver Propulsion Vehicle.

Schläfe gedrückt. Er spürte, wie seine eigene Pistole aus ihrem Holster gezogen wurde. Diese Gesten waren eindeutig. Er ließ sein Messer auf den Grund sinken.

Ein kräftiger Arm zog ihn nach vorn. Er glaubte, dass ein Karabiner an seiner Weste eingehakt wurde. Widerstand war zwecklos. Da Kendrick die Typen auch nicht als Angehörige von *Steamer* einordnete – die hätten ihn wahrscheinlich sofort getötet – ergab er sich erst einmal seinem Schicksal.

Einige Minuten lang wurde er mit hoher Geschwindigkeit durch das Wasser gezogen. Dann bekam er seine Maske zurück. Er blies sie aus und schaute sich um.

Die beiden Männer bedeuteten ihm, langsam in der Abdeckung einer Motoryacht aufzutauchen. Kendrick sah den Rumpf und zwei Schrauben über sich. War das die private Yacht, zu der er ohnehin schwimmen wollte? Er konnte sich momentan keinen Reim darauf machen.

92

Präsidentenyacht *Embarcadero*
Bucht an der Südseite von St. Thomas
Amerikanische Jungferninseln, Karibik

Omerovic erhob sich langsam und stellte sich vor den Stuhl, seine Augen auf die Kamera gerichtet. Sein Blick hatte etwas Ernstes, ja geradezu Trauriges.

Die Gattin des Präsidenten wirkte jetzt wie erstarrt. Jede Farbe war aus ihrem Gesicht gewichen. Das dunkle, teilnahmslose Auge der Kamera schaute auf sie herab. Der Lautsprecher schwieg.

»Gut. Die Zeit ist abgelaufen. Sie hatten Ihre Chance.« Omerovic wandte sich an Farouk: »Halte sie gut fest! Es könnte sein, dass sie gleich etwas zappelt …«

Dazu zog er zwei Kabelbinder aus einer Beintasche und fixierte die Arme der First Lady auf den Lehnen. Ihre Knöchel fesselte er an die Stuhlbeine.

Die Frau schrie. Obschon der Knebel einiges dämpfte, war ihre Angst deutlich zu hören. Sie versuchte instinktiv, sich zur Wehr zu setzen, doch es war vergebens. Sie hatte ihrem brutalen Peiniger nichts entgegenzusetzen.

Omerovic schäftete seine Klinge und holte ein Gerber Multitool hervor, welches er zu einer Zange aufklappte. Seinen Blick auf die Kamera gerichtet, kommentierte er: »Ihre Frau hat sehr schöne Hände. Zehn schlanke Finger. Und zehn hübsch lackierte Fingernägel, Mr. President.«

Dann lachte er laut und sagte zu der Frau gewandt: »Übrigens sehr aufmerksam von Ihnen, die Nägel lang wachsen zu lassen. Das macht es mir leichter.«

Die Frau schrie und schluchzte in ihren Knebel. Tränen schossen ihr in die Augen. Sie zog und ruckte und versuchte panisch, den Stuhl umzuwerfen.

Omerovic riss an ihren Haaren, so dass ihr Mund nach oben zeigte. Dann drückte er ihr einen zweiten Lappen in den Mund. Die Frau würgte. Aus seiner Beintasche produzierte er eine Rolle Panzerband und verklebte ihr den Mund.

»So, jetzt ist Ruhe.«

Omerovic schauspielerte wieder sein betroffenes Gesicht. »Das wird jetzt nicht schön, fürchte ich. Aber wenn Sie Ihrer Frau unbedingt solche Schmerzen zufügen möchten …« Er seufzte diabolisch. »Sie machen es mir wirklich nicht leicht …«

Die Frau zappelte und riss ihren Kopf hin und her. Omerovic hockte sich hin und fixierte ihren linken Zeigefinger mit seiner linken Hand. Der Frau schwitzte am ganzen Körper. Sie würgte.

»Halte sie jetzt gut fest, Farouk!«

Omerovic schaute zur Kamera und hob eine Augenbraue. Dann setzte er die Zange an. Ohne seinen Blick von der Kamera abzuwenden, begann er langsam …

93

Motoryacht *Sphynx*
Amerikanische Jungferninseln
Karibik

Vorsichtig stiegen die Männer aus dem Wasser. Steiger behielt Kendrick genau im Auge. Distanziert und mit vorgehaltener Waffe deutete er in Richtung Niedergang. Wolff fesselte ihm derweil die Hände mit Kabelbindern auf den Rücken. Mit triefenden Klamotten setzten sich die Männer ins Vorschiff.

»English?«

Der Brite nickte.

»Wie heißt du?«

»Trevor.«

»In Ordnung, Trevor. Wer bist du und was zum Teufel geht da drüben auf der Yacht vor sich?«

»Das wollt ihr nicht wissen.«

»Falsche Antwort!«

»Es geht euch nichts an. Mein Tipp: Macht euch vom Acker, solange es noch geht …«

Steiger ließ sich nicht aus der Ruhe bringen und sagte: »Pass auf, Trevor: Ich stelle die Frage jetzt noch genau einmal, und wenn uns deine Antwort nicht gefällt, dann bringen wir dich zurück zur Yacht. Gefesselt. Wie wäre das?«

Kendrick hielt inne. Er schaute Steiger und Wolff offen an. Die Typen erinnerten ihn an Soldaten in Zivil. Aber richtig einordnen konnte er sie noch nicht.

Versuch's einfach mit der Wahrheit …

»Also gut. Im Grunde genommen ist es ganz einfach. Ich bin ehemaliger Soldat und habe mich für sehr viel Geld ködern lassen, einen Auftrag auszuführen. Wir wussten alle nicht, was genau dahinter steckt. Ich gebe zu, ich habe dabei vor allem an die Kohle gedacht.«

»Soll bei euch ›Privaten‹ ja vorkommen …«, kommentierte Steiger.

»Und als du erfahren hast, dass der Präsident der Vereinigten Staaten die Zielperson ist, ging dir der Stift und bist ausgestiegen«, vermutete Wolff.

»Ihr wisst, wem die *Embarcadero* gehört?«

»Wir stellen die Fragen. Wo hast du gedient?«

»British Royal Marines.«

Steiger war verblüfft. Er schaute zu Wolff, der ebenso überrascht schien.

»Kannst du das beweisen?«

Kendrick zuckte mit den Schultern.

»Okay, wo warst du zuletzt eingesetzt?«

»Libyen und Nigeria.«

»Wo seid ihr stationiert?«

Kendrick schnaufte fast verächtlich. »Weiß doch jeder. Hamworthy Barracks, Poole. Das liegt in Dorset.«

Steiger deutete auf Kendricks linken Arm.

Wolff krempelte den nassen Ärmel des Engländers hoch. Auf seinem kräftigen Oberarm war eine komplexe Tätowierung zu sehen. Steiger erkannte die von Lorbeeren eingerahmte Weltkugel, unter der geschrieben stand: »Per Mare et Terram«*.

»Okay, könnte schon sein. Dann erzähl mal, wie sich die Lage da drüben gestaltet.«

Kendrick drehte sich um. »Könnt ihr mir die Dinger abnehmen?«

Wolff schaute Steiger an. »Welche Gewissheit haben wir, dass du keine Dummheiten machst?«

»Was hätte ich davon? Meine Auftraggeber wollen mir definitiv ans Leder. Ihr seid meine beste Möglichkeit, hier wegzukommen.«

Steiger nickte und sagte auf Deutsch: »Mach ihn los, Mirko. Den kriegen wir schon klein, falls er was versuchen sollte.«

* »Zu Lande und zu Wasser« – Motto der britischen Royal Marines.

In Kendrick Gesicht zeichnete sich Verwunderung ab. »Ihr seid Deutsche? Ich habe mal mit den Deutschen gearbeitet. Wir haben Geiselbefreiungen trainiert. Draußen, auf einer Ölplattform.«

»Soso. Kannst du dich noch an jemanden erinnern?«

»Ja, so ein kleiner, stämmiger Kerl. Sehr guter Taucher, er hieß Hartmut Stein.«

Steiger war sichtlich überrascht. »Tja, den Hartmut könnten wir jetzt hier gut gebrauchen …«

»Du kennst Hartmut Stein? Bist du etwa auch aus Eckernförde?«

»Bist ein schlaues Kerlchen …«

»Du bist Kampfschwimmer? Da hätte ich auch gleich drauf kommen können! Was macht ihr hier?«

»Dafür haben wir jetzt keine Zeit, Trevor. Skizzier erst mal die Lage!«

Kendrick rieb sich die Handgelenke. »Okay. Also, wir sind von den Typen so richtig verladen worden. Wir sollten die Yacht für sie einnehmen. So haben die sich quasi ins gemachte Nest gesetzt. Es sind wenigstens vier, höchstens sechs Mann von denen an Bord. Was habt ihr vor?«

Steiger schüttelte langsam den Kopf. »Ehrlich gesagt glaube ich, dass es mittlerweile weitaus mehr sind. In der Zwischenzeit sind neue Boote angekommen.« Steiger deutete auf zwei Speedboote, die achteraus in den Wellen schaukelten. »Wir werden uns das mal näher ansehen, jedenfalls haben wir nicht vor, hier untätig rumzusitzen. Ein Problem ist das Wetter, der Hurrikan kommt und wir haben nicht mehr viel Zeit.«

Kendrick nickte langsam. Dann besah er sich seine Wade. »Ich will mich nicht aufdrängen, aber ich könnte euch helfen. Allerdings müsste ich vorher meine Beinwunde verarzten.«

Wolff war aufgestanden und kam mit einem großen Verbandskasten zurück. »Die Verletzung ist uns auch aufgefallen, aber wir wollten dich erst mal ausloten.«

»Logisch.«

Versiert bediente sich Kendrick der vorhandenen Binden

und Kompressen. Der Druckverband sah solide aus. »Habt ihr Antibiotika? Nur prophylaktisch …«

»Auch das.« Wolff wühlte in dem Verbandskasten und fand eine Medikamentenpackung.

Kendrick war erleichtert. »Nur zur Vorsicht.« Dann warf er sich zwei Kapseln ein.

»Bevor wir hier zu vertraut werden: Warum willst du uns helfen? Du kommst doch von dort!«

»Die Typen haben uns, haben mich ausgenutzt. Ich glaube, keiner von uns sollte das überleben.« Kendrick überlegte. »Mit ein paar Ausnahmen vielleicht. Zum Schluss war ich allein. Ich hatte keine Munition mehr und wollte eigentlich nur noch die Frau, also die Präsidentengattin schützen. Dann haben die versucht, mich umzulegen. Schätze, ich habe einiges geradezubiegen.«

Steiger schaute zu Wolff. Der nickte langsam und sagte auf Deutsch: »Könnte nicht schaden, jemanden mit Kenntnissen des Schiffsinnern dabei zu haben.«

Steiger war noch nicht überzeugt. »Was, wenn er uns im entscheidenden Moment in den Rücken fällt? Seine Prämie steht ja noch im Raum. Wenn es um Geld geht …«

Wolff zuckte mit den Schultern. »Klar, eine Garantie gibt es nicht. Aber der Tommy* klingt ganz vernünftig. Außerdem wollten sie ihm wirklich an die Lederhaut. Das hat man ja gesehen.«

Kendrick hatte kein Wort verstanden. Er fragte: »Habt ihr was zu essen und zu trinken? Ich könnte was vertragen …«

Steiger ging zum Kühlschrank in der Kombüse und warf ihm Bananen, einen Power Bar und eine Flasche Gatorade zu.

»Perfekt, danke!«

Steiger nickte Wolff zu. »Also gut. Hier ist mein Plan …«

* Engländer.

94

Präsidentenyacht *Embarcadero*
Bucht an der Südseite von St. Thomas
Amerikanische Jungferninseln
Karibik

Sie stellte sich auf furchtbare Schmerzen ein, die vermutlich alles in den Schatten stellen würden, was sie bisher erlebt hatte. Was hier geschah, war primitiv, grausam und menschenverachtend. Nie hätte sie gedacht, dass sie einmal in Lebensgefahr geraten würde. Der Secret Service war stets professionell und umsichtig gewesen. Sie hatte sich bisher immer sicher gefühlt. Wie in Abrahams Schoß. Was waren das für Menschen, mit denen sie es hier zu tun hatten? Wer waren sie, dass sie den Secret Service überwältigen konnten?

Sie gab sich keinen Illusionen hin. Ihr Mann durfte diesen Verbrechern gegenüber nicht nachgeben. Wenn er aber den Schutzraum nicht verließ, würde sie vermutlich alle ihre Fingernägel verlieren. Und was kam danach?

Sie schloss die Augen.

»Herr Präsident, Sie enttäuschen mich. Ich dachte, Sie lieben Ihre Frau?« Omerovic schüttelte langsam den Kopf. »Tja, so kann man sich irren …«

▪

Im Schutzraum spürte der Präsident, wie ihm Tränen über die Wange liefen. Sein Magen verkrampfte sich.

Er konnte es nicht. Er hielt es nicht aus. Da draußen saß seine Frau, mit der er seit achtundzwanzig Jahren verheiratet war. Seine Frau, die er liebte, wie am ersten Tag. Nein. Seine Familie kam zuerst. Alles war besser als das. Vielleicht würden sie Magdalena ja verschonen. Wenn sie ihn wollten, dann war es eben so. Er hatte sich entschieden.

»Helen, es ist vorbei. Ich gehe da jetzt raus.«

Agent Helen D'Angelo hatte genau das befürchtet. Sie konnte ihrem Präsidenten noch nicht einmal einen Vorwurf machen. Der Mann war tapfer. Er stellte sein Amt, das ihm zweifellos wichtig war, nicht über Leben und Würde seiner Frau. Auch wenn sie keine Sekunde daran glaubte, dass die Leute da draußen sich an irgendeine Art Abmachung halten würden …

»Ich kann es nicht gutheißen, aber ich verstehe es, Herr Präsident.«

Sie sprach ins Mikrophon: »Halten Sie ein, wir kommen raus! Es wird etwas dauern, wir müssen die Türen aufkurbeln, da wir keinen Strom mehr haben.«

»Das kam bedauerlicherweise etwas spät, Herr Präsident …«

Mit einem quietschenden Geräusch begannen die Schiebetüren, sich zu öffnen. Verzweifelt versuchte der Präsident, einen Blick auf seine Frau zu werfen. Dann hörte er sie vor Schmerz brüllen. Trotz des Knebels ging ihm der Laut durch Mark und Bein.

»Magdalena! Ihr Verbrecher!«

Unendlich langsam schoben sich die zwei Stahltüren auseinander und eine Schleuse wurde sichtbar. Die dahinterliegenden Türen öffneten sich ebenfalls und heraus traten der Präsident sowie sein letzter noch lebender Personenschützer, Agent Helen D'Angelo.

»Mein Gott! Magda! Binden Sie augenblicklich meine Frau los!«

Er kniete jetzt neben seiner schluchzenden Ehefrau und nahm ihr vorsichtig den Knebel ab. »Schatz, es tut mir so unsagbar leid!«

An seine Peiniger gerichtet, blaffte er: »Warum haben Sie das getan? Sie haben doch jetzt, was Sie wollen!«

Omerovic war unbeeindruckt. »Farouk, kümmere dich um die Frau! Und Sie, Herr Präsident, Sie kommen mit mir!«

Unvermittelt schlug er den Amerikaner mehrmals in den

Magen. Die First Lady kreischte auf. Als der Präsident am Boden lag, trat Omerovic ihm noch einmal in den Bauch. Er stemmte seine Hände in die Seiten.

»Das tat gut. Darauf habe ich schon lange gewartet …«

Mit diesen Worten packte er den Präsidenten und bugsierte ihn in Richtung Oberdeck. Farouk folgte ihm mit der schluchzenden Präsidentengattin im Schlepptau.

95

Militärflughafen von St. Thomas
Amerikanische Jungferninseln
Karibik

»Das Baby fliegt sich wie ein Porsche!« Lieutenant Colonel Cardasis war hochkonzentriert.

McMahon, der sich an einem Griff festhielt, grinste nur.

»Sergeant, Frage: Distanz zum Zielobjekt?«

»Fünfzehn Meilen, Sir.«

»Sehr schön! Dann schauen wir mal nach unserem Präsidenten.«

Er verstellte seine Stimme, die jetzt etwas höher und näselnder klang: »Sehr geehrte Fluggäste, hier spricht Ihr Pilot. Bitte klappen Sie Ihre Tische hoch und bringen Sie Ihre Sitze in eine aufrechte Position. Stellen Sie das Rauchen ein und schnallen Sie sich an, denn es könnte etwas holprig werden … Und laden Sie jetzt bitte Ihre Waffen durch. Wir müssen damit rechnen, dass man unseren Besuch nicht wertschätzt. Vielen Dank! Wir würden uns freuen, Sie auch demnächst wieder *lebend* an Bord eines unserer Air Force Helikopter begrüßen zu dürfen.«

»Hey, Jay! Das ist aber kein Air Force Helikopter.«

»Ach, Ruhe da hinten! Heute ist es einer!«

Cardasis führte den Steuerungsknüppel nach vorne und beschleunigte den Airbus auf zweihundertfünfzig Stundenkilometer. Der Rotorlärm wurde sprunghaft lauter und die Soldaten beobachteten, wie sich die Landschaft unter ihnen veränderte. Schon bald befanden sie sich über dem grauen Meer.

»Windgeschwindigkeit fünfzig Meilen pro Stunde, Sir. Tendenz steigend.«

»Ich weiß, was Sie sagen wollen, Jim, wir wollen ja auch nur mal schauen.«

Der Helikopter schoss im Tiefflug über das Wasser. Cardasis hatte keine Lust, auf irgendeinem Radar aufzutauchen. Zwei Hubschrauber hatten sie bereits verloren und es würde keinen weiteren Verlust geben. Jedenfalls nicht, solange er ein Wörtchen mitzureden hatte.

96

Präsidentenyacht *Embarcadero*
Bucht an der Südseite von St. Thomas
Amerikanische Jungferninseln
Karibik

Eden Paige hatte es geschafft, den Knebel auszuspucken. Davor hatte sie das Faserklebeband nach mehreren schmerzhaften Versuchen mit ihrem Knie abstreifen können. Sie suchte nach dem Gesicht ihrer Freundin. Mit ihren Zähnen zog sie an dem Klebeband, das den Mund von Heather bedeckte und konnte es ebenfalls abreißen. Auch Keegan spuckte den Knebel aus.

»Danke, ah! Das tut gut!« Sie atmete tief durch.

»Das kannst du laut sagen!«

Eden versuchte nun, ihre Hände hinter ihrem Rücken zu befreien. Vergeblich. Sie fluchte leise.

»Mirza, dieses Schwein! Das Ganze war von Anfang an geplant. Wir zwei haben uns wie dumme Hühner hereinlegen lassen. Wir waren nur der Köder!«

»Tja, Arschlöcher habe ich ja schon einige kennengelernt. Aber so eins … Und du hattest ja nur den Scheich im Kopf.«

Mit ihrem Mund öffnete Eden eine Schublade im Badezimmer. Doch sie fand nur Seife, Feuchttücher und Rasierschaum. »Mist, verdammter!«

Bei der vierten Schublade hatte sie Erfolg. »Heather. Da liegt was Feines.«

»Geld?«

»Du Dumme. Da drin liegt eine Nagelschere.« Eden drehte sich um und nestelte umständlich in der Schublade. Triumphierend brachte sie mit ihren gefesselten Händen das kleine Werkzeug zum Vorschein. »So, das sollte funktionieren. Gleich machen wir uns aus dem Staub!«

»Weißt du denn, wo wir sind?«

»Ich habe keine Ahnung, aber hier herauszufinden, dürfte nicht das Problem sein.«

»Da wäre ich mir nicht so sicher!«, ertönte unerwartet eine tiefe Stimme durch die Lamellentür.

Die Frauen verstummten sofort. Langsam öffnete sich die Tür und Jake Sanderson betrat die Kabine. Die Maschinenpistole sah in seiner riesigen Hand aus wie ein Spielzeug.

»Na, ihr Hübschen? Habt ihr euch schon gelangweilt?«

Entsetzt starrten die Frauen den verschwitzten Ex-Seal an.

»Also nackt habt ihr mir irgendwie besser gefallen …« Sanderson grinste.

Die Frauen schwiegen. Gerade noch hatten sie die Hoffnung gehabt, der ganzen Sache mit heiler Haut zu entkommen. Durch ein Bullauge hatten sie gesehen, dass das Land nicht weit entfernt war. Doch ihr Glück schien sie sofort wieder verlassen zu haben.

»Du blutest ja!«

Sanderson sah an sich herunter. »Ist nicht meins. Aber waschen könnte ich mich mal, vor allem habe ich Durst.«

Mit dieser Feststellung schritt er an den Frauen vorbei in Richtung Badezimmer. Er legte die Maschinenpistole auf den Toilettensitz und zog sein verschwitztes T-Shirt aus. Dann drehte er den Wasserhahn auf und trank. Anschließend wusch er sich ausgiebig. Während er sich das Gesicht abtrocknete, fragte er: »Was hattet ihr Herzchen denn vor?«

Eden fasste sich ein Herz und antwortete: »Warum fragst du? Du gehörst doch dazu, ich meine, zu denen.«

Sanderson drehte sich nicht um, sondern sprach in den Spiegel. So ließ er die Frauen keine Sekunde aus den Augen. »Der Plan stammte nicht von mir. Ich will nur mein Geld.«

»Aha, verstehe. Und jemandem, der für Geld wildfremde Leute erschießt, sollen wir vertrauen?« Eden versuchte während der Konversation unauffällig, die Nagelschere an ihre Freundin Heather, die auf dem Bett saß, zu übergeben.

»Von irgendwas muss man ja leben. Auch wenn ich zugeben muss, dass hier einiges nicht rund gelaufen ist. Eigentlich bringe ich keine Leute um, wenn es sich vermeiden lässt. Hier gab es wohl ein paar Tote zu viel. Egal. Nicht mein Bier. Ich bin hier gleich weg. Aber vorher könnten wir uns ja vielleicht noch etwas amüsieren, nicht wahr?«

Er drehte sich plötzlich um.

Mist, dachte Eden und versuchte ein Lächeln.

»Was macht ihr da eigentlich?«

Blitzschnell stand Sanderson vor Eden und drehte sie um. Dabei fiel die kleine Nagelschere zu Boden.

»Ah, verstehe. Sehr clever!« Sanderson hielt die Nagelschere zwischen zwei Fingern. »Wahrscheinlich wolltet ihr mich auch noch abservieren, was?« Er fischte seine Maschinenpistole vom Toilettensitz. »Könnt ihr Hübschen mit so etwas überhaupt umgehen?«

Die beiden Frauen starrten ihn angstvoll an. Diesem Tier hatten sie wenig entgegenzusetzen. Er würde mit ihnen machen, was er wollte. Aber wenn sie Glück hatten, würde er sie am Leben lassen. Er schien ohnehin bald verschwinden zu wollen.

Sanderson setzte sich gegenüber dem Bett in einen Sessel und legte die Waffe auf seinen Schoß. »Also, Mädels: Das hier ist eine Heckler & Koch MP5, ein Klassiker unter den Maschinenpistolen. Genauer gesagt, eine MP5 SD, das SD steht für schallgedämpft.« Er hielt die Waffe hoch, so dass die Frauen sie sehen konnten. »Man muss noch nicht mal gut schießen können, um damit etwas zu treffen. Die Bedienung ist auch einfach: Man muss nur den kleinen Schalter hier umlegen …« Sanderson machte es vor. »Zeigt der kleine Hebel auf diese weiße Patrone hier, dann ist die Waffe gesichert.«

Dann betätigte Sanderson den Sicherungshebel.

»KLICK«

»Die rote Patrone hier steht für Einzelfeuer, dann ist die Waffe schussbereit, okay? Ja, und die vielen Patronen, also diese Stellung hier unten, die steht für Dauerfeuer. Wenn man dann abdrückt, ist die Knarre allerdings auch schnell leer.«

Die Frauen blickten ungläubig drein. »Und warum erzählst du uns das alles, wenn du uns doch nicht am Leben lässt?«

Sanderson legte die MP neben sich und zog ein langes Messer aus einer Beinscheide.

Heather Keegans Augen weiteten sich. »Bitte nicht, wir …«

Grob drehte er die Frau um und kappte die Kabelbinder. »Du auch, komm her!«

Eden Paige hielt ihm freiwillig ihre Hände hin. Sanderson befreite auch sie von den Fesseln.

»Gewalt gegen Frauen gibt's bei mir nicht. Mein Alter hat meine Mutter damals genug geschlagen. Ich …«

Er hielt plötzlich inne.

»Psst! Seid ruhig, ich glaube, ich habe etwas gehört!«

Sie vernahmen Schritte. Sanderson bedeutete den Frauen, sich zu verstecken. Heather kroch unter das Bett, während Eden panisch um sich blickte. Sanderson schubste sie unsanft ins Bad, schloss die Tür und machte es sich auf dem Bett bequem. Seine MP5 hatte er unter das große Kopfkissen geschoben.

Hast ja noch deine Pistole und dein Messer ...

Leise waren Bulan und Jamal durch das geräumige Vorschiff der Yacht geschlichen. Sie hatten jeden Raum, jede Last untersucht. Als sie wieder in den Korridor gelangten, fiel eine Lamellentür hinter ihnen lautstark ins Schloss.

»Pass doch auf, du Idiot! Oder willst du den Kerl warnen, dass wir im Anmarsch sind?«, zischte Bulan.

Jamal murmelte eine Entschuldigung.

Seine Pistole im Anschlag, blieb Bulan vor der nächsten Tür stehen. Er machte eine Kopfbewegung, die Jamal bedeutete, an ihm vorbei die Tür zu öffnen. Bulan sicherte.

Vorsichtig tat Jamal, wie beordert. Sie betraten die geräumige Kabine.

»Na, Mittagsschlaf beendet?«, fragte Bulan trocken.

Sanderson tat, als sei er verschlafen und rieb sich die Augen. »Wie spät ist es?«

»Spät genug. Wo sind die anderen?«

»Welche anderen?«

»Willst du damit sagen, dass du hier der Einzige bist?«

»Scheint so.«

»Und die Frauen?«

»Ich habe keine Ahnung. Ich habe mich nur etwas ausgeruht. Was willst du von mir, Bulan?«

»Komm mit, dann zeige ich es dir!«

»Und wenn ich lieber hier bleibe?« Sanderson hatte sich jetzt aufrecht auf die Bettkante gesetzt. Er war im Sitzen fast so groß wie der Asiate, der in sicherer Entfernung vor ihm stand.

»Dann kann ich dir auch nicht helfen.«

Scheinbar gelangweilt sah Bulan zu seinem Begleiter. Dann drehte er sich blitzartig um und feuerte aus minimaler Entfernung eine Dublette.

Sanderson biss sich auf die Zähne. Ein Projektil hatte sein linkes Knie zerschmettert. Er fasste sich ans Bein und stöhnte. Beißender Pulvergeruch füllte die Kabine.

»Noch mal, wo sind die anderen?«

Mit einem Schrei sprang Sanderson auf Bulan zu, doch dieser wich geschickt aus. Der Ex-SEAL krachte gegen die Wand.

»Ihr Schweine, ich sagte doch, ich habe keine Ahnung!« Sanderson zog unvermittelt seine Pistole und schoss zuerst auf den überraschten Jamal, der mit keiner Gegenwehr mehr gerechnet hatte. Doch bevor der Amerikaner Bulan anvisieren konnte, hatte dieser schon zurückgefeuert und sich durch einen Hechtsprung in Richtung Tür in Sicherheit gebracht.

Sanderson stöhnte. Bulan hatte zwei Treffer im Thoraxbereich gelandet. Sanderson trug zwar eine ballistische Weste, doch die Energie der Projektile hatte ihn umgeworfen.

Plötzlich war eine zarte, zitternde Stimme zu vernehmen: »Aufhören! Um Gottes Willen, aufhören! Ich bin hier! Oh Gott, hören Sie auf! Bitte!« Eden wagte sich vorsichtig aus dem Bad, um schon bald die Lage zu erkennen. Doch es war zu spät.

»Bleib, wo du bist! Du hast ja keine Ahnung …«, stöhnte Sanderson.

Bulan stand ruhig da und zielte auf den kampfunfähigen Gegner.

»Oh nein! Nicht!« Die Frau warf sich instinktiv zwischen Sanderson und den Asiaten. Bulan schoss. Die Frau fing die Kugel mit ihrem Körper ab und rutschte getroffen zu Boden.

Als Sanderson sich erheben wollte, versagte sein linkes Bein. Er wankte kurz und fiel dann vornüber.

Grinsend feuerte Bulan aus der Deckung auf den am Boden liegenden Amerikaner. Bulan zielte auf dessen Seite. Zwei Projektile trafen die Wirbelsäule. Sanderson unterdrückte einen Schrei.

»So, großer Krieger. Deine Arbeit ist damit erledigt. Vielleicht hättest du dich besser über deinen Auftraggeber informieren müssen …«

»Wer … wer seid ihr Schweine?«

Sanderson zitterte. Er spürte, wie das Leben aus seinem Körper wich.

»Wir, das heißt unser Emir und wir, sind die Kämpfer, die deinen Präsidenten der Welt vorführen werden. Du und deine geldgeilen Kameraden«, er lachte höhnisch, »ihr habt uns dabei hervorragend geholfen!«

»Was …?«

»SAS, SEALs, DEVGRU! Die Besten der Besten! Dass ich nicht lache. Die Elite der Terrorjäger! Und ihr habt für *uns* gearbeitet! Für euren ärgsten Feind!«

»Das … kann nicht sein!«

»Oh doch, mein Freund, das habt ihr! Weil eure unsägliche Arroganz euch blind gemacht hat!«

Bulan stand jetzt über Sanderson und verpasste ihm einen Kopfschuss. »Canoeing* kennen wir übrigens auch, Kuffar!«

Zufrieden verließ Bulan die Kabine und begab sich ein Deck höher. Er hatte noch einen weiteren Auftrag auszuführen.

97

Im offenen Meer
Bucht an der Südseite von St. Thomas
Amerikanische Jungferninseln
Karibik

Die Sonne war am Horizont verschwunden und der Himmel schien aus einer einzigen dunklen Wolke zu bestehen. Das Blau des Meeres hatte sich in ein kaltes Grau verwandelt. Böen mit Windgeschwindigkeiten von über sechzig Meilen pro Stunde peitschten über die Insel.

Steiger steuerte den ersten Scooter in einer Tiefe von knapp zehn Metern. Kendrick hielt sich an einem Gurt fest. Wolff

* Eigentl.: Kanusport betreiben. Hier: Umstrittener »Sport« bei bestimmten US-Spezialeinheiten, den Schädel der Gegner durch einen speziell platzierten Kopfschuss derart zu spalten, dass er an die Form eines Kanus erinnert.

folgte in einiger Entfernung. Langsam manövrierten die Taucher an Riffen vorbei in Richtung Zielobjekt.

Es dauerte nicht lange, bis sie die große Yacht erreicht hatten. Kendrick machte ein OK-Zeichen und schnallte sich ab. Dann schien er eine Entdeckung gemacht zu haben. Er signalisierte Halt. Steiger legte den Schlitten auf dem Grund ab. Wolff tat es ihm nach.

Der Körper eines Menschen lag auf dem Meeresgrund. Sanft spülte die Strömung den Leichnam hin und her. Der Mann sah westlich aus und trug Einsatzkleidung. Er mochte etwa Mitte dreißig sein und war sehr blass. Seine Augen waren geöffnet. Er lag auf der Seite, als schaue er die Männer an.

Tom! Selbst den haben sie nicht am Leben gelassen …

Kendrick schwamm zu seinem ehemaligen Kameraden, der noch zuvor auf ihn geschossen hatte, und schüttelte langsam den Kopf. Steiger und Wolff hatten in etwa begriffen und nickten. Kendrick signalisierte, dass er jetzt auftauchen würde, um zu schauen, ob die Luft rein war. Steiger bestätigte.

Langsam bewegte sich der Engländer in Richtung Oberfläche. Er nahm seine Maske ab, damit das Glas kein Licht reflektierte. Dann hob er vorsichtig den Kopf aus dem Wasser. Er lauschte gespannt. Der Wind war laut und doch glaubte er, etwas gehört zu haben.

Da, Stimmen …

Kendrick vernahm deutlich mehrere Personen auf dem Achterdeck. Er spähte vorsichtig in Richtung Messe.

Er sah drei schwerbewaffnete Männer, die angeregt miteinander arabisch sprachen. Ihre orientalische Kleidung war ihm aus dem Irak und Afghanistan geläufig. Er kannte die Männer nicht.

Nicht gut! Das war vermutlich die Verstärkung, das Landteam.

Kontrolliert ließ er sich wieder auf den Meeresgrund sinken, wo Steiger und Wolff auf ihn warteten. Der Brite schüttelte den Kopf und deutete in Richtung Bug. Steiger nickte und die drei Taucher verlegten langsam zum vorderen Teil der Yacht.

Wäre ja auch zu einfach gewesen, über das Achterdeck an Bord gehen zu können.

Unterhalb des Bugs war es relativ ruhig. Sorgfältig legten die Männer ihre Ausrüstung am Grund ab. Kreislaufgeräte, Flossen, Masken und Blei blieben auf knapp zehn Meter Tiefe zurück.

Die drei tauchten vorsichtig auf. Wenige Meter vor ihnen lief die mächtige Ankerkette ins Meer, die sich immer wieder spannte, um dann wieder für einige Sekunden zu erschlaffen.

Déja vu, dachte Steiger.

Kendrick sprach leise, so dass er gerade eben den Wind übertönte, der über das Wasser fegte. »Ich habe drei Tangos* gezählt. Alle schwer bewaffnet. Ich kenne sie nicht. Müssen vom Landteam sein.«

»Denkt daran, wir werden die Taucherausrüstungen noch brauchen. Falls sich die Yacht um ihre Achse dreht, findet ihr nichts mehr. Behaltet den Radius im Auge und nehmt zur Vorsicht noch mal eine grobe Peilung vor.« Steigers Erinnerung galt eher Wolff als Kendrick.

»Und jetzt?« Wolff schaute etwas ratlos.

»Wir müssen irgendwie unbemerkt an Bord. Wir haben keine andere Wahl«, antwortete Steiger.

»Über die Kette? Das ist jetzt nicht dein Ernst, Jan!«

»Sorry, Mirko!«

»Wo ist das Problem?«, wollte Kendrick wissen.

»Ich bin keine zwanzig mehr.« Wolff hasste Klettern. »Und was machen wir, wenn es schnell gehen muss und wir die Scooter nicht sofort finden?«

»Du hast recht. Einer sollte hier bleiben.«

Kendrick nickte bestätigend.

»Ich halte hier die Stellung. Ihr Orang-Utans könnt eh besser kraxeln als ich.«

»Also gut! Los geht's, Trevor!«

* Gegner.

98

Präsidentenyacht *Embarcadero*
Bucht an der Südseite von St. Thomas
Amerikanische Jungferninseln
Karibik

Als Raschid zusammen mit einigen bewaffneten Männern den Präsidenten der Vereinigten Staaten in die Messe führte, erkannte dieser die Einrichtung nicht wieder. Ein langes weißes Tischtuch und mehrere silberne Kerzenleuchter schufen eine fast feierliche Atmosphäre. Am Platz des Ölgemäldes mit den Cable Car prangte eine überdimensionierte schwarze Flagge mit weißen Schriftzeichen und einem bewaffneten Reiter. Der Präsident identifizierte sie sofort als die Flagge der *Basis*.

Raschid bedeutete ihm und seiner Frau, sich an eine der langen Seiten zu setzen. Hinter ihnen hing ein weißes Betttuch. Verschiedene Lampen und Strahler sorgten für eine direkte Beleuchtung des Tribunals. Vor ihnen standen zwei Gläser sowie eine Karaffe mit Mineralwasser.

Die Gattin des Präsidenten wirkte etwas erholt. Sie war leicht geschminkt und trug zu ihrem dunklen Kostüm ein schwarzes Hijab, das traditionelle islamische Kopftuch. Ihr Gesicht war nicht verhüllt und an ihrer rechten Hand war ein unfachmännischer Verband zu erkennen.

Unter dem Tisch nahm der Präsident ihre linke Hand und drückte sie fest. Sie schaute ihn an. Er sah, dass sie gegen die Tränen kämpfte und es schnürte ihm den Hals zu.

Raschid hatte am Kopfende der Tafel Platz genommen. Er trug ein schwarzes Gewand sowie einen sorgfältig geknüpften schwarzen Turban. Seine ganze Haltung drückte Würde aus.

Zu seiner Rechten saß Bulan, gekleidet in der traditionellen Tracht eines Indonesiers: kragenloses Hemd in gebrochenem Weiß und darüber eine dunkelgraue Weste. In einem dunkelgrünen Kummerbund steckte ein Krummdolch. Seine Beinkleider waren weit und reichten bis zu den Knöcheln.

Zu Raschids Linken saß Omerovic. Er wirkte in der farbenfrohen Kleidung der bosnischen Muslime ebenfalls verändert.

Am anderen Ende des Tisches war eine kleine Kamera aufgebaut worden. Farouk stand dahinter und richtete sie aus, sehr bemüht, das Bild mittels eines angeschlossenen Notebooks zu optimieren. Zwei Mikrophone zeichneten jede akustische Signatur auf.

Draußen standen drei bewaffnete Posten vor den Scheiben und hielten Wache. Lange Zeit herrschte Schweigen im Raum. Der draußen tosende Sturm und das leichte Schaukeln erinnerten stets daran, dass sie sich auf einem Schiff befanden.

Raschid erhob nun das Wort. »Sie werden sich sicherlich fragen, was nun geschieht«, leitete er seine Rede auf Englisch ein. Er hatte den Text konsequent eingeübt. Ein Bruder, der ursprünglich aus East London stammte, hatte ihn unterwiesen. Sogar in korrekter Aussprache. Das Komitee im Jemen war sich in der Vorbereitung einig gewesen: Sobald die Kamera lief, musste alles perfekt sein. Denn die ganze Welt würde zusehen.

»Das frage ich mich allerdings!«, störte der Präsident die Inszenierung. »Wenn Sie uns umbringen wollen, warum warten Sie? Ersparen Sie uns irgendwelche religiösen Begründungen oder Belehrungen und lassen Sie meine Frau frei, sie hat nichts hiermit zu tun!«

Omerovic wollte sich sofort erheben, doch Raschid hielt ihn mit einer knappen Geste zurück.

»Schauen Sie, Herr Präsident, wir sind keine Unmenschen. Auch wir unterliegen einem Gesetz, einem Kodex, wenn Sie so wollen.«

Raschid machte eine Pause und führte seine ursprüngliche Rede fort: »Sie, Herr Präsident, stehen heute hier vor Gericht. Die Mudschaheddin der *Basis*, deren Emir ich bin, werden Sie heute hier gemäß dem Gesetz des Islam, der Scharia, richten. Gegenstand der heutigen Verhandlung werden all die Verbrechen sein, die Sie während Ihrer Amtszeit gegen die Muslime in aller Welt angeordnet haben. Und dank Ihrer hervorragenden Technik kann die Welt an diesem historischen Verfahren teilhaben.« Raschid ließ die Worte wirken.

»Der Prozess wird von uns multimedial dokumentiert. Wir werden die Aufzeichnung unverzüglich über unsere Kanäle an ausgewählte Nachrichtensender verteilen. Die Welt soll Zeuge sein, dass unsere Organisation in Einklang mit der Scharia handelt und keine vorschnellen Urteile fällt. Haben Sie vor Prozessbeginn noch etwas zu sagen?«

Der Präsident zögerte etwas. »Das … das ist und bleibt eine Farce! Ich erkenne dieses Gericht nicht an.«

Raschid lächelte und nickte wissend.

Der Präsident fuhr fort: »Und wenn Sie schon ein Gericht abhalten, dann müssen Sie zuerst akzeptieren, dass meine Frau niemals Gegenstand einer Anklage sein kann. Sie ist in jeder Hinsicht unbeteiligt und verdient eine menschenwürdige Behandlung. Ihre Männer haben sie genug gequält. Lassen Sie meine Frau gehen!«

Raschids Miene verdüsterte sich. Seine Stimme gewann an Schärfe, blieb aber kontrolliert. »Ihre Frau hat Sie während Ihrer gesamten Amtszeit unterstützt. Sie hat vor einem Jahr gesagt, dass sich amerikanische Bürger zuerst mit ihrem Land identifizieren müssen und erst in zweiter Hinsicht mit ihrer Religion. Dies widerspricht den Lehren des Koran. Ferner hat sie Ansprachen vor Frauen von Kriegsveteranen aus dem Irak und Afghanistan gehalten. In diesen Ansprachen rechtfertigte sie den feigen Krieg der USA gegen den Islam *per se*. Wir haben alles genau dokumentiert und werden es zu gegebener Zeit als Beweismaterial vorbringen. Ihre Frau ist nahezu genauso schuldig wie Sie. Doch dazu kommen wir später.«

Raschid nickte dem Mann zu seiner Rechten zu.

Mirza Omerovic übergab ihm eine schwarze Tafel, auf der ein Pergament befestigt war.

»Erheben Sie sich jetzt zur Verlesung der Anklageschrift!«

99

Britischer Secret Intelligence Service MI6
85 Albert Embankment
Vauxhall Cross, London
England

»Und du hieltest es nicht für nötig, uns über diesen Sachverhalt in Kenntnis zu setzen, Robert?« Harold Campbell, Leiter für Spezialoperationen und leitender Direktor im britischen Auslandsgeheimdienst MI6, strich sich durch seine roten gewellten Haare. Er war not amused. Aber er versuchte, wie es sich für einen Engländer gehörte, seinen Ärger nicht allzu sehr zu zeigen.

Robert T. Burke, Abteilungsleiter der Terrorismusabwehr und Direktor im britischen Inlandsgeheimdienst MI5, lächelte. »Harold. Wir kennen uns nun schon so lange. Ich muss dir die Zuständigkeiten nicht erklären. Wir hatten die Firma M.S., die hier in London ihren Sitz hat, schon länger im Visier. Unseren Mann hatten wir nach einer strengen Auslese selektiert. Matthew Pearce ist ehemaliger SAS-Angehöriger und ein Profi. Wir waren uns sicher, dass Jeremy Horne, CEO von Maritime Solutions, ihn anheuern würde. Schließlich kommt er aus dem Commonwealth. Amerikaner sind bei M.S. eher die Ausnahme. Zudem haben wir den Kommandeur des australischen SAS zuvor gebrieft, dass er nicht zu positiv reagiert, wenn Jeremy Horne sich nach Pearce erkundigt. Wenn dieser seinen ehemaligen Mann über den grünen Klee gelobt hätte, wäre Horne mit Sicherheit misstrauisch geworden.«

»Das mag ja alles so sein, Robert. Aber als dein Mann unser Land verließ, hättest du mich anrufen müssen. Wir hätten dann übernommen.«

»Was genau hättet ihr denn übernommen? Er musste den Kontakt abbrechen, als er auf der Karibikinsel ankam. Dem

Gegner ist operative Sicherheit auch nicht unbekannt, Harold.«

»Aber nachdem er auf der Insel Culebra gelandet ist, hattet ihr noch eine GPS-Position von Pearce.«

»Die hatten wir. Und dann?«

»Dann hätten wir ihn mit unseren Zugängen in Tortola* übernommen.«

»Eure Zugänge in Tortola ... Ein Alkoholiker mit Coast Guard Lizenz und einem mittelgroßen Fischerboot, dazu ein paar Hoteliers. Damit hättet ihr die gesamte Operation gefährdet.«

»Übertreib mal nicht. Wir haben immer Teams in Rufbereitschaft, das weißt du. Auch hätten die Amerikaner schon längst informiert werden müssen. Es geht hier immerhin um den US-Präsidenten!«

»Und was sollte das bezwecken, Harold? Willst du ihnen Hoffnungen machen?«

»Denk daran, Robert: Vor einigen Jahren hat genau so eine Geschichte den damaligen Außenminister fast den Kopf gekostet ...«**

»Auch das ist mir bekannt. Harold, wir können im Moment einfach nicht mehr tun. Du kannst damit nach ganz oben gehen. Ich werde das durchstehen. Unser Mann ist im Moment auf sich allein gestellt, das stimmt. Im Prinzip war er das von Anfang an. Sieh ihn als *As im Ärmel*. Aber jetzt muss ich dich bitten, mich zu entschuldigen. Ich habe zu tun.« Burke erhob sich und schritt zur Tür. »Und danke für den Sherry, Old Boy!«

»Damit kommst du nicht durch, Robert. Diesmal nicht!«, drohte Campbell.

Doch Burke hatte die Tür bereits hinter sich geschlossen.

* Nachbarinsel, die zu den britischen Jungferninseln gehört und damit im Einflussbereich der britischen Krone liegt.

** Robin Cook diente als Außenminister unter der Blair Administration und geriet seinerzeit wegen Aktivitäten der britischen Sicherheits-Firma Sandline in die Kritik.

100

Krisen- und Lagezentrum
Central Intelligence Agency (CIA)
Langley, Virginia
USA

Der ganze Raumkomplex befand sich im dritten Untergeschoss und war in kugelsichere Stahlwände eingebettet. Von außen signalisierten grüne und rote Lampen, ob der Hauptraum besetzt war oder nicht. Zwei Schiebetüren an gegenüberliegenden Enden ermöglichten den Zugang. Das Lagezentrum war von außen wie von innen streng bewacht. Es verstand sich von selbst, dass es mit den modernsten Kommunikationsmitteln ausgestattet war, die in der westlichen Welt verfügbar waren. Von hier wurden Aktivitäten in Gang gesetzt, von denen man am nächsten Tag durch die Presse erfuhr oder die für immer ein Staatsgeheimnis blieben.

An einem riesigen ovalen Tisch saßen einige der wichtigsten Entscheidungsträger des Landes. An ihren Mienen konnte der geneigte Beobachter den Ernst der Lage erkennen.

»Sie alle haben die E-Mail gelesen.« Croquer sah in die Runde.

Die Anwesenden nickten betroffen. Der Notruf wurde auf einen der Bildschirme projiziert und ließ keine Zweifel aufkommen. Er war mit dem verschlüsselten Code des zuständigen Secret Service Agenten signiert worden.

Jonathan Hanson, Leiter des United States Secret Service, war sichtlich nervös. »Können Sie mir bitte erklären, wie ich das verstehen soll?«

»Na ja, so wie es dort steht. Vermutlich Söldner.«

»Das kann ich nicht glauben!« Hanson fuhr sich durch die Haare.

»Ich fürchte, wir haben es hier mit einer Anwerbung von

Elitesoldaten ›unter falscher Flagge‹ zu tun, Jonathan. Zwei Skandinavier …« Chet Croquer nickte einem Stabsmitarbeiter zu, der den Vortragslaptop bediente. Die Gesichter von Erik Borg und Mats Nygard erscheinen auf einem überdimensionierten Plasmabildschirm. »… haben vor ziemlich genau sechs Monaten zwölf angelsächsische Ex-Soldaten – darunter Navy Seals, Marines, SAS-Trooper und südafrikanische Marine-Kommandosoldaten – angeheuert, um ein feindliches Boarding durchzuführen.«

»Und wer sind diese beiden Vögel?«

Die nächste Folie zeigte Erik Borg alias Tellebjörg mit kurzen Haaren und ohne Bart in einem Flecktarnanzug der schwedischen Küstenjäger. Es handelte sich um eine ältere Aufnahme.

»Dieser Mann erschlug einen Kameraden im Streit und fuhr anschließend ein. Während seines Aufenthalts im berüchtigten Kumla-Gefängnis konvertierte er zum Islam. Nach Ableistung seiner Haft verließ er die Truppe und reiste unbemerkt über Nordafrika nach Syrien. Dort verlor sich seine Spur.«

»Und der andere?«

»Mats Nygard arbeitete zuvor für den militärischen Geheimdienst Norwegens. Ein Umstand, der den norwegischen Kollegen mehr als unangenehm ist. Aus Gründen, die nur ihm bekannt sein dürften, heiratete er während eines Afghanistaneinsatzes eine Einheimische und konvertierte ebenfalls zum Islam. Danach verschwand er.«

»Wissen wir, wohin?«

»Zunächst nach Peschawar, Pakistan, und dann später nach Syrien, wo er sich der Jabhat al-Nusra anschloss.«

»Allmächtiger Gott! Das darf doch nicht wahr sein!«

»Dass die Firma M.S. bei den Typen nicht aufmerksam wurde, ist nachvollziehbar. Sie hatten gut gemachte Papiere aus ihren Heimatländern«, ergänzte der Direktor für Nationale Sicherheit.

»Und wie geht es jetzt weiter?«, wollte Hanson wissen.

Der Verteidigungsminister meldete sich zu Wort. »Dank der raschen Analyse durch unsere Kollegen von der CIA haben wir die *USS Tripoli*, einen Hubschrauberträger, der vor Jamaika operierte, sofort umgeleitet. Das Schiff verfügt über Spezialkräfte und die notwendigen Mittel zur Verlegung. Die *Tripoli* müsste innerhalb der nächsten drei Stunden vor Ort sein. Der Zerstörer *Jason Durham* hat bedauerlicherweise seinen einzigen Hubschrauber verloren, als dieser nach Überlebenden in der Landdienststelle des Secret Service auf St. Thomas suchte.«

»Dann sind wir vor Ort blind!«

»Nun, nicht ganz …«, schaltete sich Admiral Owen Beatty, Leiter des Kommandos für Spezialoperationen, in die Diskussion ein. »Der Pilot des präsidialen Rettungshubschraubers, Lieutenant Colonel Cardasis, ist in diesen Minuten unterwegs, sich ein Bild von der Lage vor Ort zu verschaffen.«

»Entschuldigung, aber mit welchem Helikopter denn? Sagten Sie nicht, der Rettungshubschrauber des Präsidenten sei in Flammen aufgegangen?«

Admiral Beatty deutete ein Lächeln an. »Sagen wir, der Offizier vor Ort war kreativ, er hat einen Ersatz gefunden …«

»Wie das?«

»Ein Hollywood-Schauspieler, der in St. Thomas ein Ferienhaus besitzt, hat offenbar einen Privathelikopter vor Ort, der von Cardasis kurzerhand konfisziert wurde. Er befindet sich aktuell in der Luft. Wir erwarten jede Minute seinen Bericht«, schloss Admiral Beatty.

»Wirklich kreativ. Das lässt hoffen. Danke, Owen!« Der Direktor für Nationale Sicherheit wirkte zuversichtlich.

»Gut! Ihr Pilot macht einen Aufklärungsflug und wir erhalten einen ersten Überblick über die Lage. Die *Tripoli* ist in zweieinhalb Stunden vor Ort und dann werden wir zusammen mit den Kollegen vom NRO* eine Einschätzung vornehmen. Bis dahin haben wir noch etwas Zeit, unsere

* National Reconnaissance Office – US-Sicherheitsbehörde für Satellitenüberwachung.

Optionen abzuwägen. Eines ist aber schon jetzt klar: Um den Präsidenten zu befreien, müssen wir seine Yacht in unsere Gewalt bringen.« Der Direktor für Nationale Sicherheit blickte in die Runde, als suche er nach Bestätigung.

Chet Croquer runzelte die Stirn und räusperte sich. »Ich fürchte, ganz so einfach wird das nicht, Sir.«

»Was denn nun schon wieder, Chet? Müsst ihr von der CIA immer neue Probleme sehen?«

»Immer mit der Ruhe, Jonathan. Wir wollen nur, dass alle vom selben Blatt lesen. Zu viele Informationen haben noch keinem geschadet. Erlauben Sie mir, dass ich unser Augenmerk auf die aktuelle Wetterlage lenke.«

»Wetterlage?«

»Verdammt, da war was …«, erinnerte sich der Verteidigungsminister.

»Der Hurrikan AMANDA rast in diesen Stunden auf die östliche Karibik zu. Aktuell scheinen der Osten Puerto Ricos sowie unsere Jungferninseln am stärksten gefährdet zu sein. Die Menschen auf den Inseln bereiten sich schon auf das schlimmste vor. Die Aussichten sind durchweg düster, dies dürfte eine optische Aufklärung mittels Satelliten erschweren oder gar unmöglich machen. Von einer konzertierten Rettungsoperation durch Spezialkräfte von der *USS Tripoli* ganz zu schweigen. Ein weiterer wesentlicher Punkt ist, dass wir nicht wissen, ob sich der Präsident und seine Frau im Schutzraum befinden oder nicht.«

»Entschuldigen Sie bitte, Sir, aber das ist geklärt. Agent D'Angelo hat mit dem Präsidenten den Schutzraum erreicht. Da kommen die Typen nicht rein«, erklärte ein Stabsmitarbeiter.

»Und die Ehefrau des Präsidenten?«

»Der Aufenthaltsort der First Lady war zum Zeitpunkt der Meldung nicht bekannt, Sir.«

»Oh Gott, wenn die Frau diesen Leuten in die Hände fällt …«

»… dann ist es möglicherweise nur eine Frage der Zeit, bis

unser Präsident nicht mehr im Schutzraum sitzt ...«, vollendete Croquer mit leiser Stimme.

»Verdammt. Chet hat recht.«

Im Raum wurde es still. Stummes Nicken. Jeder der Anwesenden versank für einige Sekunden in Gedanken. Dann klingelte ein verschlüsseltes Telefon.

101

Präsidentenyacht *Embarcadero*
Bucht an der Südseite von St. Thomas
Amerikanische Jungferninseln
Karibik

Auch innerhalb der geschützten Bucht hatten die Wellen noch eine Höhe von knapp zwei Metern. Gischt peitschte gegen den Rumpf der Yacht. Das Schiff hatte sich am Anker ausgerichtet, und jedes Mal, wenn die schwere Kette gespannt wurde, knarrte es weithin hörbar.

Verbissen hangelte sich Steiger, nach unten hängend und mit überkreuzten Beinen, die nasse Ankerkette hoch. Er wollte sich keine Blöße geben. Doch musste er zugeben, dass der Engländer, auch mit seiner Wadenverletzung, besser in Übung zu sein schien als er. Zumindest, was diese Methode des Enterns betraf.

Deskjockey ... Bist zu lange raus!

Dann vernahm Steiger ein Geräusch. »Trevor?«

»Was?«

»Ich glaube, ich höre einen Helikopter.«

Die Männer schauten sich um, konnten aber im Dunkel keine Silhouette, geschweige denn Positionslichter ausmachen.

»Jetzt höre ich auch etwas ...«

Beide hielten inne und starrten in Richtung Himmel. Sie sahen … nichts.

»Egal, weiter!«

Oben angekommen, kletterten die zwei vorsichtig auf das Schiff. Bedacht, jedes unnötige Geräusch zu vermeiden, schlichen sie über das Deck. Das Tosen des starken Windes war zwar hilfreich, doch weiterhin konnte jede kleine Unachtsamkeit eine Kugel zur Folge haben. Oder Schlimmeres.

Steiger blickte instinktiv nach oben und erstarrte plötzlich. Vorsichtig tippte er Kendrick an.

»Was?«

Steiger zeigte nach oben zur Brücke.

Da sah Kendrick, was der Deutsche meinte. Am Flaggenmast der Luxusyacht wehte die schwarze Flagge der Terrororganisation *die Basis*.

»Bloody Hell!«, flüsterte Kendrick.

Die Männer sahen sich in die Augen. Nun wussten sie, mit wem sie es zu tun hatten. Wachsam schlichen sie, ihre Pistolen in Vorhalte, zu einem seitlichen Treppenaufgang, der von außen zum ersten Oberdeck führte. Kendrick ging voran, Steiger sicherte.

»Durch die Messe können wir nicht. Wir müssen zuerst rauf, und dann vom Oberdeck wieder nach unten«, flüsterte Kendrick.

»Check!«

Vorsichtig arbeiteten sie sich weiter vor. Um ein Haar hätte Steiger den Stiefel eines Wachpostens auf dem seitlichen Treppenabsatz nicht bemerkt. Er konnte nur die Stiefelspitze sehen. Das bedeutete, der Mann lehnte am Geländer und schaute über sie hinweg auf das Meer.

Steiger machte Handzeichen, die Kendrick sofort verstand. Er steckte die Pistole weg, zog sein Tauchermesser und nickte Kendrick zu.

Kendrick räusperte sich von hinten etwas lauter als normal. »Salam!«

Die Wache reckte ihren Kopf nach unten und wurde sogleich von Steiger *in Empfang* genommen. Er hielt dem Mann gleichzeitig den Mund zu.

Musste sein ...

Steiger schäftete die blutige Klinge.

»Er muss verschwinden!« Kendrick nickte in Richtung Meer. »Mit dieser Ausrüstung geht der sofort unter.«

Steiger nahm dem Toten sein Sturmgewehr ab, welches er an einer Schlinge übergeworfen hatte. Dazu fingerte ein volles Magazin aus dessen Taschen.

Kendrick trug die Leiche ein Deck tiefer, um sie dann vorsichtig ins Meer zu fieren. Das Platschen war im Sturm nicht zu hören. Die Männer sahen, wie der leblose Körper rasch in den Fluten versank.

Konzentriert schlichen sie weiter.

»Hier rein!«

Steiger verließ sich nun voll auf seinen englischen Partner. Hatte er zuvor immer noch letzte Zweifel an dessen Loyalität gehabt, so hatten sich diese in Anbetracht der schwarzen Flagge erledigt. Kein ihm bekannter Brite, schon gar kein ehemaliger Royal Marine, sympathisierte mit der *Basis*.

Sie bewegten sich jetzt einen unteren Korridor entlang. Eine weiße Lamellentür stand halboffen. Kendrick, der führte, lugte vorsichtig hinein. Er zuckte kurz zusammen und wich zurück, sammelte sich aber schnell, um sich dann hinzuknien.

Als Steiger ihn eingeholt hatte, sah er, wie Kendrick mit seiner rechten Hand die Augen zweier Männer schloss. Ihre Leichname lagen seltsam verdreht übereinander auf dem Boden. Beide waren durch einen Kopfschuss getötet worden.

»Das waren meine Kumpel Pearce und Rhodes. Gute Jungs!«

Steiger nickte. »Es tut mir leid, Trevor! Du hattest recht, ihr solltet das vermutlich alle nicht überleben.«

Kendrick stand auf. Aus seinen Augen sprach kontrollierter Zorn.

Steiger legte ihm seine Hand auf die Schulter und wiederholte: »Es tut mir leid. Aber wir müssen weiter!« Steiger wollte nicht in einem engen Korridor von Gegnern mit schweren Waffen überrascht werden.

Als sie schließlich auf den Schutzraum stießen, sahen sie die Türen weit geöffnet. Die Stative der Spezialbohrer waren noch aufgebaut. Es roch nach verbranntem Metall und Säure. Der Schutzraum war leer und verlassen.

»Sie haben den Präsidenten«, sprach Kendrick das Offensichtliche aus.

»Wenn er denn noch lebt …«

»Das müssen wir herausfinden.«

»Ich hoffe, der Wachposten, den du eben erledigt hast, wird nicht so bald vermisst.«

»Das hoffe ich auch, für uns.«

Sie arbeiteten sich weiter vor und erreichten den Treppenabsatz, der zur Messe heraufführte. Sie konnten nun eine unangenehm schneidende Stimme hören. Ein Mann schien laut und deutlich eine Art Vortrag zu halten. Er sprach Englisch mit leichtem Akzent. Steiger verstand nur Wortfetzen.

Klingt wie eine Predigt. Aber auf irgendjemands Kosten …

102

Luftraum südlich von St. Thomas
Amerikanische Jungferninseln

Der Airbus Helikopter wurde permanent von Sturmböen durchgeschüttelt.

»Wir machen den Anflug von Südwest. Ich will die Motoryacht gegen den Wind anfliegen, damit wir uns nicht von vorneherein verraten. Auch wenn das Baby hier deutlich leiser ist als unsere *Dirty Harry*. Ich möchte auch etwas Distanz wahren. Keine Lust, eine Boden-Luft-Rakete zu fangen, so wie die Kameraden von der Navy.«

»Ist das denn bestätigt, Jay?«

»Keine Ahnung, Mick, aber ich gehe kein Risiko ein.«

»Check!«

In diesem Moment hörte Cardasis, dass einer seiner Leute sich übergeben musste. Das Mikro am Kinn des Soldaten gab die Facetten seiner Übelkeit unmissverständlich wieder.

Cardasis unterdrückte ein Lächeln. »Reißt euch zusammen dahinten! Ich brauche später noch eure Adleraugen. Ist die Wärmebildkamera klar?«

»Wärmebildkamera ist klar.«

»Positionslampen aus!«

»Positionslampen sind aus.«

»Ich wünschte, wir hätten jetzt *Dirty Harrys* Star Saffire Infrarotsysteme. Aber dann improvisieren wir eben. Nachtsichtgeräte an, jetzt wird's dunkel!« Damit klappte Cardasis das Nachtsichtgerät auf seinem Helm herunter. Nun sah er die ganze Welt in verschiedenen Abstufungen von Limettengelb bis Grün.

Er flog eine ausladende Kurve und steuerte jetzt in einer Höhe von zweihundert Metern auf die schwach beleuchtete Luxusyacht zu. »Okay Jungs, sprecht mit mir! Was seht ihr?«

»Die einzigen Lichtquellen kommen aus der Messe achtern. Mehrere bewaffnete Personen auf dem Achterdeck.«

»Wie viele?«

»Ich zähle drei.«

»Weiter!«

»Vier, nein drei weiter oben in den Nocks.«

»Check!«

Die Yacht lag nun rechts neben dem Helikopter.

»Wow!«

»Ich bin ganz Ohr, Jungs?«

»Es sieht so aus, als kletterten zwei Tangos gerade die Ankerkette hoch.«

»Das ergibt keinen Sinn. Überprüft das!«

»Bestätige, zwei Personen, vermutlich männlich, klettern über die Ankerkette an Bord.«

Für einige Sekunden war nur der Sturm und das Klappern der Ausrüstung im Helikopter zu hören.

»Da passt was nicht zusammen. Die könnten es doch viel einfacher haben«, murmelte Cardasis, mehr in Gedanken, in sein Mikro.

»Es ist aber so.«

»In Ordnung. Was könnt ihr sonst noch sehen?«

»Eine kleinere Motoryacht ist an der Steuerbordseite vertäut und zwei kleine Motorboote hängen am Heck von *Floater*.«

»Die werden von den ungebetenen Gästen sein …«

In dem Moment machte es einen Schlag und der Helikopter fiel drei Meter tief in ein Luftloch. Im Funkkreis vernahm Cardasis veritable Flüche. Er kannte seine Crew, die Jungs waren topp, aber man flog auch nicht alle Tage vor einem Hurrikan her.

»Das Wetter ist etwas anstrengend. Ich denke, wir sind hier erst mal fertig.«

Den Reaktionen seiner Kameraden entnahm Cardasis, dass sie gegen eine Rückkehr zum Flughafen nichts einzuwenden hatten.

103

Etwa zwanzig Minuten später
Präsidentenyacht *Embarcadero*
Bucht an der Südseite von St. Thomas
Amerikanische Jungferninseln
Karibik

Vorsichtig arbeitete sich Steiger über das äußere Backborddeck in Richtung Messe vor. Er hatte seine Ausrüstung nochmals komplett überprüft. Seine Einsatzhose war fast trocken. Er schwitzte in seinem kurzärmeligen Neoprenhemd, aber wenigstens quietschten seine Füßlinge nicht mehr. Er hatte seine Glock 17 plus Ersatzmagazin und sein Tauchermesser.

Und keinen ballistischen Schutz, und keinen Funk …

Seine Waffe in Vorhalte, setzte er behutsam einen Schritt vor den anderen. Sie hatten sich kurz zuvor getrennt. Trevor kannte sich im Schiff besser aus und würde durch den Niedergang nach oben in die Messe stoßen.

Sie hatten vereinbart, dass er angreifen würde, sobald er in Position war. Er würde die äußeren Wachposten ausschalten. Dieser Moment wäre dann Trevors Einsatz. Kendrick würde sofort in die Messe feuern und versuchen, die bewaffneten Terroristen zu treffen. Die anschließende Verwirrung wollten sie nutzen, um mit den Geiseln zu fliehen. Wolff, der bei den Scootern wartete, würde dann dabei helfen.

Kein großartiger Plan.

Aber einen besseren gab es nicht. Und was war die Alternative? Sollten sie wieder abrücken? Auf Hilfe warten? Den Präsidenten und seine Frau einfach diesen Fanatikern überlassen? Steiger war klar, er musste handeln. Dazu kam die Wetterlage. Der Hurrikan würde jedem Rettungsversuch von außen ein jähes Ende setzen. Sie selbst mussten versuchen, zu helfen, solange es noch ging. Auch wenn es sehr gewagt schien, gegen einen Gegner, der besser bewaffnet und dazu in der Überzahl war.

Sie hatten genügend Leichen in den Gängen gezählt. Die Terroristen machten sich offensichtlich nicht die Mühe, die Toten über Bord zu werfen. Auch hatten sie den Verlust ihres Kameraden bisher anscheinend nicht bemerkt. Vielleicht war es ihnen auch egal.

Sie fühlen sich sicher …

Steiger hoffte, dass der Plan wenigstens einigermaßen aufgehen würde.

104

Krisen- und Lagezentrum
Central Intelligence Agency (CIA)
Langley, Virginia
USA

Auf dem ovalen Tisch stand ein sternförmiges Telefon ohne Hörer. Der Klingelton sowie das Display, welches auch auf einen Bildschirm an der Wand geschaltet werden konnte, gaben Auskunft über die Herkunft des Anrufers.

In diesem Fall handelte es sich um die verschlüsselte Leitung, die für den Secret Service reserviert war. Die Geräuschkulisse im Raum verstummte rasch. Alle Augen richteten sich auf den Bildschirm.

Chet Croquer schaltete sich per Headset zu. »Krisen- und Lagezentrum. Bitte identifizieren Sie sich.«

»Hallo, hier ist Foxtrot Sierra Papa.«

Croquer sah einen Stabsmitarbeiter an, der per Kopfnicken bestätigte. »Wir hören Sie, Lieutenant Colonel Cardasis.«

Auf der Bildschirmwand waren nun Name und Dienstgrad des Anrufers, seine Codenummer, ein Foto in Uniform und sein berechneter Standort auf einer Landkarte eingeblendet.

»Können Sie mich gut verstehen?«

»Laut und deutlich, Lieutenant Colonel.«

Das starke Rauschen im Hintergrund war ebenfalls nicht zu überhören. Croquer stellte sich im Geiste einen Auslandskorrespondenten vor, der mit windzerzaustem Haar in ein wuscheliges Mikrophon sprach.

»Sie sind jetzt auf Lautsprecher geschaltet.«

»Ah, gut. Also, wir waren eben am Objekt und haben eine Runde gedreht. Es sieht so aus, als sei *Floater* tatsächlich in gegnerische Hände geraten. Es befinden sich drei bewaffnete Personen auf dem Achterdeck und mindestens drei weitere

Posten auf der obersten Brücke, die meine Jungs eindeutig als Tangos identifiziert haben. Alle sind mit Sturmgewehren bewaffnet. Das Schiff liegt etwa siebenhundert Yards vom Land entfernt vor Anker. Der Ankerplatz ist durch die Landabdeckung ziemlich gut geschützt. Wenn sich die Windrichtung nicht ändert, könnte die Yacht den Hurrikan dort aus meiner Sicht überstehen. Aber ich bin kein Seemann. Das Schiff war schwach beleuchtet. Viel mehr konnten wir auch nicht erkennen. Bis auf, ähm …«

»Bis auf was, Lieutenant Colonel?«

»Mein Crew Chief ist ein zuverlässiger Soldat und ausgezeichneter Beobachter. Er will zwei Männer gesehen haben, die vorn am Bug die Ankerkette aufgeentert sind, Sir.«

»Was für Männer und weshalb sollten sie das tun?«

»Das können wir nicht sagen, Sir.«

»Wie steht es mit der Möglichkeit, zu landen?«

»Mit Verlaub: abenteuerlich, Sir. Und es wird jede Minute schwieriger.«

Die Männer im Lagezentrum warfen sich ernste Blicke zu.

Jonathan Hanson schaltete sich ein. »Hanson, Secret Service. Soll das heißen, ein Boarding kommt Ihrer Auffassung nicht in Betracht? Unsere SEALs sind Teufelskerle, die sollten das doch schaffen!«

Cardasis musste fast lachen. Er widersprach heftig: »Das können Sie getrost vergessen, Sir. Wenn ich hier weiter in der Luft bleibe, kann die U.S. Air Force morgen definitiv sieben neue Soldaten einstellen. Und der Besitzer des Helo wird Regressansprüche geltend machen, Sir.«

»Verstanden, Lieutenant Colonel. Bleiben Sie auf Standby! Wir melden uns wieder.«

»Sir!«

Croquer tippte an eine Schaltfläche. Das Gespräch war beendet. In dem Moment schaltete ein Stabsmitarbeiter einen dezenten Alarm auf seinem Notebook-Computer aus, der eine Nachricht verkündete.

»Sir, wir haben was. Das läuft gerade auf CNN.«

»Die große Leinwand, James!«

»Jawohl, Sir!«

Die Anwesenden rotierten in ihren Sesseln. Fassungslos starrten sie auf den großen Plasmabildschirm.

105

Präsidentenyacht *Embarcadero*
Bucht an der Südseite von St. Thomas
Amerikanische Jungferninseln, Karibik

Trevor Kendrick schwitzte. Er befand sich im ersten Unterdeck und schaute auf die Waffe, die er im Anschlag hielt. Der Deutsche hatte ihm das Sturmgewehr überlassen. Er war mit der Waffe gut vertraut. Die AK 12 war eine Weiterentwicklung des berühmten Kalaschnikow-Sturmgewehrs, jedoch viel präziser und handlicher als sein schwerer Vorgänger. Sie verschoss Munition im Kaliber 5,45 × 39 Millimeter. Aufgrund ihres kurzen Laufs war sie auch gut in geschlossenen Räumen einsetzbar. Ein nettes Feature: Man konnte Gruppen zu drei Schuss, sogenannte Tripletten, damit abfeuern.

Kendrick führte den Verschluss vorsichtig ein Stück zurück, um sich zu überzeugen, dass sich eine Patrone im Patronenlager befand.

Messing. Check!

Er musste sich zunächst einmal einen Überblick verschaffen. Aber dafür musste er *sehen* können. Doch das war im Moment unmöglich.

Bloody Hell!

Ein Typ stand mit dem Rücken zu ihm im Niedergang. Er war mit dem gleichen Gewehr bewaffnet und schaute ab und zu hinter sich, so als wolle er sich vergewissern, dass die Luft auch rückwärts rein war.

Und er versperrt mir die Sicht!

Wenn ich ihm das Ding irgendwie abnehmen könnte …

In diesem Moment fielen draußen Schüsse.

Mist!

Zu früh, Jan! Viel zu früh …

Kendrick war angespannt. Er zählte im Geiste mit. Drei Schüsse, nein, vier – oder fünf? War das der Deutsche? Es hörte sich eher nach Sturmgewehren an …

Jetzt oder nie!

Der Engländer wagte sich vor und sprintete so schnell er konnte den steilen Niedergang empor. Ausgerechnet in diesem Moment drehte sich der Wachtposten um. Kendrick betätigte instinktiv den Abzug.

»KLICK.«

*F***!*

▪

Mirko Wolff fror. Und das schon seit einer gefühlten halben Stunde. Er hockte auf dem Unterwasserscooter und bemühte sich, trotz des Sturms die unterschiedlichen Geräusche um ihn herum einzuordnen. Das Eintauchen der Leiche des getöteten Terroristen einige Meter hinter ihm hatte er allerdings nicht gehört.

Plötzlich glaubte er, etwas im Wasser gesehen zu haben. Er drehte sich um. Eine Bewegung. Er konnte es nicht beschreiben. Dann fühlte er etwas an seinem linken Bein und zuckte zusammen. Der Tote wurde an ihm vorbeigetrieben.

Möchte gar nicht wissen, ob Haie in der Nähe sind. Wenn, dann sind die Viecher hoffentlich von den ganzen Leichen satt …

Literweise Blut mussten ins Meer geflossen sein. Am heutigen Tag hatten viele Menschen ihr Leben verloren. Die Wache war nur einer von vielen. Wolff schauderte.

Jan hatte einen Plan. Das war klar. Jan hatte immer einen Plan. Aber es gefiel ihm gar nicht, dass sein Kumpel mit diesem Briten Trevor allein unterwegs war. Außerdem, was konnten zwei schwach bewaffnete Männer gegen eine Bande von Terroristen schon ausrichten?

Na ja, sind ja keine Amateure …

Während Wolff nachdachte, wurde er vom Sturm und den Wellen in Richtung Heck der Yacht getrieben.

Da schaukeln noch zwei Motorboote. Die könnten zu einem Problem werden …

Wolff überlegte kurz. Dann beschleunigte er den Blackshadow und tauchte. In einem großen Bogen näherte er sich den Motorbooten, die im Schwell geradezu wütend umhertanzten. Die Boote waren seltsam amateurhaft nebeneinander vertäut. So krachten ihre Bugsektionen regelmäßig lautstark gegeneinander.

Die Wachen auf dem Achterdeck der großen Yacht schienen in ein Gespräch vertieft und nicht gerade aufmerksam. Auch war es bereits ziemlich dunkel. Wolff zog sein Tauchermesser und kappte die langen Leinen, mit denen die Boote am Achterdeck befestigt waren. Zufrieden beobachtete er aus zwei Metern Tiefe, wie sich die Rümpfe langsam achteraus von der Yacht entfernten.

Vorsichtig begab er sich wieder zu seiner alten Position seitlich der Yacht.

Da, Stimmen …

Wolff, der fließend Arabisch sprach, lauschte angespannt. Auf dem Achterdeck herrschte Aufregung. Leider bekam er nur Bruchstücke der Konversation mit.

»… Boote … verschwunden!«

»Ich … nicht losgemacht!«

»Du … nicht richtig vertäut!«

»Doch … stürmisch!«

Wolff ließ sich wieder etwas nach achtern treiben.

»Wir haben ja noch das andere größere Boot. Und außerdem hat der Emir gesagt, dass wir ohnehin hier bleiben werden.«

Diesmal hatte Wolff alles verstanden. Er vermutete, dass es sich bei den Männern um Ägypter handelte.

Es gibt also noch ein Boot auf der Steuerbordseite!

Doch Wolff wurde jäh aus seinen Gedanken gerissen.

Schüsse! Es geht los!

Er hasste es, jetzt nicht dabei zu sein. Er war noch nicht einmal Zaungast. Er konnte nicht sehen, was wenige Meter über ihm vor sich ging. Das war für ihn unerträglich.

▪

Derweil bewegte sich Steiger vorsichtig im Seitengang der Yacht. Seine Glock war für *siebzehn Personen* ausgelegt. Er hatte sich aber entschieden, die Waffe nur mit fünfzehn Patronen zu laden, um Störungen zu vermeiden. Bei fünfzehn Patronen hatte die Magazinfeder in jedem Fall noch genügend Kraft.

Es trennten ihn noch wenige Meter vom Achterdeck, als er Gewehrfeuer vernahm. Er ging in Deckung.

Mann, Trevor, wir hatten doch vereinbart, dass ich den Anfang mache …

Dann merkte Steiger, dass die Schüsse draußen fielen.

Die Wachen. Sie schießen aufs Wasser!

Mein Gott, Mirko!

▪

Mirko Wolff hatte sich nicht geirrt. Es waren Haie im Wasser. Die Wachen hatten sie zuerst wahrgenommen.

»Bilal! Da drüben, schau! Die Rückenflossen. Das sind Haie!«

»Ja, du hast recht!«

Mit diesen Worten legte eine der Wachen an und gab zwei kurze Feuerstöße auf die Raubfische ab.

»Getroffen!«

»Woher willst du das wissen?«

Jetzt schoss der andere.

Dann erschien eine weitere Person.

»Was zum Schaitan ist hier los? Wie sollen wir drinnen filmen, wenn ihr hier draußen Schießübungen veranstaltet?«

»Bulan, wir … Da sind Haie …«

»RUHE! Ihr sollt hier achtsam Wache halten und nicht sinnlos Munition verschwenden! Noch ein Schuss, und ihr könnt mit euren Haien schwimmen gehen. Ist das verstanden?«

»Jawohl!«

▪

Profis wussten: Das lauteste Geräusch war ein »KLICK«, wenn man das »BUMM« eines Schusses erwartete.

Instinktiv verkleinerte Kendrick seine Silhouette, während er mit der linken Hand über die Waffe griff, um den Verschlusshebel zu repetieren und die offenbar defekte Hülse auszuwerfen. Er hatte das Gefühl, als spiele sich alles in Zeitlupe ab.

Neue Patrone im Lager!

Er sah, wie der Gegner auf ihn anlegte. Doch Kendrick feuerte zuerst. Der Mann stöhnte und verzerrte das Gesicht, konnte aber noch einen Schuss abgeben, bevor er nach hinten fiel. Das Projektil schlug über Kendricks Kopf in der Decke des Niedergangs ein.

Der Engländer sprintete den Niedergang hinauf. Doch nach einem Blick in die Messe erstarrte er. Während er versuchte, zu verstehen, was vor sich ging, spürte er einen Schlag auf den Kopf und es wurde dunkel.

Als er nach einer Weile erwachte, standen zwei bewaffnete Terroristen über ihm. Seine Hände waren auf den Rücken gefesselt. Sein Kopf schmerzte, als hätte man ihn mit einem Hammer bearbeitet. Er hatte eine eingeschränkte Wahrnehmung, das wusste er. Und doch war ihm klar, dass das surreale Szenario, das sich vor ihm ausbreitete, keine Halluzination war.

Rechts saßen der Präsident mit der First Lady und eine weitere Frau. Beide Frauen trugen Kopftuch. Ihre Mienen spiegelten Erschöpfung wider. An einer Seite der langen Tafel erkannte Kendrick eine Art Tribunal. Dem älteren Mann, der wie ein Geistlicher aus einer Moschee aussah, gehörte offenbar die schneidende Stimme, die Jan und er zuvor vernommen hatten. Die Männer, die ihn jetzt festhielten, mussten Beisitzer gewesen zu sein, ihre Stühle waren leer. Am anderen Ende des Tisches bediente jemand eine kleine Kamera, die unwesentlich größer war als eine GoPro. Die Schiebetüren der Messe standen halb geöffnet. Ein schwerbewaffneter Terrorist sicherte außen und schaute neugierig herein.

Der Geistliche zitterte. Offensichtlich vor Wut. Denn Trevor Kendrick rückte ins Zentrum des Geschehens.

»Farouk, Kamera aus! Aufzeichnung unterbrechen und das Ende abschneiden! Dann sofort absenden!«

Eilig hantierte der Mann am Ende der Tafel mit der kleinen Kamera.

»Wer stört uns da? Ein später Gast? Ihr habt also einen eurer Mitstreiter übersehen!«

In diesem Augenblick erkannte Kendrick einen seiner traditionell gekleideten Bewacher wieder.

Mirza!

Und er konnte dessen Angst spüren …

»Das ist der, der abgehauen ist.«

Der Geistliche war nicht begeistert. »Das kann nicht sein! Wenn Erik ihn nicht in letzter Sekunde erwischt hätte, wäre unser ganzer Plan gefährdet gewesen!«

Erik Borg trat aus dem Hintergrund: »Macht ihr hier drinnen weiter, ich kümmere mich um ihn.« So zog der Schwede Kendrick am Kragen aus der Messe aufs Achterdeck.

106

Krisen- und Lagezentrum
Central Intelligence Agency (CIA)
Langley, Virginia
USA

Der dynamische grauhaarige CNN Nachrichtensprecher machte ein ernstes Gesicht. Über den Plasmabildschirm zog ein Band mit einem Schriftzug. In breiten roten Buchstaben war dort

BREAKING NEWS

zu lesen.

»Wir unterbrechen unser Programm für einen Newsflash: Uns liegen Informationen vor, wonach der Präsident und seine Gattin sich aktuell in der Gewalt von muslimischen Terroristen befinden. Es klingt zunächst unfassbar, scheint jedoch der Wahrheit zu entsprechen. Wir haben beunruhigende Bilder aus der Karibik, die CNN vor einigen Minuten zugespielt wurden. Demnach hat sich eine kleine terroristische Zelle jener Motoryacht bemächtigt, auf der unser Präsident Urlaub machte. Das Weiße Haus hat diese Bilder noch nicht kommentiert. Auch der United States Secret Service verweigert jeden Kommentar. Aber CNN verfügt über ein dreieinhalbminütiges Video, in dem der Präsident in einer sogenannten ›Gerichtsverhandlung‹ von Terroristen angeklagt wird. Wir senden jetzt eine gekürzte Fassung und schalten danach zurück. Jane?«

Die Qualität des Videos war erstaunlich gut. In der rechten unteren Ecke des Bildschirms befand sich die Adresse *jihad.wordpress.org*. Anderthalb Minuten lang wurde eine Anklageschrift verlesen. »… Jedes Kind weiß, Ihr Land stützt seit Jahrzehnten korrupte, heuchlerische Regime in Riad, Kairo und den Emiraten, damit der Westen seine Industrie ausbauen und seine Automobile weiterfahren kann. Die USA saugen die Rohstoffe aus allen muslimischen Ländern, um sich ihren Lebensstandard weiter zu sichern, der Rest der Welt ist ihnen völlig egal. Und zur Durchsetzung dieser nationalen Interessen bedienen sie sich ihres Militärs. US-Truppen sind noch immer …«

Hierbei zeigte die Kamera immer wieder den Präsidenten und seine Frau in Großaufnahme. Reaktionen des Präsidenten waren nicht zu sehen. Die letzte Sequenz war wieder ein Zoom auf den Ankläger, der seine Worte langsam und mit Bedacht sprach.

»… und damit sieht es dieses Gericht als erwiesen an, dass Sie sich im Sinne der Anklage schuldig gemacht haben, Herr Präsident. Ich verurteile Sie hiermit, im Namen aller rechtgeleiteten Muslime, zum Tode. Das Urteil wird noch heute vollstreckt.«

Der Bildschirm wurde für eine Sekunde schwarz. Dann erschien wieder der grauhaarige Moderator.

»Meine sehr verehrten Zuschauer, dies sind in der Tat schockierende Bilder. Unser Land hat soeben erfahren, dass der Präsident Opfer eines terroristischen Attentats wurde. Nun gibt es natürlich viele Fragen: Woher wussten die Terroristen, dass sich der Präsident auf dieser Yacht befand? Wie konnte es den Terroristen gelingen, unbemerkt in die Karibik einzusickern? Gibt es eventuell eine undichte Stelle im Secret Service? Verehrte Zuschauer: Soeben wurde uns live ein Experte zugeschaltet, der vielleicht Antworten auf einige dieser Fragen geben kann. Herr Richard Collins ist ein ehemaliger Deputy Direktor der CIA. Wir sehen uns gleich wieder nach der Werbung.«

»Schalten Sie den Ton ab!«, befahl Croquer dem Stabsmitarbeiter. Die Einschätzung sogenannter »Experten« war das Letzte, was sie im Moment gebrauchen konnten. Dann wandte er sich dem Gremium zu: »Gentlemen, ich fürchte, wir haben nur wenig konkrete Optionen.«

Der Stabsmitarbeiter meldete sich: »Sir, der Kommandant der *USS Tripoli* ist auf Leitung zwei.«

107

Präsidentenyacht *Embarcadero*
Bucht an der Südseite von St. Thomas
Amerikanische Jungferninseln
Karibik

Sehr zu seinem Leidwesen wurde Kendrick nicht ohnmächtig. Stattdessen saß er auf einem Stuhl, die Hände hinter seinem Rücken gefesselt. Borg schaute ihn mit regungsloser Miene an.

»Hatte mir schon gedacht, dass du irgendwann Ärger machst. Hätte dich in Belgien schon rausgekegelt. Aber Mats wollte dich ja unbedingt haben.«

Kendrick schwieg. Zwei Dinge waren ihm jedoch völlig klar: Borg war skrupellos und er hielt ein langes Kampfmesser in der rechten Hand. Nach seinem Äußeren zu urteilen hatte Borg ebenfalls gelitten. Sein Bart war blutverklebt und sein Hemd glich einem blutigen Lappen. Kendrick stellte fest, dass der Schwede humpelte, wohl aufgrund einer Schusswunde am rechten Oberschenkel. Aber er machte sich nichts vor. Stillschweigend verabschiedete sich der Brite von den Lebenden.

»Ich frage jetzt noch einmal: Wie bist du zurück an Bord gelangt?«

Kendrick starrte auf den Boden und schwieg lange.

Besser auf Zeit spielen …

»Ich hatte eine Eingebung …«

Der folgende Fauststoß saß. Borg baute sich vor ihm auf. »Etwas konkreter darf es schon sein.«

»Ich bin zu der Yacht geschwommen, die bis vor einer Stunde da hinten lag. Tom hatte mich an der Wade erwischt und ich brauchte medizinische Versorgung.«

»Und dann, verdammt?«

»Dann gab es Hilfe«, ertönte plötzlich eine feste Stimme

von hinten. »So wie jetzt.« Steiger trat aus dem Dunkel in den Bereich der Achterdeckbeleuchtung. Die Pistole hielt er auf Borg gerichtet. »Wirf das Messer über Bord! Linke Hand! Vorsichtig!«

Der Schwede schaute langsam auf und folgte anschließend der Anweisung. Er drehte sich in Richtung Steiger. »Und du bist?«

»Es geht hier nicht um mich, sondern um dich, Schlächter. Fünf Schritte nach rechts und dann drei Schritte vor! Hinknien und Hände hinter den Kopf!«

Borg schnaubte, bewegte sich von Kendrick weg und dann nach vorn. Er verschränkte die Hände hinter dem Kopf, kniete sich aber nicht hin.

Steiger hielt jetzt sein Tauchermesser in der linken Hand und die Glock in der rechten. Er ließ den Riesen keine Sekunde aus den Augen, kam ihm aber auch nicht zu nahe. »Was hast du in Bezug auf Hinknien nicht verstanden?« Dabei kappte er Kendricks Fesseln.

»Ich habe Schmerzen, mein Bein …«, klagte Borg.

Kendrick drehte sich um und trat dem Schweden mit aller Kraft zwischen die Beine.

Der Schwede stöhnte und fiel vornüber auf die Knie.

»*Jetzt* hast du Schmerzen.« Der Brite erleichterte Borg geschickt um seine Pistole. In diesem Moment erkannte er eine neue Gefahr. »Jan, runter!«

Steiger duckte sich geistesgegenwärtig und Kendrick feuerte zweimal. Ein Wachposten ging getroffen zu Boden.

Steiger hatte den Schweden genau beobachtet, der seine Chance gekommen sah. Doch Steiger kam ihm zuvor und trat ihm mit voller Wucht gegen den Kopf, so dass Borg nach hinten fiel.

»Liegenbleiben!«

In dem Moment war Lärm von innen zu hören. Drei Männer stürmten aus der Messe, ihre Gewehre im Anschlag. Steiger und Kendrick knieten und gaben konzentriertes Einzelfeuer. Die Gegner hatten mit einer derart präzisen

Gegenwehr nicht gerechnet und zogen sich wieder ins Schiffsinnere zurück. Zwei waren getroffen. Einer blieb regungslos liegen.

»Wir haben den Präsidenten und seine Frau«, tönte es von innen.

Steiger schaute zu Kendrick. Ihre Blicke trafen sich.

Der Engländer übernahm die Kommunikation. »Lasst sie frei! Dann lassen wir euch leben!«

Aus dem Schiffsinneren vernahmen sie daraufhin höhnisches Gelächter. »Wir sind es nicht, ihr seid es, die den Tod fürchten! Unsere Mission ist bald erfüllt. Wir werden den Präsidenten töten. Ihr könnt dabei zusehen!«

Kendrick nickte Steiger zu.

»Trennen!«

Steiger hatte sich geduckt nach Steuerbord entfernt und hangelte sich ein Deck höher. Er suchte nach dem vorderen seitlichen Zugang zum Steuerstand.

Diesmal stand dort kein Wachposten mehr. Er fand eine Holztür und stieß sie auf. Auf einem Navigationstisch lagen Seekarten und ein nautisches Besteck. Ziemlich *old school* für ein derart modernes Schiff, dachte er. Doch im selben Moment ermahnte er sich:

Augen immer auf den Ball, Keule!

Da, rechts: ein Niedergang! Der führte sicher in die unteren Decks. Dort musste es zur Messe gehen …

Verdammt! In so einem Riesenkahn soll sich einer auskennen!

Hastig suchte er sich seinen Weg ein Deck tiefer und versuchte dabei, alle lauten Geräusche zu vermeiden. Er vernahm weitere Schüsse.

Eine Lamellentür führte nach achtern. Jedenfalls nach seinem inneren Kompass. Er musste *hinter* den Gegner kommen, ohne dass dieser es merkte. Die Terroristen vermuteten ihn wohl immer noch zusammen mit Trevor auf dem Achterdeck.

Er öffnete die Tür und fand sich in einer Kombüse wieder,

die jeden Fernsehkoch neidisch gemacht hätte. Auf der anderen Seite befand sich eine weitere Tür. Er sprintete hinüber, sammelte sich kurz und stieß sie auf.

Die Messe!

Als Erstes nahm Steiger zwei arabisch gekleidete Terroristen wahr. Der Kleinere von beiden visierte mit einer Pistole das Genick des amerikanischen Präsidenten an.

Steiger zögerte nicht. Er zielte auf den Kleineren und drückte ab. Der Mann war getroffen. Dann widmete sich Steiger dem Zweiten, der bisher in Richtung Achterdeck gesichert hatte und sich nun zu ihm umdrehte. Eine Dublette streckte auch ihn nieder.

Sofort nach dem Angriff warf sich Steiger hinter der Bar in Deckung. Er spürte, wie eine Kugel ziemlich nah an seinem Kopf vorbeiflog. Dann vernahm er hinter seinem Kopf ein Klicken. Er erkannte das Geräusch einer vorgespannten Kurzwaffe sofort und ließ seine Glock sinken. Ein dritter Araber schien die Tür bewacht zu haben. »Die Pistole übernehme ich.«

Mist, das waren einfach zu viele …

»Farouk, Kamera aus! Wieder einmal!«, hörte Steiger eine schneidende Stimme vom Ende des großen Tisches. Steiger drehte sich langsam um und erblickte einen schwarzgekleideten Mann, der aussah wie ein Scheich aus tausendundeiner Nacht. Er wurde von zwei Beisitzern eingerahmt. »Wer glaubst du, zu sein? Du willst eine Urteilsvollstreckung einfach unterbrechen? Du möchtest meine tapferen Brüder ungestraft töten?«

»Ihr seid Terroristen. Ihr habt mir keine Wahl gelassen«, antwortete Steiger auf Deutsch.

Wenn der Geistliche sich bis jetzt kontrolliert hatte, dann war diese Phase ob der erneuten Störung nun zu Ende. Der Mann tobte. »Wer ist das jetzt? Wo kam der her? Schlafen die Wachen? Sind die Amerikaner etwa schon an Bord?«

Während sich unter den Beisitzern betretenes Schweigen einstellte, sondierte Steiger die Lage in der Messe. In der

Mitte sah er den Präsidenten gefesselt auf einem Stuhl. Sein Anzug und sein frisches weißes Hemd saßen tadellos, auch die korrekt gescheitelten Haare standen im Widerspruch zu seiner Haltung, die Leid und Erschöpfung ausdrückte. Er wurde von Scheinwerfern angestrahlt und eine Kamera war auf ihn gerichtet. Die Aufzeichnung der Hinrichtung war offenbar in vollem Gange gewesen.

»Ich spreche deine Sprache nicht. Englisch!«, herrschte der Anführer der Terroristen Steiger an. »Und jetzt komm langsam hier rüber! Langsam!«

Steiger ignorierte die Anweisung und tat so, als verstehe er nichts. Er nahm wahr, wie Kendrick von außen durch ein Bullauge lugte, unsicher, ob er hereinkommen sollte.

Einer der Beisitzer, offenbar ein Slawe, sprang auf. »Du da draußen! Wir haben deinen Freund! Gib auf!«

Jetzt ist eh alles aus …

Steiger begann einen Monolog. Auf Deutsch plapperte er scheinbar unbekümmert vor sich hin, als führe er ein Selbstgespräch. »Zeige mir einen Fanatiker, der den Heiligen Krieg gegen Unschuldige predigt, und ich zeige dir einen Verlierer. Jedes Mal, wenn ihr den Namen des Herrn für eure Zwecke missbraucht, beweist ihr der Welt, wie armselig ihr eigentlich seid. In Wahrheit zieht ihr den Islam, eine Religion, die auch Frieden und Vergebung predigt, durch den Schmutz. Wäre er sich eurer Taten bewusst, würde sich der Prophet Mohammed im Grabe …«

Der Araber versetzte ihm einen Tritt. »Verdammt, was redest du da? Mund halten!« Dann zog er ihm die Pistole über den Schädel. Der Schlag war so heftig, dass Steiger blutete. Mühsam und unter starken Kopfschmerzen richtete sich Steiger wieder auf.

In dem Moment betrat Erik Borg die Messe. Zu Steigers Entsetzen schubste er seinen Kameraden Kendrick grob vor sich her. Der Brite hatte sich ergeben. Sein geschwollenes, blutiges Gesicht verriet, dass sich der Schwede für die Tritte revanchiert hatte.

»Oh Mann, Trevor! Scheiße!«

Der Engländer grinste müde. »Konnte nicht zulassen, dass er dich ausknipst!«

»Das werden die sowieso …« Steiger versuchte krampfhaft, nachzudenken, doch sein Schädel schmerzte brutal. Neben sich, hinter dem Tisch, vernahm er ein deutliches Schluchzen. Die Gattin des Präsidenten war mit der Brutalität und Ausweglosigkeit der Situation offensichtlich überfordert.

»Damit liegst du ziemlich richtig«, unterbrach der Scheich Steigers Gedanken. »Also: Wie viele seid ihr? Wo ist der Rest? Abdul!«

Die Mündung von Abduls Pistole zeigte jetzt auf Steigers Stirn. Doch Steiger schwieg beharrlich.

»Moment, Emir, das ist mein Feld.« Borg eilte hinzu, schob den Araber beiseite und zog ein Klappmesser aus seiner Beintasche. Bevor Steiger reagieren konnte, hatte der Hüne ihn fixiert und ihm die Klinge in seine linke Schulter gestoßen. Kraft hatte der angeschlagene Riese leider immer noch.

Steiger schrie auf.

»Es liegt ganz bei dir.« Die Lebensgeister des Schweden schienen nun richtig zu erwachen und er begann, die Klinge zu drehen.

Der Schmerz war furchtbar.

Fühlte sich so das Ende an?

108

Krisen- und Lagezentrum
Central Intelligence Agency (CIA)
Langley, Virginia
USA

»Der Kommandant der *USS Tripoli*, Kapitän Robertson, ist zugeschaltet, Sir.«

Der Verteidigungsminister nickte. »Wie ist Ihre Position, Kapitän?«

»Wir befinden uns aktuell zwanzig Seemeilen südwestlich von Cabo Rojo, Puerto Rico, Sir. Allerdings …«

»Ja? Reden Sie weiter!«

»Wir steuern direkt in den Vektor des Hurrikans AMANDA, Sir.«

»Das ist uns bekannt, Kapitän.«

»Dann muss ich Ihnen leider auch bekanntgeben, dass ich für dieses Schiff und seine zwölfhundert Mann Besatzung nicht länger garantieren kann, wenn wir diesen Kurs beibehalten, Sir.«

Im Lageraum wurde es still. Man konnte regelrecht spüren, wie die Hoffnungen der Anwesenden in sich zusammenfielen.

»Wollen Sie damit sagen, dass eine Rettungsaktion keine Option darstellt?«, fragte der Verteidigungsminister fordernd.

»Sir, AMANDA ist schon jetzt ein Hurrikan der Kategorie drei. Ich muss zusehen, dass mir die Ospreys nicht vom Deck fliegen. Bei allem gebotenen Respekt, haben Sie eigentlich eine Vorstellung davon, was hier los ist? Wir haben stellenweise dreißig Grad Krängung und pflügen durch ein Gebiet, das mit Riffen übersät ist.«

»Verstanden, Kapitän. Ich hatte gehofft, dass Sie eine Lösung anbieten könnten. Bitte vergessen Sie nicht, wofür die Uniform steht, die Sie tragen!«

»Mit Verlaub, Sir: Sie können mit Windgeschwindigkeiten von hundertsechzig Meilen pro Stunde nicht diskutieren. Niemand kann das!«

»Bleiben Sie auf Standby, Kapitän. Over and out!«

Die Verbindung wurde unterbrochen, bevor der Kommandant der *Tripoli* antworten konnte.

»Verdammter Mist!« Der Verteidigungsminister schlug mit der Faust auf den Tisch.

»Der Mann hat recht«, beschwichtigte Admiral Owen Beatty seinen höchsten Vorgesetzten.

»Das muss man so sehen«, kommentierte Croquer.

»Irgendeine Option muss es doch geben. Es muss!«

Ein Stabsmitarbeiter räusperte sich. »Sir, der Vizepräsident ist soeben eingetroffen.«

Die Tür des Lageraums öffnete sich und der Vizepräsident der Vereinigten Staaten trat an seinen designierten Platz.

»Herr Vizepräsident, gut, dass Sie da sind. Darf ich kurz die Anwesenden vorstellen?«

»Nicht nötig. Sind mir alle bekannt. Wie ist die Lage?«

109

Präsidentenyacht *Embarcadero*
Bucht an der Südseite von St. Thomas
Amerikanische Jungferninseln
Karibik

Leise schluchzte Heather Keegan in der Kabine vor sich hin. Sie war nicht länger in der Lage, ihre Emotionen zu kontrollieren. Eine Ewigkeit hatte sie mucksmäuschenstill unter dem Bett ausgeharrt und nicht gewagt, sich zu bewegen. Die Angst vor diesen Mördern war zu groß gewesen. Doch langsam überkam sie ein Gefühl sonderbarer Gleichgültigkeit. Ihre

Freundin war vor ihren Augen ermordet worden. Sie selbst war dehydriert, unterzuckert und erschöpft. Sie wollte einfach nur noch weg. Raus aus diesem Alptraum. Runter von diesem furchtbaren Schiff.

Mit aller Kraft drückte sie gegen den Körper des getöteten Jake Sanderson. Sein massiger Leichnam lag vor dem Bett und versperrte ihr den Weg. Sie drückte und schob, doch der tote SEAL wich keinen Zentimeter.

Sie überlegte kurz, dann veränderte sie ihre Lage unter dem Bett so, dass sie ihre Füße gegen die Wand positionieren konnte. Mit aller Kraft stemmte sie sich nun mit ihren Armen und ihrem Kopf gegen seinen breiten Rücken. Mit diesem Hebel rollte der Koloss langsam zur Seite und fiel schließlich aufs Gesicht. Licht drang unter das Bett.

Vorsichtig kroch Heather hervor. Ihre Freundin Eden lag regungslos da. Ihre Augen waren geöffnet. Wieder kamen die Emotionen hoch.

Oh Eden … Diese Schweine!

Heather wischte sich die Tränen aus den Augen.

Dann besann sie sich. Der Amerikaner, der sie und ihre Freundin beschützen wollte, hatte dafür mit seinem Leben bezahlt. Vorsichtig nahm sie dem Mann seine Pistole ab. Das war schon mal was. Aber sie suchte nach etwas anderem.

Hier …

Heather Keegan hob das Kopfkissen hoch und griff die Maschinenpistole, die Sanderson zuvor auf seinem Schoß liegen hatte. Sie begutachtete die Waffe und betrachtete den Sicherungshebel.

Gut, dass du uns noch erklärt hast, wie das Ding funktioniert.

▪

Steiger stöhnte. Der Schmerz in seiner Schulter war schwer zu ertragen. Er hätte den Schweden nicht am Leben lassen dürfen. Das hatte er jetzt davon. Der Typ war offenbar ein Konvertit und Steiger wusste: Konvertiten waren Überzeugungstäter, immer bestrebt, einhundertfünfzig Prozent zu geben, um auch ja von den anderen akzeptiert zu werden.

»Also noch mal: Wie viele seid ihr?«

»Genug, um mit euch fertig zu werden, du Arschloch!«, antwortete Steiger auf Deutsch. Damit handelte er sich eine Ohrfeige des Hünen ein, die ihn zu Boden schleuderte.

Ebenfalls auf Deutsch, wenn auch mit skandinavischem Akzent, entgegnete der Schwede: »Träum weiter!«

Doch nun beendete Raschid die Befragung. »Lass gut sein, Erik. Die beiden können unseren Auftrag nicht mehr torpedieren, und mehr scheinen nicht an Bord gekommen zu sein. Bulan und Mirza, ihr seht zu, dass unsere beiden Gäste einen Ehrenplatz erhalten, wie versprochen. Erik, du bleibst in meiner Nähe. Farouk, Kamera klarmachen! Abdul, in Position!«

Eifrig folgten Raschids Männer den Befehlen.

▪

Wolff war unruhig. Er hatte mehrere Schüsse gehört. Dazu Wortfetzen und Geräusche, die er nicht einordnen konnte. Er hatte bemerkt, wie die kleinere Motoryacht, die an der anderen Seite festgemacht hatte, sich im Sturm losgerissen hatte. Bisher war er auf Position geblieben, wie sie es abgemacht hatten. Er sollte auf die Scooter aufpassen, was bei dem Wetter bereits Herausforderung genug war. Jetzt aber hatte Wolff einen langen, durchdringenden Schrei gehört. Der Schrei stammte von Jan, kein Zweifel. Er *musste* ihm helfen. Irgendetwas war schiefgegangen. Vieles schoss ihm durch den Kopf. Was, wenn er seinem Freund helfen konnte – sie dann aber keine Möglichkeit zur Flucht mehr hatten, weil die Blackshadows abgetrieben waren? Bei diesem Seegang würden sie die Scooter in der Dunkelheit nie wiederfinden …

Nach einer Weile sagte er sich, dass eine Flucht mit den Scootern wohl ohnehin keine Option mehr war. Das Wetter war zu schlecht und sicherlich konnten auch nicht alle tauchen.

Ein einzelner Schuss riss ihn aus seinen Gedanken.

»Hey, du Zwerg!«

Bulan, dem diese Anrede galt, drehte sich in der Messe als Erster um. Die Stimme war zu hoch für einen Mann. Sie musste einer Frau gehören …

Einer Frau?

Der Asiate lächelte überheblich, bis er in die Mündung der Maschinenpistole blickte. Unter dem Bett liegend hatte Heather nur seine kleinen Einsatzstiefel sehen können. Hieran hatte sie den Mörder ihrer Freundin nun identifiziert. Sie betätigte den Abzug.

Eine Kugel traf ihn unterhalb des linken Auges. Bulan, der mit vollständigem Namen Bulan Jamak Tunggal hieß und aus einem kleinen Fischerdorf an der Südküste Sulawesis in Indonesien stammte, war sofort tot.

Borg hatte gleichzeitig seine Pistole gezogen, doch er befand sich längst im Visier von Heathers Maschinenpistole. Sie feuerte drei Mal. Auf acht Meter Entfernung war der Riese nicht zu verfehlen. Doch während er fiel, konnte Borg noch einen Schuss abgeben.

In diesem Chaos hatte Steiger erheblich schneller geschaltet als Omerovic. Er entriss ihm die Waffe und streckte damit den Terroristen an der Tür nieder, während der gefesselte Kendrick dem Kameramann einen gewaltigen Bodycheck verpasste. Agent D'Angelo ergriff sofort die Pistole, die neben der Kamera auf dem Tisch lag.

Binnen Sekunden hatte sich das Blatt gewendet. Raschid saß nun allein an seinem Richterplatz und blickte sich um, so als suche er nach hörigen Verbündeten. Vergeblich. Alle Läufe waren auf ihn gerichtet.

Nach einer Weile sah Heather Keegan an sich herab. Sie trug eine blutverschmierte Strickjacke, war barfuß und mit den Nerven am Ende. »Wer seid ihr?«, fragte sie in Richtung Steiger.

»Ich heiße Jan und komme von der Yacht dort hinten. Und das ist Trevor, der sich gegen seine Auftraggeber gewendet hat, als er erkannte, was hier gespielt wird. Wollen Sie die Waffe vielleicht herunternehmen und sichern? Sie scheinen ja gut damit umgehen zu können …«

Heather nickte matt und ließ die MP sinken.

»Es ist Ihnen allen zu verdanken, dass wir noch leben«, schaltete sich die Präsidentengattin ein. »Dieser Mann hier, Trevor, hatte versucht, mich zu retten, bevor mir dieses Scheusal …« Sie zeigte auf Omerovic und beendete den Satz nicht, weil ihr Tränen in die Augen schossen.

»Oh mein Gott … Ja, *den* kenne ich auch …« Heather näherte sich dem Bosniaken. Die Maschinenpistole war wieder oben.

Omerovic grinste. Er blieb dreist. »Warum so nachtragend, Süße? Sag nicht, es hätte dir nicht gefal…«

Er hatte die Worte noch nicht zu Ende gesprochen, da hatte Heather erneut den Abzug betätigt. Omerovic entwich ein kurzer Schrei. Er krümmte sich am Boden und blutete stark in der Magengegend.

Steiger schaltete sich ein: »Lassen Sie das! Keine Racheaktionen, das macht niemanden wieder lebendig! Trevor?«

Er nickte zum Engländer hinüber, der sich gerade um den fluchenden Raschid kümmerte. Kendrick kniete auf dessen Rücken und band ihm Hände und Beine zusammen. Dann fesselte er Farouk, den Kameramann. Anschließend stand er auf und blickte sich um. »Was für ein Alptraum! Aber gut, das war's.«

Alle Überlebenden atmeten tief durch. Eine schwere Last war von ihnen abgefallen. Der Umstand, dass draußen ein Hurrikan tobte, spielte im Moment keine Rolle. Die Präsidentengattin umarmte ihren Mann. Agent D'Angelo streckte sich. Steiger und Kendrick brachten die beiden Gefangenen in eine Ecke. Omerovic schien kein Lebenszeichen mehr von sich zu geben.

»Ich denke, das Schiff kann den Sturm in der Landabdeckung abwettern. Wir sollten aber zusätzlich den zweiten Anker ausbringen, falls der erste schleift«, sagte Kendrick.

Steiger nickte. »Gute Idee! Und ich checke mal, ob es hier etwas zu essen und zu trinken gibt.«

Doch plötzlich fielen draußen Schüsse. Eine Scheibe zersplitterte. Scherben verteilten sich über den Boden der Messe und der Sturm war sofort in voller Lautstärke zu hören. Weitere Schüsse folgten.

Die Anwesenden brachten sich Hals über Kopf in Deckung.

»Sehr gut, meine Brüder, tötet sie alle!«, rief Raschid nach draußen, bevor Kendrick ihn mit einem Fausthieb zum Schweigen brachte.

Steiger überlegte kurz. Eine halbleere MP 5 war im Moment das Beste, was sie einem Angriff entgegenzusetzen hatten. Nicht genug gegen Sturmgewehre …

Einige Sekunden lang geschah nichts. Dann übertönte eine Stimme den Sturm. »Jan, Trevor? Ich bin es, Mirko. Nicht schießen, ich komme rein!«

»Bestätige, nicht schießen!«, rief Steiger.

»Was ist hier eigentlich los? Bin ich euer Kindermädchen? Die beiden Tangos da draußen wollten gerade loslegen …« Wolff war vom Achterdeck, seine Glock noch immer im Anschlag, in die Messe getreten. Klatschnass, sah er in seinem Neoprenanzug aus wie ein Wesen aus einer anderen Welt.

Steiger konnte sich nicht daran erinnern, jemals so froh gewesen zu sein, seinen alten Kumpel wiederzusehen. »Mirko! Gott sei Dank!«

»Oha, du siehst aber nicht gut aus!«

»Geht schon.« Steiger winkte ab. »Die Scooter?«

»Man kann nicht alles haben, Jan!«

Steiger dachte kurz an den Listenpreis der Geräte, besann sich aber. »Richtige Entscheidung, wie immer, Mirko!«

Dann wandte er sich an die eigentliche Hauptperson: »Herr Präsident, mein Name ist Jan Steiger und das ist mein Freund Mirko Wolff, wir sind eigentlich im Urlaub und haben mit Trevor hier einen Versuch gemacht, zu helfen.«

»Das ist ... korrekt ...«, gestand Kendrick zu.

»Ich kann Ihnen gar nicht sagen, welche Freude ich darüber empfinde!«, erwiderte der Präsident.

»Wir bleiben jetzt erst einmal in dieser Bucht und warten, bis sich das Wetter beruhigt hat. Zwischenzeitlich werden wir versuchen, die Behörden zu informieren«, fuhr Steiger fort.

Er hatte die Worte kaum gesprochen, da entfuhr der First Lady ein Schrei. »Oh mein Gott! Was hast du?« Sie hielt das Gesicht ihres Mannes in beiden Händen.

Der Präsident war zusammengesackt und lächelte schwach. »Es geht schon!«

Steiger reckte sich nach vorn, um besser sehen zu können. »Er ist verletzt! Auf seiner Brust ist Blut zu sehen.«

Special Agent Helen D'Angelo begann sofort, ihre Schutzperson zu behandeln. »Er hat einen Thoraxtreffer. Ich benötige Kompressen. Jetzt gleich! Hinter der Bar befindet sich im Unterschrank des Waschtischs ein großer Erste-Hilfe-Kasten.«

Steiger schaltete zuerst und brachte einige Kompressen, Desinfektionsmittel und Mullbinden. Dabei spürte er wieder den stechenden Schmerz in seiner Schulter.

Kendrick schaute auf den toten Borg, der am Boden lag. »Ich glaube, das war der Schuss aus seiner Waffe, als die Frau ihn traf.«

Agent D'Angelo blickte besorgt zu den Deutschen. »Ich kann ihn provisorisch verarzten, aber er braucht dringend professionelle Hilfe. Wenn wir doch nur Cardasis und seine PJs rufen könnten!«

»Ja, er hat bereits einiges an Blut verloren.«

»Dann können wir nicht warten. Er muss schnellstens nach drüben.« Steiger dachte laut. »Wir können aufgrund der aktuellen Wetterlage kein großes Boot über Wasser führen. Wir würden weggeblasen werden und abtreiben. Aber vielleicht mit einem Beiboot …«

»Das kannst du vergessen, Jan. Da draußen brodelt es!«

»Wo wollen Sie … überhaupt hin?«, keuchte der Präsident.

»Ein Freund von uns hat ein großes, seetüchtiges Schiff unweit von hier. An Bord gibt es eine perfekt ausgerüstete Krankenstation. Dort sind Sie sicher, bis die Navy oder wer auch immer Sie abholt, Sir.«

»Na dann los!«, drängte D'Angelo.

»Und was geschieht mit denen hier?« Heather Keegan wies in Richtung Raschid.

»Um die wird sich die Gerechtigkeit hoffentlich noch kümmern. Vielleicht verstecken sich auch noch mehr davon an Bord. Wir müssen uns jedenfalls schleunigst auf den Weg machen.«

Daraufhin setzte sich der kleine Trupp unter Wolffs Führung in Bewegung.

110

Bergungsschiff *Dream Catcher*
Coral Bay, St. Johns
Amerikanische Jungferninseln
Karibik

Omar stand auf der Brücke der *Dream Catcher* und starrte auf das Meer. Der Sturm peitschte die Wellen auf. Regen prasselte unablässig gegen die Scheiben des Steuerstandes.

Kapitän Harris hatte erkannt, dass der Hurrikan AMANDA nach Puerto Rico, also nach Südwesten abdrehte. Die *Dream Catcher* hatte sich daher unter Land entlang der Nachbarinsel St. Johns in Richtung Nordosten gehangelt. Sie hatten es nun nur noch mit den Ausläufern des Hurrikans zu tun. Aber dadurch hatten sie sich auch von der *Sphynx* und damit von Jan und Mirko entfernt.

Samira und die Kinder befanden sich sicher unter Deck am mittleren Punkt des Schiffes. Dort bekamen sie von der Schaukelei am wenigsten mit.

Das ungewisse Schicksal seiner Freunde nagte jedoch an Omar. Er schlug mit der Faust auf die Back. Fast gleichzeitig klingelte endlich sein iPhone. Er fühlte, wie sein Herz pochte.

»Omar?«, hörte er.

»Jan, Gott sei Dank! Wo seid ihr? Was ist los? Was ist passiert? Was …«

»OMAR!«

»Ja?«

»Sei ruhig und hör mir jetzt bitte einfach zu! Ich brauche eure genaue Position, gib mir Kapitän Harris!«

Omar biss sich auf die Unterlippe. Dann nahm er ein Bordfunkgerät und brüllte: »Hier Omar: Kapitän Harris auf die Brücke. Sofort!«

»Jan, Harris ist im Anmarsch. Jetzt sag schon, wie ist die Lage bei euch?«

»Wir sind gesund. Nur brauchen wir dringend eure Hilfe für einen … Kumpel.«

»Geht klar!«

In diesem Moment erschienen Harris und Thorpe auf der Brücke. Hinter ihnen drängten sich weitere Crewmitglieder.

»Das ist Jan, sprechen Sie mit ihm!« Omar drückte Harris das Mikro in die Hand.

Eine Zeit lang hörte Kapitän Harris nur zu und schwieg. Ab und zu brummte er Zustimmung. Dann nickte er und sagte: »Alles klar, Junge! Mast und Schotbruch!« Er legte auf und sah Omar an.

»Boss?« In dem Wort steckte eine Bitte um Zustimmung. Ein ganzer Satz war unter diesen Umständen nicht nötig.

Omar nickte.

»Gut! Curtis: Wir verlegen nach Südwesten und versuchen, die Jungs am *Deck Point,* dem südöstlichsten Ende der Insel St. Thomas, aufzunehmen. Jan und der … und die anderen kommen uns entgegen. Sie haben Signalpistolen. In der Abdeckung der Insel können wir die Zodiacs einsetzen. Wir werden die Schlauchboote zuvor mit Wasser füllen, dann fliegen sie uns nicht weg. John: deine Aufgabe!«

»Aye, Käpt'n!«

111

Präsidentenyacht *Embarcadero*
Bucht an der Südseite von St. Thomas
Amerikanische Jungferninseln
Karibik

Die Gruppe um den Präsidenten schleppte sich mühsam zum Achterdeck.

»Mit den Scootern wär eh nichts geworden, der Präsident ist viel zu schwach«, konstatierte Wolff.

»In der Dinghi-Garage befindet sich ein mittleres Zodiac«, bemerkte Kendrick. »Aber wo wollen wir überhaupt hin?«

»Ach ja, die Seekarte …« Steiger erinnerte sich an den Navigationstisch im ersten Deck. »Bin sofort wieder da, macht schon mal ohne mich weiter!« Steiger verschwand in der Messe.

Mit vereinten Kräften schoben die Übrigen das schwere Schlauchboot aus der Dinghi-Garage. Mit wenigen Worten erklärten Wolff und Kendrick, was nun zu tun war.

»Egal, was passiert, Sie halten sich gut fest. Dieses Schlauchboot ist das seetüchtigste, was wir haben. Es darf nur nicht umkippen! Wir werden es etwas mit Meerwasser füllen. Sie, Herr Präsident, und Ihre Frau werden jetzt festgelascht. Keine Sorge, das ist eine reine Vorsichtsmaßnahme.«

Der Präsident trug Wolffs Neoprenhemd über einem Verband und nickte schwach.

Zwischenzeitlich war Steiger mit einer Seekarte und einer Taschenlampe zurückgekehrt. Er breitete die Karte in der Garage aus und deutete mit dem linken Zeigefinger auf die Bucht, in der sie sich befanden und mit dem rechten Finger auf die südöstliche Spitze der Insel.

»Ich habe das mal überschlagen: Es sind keine zwei Seemeilen. Wir halten uns dicht unter Land, dann haben wir eine gute Chance. Achtet dabei auf Gegenstände, die ins Meer geweht werden. Und haltet die Schiffsschraube frei von Leinen, Netzen und anderem Zeug. Sonst werden wir aufs Meer getrieben und dann heißt es definitiv: Game Over!

Trevor, Mirko, wegen meiner Schulter, einer von euch muss steuern. Ich halte mich irgendwie fest.«

»Okay. Ich hoffe, der Benzinvorrat reicht?«

»Der Tank ist fast voll. Kurs?«

»110 Grad und nach etwa fünfundvierzig Minuten auf 070 Grad.«

»Check!«

Alle hofften sehr, dass der Präsident es schaffen würde.

112

Gut zwei Stunden später
Eine Seemeile westlich von Cruz Bay, St. Johns
Amerikanische Jungferninseln
Karibik

Es war unwirklich dunkel. Das Meer wütete und das Zodiac machte kaum Fahrt. Wie ein Spielzeug trieb es auf den übermächtigen Wellen, die es ständig bremsten. Nur weil das Wasser einen halben Meter hoch im Boot stand, wurde es von den heftigen Böen nicht umgeworfen. Die Insassen klammerten sich an die Tampen, die an den dicken Schläuchen des Schlauchbootes befestigt waren.

Kendrick stand an der Konsole und hielt sich am Steuerrad fest. Seine Füße waren fest verkeilt. Der kleine Kompass in den Armaturen des Schlauchbootes tanzte wie wild.

Wolff wachte die ganze Zeit über den Präsidenten, der große Schmerzen zu haben schien. D'Angelo, die am wenigsten körperlich gelitten hatte, hielt die First Lady fest an sich gezogen.

Obwohl sie alle erschöpft waren, wollte jeder an Bord die Lichter des rettenden Bergungsschiffes erspähen. Doch das Erste, was sie wahrnahmen, waren akustische Signale. Denn sie fuhren gegen den Wind. Daraufhin hatte Wolff eine rote Signalpatrone abgefeuert. Die Signale, einer lauten Tröte nicht unähnlich, kamen nun deutlich näher. Nach einigen Minuten feuerte Wolff eine weitere Signalpatrone ab.

Als Wolff schließlich die tanzenden weißen Suchscheinwerfer der Schlauchboote sah, stieg Wärme in ihm auf. Sie hatten es fast geschafft! Im richtigen Moment. Denn selbst er war mit seinen Kräften langsam am Ende und er mutmaßte, dass es insbesondere den Verletzten erst recht so ging.

Er blickte zu Kendrick und merkte, dass dieser die Scheinwerfer ebenfalls ausgemacht hatte. Da sah er auch schon Curtis Thorpe in Offshore-Kleidung und mit Schwimmweste im Bug eines großen Schlauchbootes auf sie zukommen. Er wurde von seinem eigenen Suchscheinwerfer angestrahlt.

»Hier! Wir sind HIER!«

Der Sturm ließ die Rufe ungehört verhallen, doch die Retter hatten die Gruppe schon ausgemacht. Vorsichtig näherten sich Sören, Omar, John und Curtis mit ihren zwei schweren Schlauchbooten. »Wir nehmen euch in die Mitte!«

Geschickt manövrierten die beiden großen Zodiacs um das kleinere Schlauchboot. Nach einigen Rammings fuhren die drei nun nebeneinander in Richtung des großen Mutterschiffs.

Die Bordlichter der *Dream Catcher* trugen weit, und als diese nach wenigen Minuten sichtbar wurden, beleuchteten sie ein Szenario der Erleichterung.

»Jetzt dürfte nichts mehr schiefgehen«, ermunterte Kendrick die anderen.

Der Präsident lächelte matt. »Das werde ich Ihnen nie vergessen!«

Immer höher ragten jetzt die Aufbauten des ebenfalls schaukelnden Forschungsschiffs aus den Wellen hervor.

Auf einmal bemerkte Wolff, dass etwas nicht stimmte. Er schlug Alarm: »Trevor, wo ist Jan?«

»Bloody Hell!« Kendricks Überraschung war nicht gespielt. »Sag nicht, wir haben ihn verloren!«

»Er war doch eben noch da!« Panisch schaute Wolff sich um.

Um sie herum war nur dunkle Gischt. Obschon sie sich in der Abdeckung des großen Schiffes befanden, war ihr Boot weiterhin ein Spielball der Wellen.

»Mensch, Jan!« Wolff weigerte sich, die Situation zu akzeptieren. Es konnte nicht, es durfte nicht sein!

Auch Omar blickte sich jetzt hektisch um. »Mirko, was soll das heißen?«

Wolff war wie gelähmt. »Er hat es nicht geschafft, seine Schulter … Wir müssen ihn suchen!«

»Mirko, es tut mir leid, aber das ist bei dem Seegang unmöglich.« Aus Kendricks Realismus sprach das gleiche Entsetzen.

»Willst du ihn etwa ertrinken lassen?«

»Mirko, reiß dich zusammen! Wir würden ihn unter diesen Bedingungen niemals finden. Die Sicherheit aller geht jetzt vor. Außerdem benötigt der Präsident dringend medizinische Hilfe.«

»Wer bist du überhaupt?« Omar war außer sich.

»Ich bin Trevor und habe mit Jan und Mirko die Situation herbeigeführt. Es tut mir leid, aber es ist, wie es ist …«

Omar schaute weg. Er rieb sich eine Träne aus dem Auge.

Auch Wolff sah ein, dass der Brite recht hatte. Er biss sich auf die Faust.

Jan, verdammt!

»Es hat keinen Zweck, Omar, wir können nichts für ihn tun.«

Zwanzig Minuten später waren alle sicher an Bord geholt und mit frischer Wäsche und Decken versorgt. Es gab Tee und Biscuits. Dr. Berger und ihr Assistent Karl kümmerten sich um den Präsidenten. Eine OP musste unverzüglich stattfinden. Wenigstens hatte sich Dr. Berger nach einer gründlichen Begutachtung der Wunde optimistisch geäußert.

Allein stand Wolff an der Reling und schaute auf die aufgewühlte See. Er machte sich schwere Vorwürfe.

Omar trat von hinten hinzu. »Wir mussten ihn im Stich lassen.«

Schweigend standen sie nebeneinander und starrten auf die See, die sich nicht zu beruhigen schien.

»Möge der liebe Gott ihm beistehen!«

Epilog

Elf Stunden später
Jost Van Dyke
Britische Jungferninseln
Karibik

Die Sonne brannte grell und heiß. Kein Lüftchen bewegte sich und Möwen kreischten über der türkisfarbenen Bucht. Seichte Wellen umspülten den hellweißen Strand.

Steiger war in der Hölle angekommen. Es musste so sein.

Bilder von Meghan, Rafaela und Mirko wechselten sich ab. Sein Kopf dröhnte, als drohe er, zu bersten. Sein Mund war ausgedörrt und sein ganzer Körper schmerzte. Die größte Pein bereitete ihm jedoch seine Schulter.

Unbekannte Stimmen riefen nach ihm. Er schrie zurück, doch sie erhörten ihn nicht. Omar und Samira schimpften mit ihm und ein schwarz gekleideter Scheich fuchtelte mit einem langen, blutigen Messer vor ihm herum.

»Na, einen zu viel getrunken?«

Diese Worte waren zu laut, um von einem Traum zu stammen. Sie fügten sich auch nicht in die Bilder, die vor seinem inneren Auge abliefen.

»Oh Mann, scheinst ja ordentlich getankt zu haben, Bruder!«

Steiger fühlte, wie ihn jemand an der Schulter anfasste und ihn vorsichtig umdrehte. Er stöhnte vor Schmerz.

»Sorry! Oh, du bist ja verletzt! Yo, Bruder, das sieht aber nicht gut aus.«

Langsam öffnete Steiger die verkrusteten Augen. Das Salz brannte.

Es war definitiv kein Traum. Er blickte in ein schwarzes, rundes, gutmütiges Gesicht. »Wo … wo bin ich? Und wer … wer sind Sie?«

»Reginald Baker Junior, sehr erfreut! Oder auch einfach nur Reggie. Und du bist hier auf Jost Van Dyke, der schönsten Insel in der ganzen Karibik, Mann.«

Der gemütliche Kerl trug Beachshorts, Flip Flops und ein Hawaiihemd. Lächelnd streckte er Steiger seine massige rechte Hand entgegen.

Steiger ergriff die Hand und versuchte, sich langsam zu erheben. Das Resultat waren noch mehr Schmerzen. Er konnte den dröhnenden Puls in seinem Kopf spüren und seine Schulter brannte heiß.

»Das hier ist die White Bay. Bist du etwa Schiffbrüchiger?«

»So etwas Ähnliches … Ich glaube, ich muss mal telefonieren.«

Steiger war wieder da. Auch wenn er nicht wusste, wo.

»Komm mit, Bruder, da oben ist eine Bar, da gibt es alles. Wenn du mich fragst, sollte sich dort auch mal jemand um deine Schulter kümmern.«

Reggie Baker Junior stützte ihn. Steiger hatte das Gefühl, als berührten seine Füße kaum den Boden. Reggie schien ausreichend Kraft und Gefallen daran zu haben, ihm helfen zu können.

»Das war ein Höllensturm gestern, was? Nur gut, dass der Hurrikan in letzter Sekunde in Richtung Puerto Rico abgedreht ist. Sonst stünde hier kein Stein mehr auf dem anderen …«

Doch Steiger hörte nur mit einem Ohr zu. Seine Augen hatten mehrere Hütten einer Beachbar ausgemacht. Auf einem großen Schild stand geschrieben:

SOGGY DOLLAR BAR
Jost Van Dyke, BVI
Home of the PAINKILLER

Steiger lächelte schwach.

Das hört sich seeehr gut an!

»Reggie? Wie wäre es mit einem Painkiller?«

»Um diese Zeit schon? Du bist ja drauf, Bruder! Kannst es

nicht lassen, was? Ich hole dir erst mal Wasser, das ist vernünftiger.«

»Ein Wasser und einen Painkiller, bitte«, beharrte Steiger.

»Oh, Mann. Bist'n Dickschädel, was? Da kann man wohl nichts machen. Also gut, Reggie Baker Junior schmeißt zur Feier des jungen Tages eine Runde. Setz dich da hin!«

Steiger ließ sich auf einem aus Bambus geflochtenen Lounge Chair nieder, der so tief eingegraben war, dass er fast den Sand berührte.

Noch bevor sein neuer Kumpel zurückkam, hörte Steiger die Rotoren eines Helikopters. Kurz darauf konnte er zusehen, wie ein dunkelblauer Airbus H-145 mitten auf dem Strand aufsetzte.

Reggie Baker stand jetzt wieder vor ihm und blockte die Sonne. »Freunde von dir?« Dazu reichte ihm Reggie einen riesigen, bis zum Rand gefüllten Plastikbecher mit leicht bräunlicher Flüssigkeit. Obenauf schwamm eine dichte Schicht aus zerstoßenem Eis. In der anderen Hand hielt er einen Becher Wasser. Mit noch mehr Eis.

»Ich habe keine Ahnung. Eher nicht. Wollen die vielleicht zur Bar?«

»Nie im Leben! Die kommen auf uns zu. Cheers, Bruder!«

»Cheers! Ich heiße Jan.«

»Immer noch Reggie, angenehm!«

Steiger trank nun, als gäbe es kein Morgen. Er spürte die kühle Flüssigkeit in seiner Kehle, während sich der herrliche Geschmack des Rums auf seiner Zunge breitmachte.

»Reggie, die Nächsten gehen auf mich!«

Steiger kniff die Augen zusammen. Ein Mann mit grauem Bürstenhaarschnitt näherte sich schnellen Schrittes. Es schien der Pilot zu sein. Er trug die olivfarbene Fliegerkombination der U.S. Air Force mit mehr Patches, als Steiger zählen konnte und eine goldumrandete Ray Ban Aviator Sonnenbrille.

Steiger blinzelte den Mann an. Ihm war gerade alles egal. Denn der Alkohol war in seinem System angekommen. Und das war gut so.

»Korvettenkapitän Jan Steiger?«

Steiger versuchte, sich aufzurichten und versagte. »Oha. Gestern war ich's noch. Und wer sind Sie?«

»Lieutenant Colonel Jason Cardasis, U.S. Air Force. Wir haben uns große Sorgen um Sie gemacht, Herr Kapitän. Gut, dass man die GPS-Funktion an seinem iPhone nicht ausschalten kann.«

»Ach ja, mein iPhone!« Steiger tastete in eine seiner Cargo-Beintaschen und fand das Gerät unversehrt vor. Er grinste matt. »Auch gut, dass ich eine wasserdichte Lifeproof Verschalung für das Ding habe und es noch einen Balken Saft anzeigt …«

»Kommen Sie, Kapitän, es gibt einige Herren, die würden sich gerne mit Ihnen unterhalten.«

»Oha, du hast Probleme?«, fragte Reggie.

»Probleme? Ganz im Gegenteil!« Cardasis lächelte. Das Lächeln war ehrlich. Nach diesen Worten stützte er Steiger bis zum Helikopter, wo ihn eine freundliche Crew ehrfürchtig in Empfang nahm.

Über dieses Buch

Nach meinem ersten Thriller »Alleingang« konnte ich mich über zahlreiche positive Rückmeldungen von Lesern wie auch von Rezensenten freuen, was mich ehrlich gesagt in diesem Ausmaß ein wenig überraschte. Denn eigentlich war das Buch aus einer Frustration heraus entstanden. Genauer gesagt aus Frustration darüber, dass Angehörige der deutschen Sicherheitsarchitektur mittlerweile international präsent sind, dafür aber (innerhalb Deutschlands) kaum und selten positiv erwähnt werden. Als Helden oder auch nur Hauptpersonen eines Thrillers sind sie echte Exoten, hier greifen die großen Verlage lieber auf renommierte Autoren insbesondere aus dem angelsächsischen Raum zurück.

Dies brachte mich auf die Idee, einmal einen Roman zu schreiben, in dem ein junger deutscher Marineoffizier mit Mut und Hirn Schlimmeres verhindert. Über zwanzig Jahre Erfahrung im Bereich Öffentliche Sicherheit und viele intensive Erlebnisse als Angehöriger der Marine konnten in das Manuskript einfließen.

An dieser Stelle ist es mir ein Anliegen, meine Anerkennung auszusprechen. Ob als Angehörige der Bundeswehr, der deutschen Kriminalpolizei des Bundes (BKA) oder der Nachrichtendienste, überall auf der Welt arbeiten heute Spezialisten, um ihren Beitrag zur internationalen Sicherheit zu leisten. So wie auch innerhalb Deutschlands Angehörige des BKA, des BfV, der Landeskriminalämter, Landesämter für Verfassungsschutz bis hin zu den Polizeidienststellen ihren Dienst aus Überzeugung und mit hoher Motivation versehen.

Viele Leser fanden das Team Steiger und Wolff sehr sympathisch und so war klar, dass die beiden auch in meinem zweiten Buch »Vertraute Feinde« wieder die Hauptrolle spielen würden. Da mich das Thema »private Sicherheitsfirmen«

bereits während meines Studiums intensiv beschäftigt hatte, kam ich schnell zu dem Entschluss, den Plot um dieses hierzulande bisher kaum beachtete Phänomen herum zu entwickeln.

Ein paar Worte zur Klarstellung meiner Position in Bezug auf private Sicherheitsfirmen: Es hat und wird vermutlich immer Bereiche geben, in denen Nationalstaaten agieren müssen, ohne dabei als solche aufzufallen. Darunter fällt z. B. die Ausbildung von Militärs anderer Staaten. Auch andere Dienstleistungen können schon mal an private Firmen übertragen werden, wie z. B. die Sicherung ziviler Handelsschiffe vor Piraten, der Schutz von Bohrinseln, Personenschutz für wohlhabende Privatiers etc. und dagegen ist in aller Regel auch nichts einzuwenden.

Äußerst kritisch betrachte ich allerdings eine Entwicklung, die man aus den USA Anfang dieses Jahrhunderts kennt. Hier hat eine Firma, die sich mittlerweile diverse Male umbenannt hat, Einflusssphären geschaffen, die den Staat als politischen Akteur de facto relativieren. Diese Firma stellte und stellt noch immer Söldner bereit, die keiner Gerichtsbarkeit unterliegen, bereits Kriegsverbrechen begangen haben und dabei exorbitant hohe Summen verdienen.

Das Gewaltmonopol nach Max Weber sollte jedoch – heute mehr denn je – beim Staat liegen. Wenn also eine Sicherheitsfirma beispielsweise über die Existenz eines kleinen afrikanischen Staates entscheiden kann, das ist das nicht nur fragwürdig, sondern ein Problem.

Bedenklich ist auch der Umstand, dass Angehörige dieser Firmen häufig nicht wissen, wer ihre Auftraggeber sind und so zu einem Werkzeug verkommen, dessen wahren Zweck sie nicht (er)kennen und dessen perspektivische Wirkung ihnen zumeist verborgen bleibt. Und auch wenn die monatlichen Gehaltsabrechnungen stattlich sind, reichen sie im Todesfall in der Regel nicht für die langfristige Absicherung einer Familie (wenn vorhanden).

Danksagung

Viele hilfsbereite Menschen standen mir bei der Arbeit an diesem Buch mit ihrer Expertise zur Seite.

Mein Dank gilt daher zunächst der Firma Rotinor dafür, dass ich ihre Bilder verwenden durfte, sowie für die technische Expertise, mit der Maik mich in die Feinheiten des *Blackshadows* eingewiesen hat. Ein bemerkenswertes Beispiel deutscher Ingenieurskunst!

In einer Zeit, in der Zeit *an sich* ein rares Gut darstellt, ist es nicht selbstverständlich, nach Feierabend noch diverse Kapitel Korrektur zu lesen. Daher gilt mein Dank auch Peer, der das »Leiden ohne zu klagen« beherrscht und Dieter, der möglicherweise mehr Stunden in Helikoptern verbracht hat als mancher in seinem Auto.

Ich danke Oliver für seine fundierten Beiträge, was den Fahrzeughersteller mit dem Stern betrifft, und Jens, der ebenfalls das »Leiden ohne zu klagen« lernen musste und der wohl der erfahrenste Taucher ist, den ich je kennenlernen durfte.

Dank gebührt auch Hans, der in Bezug auf Schusswaffen eine Autorität darstellt und, wenn er so weitermacht, möglicherweise selbst bald ein Buch über Ballistik herausgeben wird.

Auch dem Kartenkünstler Noah habe ich zu danken. Waren mir die Orte in St. Thomas noch alle erinnerlich, so hilft es dem Leser doch, diese traumhaften Inseln auf einer Karte zu betrachten und die Handlung besser nachvollziehen zu können.

Weiterhin möchte ich Daniel, der mich immer wieder mit seinem profunden Fachwissen der Medizin beeindruckt und ohne dessen Zuspruch dieses Buch so nicht zustande gekommen wäre, meinen aufrichtigen Dank aussprechen.

Nicht zuletzt danke ich meiner treuen Frau Maria, die ein ums andere Mal geduldig genickt hat, wenn es wieder darum ging, »nur noch eben den Satz zu Ende zu schreiben«. Und auch unserem Hund Sam sei gedankt, dem der olle schwarze Kasten (mein Laptop) nie ganz geheuer war und dessen Spaziergänge vielfach ein wenig kürzer ausfielen als geplant. Und natürlich freue ich mich über die Unterstützung meines Verlegers, der sofort zusagte, das Buch herauszugeben, noch bevor es zu Ende geschrieben war.

Ian Krüger, März 2018

Ian Krüger

Alleingang

Thriller
Klappenbroschur
Auch als E-Book erhältlich
www.scheyring.de

Sinai, Ägypten: Ein unglaublicher Fund auf 50 Meter Wassertiefe. CIA und BND ermitteln auf Hochtouren. Ein perfide geplanter Terroranschlag gegen den Westen scheint unaufhaltbar. Der erste Jan-Steiger-Roman. Spannend, brisant und hochaktuell.

»Ein echter Page-Turner, zugleich gespenstisch tagesaktuell und bis in die Details hinein gespickt mit Insider-Wissen: ›Alleingang‹ von Ian Krüger ist ganz nah dran am ›Krieg gegen den Terror‹ – nicht zuletzt am deutschen Beitrag.«
Yassin Musharbash, Autor von »Radikal«

SCHEYRING